岩 波 文 庫

32-045-1

文　　選

詩　篇

(一)

川合康三・富永一登
釜谷武志・和田英信
浅見洋二・緑川英樹
訳注

はじめに

この本は『文選《もんぜん》』の「詩」の部分を訳出したものです。『文選』は現存するなかでは、中国で最も早く編まれた文学作品のアンソロジーです。ここに選び取られたものは、紀元前二、三世紀のころから六世紀の前半に至るまで、王朝でいえば先秦(戦国時代)・秦・前漢・後漢・三国(魏・蜀・呉)・西晋・東晋・宋・南斉・梁、その長い期間の文学の精髄と受け止められ、そののち文学の規範として受け継がれました。

『文選』の編者として名を挙げられている昭明太子蕭統《しょうとう》は、南朝・梁の初代皇帝である武帝蕭衍《しょうえん》の長子でしたが、即位する前に三十一歳の若さで亡くなっています。父の蕭衍も文学を愛好し、まわりには当時のすぐれた文学者が集まりました。『文選』はそうした文学集団のなかから生まれたものです。

編纂された六世紀前半といえば、日本では古墳時代の後期、蘇我氏と物部氏の角逐が続いていたころに当たり、まだ口承文学しかなかった時代ですが、中国ではすでに文学の概念がかなりはっきりと固まってきていました。その時期に文学と考えられた作品を、韻文から散文まで三十七のジャンルに分け、ジャンルごとに選んで三十巻にまとめたものです。『文選』の代表的な注を著した唐の李善《りぜん》が六十巻に改めて以後、六十巻本として通行しています。

ここに収められた作品は、文学が誕生し、形作られていった時期のものです。それ以後の文学は、時代による変化を伴いながらも、『文選』の文学をもととして展開していきました。従ってこの書は中国古典文学の基盤を成すということができます。『文選』が正統的な文学の規範としていかに重要な書物であったかは、そのあとついにこれに取って代わるアンソロジーが出現しなかったことからもわかります。

日本でも「文は文集、文選」(『枕草子』)、「文は文選のあはれなる巻々、白氏文集」(『徒然草』)と記されたように、唐・白居易の『白氏文集』とともに、中国の古典文学を学ぶうえで必読の書とされてきました。漢詩文はもとより、最初の歌集『万葉集』、そして『源氏物語』をはじめとする仮名文学、さらには俗文学に至るまで、

『文選』は広く浸透していました。日本の文学にとっても欠かせない古典といえましょう。明治以降の文学者にとっても座右の書でありつづけ、たとえば永井荷風の『断腸亭日乗』には、来る日も来る日も『文選』を読んでいた時期があったことが記されています。

とはいえ、ここに収められた詩は決してなじみやすいものではありません。日本で江戸時代以降よく読まれた『唐詩選』や『三体詩』などの唐詩の選集と違って、胸にすっと入って来るとは言い難いものです。ことに初めの部分は、儀礼的な内容、修辞過多な表現、いかにも生硬な作品がならんでいます。ベールに包まれたようなもどかしさがぬぐいきれない所もありますが、この本の訳注では原文の正確な理解に可能な限り近づくべく努めました。中国で伝えられてきた膨大な『文選』の注釈、そして日本で刊行された訳注、それらをふまえながら、討議を繰り返して成ったものです。本書によって千五百年から二千年以上前に書かれた詩が、新たな様相のもとに立ちあらわれることを願うばかりです。

凡例

一、本書は梁・昭明太子編『文選』、その「詩篇」の部（巻一九―巻三一）に収められた全作品の原文・訓読・訳・語注である（全六冊）。各詩篇の末尾には補釈を付して理解の補いとした。

二、本書の底本には、通行するいわゆる胡《こ》刻本《こくぼん》を用いた。唐・李善の注を付した『文選』を、胡《こ》克家《こくか》が清の嘉慶《かけい》十四年（一八〇九）に刊行した本である。

三、本文は一部改めた箇所がある。「胡氏考異」（胡刻本付載）に従った場合は特に注記せず、集注本、九条本など他の諸本によって改めた場合のみ、その旨を記した（『文選』の諸本および注釈については、第一冊末の「文献解説」を参照）。

四、原文は正字を用い、底本が異体字の場合は正字に改めた。訓読以下は通行の字体を用いた。ただし、固有名詞の「堯」など、あえて正字を用いた場合もある。

五、連作の詩で底本の詩題に「〇〇首」とあるものは、それぞれの詩に「其の一」

「其の二」と記した。底本にその記載がなく、李善の注が「其一」「其二」と分けている詩には、「(一)」「(二)」と記した。

六、語注などに『文選』所収の作品を引用する場合は、『文選』の巻数・作者・題名を記した。本文庫に収録された作品には、さらに分冊数を［二］［三］のように示した。

七、詩人については、各冊の初出に作者小伝を設け、簡単に紹介した。

八、語注の末尾に各詩篇の押韻を記した。韻字の読みは漢音による。換韻する箇所は「／」で示した。

九、付録として、各巻の末尾にコラムを載せた。また、「はじめに」・系図／地図を各冊に、文献解説・解説を第一冊に、年表・索引を第六冊に掲載した(文献解説・索引は富永、系図／地図は緑川、年表は釜谷、「はじめに」・解説は川合による)。

十、各冊のカバー・巻扉の図版は、宇佐美文理氏の選定による。

目次

巻二〇　献詩、公讌、祖餞

全六冊の構成

第一冊　巻一九（補亡、述徳、勧励）、巻二〇（献詩、公讌、祖餞）、巻二一（詠史）

第二冊　巻二一（詠史（続）、百一、遊仙）、巻二二（招隠、反招隠、遊覧）、巻二三（詠懐、哀傷）

第三冊　巻二三（贈答　一）、巻二四（贈答　二）、巻二五（贈答　三）

第四冊　巻二五（贈答　三（続））、巻二六（贈答　四、行旅　上）、巻二七（行旅　下、軍戎、郊廟、楽府　上）

第五冊　巻二八（楽府　下、挽歌、雑歌）、巻二九（雑詩　上）

第六冊　巻三〇（雑詩　下、雑擬　上）、巻三一（雑擬　下）、文選序

文選

詩篇 (一)

巻一九　補亡、述徳、勧励

「墨蘭図」元・鄭思肖，大阪市立美術館蔵

補《ほ》亡《ぼう》

「補亡」は『詩経』の「亡《ぼう》」佚《いっ》した詩篇を「補」うの意。『詩経』三百十一篇のうち、六篇には篇名と小序(各篇の前に付された、詩の内容の簡単な説明)だけがのこされ、本文はない。小序に基づいて失われた詩の本文を補作したもの。『文選』が「補亡」を詩の分類の冒頭に置くのは、詩というジャンルが経書の『詩経』に連なるものであることを示し、それによって詩を意義づけようとしたと考えられる。

補亡詩六首　　束晳

補《ほ》亡《ぼう》詩《し》六《ろく》首《しゅ》　　束《そく》晳《せき》

其一　南陔

其《そ》の一《いち》　南陔《なんがい》

南陔、孝子相戒以養也。

南陔《なんがい》は、孝子《こうし》相《あ》い戒《いまし》むるに養《やしな》うを以《もっ》てするなり。

補亡詩六首

その一　南の土手

「南陔」の詩は、孝子が親を扶養することを心に言い聞かせるものである。

(第一章)

1 循彼南陔
2 言采其蘭
3 眷戀庭闈
4 心不遑安
5 彼居之子
6 罔或游盤
7 馨爾夕膳
8 絜爾晨飧

彼《か》の南陔《なんがい》に循《したが》い
言《ここ》に其《そ》の蘭《らん》を采《と》る
庭闈《ていい》を眷恋《けんれん》して
心《こころ》 安《やす》んずるに遑《いとま》あらず
彼《か》の居《いえ》の子《こ》
游盤《ゆうばん》すること或《あ》る罔《な》し
爾《そ》の夕膳《せきぜん》を馨《かんば》しくし
爾《そ》の晨飧《しんそん》を絜《きよ》くす

南の土手に沿って、蘭《らん》の花を採る。
家のことに気持ちを惹《ひ》かれ、心のなかは落ち着かない。
親のもとにいる子は、遊びほうけたりしないもの。
夕べのお膳は香り高くそなえ、朝の料理はさわやかにととのえる。

束皙《そくせき》　二六四?—三〇三?　あるいは二六一?—三〇〇?　字《あざな》は広微《こうび》。西晋の人。博学によって張華《ちょうか》に認められ、尚書郎に至る。古代の典籍に精通し、『穆天子伝《ぼくてんしでん》』『竹書紀《ちくしょき》年《ねん》』など、当時、墓から出土した科斗文《かとぶん》(おたまじゃくしのような形をした古代の書体)の書物を晋の武帝の命を受けて今文《きんぶん》(当時通行していた書体)で書写した。詩人というよりむしろ古典学者であり、この作も『詩経』の学に連なる。

0「陔」はきざはし、畑の畦《あぜ》の意。　**2**「言」は語調を整える助字。『詩経』に常用の語。「采」は「採」に通じる。「蘭」は香草の名。今のランとは異なり、秋に開花するキク科の植物。　**3**「眷恋」は恋い慕う。「庭闈」は庭と小門。親の家を指す。　**5**「居」は出仕する前の、部屋住みの身をいう。　**6**「游盤」は逸楽に耽《ふけ》る。『尚書』五子之歌《ごししか》に「乃《すなわ》ち盤遊(游)して度《のり》無く、有洛《ゆうらく》の表《そと》に畋《かり》して、十旬も反《かえ》らず」。『論語』里仁《りじん》に「父母在れば、遠く遊(游)ばず。遊(游)ぶに必ず方《ほう》有り」。　**7・8** 親に朝晩、心をこめた食事を供することをいう。「馨」はおいしい。「絜」は「潔」に同じ。清潔にする。「晨飧」は朝食。「飧」は「餐」に同じ。　○押韻　蘭《らん》・安《あん》・盤《はん》・飧《そん》

(第二章)

1 循　彼　南　陔　　彼《か》の南陔《なんがい》に循《したが》い

2 厥　草　油　油　　厥《そ》の草《くさ》　油油《ゆうゆう》たり

3 眷　戀　庭　闈　　庭闈《ていい》を眷恋《けんれん》して

4 心不遑留　　心《こころ》留《とど》まるに遑《いとま》あらず
5 彼居之子　　彼《か》の居《いえい》の子《こ》
6 色思其柔　　色《いろ》　其《そ》の柔《じゅう》を思《おも》う
7 馨爾夕膳　　爾《そ》の夕膳《せきぜん》を馨《かんば》しくし
8 絜爾晨羞　　爾《そ》の晨羞《しんしゅう》を絜《きよ》くす

南の土手に沿って、草がやさしく生え始める。家のことに気持ちを惹《ひ》かれ、心がその場に留まらない。親のもとにいる子は、やさしい顔をお見せしたいもの。夕べのお膳は香り高く、朝の食事はさわやかに。

2「油油」は草が若々しく生じたさま。　**6** 親に対して穏やかな表情で接しようと思うの意。「色」は親に対する顔色、表情。『論語』為政《いせい》に「子夏《しか》　孝を問う。子曰《いわ》く、色難し（いかなる顔つきをするかがむずかしい）」。　**8**「羞」は食事をすすめる。またその食事。　〇押韻　油《ゆう》・留《りゅう》・柔《じゅう》・羞《しゅう》

（第三章）

1 有獺有獺
2 在河之涘
3 淩波赴汨
4 噬魴捕鯉
5 嗷嗷林烏
6 受哺于子
7 養隆敬薄
8 惟禽之似
9 勖增爾虔
10 以介丕祉

獺《たつ》有《あ》り獺《たつ》有《あ》り
河《かわ》の涘《みぎわ》に在《あ》り
波《なみ》を淩《しの》ぎ汨《いつ》に赴《おもむ》く
魴《ほう》を噬《く》らい鯉《り》を捕《と》らう
嗷嗷《ごうごう》たる林烏《りんう》
哺《ほ》を子《こ》に受《う》く
養《やしな》うこと隆《さか》んなるも敬《うやま》うこと薄《うす》ければ
惟《た》だ禽《きん》に之《こ》れ似《に》る
勖《つと》めて爾《なんじ》の虔《けん》を増《ま》し
以《もっ》て丕祉《ひし》を介《たす》けん

カワウソ、カワウソ。川のみぎわにいる。
波を越え淵に向かって、魴《おしきうお》を食べ鯉《こい》を捕る。
かあかあと鳴く森のカラスは、我が子から口移しに食べさせてもらう。
しきりに孝養しても敬愛の念乏しければ、鳥と変わりはしない。

お前はいっそう敬虔に努め、大いなる幸《さち》を授かろう。

1・2『詩経』周頌・有瞽《ゆうこ》の「瞽(盲人の楽師)有り瞽有り、周の庭に在り」に倣う。 **3**「汩」は深い水。 **4**「噬」はかむ、食べる。「魴」は魚の名。オシキウオ。『詩経』によく見える。 **5・6** カラスの雛《ひな》は成鳥となると、口に含んだ餌を親に与えて孝養を尽くす(「反哺《はんぽ》の孝」)。「嗷嗷」は鳥の鳴き叫ぶ声。「哺」は口から口へ餌を与える。 **7・8**『論語』為政に「今の孝なる者は、是《こ》れ能《よ》く養うを謂《い》う。犬馬に至るまで、皆《みな》能く養う有り。敬せずんば、何を以て別《わか》たんや」、『孟子』尽心《じんしん》上に「食《やしな》いて愛せざるは、之を豕《ぶた》として交わるなり。愛して敬せざるは、之を獣として畜《やしな》うなり」など、儒家の通念。 **10** 心をこめた孝養を、大きな幸福がもたらされる手段にしようの意。「介」は介助する。「丕祉」は大きな幸。 ○押韻　涘《し》・鯉《り》・子《し》・似《し》・祉《し》

四字で一句をなす、数句で一章をなす、数章で一篇をなす、章をまたぐリフレインを含む、いずれも『詩経』詩の体裁を備える。内容も親に孝養を尽くす孝子を述べるという小序に沿って展開される。ただ、第一章の「蘭《らん》」は『楚辞《そじ》』に至って美人・美徳の比喩としてさかんに見えるものであり、第三章の人の孝養は動物の扶養とは違うというのも『論語』『孟子』以後に明言されるもので、本来の『詩経』に

❖——は見えない語彙や概念も入ってきている。

其二　白華　　其《そ》の二《に》　白華《はくか》

白華、孝子之絜白也。　白華《はくか》は、孝子《こうし》の絜白《けっぱく》なり。

その二　白い花

「白華」の詩は、孝子の人柄の清らかさをいう。

（第一章）

1 白華朱蕚　　白華《はくか》と朱蕚《しゅがく》と
2 被于幽薄　　幽薄《ゆうはく》を被《おお》う
3 粲粲門子　　粲粲《さんさん》たる門子《もんし》
4 如磨如錯　　磨《ま》するが如《ごと》く錯《さく》するが如《ごと》し
5 終晨三省　　終晨《しゅうしん》　三《み》たび省《かえり》みる
6 匪惰其恪　　其《そ》の恪《かく》を惰《おこた》るに匪《あら》ず

白い花と赤い蕚《がく》、深い茂み一面を蔽《おお》う。

輝くばかりの子弟たち、玉を磨くように錬磨する。
一日に三度の反省、怠らずに敬い勤める。

0「絜白」は潔白。　**2**「幽薄」は小暗く繁茂した茂み。　**3**「門子」は名門の子弟。　**4** 玉を磨くように身を磨く努力をする。『詩経』衛風・淇奥《きいく》に「切するが如く磋《さ》するが如く、琢《たく》するが如く磨するが如し」。『論語』学而《がくじ》にも引かれ、「切磋琢磨」として熟する。「錯」も玉を磨くこと。　**5**「終晨」は終日。「晨」は朝。「三省」は毎日三回我が身を反省する。『論語』学而に「曽子《そうし》曰く、吾れ日に三たび吾が身を省みる」。　**6**「匪」は「非」に同じ。「惰」は怠ける。「恪」は敬い慎むこと。　○押韻　萼《がく》・薄《はく》・錯《さく》・恪《かく》

（第二章）

1 白華絳趺
2 在陵之陬
3 蒨蒨士子
4 涅而不渝

白華《はくか》と絳趺《こうふ》と
陵《りょう》の陬《くま》に在《あ》り
蒨蒨《せんせん》たる士子《しし》は
涅《でっ》するも渝《か》わらず

5 竭誠盡敬　誠《まこと》を竭《つ》くし敬《うやま》いを尽《つ》くし
6 亹亹忘劬　亹亹《びび》として劬《つか》れを忘《わす》る

白い花と赤いうてな、丘をふちどって開く。
輝かしいおのこたち、染めても色は変わらない。
誠意を尽くし敬愛を尽くし、勤めはげんで疲れも知らぬ。

1「絳」は赤い。「趺」は花弁を受けるうてな。**2**「陵」は小高い地。「陬」は山の隈《すみ》。**3**「蒨蒨」はあざやかなさま。「士子」は士人。**4** 節操の堅固をいう。『論語』陽貨《ようか》に「白しと曰《い》わずや。涅《でつ》して緇《くろ》まず」。「涅」は色を黒く染める。「渝」は変化する。**6**「亹亹」は勤勉に勤めるさま。「劬」は労苦。○押韻　趺《ふ》・陬《そう》・渝《ゆ》・劬《く》

（第三章）

1 白華玄足　白華《はくか》と玄足《げんそく》と
2 在丘之曲　丘《おか》の曲《くま》に在《あ》り
3 堂堂處子　堂堂《どうどう》たる処子《しょし》
4 無營無欲　営《いとな》む無《な》く欲《ほっ》する無《な》し

5 鮮侔晨葩　鮮《せん》なるは晨葩《しんは》に侔《ひと》し
6 莫之點辱　之《これ》を点辱《てんじょく》する莫《な》し

白い花と黒い根、丘の一角に生えている。
仕官前でも堂々とした若者、欲も山気もありはしない。
朝の花のすがすがしさ、汚《けが》すことなどできはしない。

1「玄足」は植物の黒い根。 3「堂堂」はりっぱなさま。「処子」は仕官する前の家住みの男子。 4 何かを企てたり欲したりしない。 5「鮮」は新鮮、清浄。「晨葩」は朝開く花。 6「点」も「辱」も汚すこと。 ○押韻 足《しょく》・曲《きょく》・欲《よく》・辱《じょく》

❖

詩のかたちはこれも『詩経』のまま。各章の初めに自然物(ここでは花)を置き、それを契機に本題である人事をうたい起こすのは、『詩経』に顕著な「興《きょう》」と呼ばれる手法。ただこの詩も第一章の「三省」のように、『詩経』よりあとの『論語』の語が用いられている。

其三　華黍

華黍、時和歳豐、宜黍稷也。

其《そ》の三《さん》　華黍《かしょ》

華黍《かしょ》は、時和《ときわ》し歳豊《としゆた》かにして、黍稷《しょしょく》に宜《よろ》しきなり。

その三　花咲く黍《きび》

「華黍」の詩は、太平で豊作、穀物の生育が順当であることをいう。

（第一章）

1 黮黮重雲　黮黮《たんたん》たる重雲《ちょううん》
2 揖揖和風　揖揖《しゅうしゅう》たる和風《わふう》
3 黍華陵巓　黍《きび》は陵巓《りょうてん》に華《はな》さき
4 麥秀丘中　麦《むぎ》は丘中《きゅうちゅう》に秀《ひい》ず
5 靡田不播　田《はたけ》として播《ま》かざる靡《な》し
6 九穀斯豐　九穀《きゅうこく》　斯《こ》れ豊《ゆた》かなり

黒々と幾重にも重なった雲。柔らかなそよ風。黍が丘の上で花開き、麦が丘の中腹で実っている。

種まきしない畑はない。ありとあらゆる穀物が豊かに実をつける。

0「黍」も「稷」もキビの種類。その二つで五穀全体をあらわす。**1**「黮黮」は真っ黒なさま。「重雲」は積み重なった雲。恵みの雨をもたらす。**2**「揖揖」は風が柔らかに吹くさま。**3**「陵巓」は丘陵の最上部。**4**「麦秀」は箕子《きし》が殷の滅んだのを悲しんだ「麦秀の詩」(『史記』宋微《そうび》子《し》世家)に「麦秀でて漸漸《ぜんぜん》(伸び茂るさま)たり」。**5**「播」は種をまく。**6**「九穀」はあらゆる種類の穀物。『周礼《しゅらい》』天官・大宰《たいさい》の鄭司《ていし》農《のう》の注では、黍・稷・秫《しゅつ》(もちごめ)・稲・麻・大小の豆・大小の麦という九つの種類をあげる。　○押韻　風《ふう》・中《ちゅう》・豊《ふう》

(第二章)

1 奕奕玄霄
2 濛濛甘霤
3 黍發稠華
4 亦挺其秀
5 靡田不殖

奕奕《えきえき》たる玄霄《げんしょう》
濛濛《もうもう》たる甘霤《かんりゅう》
黍《きび》は稠華《ちゅうか》を発《ひら》き
亦《ま》た其《そ》の秀《しゅう》を挺《ぬきん》ず
田《はたけ》として殖《う》えざる靡《な》し

6 九穀斯茂　九穀《きゅうこく》斯《こ》れ茂《しげ》る

もくもくと湧く黒い雲、ざあざあと降りしきる恵みの雨。黍《きび》はたわわな花を開き、また実った穂を伸ばす。穀物を植えない畑はない。ありとあらゆる穀物が元気に育つ。

1「弈弈」はさかんなさま。「弈」は「奕」に通じる。「玄霄」は黒い雲。**2**「濛濛」はたちこめるさま。「霤」は天から落ちる雨水。恵みの雨という意味で「甘」を添える。**3**「稠華」は稠密《ちゅうみつ》に咲く花。**4**「亦」の字を五臣注本では「禾《か》」に作る。「禾」は稲。それに従えば、一句は稲が穂を伸ばすの意。○押韻　霤《りゅう》・秀《しゅう》・茂《ぼう》

（第三章）

1 無高不播　高《たか》きとして播《ま》かざる無《な》く
2 無下不殖　下《ひく》きとして殖《う》えざる無《な》し
3 芒芒其稼　芒芒《ぼうぼう》たる其《そ》の稼《か》
4 參參其穡　參參《しんしん》たる其《そ》の穡《しょく》
5 稸我王委　我《わ》が王《おう》の委《い》を稸《たくわ》え

6 充我民食　我《わ》が民《たみ》の食《しょく》に充《あ》つ
7 玉燭陽明　玉燭《ぎょくしょく》は陽明《ようめい》にして
8 顯猷翼翼　顕猷《けんゆう》は翼翼《よくよく》たり

高い場所で種をまかぬ所はなく、低い場所で苗を植えぬ所はない。
苗は広々と広がり、穂は長々と伸びる。
我が王の糧《かて》を蓄え、我が民の食物に当てる。
玉の燭台《しょくだい》はあかあかと輝き、天子の政道は神々《こうごう》しい。

3「芒芒」は広大なさま。「稼」は植えつけたばかりの農作物。**4**「参参」は長いさま。「穡」は刈り入れ間近の農作物。**5**「穡」は「蓄」に同じ。「委」は備蓄された食糧。**7**「玉燭」は自然が調和し、天下太平である状態をたとえる。『爾雅《じが》』釈天に「四気《しき》和す、之を玉燭と謂《い》う」。**8**「顕猷」は王の明らかな道。「猷」は道。「翼翼」は盛んで荘厳なさま。○押韻　殖《しょく》・穡《しょく》・食《しょく》・翼《よく》

穀物の豊穣を祝う歌。豊穣は世の太平のしるしでもある。王の治世が行き渡り、穏やかな天候にも恵まれ、豊作の喜びに満ちあふれる。農業を中心とした古代の祝祭

❖―的な時空が、素朴なうたいぶりのなかに再現されている。

其四　由庚

其《そ》の四《し》　由庚《ゆうこう》

由庚、萬物得由其道也。

由庚《ゆうこう》は、万物《ばんぶつ》　其《そ》の道《みち》に由《よ》ることを得《う》るなり。

その四　道に由る

「由庚」の詩は、万物が正しい道に従いうることをいう。

（第一章）

1 蕩蕩夷庚
2 物則由之
3 蠢蠢庶類
4 王亦柔之
5 道之既由
6 化之既柔
7 木以秋零

蕩蕩《とうとう》たる夷庚《いこう》
物《もの》　則《すなわ》ち之《これ》に由《よ》る
蠢蠢《しゅんしゅん》たる庶類《しょるい》は
王《おう》亦《ま》た之《これ》を柔《やわ》らぐ
道《みち》は之《こ》れ既《すで》に由《よ》り
化《か》は之《こ》れ既《すで》に柔《やわ》らぐ
木《き》は秋《あき》を以《もっ》て零《お》ち

8 草以春抽　　草《くさ》は春《はる》を以《もっ》て抽《ぬき》んず
9 獣在在草　　獣《けもの》は在《あ》りて草《くさ》に在《あ》り
10 魚躍順流　　魚《うお》は躍《おど》りて流《なが》れに順《したが》う

広々とした平らかな道、万物はそれに従う。種々様々な物、王がそれを安らげる。道に従い、教化に安らぐ。木は秋には葉を落とし、草は春には芽を伸ばす。けものがいるのは草のなか、魚は跳ねて流れにまかせる。

0「庚」は道。　**1**「蕩蕩」は広大なさま。『尚書』洪範《こうはん》に「王道　蕩蕩たり」。『論語』泰伯《たいはく》に、堯《ぎょう》の政道をたたえて「蕩蕩乎《こ》として、民能《よ》く名づくる無し」。「夷庚」は平坦な道。『左伝』成公十八年に出る語。　**3**「蠢蠢」は雑多で無秩序なさま。「庶類」は万物。**9**『詩経』小雅・魚藻《ぎょそう》の「魚は在りて藻《も》に在り」の句法に倣う。　○押韻　由《ゆう》・柔《じゅう》・抽《ちゅう》・流《りゅう》

（第二章）

1 四時遞謝　　四時《しいじ》　遞《こも》ごも謝《さ》り
2 八風代扇　　八風《はっぷう》　代《か》わるがわる扇《あお》ぐ
3 纖阿案晷　　纖阿《せんあ》　晷《き》を案《あん》じ
4 星變其躔　　星《ほし》は其《そ》の躔《てん》を変《か》う

四季は順に去りゆき、八方からこもごも風が吹く。
月の女神は光の様子を思案し、星はその位置を動かす。

2「八風」は季節に応じて八方から吹いてくる風。**3**「纖阿」は月の運行を御する女神。漢・司《し》馬相如《ばしょうじょ》「子《し》虚《きょ》の賦」(巻七)に見える。「晷」は光。ここでは月の光を指す。「案」は計り考える。**4**「躔」は道。星が運行する軌跡。○押韻　扇《せん》・躔《てん》

（第三章）

1 五是不逆　　五是《ごぜ》　逆《さか》らわず
2 六氣無易　　六気《りくき》　易《か》わる無《な》し
3 愔愔我王　　愔愔《いんいん》たる我《わ》が王《おう》

4 紹文之跡　文《ぶん》の跡《あと》を紹《つ》ぐ

五つの天候は逆転することなく、六つの気は変化することはない。穏やかな我が王君は、文王の行跡を受け継いでおられる。

1「五是」は李善によれば『尚書』洪範にいう雨・晴・暖・寒・風の五種の天候。五臣注は一句を「五緯不愆」に作り、金・木・水・火・土の五星の運行が愆《たが》うことがない、の意とする。**2**「六気」は陰・陽・風・雨・晦・明の六つの氣。『左伝』昭公元年に見える。**3**「愔愔」は和やかなさま。**4**「紹」は継ぐ。「文」は周王朝の最初の天子である文王。儒家にとっての理想の君主。○押韻　易《えき》・跡《せき》

❖

天文、天候、自然界は秩序正しく運行している。地上の万物も平穏のなかに安らぐ。すべてが道に従って安定しているのは、そのもとに王の存在があるから。世界があるべき姿を呈していること、それをもたらしている王を祝福する。

其五　崇丘　其《そ》の五《ご》　崇丘《しゅうきゅう》

崇丘、萬物得極其高大也。　崇丘《しゅうきゅう》は、万物《ばんぶつ》　其《そ》の高大《こうだい》を極《きわ》むるを得《う》るなり。

その五　高い丘

「崇丘」の詩は、万物がその高大さを極限まで発揮しうることをいう。

（第一章）

1 瞻彼崇丘　彼《か》の崇丘《しゅうきゅう》を瞻《み》れば
2 其林藹藹　其《そ》の林《はやし》は藹藹《あいあい》たり
3 植物斯高　植物《しょくぶつ》は斯《こ》れ高《たか》く
4 動類斯大　動類《どうるい》は斯《こ》れ大《だい》なり
5 周風既洽　周風《しゅうふう》既《すで》に洽《あまね》く
6 王猷允泰　王猷《おうゆう》允《まこと》に泰《とお》る

あの高い丘を見れば、林は鬱蒼《うっそう》と茂っている。草や木はたかだかと伸び、鳥や獣は大きい。周の御代《みよ》の徳が広く染み渡り、王の政道がもれなく行き渡る。

2「藹藹」は草木のさかんに茂るさま。**5**「周風」は周王朝の教化。「洽」は広く浸透する。**6**「王猷」は王のはかりごと。「泰」はあまねく通じ達する。『周易』に

「泰」の卦《か》があり、その彖伝《たんでん》に「天地　交わりて万物通ず」。○押韻　藹《あい》・大《たい》・泰《たい》

（第二章）

1 漫漫方輿
2 回回洪覆
3 何類不繁
4 何生不茂
5 物極其性
6 人永其壽

漫漫《まんまん》たる方輿《ほうよ》
回回《かいかい》たる洪覆《こうふう》
何《いず》れの類《るい》か繁《しげ》らざらん
何《いず》れの生《せい》か茂《しげ》らざらん
物《もの》は其《そ》の性《せい》を極《きわ》め
人《ひと》は其《そ》の寿《じゅ》を永《なが》くす

はてなく広がる四角い大地。どこまでも広がる円い大空。どんなたぐいの物もそこに栄え、どんな生き物もそこに盛《さか》る。万物は持ち前を存分に発揮し、人は永遠《とわ》の生命を得る。

1 「方輿」は大地をいう。「方」は四角。「輿」は車の箱の意味から人や物を載せる物。『周易』説卦伝《せっかでん》に「坤《こん》は地為《た》り、……大輿為り」。『淮南子《えなんじ》』原道訓に「天を以て蓋《ふた》と為し、地を以て輿と為す」。**2** 「回回」はまるく広大なさま。天は円く地は四角と考え

られた。『大戴礼記《だたいらいき》』曽子《そうし》天円《てんえん》に「天道を円と曰《い》い、地道を方と曰う」。「洪覆」は天をいう。「洪」は大きい。「覆」は蔽《おお》う。天は広大に大地を蔽うのでかくいう。○押韻覆《ふう》・茂《ぼう》・寿《しゅう》

（第三章）

1　恢恢大圓　　恢恢《かいかい》たる大円《だいえん》
2　芒芒九壤　　芒芒《ぼうぼう》たる九壌《きゅうじょう》
3　資生仰化　　資《と》りて生《しょう》じて仰《あお》ぎて化《か》す
4　于何不養　　何《いず》れに于《おい》てか養《やしな》われざらん
5　人無道夭　　人《ひと》は道《みち》に夭《よう》する無《な》く
6　物極則長　　物極《ものきわ》まれば則《すなわ》ち長《なが》し

広々と広がる大空、はてしなく続く大地。
生を受けると徳を仰いで教化され、天地に養われないものはない。
中途で亡くなる人もなく、万物は本性を極めて永遠《とわ》に生きる。

1「恢恢」は広大なさま。『老子』七十三章に「天網恢恢、疏にして失わず」。「大円」

は天をいう。『呂氏春秋《りょししゅんじゅう》』季冬紀・序意に「爰《ここ》に大圜(円)の上に在り、大矩《だいく》(大地)の下に在る有り」。 2 「芒芒」は、はてなく広いさま。「九壤」は九州、中国全土をいう。「壤」は大地。 3 天地によって生まれ、徳を仰いで教化される。「資」は取る。『周易』坤卦彖伝《こんかたんでん》に「至れるかな坤元《こんげん》、万物資りて生ず」。 5 人生の途中で若死にする者はいない。『荘子』人間世《じんかんせい》に「其の天年(寿命)を終えずして中道に夭す」。 ○押韻　壤《じょう》・養《よう》・長《ちょう》

身近な小山、林、そこに生を営む植物、動物から始まり、大地、天空へと思惟を広げてゆく。万物はあるべき姿を顕現し、人もまた生命を保証される。世界の全体が至福の状態にあることをたたえる。

❖

其六　由儀

由儀、萬物之生、各得其儀也。

其《そ》の六《ろく》　由儀《ゆうぎ》

由儀《ゆうぎ》は、万物《ばんぶつ》の生《せい》、各《おの》おの其《そ》の儀《よろ》しきを得《う》るなり。

その六　よろしきに由る

「由儀」の詩は、万物みな、それぞれにふさわしい生き方を実現していることをいう。

（第一章）

1 肅 肅 君 子　　粛粛《しゅくしゅく》たる君子《くんし》
2 由 儀 率 性　　儀《ぎ》に由《よ》り性《せい》に率《したが》う
3 明 明 后 辟　　明明《めいめい》たる后辟《こうへき》
4 仁 以 爲 政　　仁以《じんもっ》て政《せい》を為《な》す

敬虔《けいけん》なる君子は、ふさわしい生き方を得て本性に従う。
聡明な君王は、仁によって政《まつりごと》を行う。

0「儀」は「宜」に通じる。よろしいの意。　**1**「粛粛」は慎み深いさま。　**2**「率性」は本性のままに振る舞う。『礼記《らいき》』中庸《ちゅうよう》に「天命　之を性と謂《い》い、性に率う　之を道と謂う」。　**3**「明明」は天帝や帝王などの聡明なさま。「后」も「辟」も君王。　○押韻　性《せい》・政《せい》

（第二章）

1 魚 游 清 沼　　魚《うお》は清沼《せいしょう》に遊《あそ》び
2 鳥 萃 平 林　　鳥《とり》は平林《へいりん》に萃《あつ》まる

3 濯鱗鼓翼　鱗《うろこ》を濯《あら》い翼《つばさ》を鼓《う》つ
4 振振其音　振振《しんしん》たる其《そ》の音《おと》
5 賓寫爾誠　賓《ひん》は爾《そ》の誠《まこと》を写《そそ》ぎ
6 主竭其心　主《しゅ》は其《そ》の心《こころ》を竭《つ》くす

魚は清らかな沼に遊び、鳥は平地の林に集まる。魚は鱗《うろこ》を洗い鳥は翼を打ち、群飛するその音。賓客は誠意を尽くし、主君はまごころを尽くす。

2「萃」は集まる。「平林」は平地に広がる樹林。『詩経』小雅・車舝《しゃかつ》に見える語。**4**「振振」は鳥が群がって飛ぶさま。『詩経』魯頌・有駜《ゆうひつ》に見える語。**5**「写」は胸中の思いを吐き出す。『詩経』小雅・蓼蕭《りくしょう》に「既に君子に見《あ》う、我が心写げり」、鄭箋《ていせん》に「其の情意を舒《の》べ、留恨無きなり」。○押韻　林《りん》・音《いん》・心《しん》

(第三章)

1 時之和矣　時《とき》の和《やわ》らげる
2 何思何脩　何《なに》をか思《おも》い何《なに》をか脩《おさ》めん

3 文化内輯　文《ぶん》の化《か》　内《うち》に輯《やわ》らぎ
4 武功外悠　武《ぶ》の功《こう》　外《そと》に悠《はる》かなり

安らかな時代には、何をわざわざ悩んだり修めたりすることがあろう。文による教化で国内は和やか。武の功績は国外の遠くまで行き渡る。

2「何思」は何も思い煩うことはない。『周易』繫辞伝《けいじでん》下に「天下　何をか思い何をか慮《はか》らん」。「脩」は身につける。『荘子』田子方《でんしほう》に見える老子の語に、至人の徳はおのずと得られたものであるとして「夫《そ》れ何をか脩めん」。　**3**「輯」は和らぐ。　○押韻　脩《しゅう》・悠《ゆう》

王の仁政によって人は己れにふさわしい生き方を実現する。それは鳥や魚にまで及び、苦悩のない理想的な世界が実現されるのを喜ぶ。

「補亡詩《ほぼうし》」六篇のうち、初めの二篇は孝子をたたえ、以下の四篇は王道行き渡り、世界、万物があるべき姿を顕現していることをうたう。それがもたらされるのは、王の教化による。本来の『詩経』は「美《び》」と「刺《し》」——政治のありさまを褒めたたえることとそれを批判することの両方を含むとされるが、この六篇はすべて「美」

に属する。

述《じゅっ》徳《とく》

人の仁徳・功績を述べてたたえる詩。それは古くから詩が担うべき重要な役割と見なされていた。「補亡《ほぼう》」に続けて「述徳」が置かれるのは、道徳に関わる詩を重視する儒家の文学観を反映する。

述祖徳詩二首

其一

1 達人貴自我
2 高情屬天雲
3 兼抱濟物性
4 而不纓垢氛

祖《そ》徳《とく》を述《の》ぶる詩《し》二《に》首《しゅ》　謝霊運《しゃれいうん》

其《そ》の一《いち》

達人《たつじん》　我《われ》自《よ》りするを貴《たっと》び
高情《こうじょう》　天雲《てんうん》に属《およ》ぶ
兼《か》ねて物《もの》を済《すく》うの性《せい》を抱《いだ》き
而《しか》れども垢氛《こうふん》に纓《まと》われず

段生蕃魏國
展季救魯人
弦高犒晉師
仲連却秦軍
臨組乍不緤
對珪寧肯分
惠物辭所賞
勵志故絕人
苕苕歷千載
遙遙播清塵
清塵竟誰嗣
明哲時經綸
委講綴道論
改服康世屯
屯難既云康

段生《だんせい》　魏国《ぎこく》に蕃《はん》たり
展季《てんき》　魯《ろ》人《ひと》を救《すく》う
弦高《げんこう》　晋師《しんし》を犒《ねぎら》い
仲連《ちゅうれん》　秦軍《しんぐん》を却《しりぞ》く
組《そ》に臨《のぞ》むも乍《たちま》ち緤《つな》がれず
珪《けい》に対《たい》するも寧《なん》ぞ肯《あえ》て分《わ》かたれんや
物《もの》を恵《めぐ》みて賞《しょう》する所《ところ》を辞《じ》し
志《こころざし》を励《はげ》まして故《もと》より人《ひと》に絶《すぐ》る
苕苕《ちょうちょう》として千載《せんざい》を歴《へ》
遥遥《ようよう》として清塵《せいじん》を播《し》く
清塵《せいじん》　竟《つい》に誰《たれ》か嗣《つ》ぐ
明哲《めいてつ》　時《とき》に経綸《けいりん》す
講《こう》を委《す》てて道論《どうろん》を綴《や》め
服《ふく》を改《あらた》めて世屯《せいちゅん》を康《やす》んず
屯難《ちゅんなん》　既《すで》に云《ここ》に康《やす》んじ

20 尊　主　隆　斯　民　主《しゅ》を尊《たっと》びて斯《こ》の民《たみ》を隆《さか》んにす

我が祖の徳を述べたたえる　その一

達人は自律を尊び、高潔なる心は天空の雲にもとどく。かつ民を救わんと志すも、世俗の汚れた気風には染まらない。そのかみ段干木《だんかんぼく》は魏を守る垣根となり、柳下恵《りゅうかけい》は斉を説き伏せて魯の民を救った。弦高《げんこう》は晋を侵す秦軍をもてなして鄭を救い、魯仲連《ろちゅうれん》は趙を囲む秦勢を退けた。みな高官の印綬《いんじゅ》を差し出されてもしばられず、封爵の証《あかし》たる玉珪《ぎょくけい》を前にしても受け取ろうとはしなかった。

人びとに恵みを与えながらも褒賞を断り、自己の志を磨くこと、実に常人を超えた。彼らの時代から遠く千年の時を経たが、はるばると今も清らかな遺風は広がる。清らかな遺風を受け継いだのはだれか。それは賢明なる我が祖、時に当たって天下を整え治めた。

講学を棄て道をめぐる談論を止め、軍装に身を改めて世の艱難《かんなん》を鎮めた。世の艱難が鎮まるや、我が祖は主君を尊び、民の暮らしに隆盛をもたらした。

謝霊運《しゃれいうん》　三八五―四三三　字《あざな》は未詳。南朝宋の人。名門として知られる陳郡陽夏《ようか》(河南省太康《たいこう》県)の謝氏の出身。宋の少帝の即位に際して、朝廷内の権力闘争に巻き込まれ永《えい》嘉《か》郡(浙江《せっこう》省温州市)の太守に左遷。しかしほどなく辞して始寧《しねい》(浙江省紹興市上虞《じょうぐ》区)に帰郷。文帝が即位すると、ふたたび朝廷に招かれるが、政治上の意見が受け入れられず始寧に帰る。その後、謀反の嫌疑を受けて広州(広東省)に流謫《るたく》、処刑される。顔延之《がんえんし》とともに「顔謝《がんしゃ》」と称されて時の文壇に重きをなす。永嘉や始寧の地にあって書かれた山水詩は、清新な風景描写のなかに深い思弁をこめる独自の作品世界を作り出し、山水詩の祖と位置づけられる。特に仏教に造詣が深く、仏典の翻訳にも携わった。『文選』には晋・陸機《りくき》に次いで多くの詩が採られ、六朝《りくちょう》期を代表する詩人。『詩品』上品。

1・2「達人」はものごとの道理に通じ、高い見識をもった人。「貴自我」は世間や外界の事物にとらわれず、みずからの考えに従って生きること。「高情」は世俗を超出した気高い心延《ば》え。「属」は及ぶ、至る。 **3・4** 民を救うために世と積極的に関わるが、しかし世の汚れには染まらぬという。「済」は救済する。「物」は人民。『荘子』列禦寇《れつぎょこう》に、つまらぬ男が世俗にとらわれて真実と世俗をともに全うしようとむだに試みることを「道物を兼ね済(な)す」というのをふまえつつ、ここでは俗にとらわれないことを述べる。「性」は生まれつき備わる性向・気質。「纓」は纏《まと》いつく。「垢氛」は世間の汚れた風気。 **5** 以下四句は、いにしえの達人として四人の人物を挙げる。いずれも国を救う功績をあげながらも、富や栄誉を求めなかった。「段生」は戦国時代・魏の賢人段干木。魏の文侯《ぶんこう》が宰相となることを請うたが受けなかった。かかる高潔の士がいるため他国は魏を攻めようとはしなかったという(『史記』魏世家など)。「蕃」は垣根。「藩」に通じる。垣根が家を守るように、国を守る。　**6**「展季」は春秋時代・魯の大夫展禽《てんきん》。「季」は字《あざな》。柳下恵と称された。斉の軍勢が魯に攻め入ろうとしたとき、柳下恵は弟の展喜《てんき》に斉を説き伏せるよう命じ、その軍勢を退かせた(『左伝』僖公《きこう》二十六年)。　**7**「弦高」は春秋時代・鄭の商人。秦が鄭を討とうとして、まず晋の属国である滑《かつ》に攻め入ったとき、それをいち早く知った弦高は糧食などを贈って秦軍をねぎらうとともに、使いを鄭に送って状況を知らせた。この対応を見た秦軍は、鄭がすでに戦《いくさ》の準備を整えていると思い込んで撤退し、鄭は救われた。鄭の穆公《ぼくこう》が褒賞を与えようとしたが、弦高は辞して立ち去った(『左伝』僖公三十三年など)。「晋師」は秦の軍隊を指す。晋の属国である滑に侵攻していたため、かく呼んだものか。「師」は軍隊。　**8**「仲連」は戦国時代・斉の高士魯仲連。仲連が趙にいたとき、強国の秦が趙を攻めた。仲連は秦と妥協しようとする策に断固として反対し、それを聞いて恐れをなした秦軍は撤退した。趙の平原君は仲連に褒賞を与えようとしたが、仲連は受けずに去った(『史記』魯仲連伝など)。　**9・10** いにしえの達人たちが官位や封爵を受け取ろうとしなかったことをいう。

「組」は官職を示す印を佩《お》びるための組みひも、印綬。「乍」は否定の意を強調するか。「緤」は家畜などをしばりつけること。ここではそれを印綬を結ぶ意に用いて、官位に束縛されることをあらわす。「珪」は上が尖《とが》っていて下が四角な角錐《かくすい》形の玉。君主が諸侯に授けた礼器。「分」は分かち与える。晋・左思《さし》「詠史《えいし》」其の三(巻二一)[一]に、段干木や魯仲連の生き方を追慕して「組に臨むも緤ぐを肯(がえん)ぜず、珪に対しても分くるを肯ぜず」。**11・12**「恵物」は民に恩恵を与える。「所賞」は褒賞として与えられたもの。「励志」はみずからの節操・道徳を磨き鍛える。「故」は文意を強調する語。「固」に通じる。「絶人」は常人の水準から遠くかけ離れていること。**13**「苕苕」は遠くはるかなさま。永い時の経過をいう。**14**「播」はあたり一面に敷き広げる。広く影響を及ぼす。「清塵」は高潔な遺風。**16**「明哲」は道理に明るい賢人。謝霊運の祖父謝玄《しゃげん》(三四三—三八八)を指す。『尚書』説命《えつめい》上に「明哲　実《まこと》に則《のり》を作《な》す」。以下、謝玄の事跡とその功績について述べる。「経綸」は天下を治め運営する。『周易』屯卦象伝《ちゅんかしょうでん》に「君子は以て経綸す」。**17・18** 謝玄が学問や老荘の思弁に耽る穏やかな暮らしを棄て、みずから軍を率いて国難を救ったことを述べる。「講」は議論・考究、学問の営み。「綴」は廃止する。「輟」に通じる。「道論」は老荘思想に基づく道についての談論。いわゆる清談のたぐい。「改服」は衣服を替える。軍装に着替えて出陣することをいう。「世屯」は時代の艱難。『周易』に「屯」の卦がある。　前秦の苻堅《ふけん》の大軍が南侵したことを指す。謝玄はこれを淝水《ひすい》に迎えて破った。　**19・20** 謝玄が国難を救ったあと、君主を尊んで輔《たす》け、民の暮らしを豊かにしたことをいう。「屯難」は前句の「世屯」を指す。「云」は語調を整える助字。　○押韻　雲《うん》・氛《ふん》・人《じん》・軍《くん》・分《ふん》・人《じん》・塵《ちん》・綸《りん》・屯《ちゅん》・民《みん》

其二

1 中原昔喪亂
2 喪亂豈解已
3 崩騰永嘉末
4 逼迫太元始
5 河外無反正
6 江介有蹙圮
7 萬邦咸震懾
8 横流頼君子
9 拯溺由道情

其《そ》の二《に》

中原《ちゅうげん》　昔《むかし》喪乱《そうらん》す
喪乱《そうらん》　豈《あ》に解《と》け已《や》まん
永嘉《えいか》の末《すえ》に崩騰《ほうとう》し
太元《たいげん》の始《はじ》めに逼迫《ひょくはく》せらる
河外《かがい》　正《せい》に反《かえ》る無《な》く
江介《こうかい》　蹙《せま》り圮《やぶ》る有《あ》り
万邦《ばんぽう》　咸《み》な震《ふる》え懾《おそ》れ
横流《おうりゅう》　君子《くんし》に頼《よ》る
溺《おぼ》るるを拯《すく》うは道情《どうじょう》に由《よ》り

龕暴資神理
秦趙欣來蘇
燕魏遲文軌
賢相謝世運
遠圖因事止
高揖七州外
拂衣五湖裏
隨山疏濬潭
傍巖藝枌梓
遺情捨塵物
貞觀丘壑美

暴《あらあら》しきに龕《か》つは神理《しんり》に資《よ》る
秦趙《しんちょう》　来蘇《らいそ》を欣《よろこ》び
燕魏《えんぎ》　文軌《ぶんき》を遅《ま》つ
賢相《けんしょう》　世運《せいうん》を謝《しゃ》し
遠図《えんと》　事《こと》に因《よ》りて止《や》む
高《たか》く七州《しちしゅう》の外《そと》に揖《ゆう》し
衣《ころも》を五湖《ごこ》の裏《うち》に払《はら》う
山《やま》に随《したが》いて濬潭《しゅんたん》を疏《とお》し
巌《いわお》に傍《そ》いて枌梓《ふんし》を芸《う》う
情《じょう》を遺《わす》れて塵物《じんぶつ》を捨《す》て
丘壑《きゅうがく》の美《び》を貞観《ていかん》す

その二

その昔、中原の地は乱れ滅び、その乱れと滅びは止むことがなかった。永嘉《えいか》の末には国がばらばらに崩れ散り、太元《たいげん》の初めには敵に追いつめられた。淮水《わいすい》の向こう側は正常に復さぬまま、長江のほとりに衰え縮こまっていた。

国中の民は恐れ戦《おのの》き、氾濫する洪水のごとき混乱のなか君子たる我が祖にすがった。

溺れる民を救ったのは道義の心ゆえ、凶暴なる敵を平らげたのは神聖なる理法による。

秦や趙の地では聖なる天子の到来によってよみがえる日を心待ちにし、燕や魏の地では天下が統一されるのを望んでいた。

だが賢明なる宰相がこの世を去り、我が祖の遠大な謀《はかりごと》も諸事に阻まれ潰《つい》えていった。

かくて我が祖は辞して七つの州の外へと去り、衣の袖を振り払って五湖のほとりなる始寧《しねい》の地に退いた。

山に沿って深い池を掘り、岩の傍らに楡《にれ》や梓《あずさ》を植えた。

俗情を忘れ世間の汚れを棄て去り、山水の美をまっすぐに見つめつづけた。

1・2「中原」は西晋の都洛陽《らくよう》とその周辺。「喪乱」は世の中が乱れ、災いが起こること。「解已」は解決し終息する。二句は永康《えいこう》元年(三〇〇)に始まる八王の乱(晋の八人の王族が覇権を争って起こした反乱)、およびそれに引き続いて起こった五胡十六国の乱(異民族の侵入による動乱)など、西晋王朝の混乱をいう。　**3**「崩騰」は崩れたり躍りあがったりして乱れること。畳韻の語。「永嘉」は西晋の懐帝の年号(三〇七—三一三)。一句は、永嘉年間に異民族の石勒《せきろく》・劉聡《りゅうそう》などの軍が洛陽を攻め落とし、懐帝を殺害したことをいう。その後即位した愍帝《びんてい》も、建興《けんこう》四年(三一六)、劉聡に殺害され西晋王朝は滅ぶ。以後は、都を建康《けんこう》(南京市)に遷《うつ》し、東晋王朝として中国南方を統治する。　**4**「逼迫」は圧迫し、追いつめること。双声・畳韻の語。「太元」は東晋の孝武帝の年号(三七六―三九六)。一句は、太元年間、前秦の苻《ふ》堅《けん》が大軍を率いて東晋に攻め入り、淝《ひ》水《すい》流域にまで達したことをいう。謝玄《しゃげん》は太元八年(三八三)、これを迎え撃ち勝利を収めた(淝水の戦い)。　**5**「崩騰」一句を承け、西晋の滅亡によって失われた北方の領土を回復できないことをいう。「河外」は河の向こう側の意。もとは春秋時代、黄河の北に位置する晋国の人が洛陽のある黄河の南の地域を呼んだ語(『左伝』僖《き》公《こう》十五年など)。ここでは洛陽をはじめとして西晋が統治した北方の地域を指す。「反正」は正しい状態に立ち返る。『公羊伝《くようでん》』哀公十四年に「乱世を撥《おさ》めて諸《これ》を正に反す」。　**6**「逼迫」一句を承け、東晋が危難に瀕《ひん》したことをいう。「江介」は長江のほとり。東晋が統治する長江一帯を指す。「蹙」は圧迫されて縮む。「圮」は滅ぶ、絶える。「蹙圮」で領土を失い国が傾くことをいう。　**7・8** 北の脅威にさらされて混乱するなか、東晋の人びとが謝玄を頼りにしたという。「万邦」はすべての国々。『尚書』堯典《ぎょうてん》に「万邦を協和す」。「横流」は水があふれて所かまわず流れること。「君子」は謝玄を指す。　**9**「拯溺」は前句の「横流」を承けた表現。「道情」は道に立脚した信義に厚い心、道義心。『孟子』離《り》婁《ろう》上に

「天下溺るれば、之を援《すく》うに道を以てす」。10「龕」は戦いに勝って平定する。「暴」は苻堅の軍を指す。「神理」は人知の及ばない神聖にして至高の道理。11・12 前秦の支配下にある北方の民が、東晋王朝による領土回復を望んでいることをいう。「秦」は今の陝西《せんせい》省一帯。「趙」は山西省一帯。「欣」は喜びつつ待ち望む。「来蘇」は聖なる君主がやって来て民が生き返ること。『尚書』仲虺之誥《ちゅうきしこう》に「予が后《きみ》(君主)を徯《ま》つ、后来たらば其れ蘇らん」。「燕」は今の河北省一帯。「魏」は山西省南部から河南省北部一帯。「遅」は待ち望む。「文軌」は文字と車の両輪の幅。それらが統一されること。東晋による天下統一をいう。『礼記《らいき》』中庸《ちゅうよう》に「車は軌を同じくし、書は文を同じくす」。13 謝玄の叔父謝安《しゃあん》の死をいう。「賢相」は謝安を指す。謝安は尚書僕射《しょうしょぼくや》、開府儀同三司《かいふぎどうさんし》など宰相の位に就いた。「世運」は世の移りゆき、栄枯盛衰。「謝世運」で死去することをいう。謝安は太元十年(三八五)、六十六歳で没する。14「遠図」は遠大な計画。謝玄は苻堅を破ったあと、北方の地を奪回して天下を統一しようとしたが、朝廷の実力者たちに反対され果たせなかった(『晋書』謝玄伝)。「因事止」はそのことを指していう。15・16 謝玄が帰隠したことをいう。「高」は世俗を遠く超えていることをあらわす。「揖」は両手を胸の前に組んで上下させるへりくだった挨拶。「高揖」で朝廷での地位を棄てて立ち去り隠棲《いんせい》することをいう。「七州外」は晋王朝の外、隠棲の地をいう。「払衣」は衣の袖を振り払う。決然として俗世を去ったことをいう。「五湖」は呉・越の地(江蘇・浙江両省)にある太湖をはじめとする五つの湖。春秋時代・越の功臣范蠡《はんれい》が呉王夫差《ふさ》を討ち果たしたあとに小舟に乗って去っていった地であることから(『国語』越語下など)、古くより隠棲の地とされる。**17・18** 謝玄が隠棲の地である始寧の別荘の造営に意を注いだことをいう。「疏」は地面を掘り水を引き入れる。「濬潭」は深い池。「枌梓」は楡と梓。いずれもふるさとを連想させる樹木。**19・20** 謝玄の隠棲生活について述べる。「塵物」は世俗の汚れにまみれた物。地位や金銭など。「貞観」は正しく観察する。「貞」は正しい、「観」は視る(李善注)。『周易』繫辞《けいじ》伝《でん》下の「天地の道は、貞観する者なり」に出る語。「丘壑」は山と谷、自然の山水。○押韻　已《い》・始《し》・圮《ひ》・子《し》・理《り》・軌《き》・止《し》・裏《り》・梓《し》・美《び》

謝霊運の祖父謝玄《しゃげん》をたたえる詩。「其の一」では前秦の苻《ふ》堅《けん》の侵攻を撃退した淝《ひ》水《すい》の戦いにおける功績を、功を挙げながら褒賞を求めなかった先人になぞらえ、「其の二」では北方奪還の意図を内部から阻止され、隠逸に向かった経緯を述べる。美化されてはいるものの、そこには官界において挫折し、隠逸に身を投じようとした謝霊運自身の経歴が暗に重ねられ、無念の思いがこめられている。

勧《かん》励《れい》

善行を人に奨励したり、学問・道徳に勤しむべく自分を鼓舞する詩。

諷諫　諷《ふう》諫《かん》　韋《い》孟《もう》

(序)

孟爲元王傅、傅子夷王及孫王戊。戊荒淫不遵道、作詩諷諫曰。

孟《もう》は元王《げんおう》の傅《ふ》為《た》り、子《こ》の夷王《いおう》及《およ》び孫《まご》の王《おう》の戊《ぼ》に傅《ふ》たり。戊《ぼ》は荒淫《こういん》にして道《みち》に遵《したが》わず、詩《し》を作《つく》りて諷諫《ふうかん》して曰《い》う。

諫《かん》言《げん》

(序)韋孟は元王《げんおう》の傅《ふ》(守り役)となり、子の夷王《いおう》と孫の戊《ぼ》の傅にもなった。戊は酒色に耽《ふけ》り、道にはずれているので、詩を作って次のように諫《いさ》める。

韋孟《いもう》　生卒年未詳。前漢初の人。楚の元王《げんおう》(高祖劉邦《りゅうほう》の弟、劉交《りゅうこう》)、その子の夷王《いおう》(劉郢客《りゅうえいかく》)、孫の劉戊《りゅうぼ》と、三代にわたって傅《ふ》をつとめた。この詩で戊を諫《いさ》めたが聞き入れられず、位を去って鄒《すう》(山東省鄒城《すうじょう》市)に移った。

肅肅我祖
國自豕韋
黼衣朱黻
四牡龍旂
彤弓斯征
撫寧遐荒
摠齊羣邦
以翼大商
迭彼大彭
勳績惟光

粛粛《しゅくしゅく》たる我《わ》が祖《そ》
国《くに》すること豕韋《しい》自《よ》りす
黼衣《ほい》　朱黻《しゅふつ》
四牡《しぼ》　龍旂《りょうき》
彤弓《とうきゅう》もて斯《ここ》に征《ゆ》き
遐荒《かこう》を撫寧《ぶねい》す
群邦《ぐんほう》を摠《す》べ斉《ととの》え
以《もっ》て大商《たいしょう》を翼《たす》く
彼《か》の大彭《たいほう》と迭《たが》いにし
勲績《くんせき》　惟《こ》れ光《おお》いなり

厳かなる我が祖、国を賜ったのは豕韋《しい》氏に始まる。

斧《おの》を刺繡《ししゅう》した上衣に赤い膝掛け、四頭の牡馬《ぼば》に龍の旗指物《はたさしもの》。
朱塗りの弓を下賜されて遠征し、はるか未開の地を平定した。
あまたの邦々《くにぐに》を統率し、殷王室の片腕を務めた。
かの大彭《たいほう》氏と互いにならび、勲功は大いに輝いた。

○序は『漢書』韋賢《いけん》伝に祖先の韋孟について記した文章をそのまま用いる。以下、詩は内容に従って八段に分ける。　**2**「国」は天子から諸侯として領土を与えられること。「豕韋」は殷の諸侯。東郡韋城《いじょう》(河南省滑《かつ》県)に封じられた。　**3** 礼服の種類によって高い身分をあらわす。「黼衣」は背中に白と黒の斧の形を縫い取った礼服。「朱韍」は朱色の革製の膝掛け。　**4** 馬と旗によって高貴な身分をいう。「四牡」は四頭の牡馬。「龍旂」は昇り龍と降り龍が描かれた旗。　**5・6** 周辺の民族を帰属させた功を述べる。「彤弓」は天子から功績のある諸侯に賜る赤い弓。「斯」は語調を整える助字。「撫寧」は慰撫《いぶ》し平定する。「遐荒」は支配の及ばない地の果て。　**7**「揔斉」は統一する。　**8**「商」は殷。「大」を王朝名に冠して美称とする。　**9** 豕韋氏と大彭氏とが相継いで殷の覇となったことをいう。「大彭」は彭祖より出て、殷代に栄えた姓氏の一。

11 至于有周　　有周《ゆうしゅう》に至《いた》り

12 歴世會同
13 王赧聽譖
14 寔絶我邦
15 我邦既絶
16 厥政斯逸
17 賞罰之行
18 非繇王室
19 庶尹羣后
20 靡扶靡衞
21 五服崩離
22 宗周以墜

歴世《れきせい》 会同《かいどう》す
王赧《おうたん》 譖《そし》りを聴《き》き
寔《まこと》に我《わ》が邦《くに》を絶《た》つ
我《わ》が邦《くに》 既《すで》に絶《た》え
厥《そ》の政《せい》 斯《こ》れ逸《ほし》いままなり
賞罰《しょうばつ》の行《おこな》わるるは
王室《おうしつ》に繇《よ》るに非《あら》ず
庶尹《しょいん》も群后《ぐんこう》も
扶《たす》くる靡《な》く衛《まも》る靡《な》し
五服《ごふく》 崩離《ほうり》して
宗周《そうしゅう》 以《もっ》て墜《お》つ

周の世に至っても、代々諸侯として天子に仕えた。
赧《たん》王が讒言《ざんげん》を鵜呑《うの》みにして、そこで我が国は取りつぶされた。
我が国が取りつぶされるや、周の政治は勝手放題。
賞罰を行うにも、王室の手を経ない。

百官の長にも諸侯にも、王室を輔《たす》ける者はない。
国の版図はことごとく崩壊し、宗主たる周室も地に墜《お》ちた。

11・12 周王朝になっても諸侯として時めいていたことをいう。「有周」は周をいう。「有」は王朝名の前につく語。「会同」は諸侯がそろって天子に拝謁する。**13**「王赧」は東周最後の王、姫延《きえん》。「赧」は諡《おくりな》。「譖」は讒言、中傷。**14**『漢書』韋賢伝の応劭《おうしょう》注は王赧の時に豕韋氏が絶えたとするが、王赧以前にすでに豕韋氏は絶えていたとする説もある。「寔」は強調の意をあらわす助字。**17・18** 王室が実権を失って、賞罰が天子でなく、諸侯によって行われたことをいう。「繇」は「由」に通じる。**19**「庶尹」は諸々の官庁の長官たち。「群后」は諸侯たち。『尚書』益稷《えきしょく》に見える語。**21**「五服」は王畿(畿内)を同心円で囲む甸《でん》服・侯《こう》服・綏《すい》服・要《よう》服・荒《こう》服の地域。全土を指す。「崩離」は分裂離散する。『論語』季氏《きし》に「邦　分崩離析して、守ること能《あた》わず」。**22**「宗周」は天下が宗主として仰ぐ周。『詩経』小雅・正月《せいげつ》に「赫赫《かくかく》たる(勢いさかんな)宗周」。

23 我祖斯微
24 遷于彭城
25 在予小子

我《わ》が祖《そ》　斯《ここ》に微《おとろ》え
彭城《ほうじょう》に遷《うつ》る
予小子《われしょうし》に在《あ》りて

26 勤唉厥生　厥《そ》の生《せい》に勤《くる》しみ唉《なげ》く
27 阨此嫚秦　此《こ》の嫚秦《まんしん》に阨《くる》しめられ
28 耒耜斯耕　耒耜《らいし》もて斯《ここ》に耕《たがや》す
29 悠悠嫚秦　悠悠《ゆうゆう》たる嫚秦《まんしん》
30 上天不寧　上天《じょうてん》も寧《やす》んぜず
31 乃眷南顧　乃《すなわ》ち眷《かえり》みて南《みなみ》に顧《かえり》み
32 授漢于京　漢《かん》に京《けい》を授《さず》く
33 於赫有漢　於《ああ》赫《かく》たる有漢《ゆうかん》
34 四方是征　四方《しほう》を是《こ》れ征《せい》す
35 靡適不懐　適《ゆ》くとして懐《なつ》かざる靡《な》く
36 萬國攸平　万国《ばんこく》　攸《ここ》に平《たい》らかなり

我が祖はここに衰え、彭城《ほうじょう》の地に移った。賤《いや》しき我においても、この生に苦しみ嘆いた。おごれる秦に悩まされ、鋤《すき》を手に農夫に身をやつした。とめどなく傲慢なる秦に、天帝も穏やかではいられない。

されば南なる沛《はい》の地に恵みを向け、漢に都を授けたまう。
ああ輝かしき漢王朝、四方をば征討された。
至る所、心を寄せぬ者はなく、万国はかくして平安に帰した。

24「彭城」は楚国の地名。今の江蘇省徐州市。 **25**「予小子」は謙遜した自称。『詩経』『尚書』によく見える語。ここは韋孟自身を指す。 **26**「勤」は骨折り苦しむ。『荘子』天下に「其(厥)の生くるや勤しむ」。 **27・28** 暴虐な秦の世には官界を離れて農耕につとめたことをいう。「嫚」はあなどり慠《おご》る。「耒」も「耜」も、すきのたぐい。 **29**「悠悠」はとりとめのないさま。秦の暴政をいう。 **30**「上天」は天上の神。 **31**『詩経』大雅・皇矣《こうい》の「乃ち眷み西に顧み、此《ここ》に維《こ》れ与《とも》に宅《お》る」に倣う句。「南顧」は、秦から見て南に位置する沛県(江蘇省沛県)で旗揚げした劉邦に上天が味方をしたことをいう。 **32** 劉邦が長安に都を置いて漢の初代皇帝(高祖)となったことをいう。 **33**「於」は感嘆をあらわす語。 **34** 目的語「四方」を強調するために、助字の「是」を用いて倒置した句法。 **36**「攸」は語調を整える助字。

37 乃命厥弟　　乃《すなわ》ち厥《そ》の弟《おとうと》に命《めい》じ
38 建侯于楚　　侯《こう》を楚《そ》に建《た》てしむ

39 俾我小臣　我小臣《われしょうしん》をして
40 惟傅是輔　惟《こ》れ傅《たす》け是《こ》れ輔《たす》けしむ
41 矜矜元王　矜矜《きょうきょう》たる元王《げんおう》は
42 恭儉靜一　恭倹《きょうけん》にして静一《せいいつ》
43 惠此黎民　此《こ》の黎民《れいみん》を恵《めぐ》み
44 納彼輔弼　彼《か》の輔弼《ほひつ》を納《い》る
45 享國漸世　国《くに》を享《う》けて世《よ》を漸《つ》くし
46 垂烈于後　烈《いさおし》を後《のち》に垂《た》る
47 迺及夷王　迺《すなわ》ち夷王《いおう》に及《およ》び
48 克奉厥緒　克《よ》く厥《そ》の緒《しょ》を奉《ほう》ず

そこで高祖は弟たる元王を、諸侯として楚の国に封じた。
わたくしごとき者に、後見と補佐を命じられた。
慎み深き元王は、ひかえめで落ち着いた方。
民草《たみくさ》には慈愛を施し、補佐の家臣には耳を傾けた。
国を授かり三十年でみまかり、功績は後の世にのこされた。

かくて夷王の御代《みよ》となり、遺業をみごとに引き継がれた。

37「厥弟」は高祖の異母弟、元王劉交。漢の高祖の六年(前二〇一)、楚に封じられた。**38**「建侯」は諸侯に立てて国を与える。『周易』予《よ》卦《か》に出る語。**39**「俾」は使役をあらわす助字。「小臣」は臣下の卑称。**41**「矜矜」は身を慎むさま。**42**「恭倹」は人に対しては恭《うやうや》しく、自分自身はひかえめなこと。「静一」は静かさを守って変わらないこと。**43**「黎民」は庶民。**44**「輔弼」は主君を補佐する大臣。楚では相国《しょうこく》に当たる。王を教導する傅(太傅《たいふ》)と相(相国)は朝廷勅任の官。**45**「享国」は王として国を受け継ぐ。「漸世」は一世(三十年)で没する。「漸」は終える。『史記』楚元王世家では元王の在位期間は二十三年。二十七年とする説もある。**47・48** 元王の業績を夷王が受け継いだことをいう。「迺」は「乃」に通じる。「夷王」は元王の子、劉郢客《りゅうえいかく》。在位四年で亡くなった。「緒」は端緒。前人が果たし得なかった遺業をいう。

49 咨命不永
50 惟王統祀
51 左右陪臣
52 斯惟皇士

咨《ああ》 命《いのち》 永《なが》からず
惟《こ》れ王《おう》は祀《し》を統《す》ぶ
左右《さゆう》の陪臣《ばいしん》
斯《こ》れ惟《こ》れ皇士《こうし》なり

53 如何我王　如何《いかん》ぞ　我《わ》が王《おう》
54 不思守保　守《まも》り保《たも》つを思《おも》わざる
55 不惟履冰　冰《こおり》を履《ふ》みて
56 以繼祖考　以《もっ》て祖考《そこう》を継《つ》ぐを惟《おも》わざる

ああ、おいのちは長からず、ここに我が王が祭祀《さいし》を統べることになった。左右に従う家臣は、まことに皆《み》な麗しき方々。なんたることか、我が王は、国を守ってゆこうと考えられない。薄氷を踏むように慎み深く、父祖の功業を引き継ぐことは心に留められない。

49 夷王が即位四年で亡くなったことをいう。「咨」は悲嘆の声。 **50**「統祀」は宗廟《そうびょう》の祭祀《さいし》を統括する。戊が夷王を継いだことをあらわす。 **51**「陪臣」は諸侯に仕える家臣。天子の臣である諸侯にさらに仕えるので、「陪(重ねる)」という。 **52**「皇士」はりっぱな人物。『詩経』大雅・文王に「思に皇たる多士」。 **54**「守保」は国家を保持すること。 **55・56** 前の句の「不思」を「不惟」に言い換えて繰り返し、二句全体を強調する。「履氷」は、薄い氷を踏むことから、慎重に謙虚に事を運ぶさまをたとえる。『詩経』小雅・小旻《しょうびん》に「戦戦兢兢《せんせんきょうきょう》として、深淵に臨むが如く、薄氷を履むが如し」。「祖考」は亡き祖父と亡き父。

57 邦事是廢
58 逸游是娯
59 犬馬悠悠
60 是放是驅
61 務此鳥獸
62 忽此稼苗
63 蒸民以匱
64 我王以媮
65 所弘匪德
66 所親匪俊
67 唯囿是恢
68 唯諛是信
69 睮睮諂夫

邦事《ほうじ》を是《こ》れ廃《す》て
逸游《いつゆう》を是《こ》れ娯《たの》しむ
犬馬《けんば》の悠悠《ゆうゆう》たる
是《こ》れ放《はな》ち是《こ》れ駆《か》る
此《こ》の鳥獣《ちょうじゅう》を務《つと》め
此《こ》の稼苗《かびょう》を忽《ゆるが》せにす
蒸民《じょうみん》は以《もっ》て匱《とぼ》しく
我《わ》が王《おう》は以《もっ》て媮《たの》しむ
弘《ひろ》むる所《ところ》は徳《とく》に匪《あら》ず
親《した》しむ所《ところ》は俊《しゅん》に匪《あら》ず
唯《た》だ囿《ゆう》を是《こ》れ恢《おお》いにし
唯《た》だ諛《へつら》いを是《こ》れ信《しん》ず
睮睮《ゆゆ》たる諂夫《てんぷ》あり

70 諤諤黃髮　諤諤《がくがく》たる黃髮《こうはつ》あり
71 如何我王　如何《いかん》ぞ　我《わ》が王《おう》
72 曾不是察　曾《すなわ》ち是《これ》を察《さっ》せざる
73 既藐下臣　既《すで》に下臣《かしん》を藐《とお》ざけ
74 追欲縱逸　欲《よく》を追《お》い逸《いつ》を縱《ほしい》ままにす
75 嫚彼顯祖　彼《か》の顯祖《けんそ》を嫚《あなど》り
76 輕此削黜　此《こ》の削黜《さくちゅつ》を輕《かろ》んず

国の政治を打ち捨てて、逸楽に遊び呆《ほう》ける。
犬だの馬だのをどこまでも、好き放題に走らせる。
鳥だ獣だと狩りには熱心、畑仕事には見向きもしない。
民草《たみくさ》は食うにも事欠き、我が王は逸楽に耽《ふけ》る。
広めるのは徳にあらず、親しむのは英俊にあらず。
ただ狩り場だけを広げ、ただへつらいだけを信じる。
上目遣《うわめづか》いの追従者もいれば、直言する老人もいる。
なんたることか、我が王は、まるで見分けがつけられぬ。

こうるさい下臣は遠ざけて、欲望のままに快楽に走る。
かの栄えある父祖をあなどり、こたび領地を削られても意に介しない。

59「悠悠」は遠くまで行くさま。**60**「放」は犬を放つ。「駆」は馬を駆る。**62**「稼苗」は穀物の苗。農事をいう。**63**「蒸民」はもろもろの民。「蒸」は衆多の意。「匱」は農業をおろそかにしたための窮乏。**64**「媮」は快楽に耽る。「愉」に通じる。**67**「囿」は鳥獣を放し飼いにする園。**69**「睮睮」は目で媚《こ》びるさま。「諂夫」は上にへつらう者。**70**「諤諤」は、はばかることなく直言するさま。「黄髪」は老人。年をとると白髪が黄色くなるのでかくいう。**72**「曽」は否定を強調する助字。否定文で目的語が指示代名詞である場合、しばしば動詞の前に倒置される。ここでは「是」が目的語として動詞「察」の前に来る。**73**「藐」は排除、追放する。「下臣」は臣下。**75**「顚祖」は祖先に対する敬称。**76**「削黜」は封地を削り、役職から退ける。漢の景帝の前元二年(前一五五)、楚王の戊は太后の服喪中に姦淫《かんいん》したことを理由に東海郡(江蘇省と山東省の一部)を召し上げられた(『史記』楚元王世家)。

77　嗟嗟我王　　嗟嗟《ああ》我《わ》が王《おう》は
78　漢之睦親　　漢《かん》の睦親《ぼくしん》なり

79 曾不夙夜
80 以休令聞
81 穆穆天子
82 照臨下土
83 明明羣司
84 執憲靡顧
85 正遐由近
86 殆其怙茲
87 嗟嗟我王
88 曷不斯思
89 匪思匪監
90 嗣其罔則
91 彌彌其逸
92 岌岌其國

曽《すなわ》ち夙夜《しゅくや》して
以《もっ》て令聞《れいぶん》を休《おお》いにせず
穆穆《ぼくぼく》たる天子《てんし》は
下土《かど》を照臨《しょうりん》す
明明《めいめい》たる群司《ぐんし》は
憲《のり》を執《と》り顧《かえり》みること靡《な》し
遐《とお》きを正《ただ》すには近《ちか》き由《よ》りす
殆《あや》ういかな　其《そ》れ茲《これ》に怙《たの》む
嗟嗟《ああ》　我《わ》が王《おう》
曷《なん》ぞ斯《これ》を思《おも》わざる
思《おも》うに匪《あら》ず監《かんが》みるに匪《あら》ざれば
嗣《し》は其《そ》れ則《のっと》ること罔《な》からん
弥弥《びび》たり其《そ》の逸《いつ》
岌岌《きゅうきゅう》たり其《そ》の国《くに》

ああ、我が王は、漢王室に近い血筋。
しかるに明け暮れはげんで、令名を高めようとは絶えてなさらぬ。
輝かしき天子は、あまねく天下にしろしめす。
明敏な諸官は、国家の掟《おきて》を公正に執り行う。
遠い人まで正すにはまず近くから始めるもの。血族であることをあてにする危うさよ。
ああ、我が王は、なぜに思慮なさらぬのか。
思慮もせず鑑《かがみ》ともせぬならば、続く者の模範になれない。
ますます道をはずれ、いよいよ国は危うい。

77「嗟嗟」は嘆きの声。　**78**「睦親」は近い血縁。　**79**「夙夜」は朝早くから夜遅くまで努めはげむ。『詩経』小雅・小宛《しょうえん》に「夙に興《お》き夜に寐《い》ね、爾《なんじ》の所生《しょせい》(父母)を忝《はずかし》むる無かれ」。　**80**「休」はりっぱなものにする。「令聞」はよい評判。『尚書』微子之命《びししめい》に「旧《もと》より令聞有り」。　**81**「穆穆」は天子の振る舞いが恭しくりっぱなさま。『詩経』周頌・雝《よう》に「天子穆穆たり」。　**82** 日月が天上から地をあまねく照らすことになぞらえて、天子が天下を治めることをいう。「照臨」は下を照らす。「下土」は治める全土。『詩経』小雅・小明《しょうめい》に「明明たる上天、下土を照臨す」。　**83・84** 漢王朝が王の放逸を見逃さず、楚国をとりつぶそうとすることを暗示する。当時、御史大夫の鼂錯《ちょうそ》らの進言により、地方の諸王を弱体化するための封地削減が実行されていた。漢の景帝の前元三年(前一五四)、朝廷側のこうした抑圧策に呉王や楚王らが反撥《はんぱつ》して挙兵、呉楚七国の乱が起こる(『史記』楚元王世家)。「執憲」は国家の法令を執り行う。「靡顧」は私情に流されないこと。 **85** 関係の疎遠な人を正すには、まず近親の者から始めるべきだという。ここでは漢王朝が広く天下の人びとに正義を知らしめるために、王室の一員である戊をまっ先に懲らしめることをいう。『尚書』太甲《たいこう》下の「遐きに陟《のぼ》るには必ず邇《ちか》き自《よ》りす」をふまえる。 **86** 戊は漢王室の一員であることを頼みとしているが、むしろ近親の王族であるからこそ危険だという。「怙」は頼みとする。 **89** 「監」は戒めとする。「鑑」に通じる。 **91** 「弥弥」はいよいよ。「逸」は逸脱すること。 **92** 「岌岌」は壊れそうで危ういさま。

93 致冰匪霜　　冰《こおり》を致《いた》すは霜《しも》に匪《あら》ずや
94 致墜匪嫚　　墜《お》つるを致《いた》すは嫚《おご》りに匪《あら》ずや
95 瞻惟我王　　惟《こ》れ我《わ》が王《おう》を瞻《み》るに
96 時靡不練　　時《こ》れ練《くわ》しからざるは靡《な》し

興國救顚
孰違悔過
追思黃髮
秦繆以霸
歲月其徂
年其逮耇
於昔君子
庶顯于後
我王如何
曾不斯覽
黃髮不近
胡不時鑑

国《くに》を興《おこ》し顚《かたむ》くを救《すく》うは
孰《たれ》か過《あやま》ちを悔《く》ゆるに違《たが》わん
黄髪《こうはつ》を追思《ついし》して
秦《しん》の繆《ぼく》は以《もっ》て覇《は》たり
歳月《さいげつ》は其《そ》れ徂《ゆ》き
年《とし》は其《そ》れ耇《おい》に逮《およ》ばん
於《ああ》　昔《むかし》の君子《くんし》は
後《のち》に顕《あら》わるるを庶《ねが》う
我《わ》が王《おう》　如何《いかん》ぞ
曾《すなわ》ち斯《これ》を覧《み》ざる
黄髪《こうはつ》を近《ちか》づけず
胡《なん》ぞ時《これ》を鑑《かんが》みざる

氷が結ぶのは霜からではないか、国の失墜は驕慢《きょうまん》からではないか。察するに我が王は、これを熟知せぬはずはない。

国を盛んにし転覆から救うのは、過ちを悔いる以外にはない。
髪も黄ばんだ老臣の諫言《かんげん》を思い起こしたからこそ、秦の穆公《ぼくこう》は天下に覇たりえた。
歳月は過ぎゆき、御年もいずれ老いに至るであろう。
ああ、いにしえの君子は、後世に名を明らかにせんと願ったもの。
などて我が王は、このことを顧みぬのか。
老臣をそばに近づけず、などて鑑《かがみ》となさらぬのか。

93・94 氷が張る前には霜が降りる前兆があるように、ものごとが衰える前には怠慢という前段階がある。『周易』坤卦《こんか》の「霜を履《ふ》みて、堅氷至る」をふまえた表現。 **96**「時」は「是」に通じる。語調を整える助字。 **99・100**「春秋五覇」の一人秦の繆(穆)公は、蹇叔《けんしゅく》らの意見を聞かずに鄭を伐つが果たせず、その帰途、晋との戦いに完敗する。帰国後、過ちを悔いて『尚書』秦誓《しんせい》を作り、のちに覇者となった。「黄髪」は、ここでは蹇叔らの老臣を指す。事の経緯は『左伝』僖公《きこう》三十二年・三十三年に記される。「覇」は覇者。諸侯の旗頭。 **102**「耇」は老人。 ○押韻　韋《い》・旂《き》／荒《こう》・商《しょう》・光《こう》／同《とう》・邦《ほう》／逸《いつ》・室《しつ》／衛《えい》・墜《つい》／城《せい》・生《せい》・耕《こう》・寧《ねい》・京《けい》・征《せい》・平《へい》／楚《そ》・輔《ほ》／一《いつ》・弼《ひつ》／後《こう》・緒《しょ》／祀《し》・士《し》／保《ほう》・考《こう》／娯《ご》・駆《く》・苗《びょう》・媮《ゆ》／俊《しゅん》・信《しん》／髪《はつ》・察《さつ》／逸《いつ》・黜《ちゅつ》／親《しん》・聞《ぶん》／土《と》・顧《こ》／茲《し》・思《し》／則《そく》・国《こく》／嫚《まん》・

練《れん》／過《か》・覇《は》／耇《こう》・後《こう》／覧《らん》・鑑《かん》

韋孟《いもう》が傅《ふ》の立場から戊王《ぼおう》を諫《いさ》めた詩とされるが、諷諫《ふうかん》に直接関わらない自分の家系を綴る言葉が長すぎはしないか、これほどに厳しい苦言を呈して身の危険にさらされなかったのか、といった疑問が生じる(戊王のもとで他の諫臣は残忍な仕打ちを受けている)。この詩を載せる『漢書』韋賢《いけん》伝(韋孟の五世の子孫)には、「其の子孫事を好み、先人の志を述べて是《こ》の詩を作る」という説があったことが記されている。それに従い、韋孟の子孫が彼をたたえるべく作った詩と考えたほうが、理解しやすい。韋孟の作であるにせよ、子孫の作であるにせよ、戊王に対する諫言が中心であり、それゆえに「諷諫」の部に収められる。

勵志　　志《こころざし》を励《はげ》ます

張華《ちょうか》

(一)

1 大儀斡運　　大儀《たいぎ》　斡運《あつうん》して
2 天迴地游　　天《てん》は迴《めぐ》り地《ち》は游《うご》く
3 四氣鱗次　　四気《しき》　鱗次《りんじ》し

4 寒暑環周
5 星火既夕
6 忽焉素秋
7 涼風振落
8 熠燿宵流

寒暑《かんしょ》　環周《かんしゅう》す
星火《せいか》　既《すで》に夕《かたむ》き
忽焉《こつえん》として素秋《そしゅう》なり
涼風《りょうふう》　落《らく》を振《ふ》るい
熠燿《ゆうよう》　宵《よい》に流《なが》る

志をはげます

大いなる道が運行し、天は回り地は動く。
四季は次々と連なり続き、寒さ暑さは循環する。
火星が西に傾けば、たちまち秋が訪れる。
冷たい風が木の葉を振るい落とし、ほたる火が夜の闇に光を引く。

張華《ちょうか》　二三二—三〇〇　字《あざな》は茂先《もせん》。西晋の人。魏の太常博士となり、晋の武帝の即位後、中書令となる。呉の討伐で功を立て広武侯《こうぶこう》に封じられたが、八王の乱で趙王倫《りん》に殺された。博学強記で知られ、『博物志』の著がある。無名であった左思《さし》の「三都の賦」(巻四・五)を推賞して世に知らしめるなど、西晋文壇に重きをなした。『詩品』中品。

0「励志」は自己形成の心構えを説く詩。　**1**「大儀」は宇宙を動かす大道。「儀」は手本。「幹運」は運行する。「幹」は転の意。　**3**「四気」は四季。春夏秋冬の温熱冷寒の気をいう。「鱗次」は鱗のように連なる。　**4**「環周」は切れることなくめぐる。　**5**「星火」は火星。『詩経』豳風《ひんぷう》・七月に「七月　流《くだ》る火あり」、鄭箋《ていせん》に「火星　中《ちゅう》して(中天にかかる)寒暑退く」。「夕」は傾く。　**6**「素秋」は秋。「秋」は五行で白に当たるので「素(白)」という。　**7**「涼風」は早秋の風。『礼記《らいき》』月令《がつりょう》に「(孟秋の月)涼風至る」。　**8**「熠燿」は蛍火。双声の語。『詩経』豳風・東山《とうざん》に「熠燿は宵に行く」。

○押韻　游《ゆう》・周《しゅう》・秋《しゅう》・流《りゅう》

(二)

1 吉士思秋
2 寔感物化
3 日與月與
4 荏苒代謝
5 逝者如斯
6 曾無日夜
7 嗟爾庶士

吉士《きっし》　秋《あき》に思《かな》しみ
寔《まこと》に物《もの》の化《か》するに感《かん》ず
日《ひ》や月《つき》や
荏苒《じんぜん》として代謝《たいしゃ》す
逝《ゆ》く者《もの》は斯《か》くの如《ごと》く
曽《すなわ》ち日夜《にちや》無《な》し
嗟《ああ》　爾庶士《なんじしょし》

8 胡寧自舎　　胡寧《なん》ぞ自《みずか》ら舎《や》まん

善きおのこは秋に悲しみを覚え、まことに物の移ろいに心動かされる。
日と月とは、入れ替わり立ち替わりして時は移る。
時の流れは川の水のよう、昼夜とてない。
ああ、なんじおのこらよ、などてこのまま止まっておれよう。

1・2「吉士」はりっぱな男子。『詩経』召南・野有死麕《やゆうしきん》に「女《むすめ》有り春に懐《おも》う、吉士之を誘う」。「思」は悲しむ。「物化」は万物の変転。『淮南子《えなんじ》』繆称訓《びゅうしょうくん》に「春に女は思い、秋に士は悲しみ、物の化するを知る」。　**4**「荏苒」は時の進み行くさま。双声の語。「代謝」は入れ替わる。新たな者が取って代わり、古い者が立ち去る。　**5・6**『論語』子罕《しかん》の「子《し》　川上に在りて曰く、逝く者は斯くの如きか、昼夜に舎まず」をふまえる。「曽無」はまったくない。「曽」は否定を強める助字。　**7**「嗟」は感嘆の辞。「庶士」はもろもろの男子。「爾庶士」は皆《み》なに呼びかける言い方。　**8**「胡寧」は二字の疑問詞、ここでは反語。「舎」は止まる。「川上《せんじょう》の嘆」は晋・張協《ちょうきょう》「雑詩」其の二(巻二九)[五]にも「川上の逝くを歎《なげ》くは、前脩《ぜんしゅう》(先賢、孔子を指す)以て自ら勗《つと》む」と勉励への契機となる。　○押韻　化《か》・謝《しゃ》・夜《や》・舎《しゃ》

（三）

1 仁道不遐
2 徳輶如羽
3 求焉斯至
4 衆鮮克擧
5 大猷玄漠
6 將抽厥緒
7 先民有作
8 貽我高矩

仁《じん》の道《みち》は遐《とお》からず
徳《とく》の輶《かろ》きこと羽《はね》の如《ごと》し
焉《これ》を求《もと》むれば斯《ここ》に至《いた》るも
衆《しゅう》は克《よ》く挙《あ》ぐること鮮《すくな》し
大猷《たいゆう》は玄漠《げんばく》なるも
将《まさ》に厥《そ》の緒《しょ》を抽《ひ》かんとす
先民《せんみん》　作《な》すこと有《あ》りて
我《われ》に高《たか》き矩《のり》を貽《のこ》せり

仁の道は遠くにあるわけではなく、徳は羽のように軽くて身につけやすい。求めればすぐに得られるのに、取り上げようとする人は少ない。大道は奥深くひそやかなものではあるが、まずは糸口を引き出そう。いにしえの賢者は偉大な事業をなし、我々にりっぱな教えをのこされた。

1「遐」は遠い。『論語』述而《じゅつじ》の「子曰く、仁　遠からんや。我　仁を欲せば、斯に仁至らん」に基づく。　**2**「輶」は軽い。「如羽」は徳を身につけることのたやすさをたとえる。『詩経』大雅・烝民《じょうみん》の「徳の輶きこと毛の如し、民は克く之を挙ぐること鮮し」に基づく。　**5**「猷」は道。「玄漠」は幽遠で静寂。　**6** 小さな糸口をきっかけに大きな道を知ることができる。「緒」は糸口。　**7**「先民」は周公旦《しゅうこうたん》や孔子など、いにしえの賢人。一句は『詩経』商頌・那《だ》の句をそのまま使う。　**8**「高矩」はすぐれた手本。

○押韻　羽《う》・挙《きょ》・緒《しょ》・矩《く》

（四）

1 雖有淑姿　淑姿《しゅくし》有《あ》りと雖《いえど》も
2 放心縦逸　心《こころ》を放《ほし》いままにし逸《たの》しみを縦《ほし》いままにす
3 出般于游　出《い》でては游《あそ》びを般《たの》しみ
4 居多暇日　居《お》りては暇日《かじつ》多《おお》し
5 如彼梓材　彼《か》の梓材《しざい》に
6 弗勤丹漆　丹漆《にうるし》を勤《つと》めざるが如《ごと》し
7 雖労朴斲　朴斲《はくたく》に労《ろう》すと雖《いえど》も
8 終負素質　終《つい》に素質《そしつ》に負《そむ》かん

たとえ良い素質をもっていても、好き勝手に遊び放題。
外に出ては楽しみにかまけ、家にいては無為に過ごすばかり。
それではあの梓《あずさ》の材に、赤い漆を塗ろうとはげまないのと同じ。
骨折って原木を削っても、所詮は良い素質を生かせない。

1「淑姿」は生来の美しい資質。　**2**「放心」「縦逸」はともに放縦の意。『尚書』畢命《ひつめい》に「放心を収むと雖も、之を閑《しず》むること惟《こ》れ艱《かた》し」。　**3**「般」は遊楽。　**4**『荀子』脩身に「其の人と為《な》りや暇日多き者は、其の人に出ずること遠からざるなり(他者よりすぐれることはできない)」。　**5**「梓」は良質の材。　**7**「朴斲」は素材となる木を削ること。畳韻の語。『尚書』梓材《しざい》に、政治を工匠が梓材に赤土を塗って器を完成させるのにたとえて、「梓材を作るが若《ごと》し。既に樸《はく》(朴)斲に勤め、惟《こ》れ其れ丹(たん)雘《わく》(上質の赤土)を塗る」。5–8の四句はこれをふまえる。　○押韻　逸《いつ》・日《じつ》・漆《しつ》・質《しつ》

（五）

1 養由矯矢　　養由《ようゆう》の矢《や》を矯《た》むるや
2 獣號于林　　獣《けもの》は林《はやし》に号《さけ》ぶ
3 蒲盧縈繳　　蒲盧《ほろ》の繳《いぐるみ》を縈《めぐ》らすや

4　神感飛禽　　神《しん》は飛禽《ひきん》を感《かん》ぜしむ
5　末伎之妙　　末伎《まつぎ》の妙《みょう》すら
6　動物應心　　物《もの》を動《うご》かし心《こころ》に応《おう》ぜしむ
7　研精耽道　　精《せい》を研《みが》き道《みち》に耽《ふけ》らば
8　安有幽深　　安《いず》くんぞ幽深《ゆうしん》なること有《あ》らんや

養由基《ようゆうき》が矢をつがえるだけで、獣は林の中で鳴き叫ぶ。蒲且子《ほしょし》が繳《いぐるみ》の糸を一羽にからませただけで、その心は他の鳥をも震撼《しんかん》させた。取るに足らぬ弓矢の妙技でも、禽獣を動かし自分の心に反応させる。心をとぎすまし道に専心すれば、到達できぬ深遠さなどありはしない。

1・2「養由」は養由基。戦国・楚の弓の名人、弓に矢をつがえただけで、猿は木を抱いて叫んだという(『淮南子《えなんじ》』説山訓《せつざんくん》)。**3・4**「蒲盧」は蒲且子。春秋時代の繳の名人。「繳」は矢に糸をつけて鳥を射る道具。蒲且子が二羽の鳥を見て一羽を射たところ、もう一羽も落ちたという(『列子』湯問《とうもん》)。「神」は心、精神。**5**「末伎」は弓や繳など、枝葉末節の技。後漢・班固《はんこ》「幽通《ゆうつう》の賦」(巻一四)に、養由基の故事を用いて「末技(伎)を操《と》るすら猶《な》お必ず然《しか》り、矧《いわ》んや躬《み》を道真に耽らしむるをや」。**6**「応心」は自分の心のままにする。『荘子』天道の輪扁《りんぺん》(車大工)の言葉に「之を手に得て心に応ず」。7「研精」は精神を集中する。「尚書の序」(巻四五)に「精を研き思いを覃《ふか》くし、博《ひろ》く経籍に考え、群言を采摭《さいせき》す(採取する)」。「耽」は深く浸る。「道」は道徳。8「幽」は目に見えないもの。「深」は奥深いもの。『周易』繫辞伝《けいじでん》上に「遠近幽深有る無《な》く、遂《つい》に来物(未来の事)を知る」。　○押韻　林《りん》・禽《きん》・心《しん》・深《しん》

（六）

1 安心恬蕩　　心《こころ》を恬蕩《てんとう》に安《やす》んじ
2 棲志浮雲　　志《こころざし》を浮雲《ふうん》に棲《す》ましむ
3 體之以質　　之《これ》を体《たい》するに質《しつ》を以《もっ》てし
4 彪之以文　　之《これ》を彪《かざ》るに文《ぶん》を以《もっ》てす
5 如彼南畝　　彼《か》の南畝《なんぽ》に
6 力耒既勤　　耒《すき》を力《つと》め既《すで》に勤《つと》む
7 藨蓘致功　　藨蓘《ひょうこん》に功《こう》を致《いた》さば
8 必有豐殷　　必《かなら》ず豊殷《ほういん》有《あ》るが如《ごと》し

心をゆったりと落ち着かせ、志を空の雲に馳《は》せるように高く掲げる。
質朴を内の本質とし、華やぎを外の飾りとする。
あの日当たりの良い南の畑で、鋤《すき》を手に農耕にはげむ。
草取りと苗への土盛りに精を出せば、きっと豊かな実りが得られるように。

1「恬蕩」は「恬淡《てんたん》」と同じ。静かに落ち着いたさま。双声の語。　**3・4**「体」は本体とする。「質」は内面の純朴さ。「彪」は虎の皮の模様のように美しく飾るの意。「文」は外面の華やぎ。『論語』雍也《ようや》の「文質彬彬《ひんぴん》として、然《しか》る後に君子なり」をふまえ、生来の資質と習得した教養が調和した人格をいう。　**5・6**「南畝」は南の畑。『詩経』小雅・甫田《ほでん》の「古《いにしえよ》自り年《とし》有り(豊年が続く)、今 南畝に適《ゆ》き、或いは耘《うん》し(草取り)或いは耔《し》し(土かけ)、黍稷《しょしょく》(きび)は薿薿《ぎぎ》たり(さかんに生長する)」をふまえる。　**7・8**「薫」は草刈りして耕す。「蓘」は苗の根本に土をかける。「致功」は力を尽くしはげむ。「殷」は盛んなさま。『左伝』昭公元年に「譬《たと》えば農夫の是れ穮《くさぎ》(薫)り是れ蓘(つちか)えば、飢饉《ききん》有りと雖《いえど》も、必ず豊年有るが如し」。　○押韻　雲《うん》・文《ぶん》・勤《きん》・殷《いん》

(七)

1 水積成淵　　水《みず》は積《つ》もりて淵《ふち》を成《な》し

載瀾載清　載《すなわ》ち瀾《なみ》あり載《すなわ》ち清《きよ》し
土積成山　土《つち》は積《つ》もりて山《やま》を成《な》し
歊蒸鬱冥　歊蒸《きょうじょう》として鬱冥《うつめい》たり
山不讓塵　山《やま》は塵《ちり》を譲《ゆず》らず
川不辭盈　川《かわ》は盈《み》つるを辞《じ》せず
勉志含弘　志《こころざし》を含弘《がんこう》に勉《つと》め
以隆德聲　以《もっ》て徳声《とくせい》を隆《さか》んにせん

水がかさを増して淵となり、さざ波が立ったり清らかに澄んだり。土が積み重なって山となり、蒸気が上がったり靄《もや》に曇ったり。山は塵《ちり》をも拒まず、川はあふれることを避けない。すべてを含む広大さを心掛け、有徳の誉れを高めよう。

1-4『荀子』勧学の「土を積みて山を成さば、風雨興《おこ》る。水を積みて淵を成さば、蛟《こう》龍《りゅう》生ず。善を積み徳を成さば、神明自得し、聖心備わる」をふまえる。「載」は語調を整える助字。「歊蒸」は蒸気が立ち上るさま。畳韻の語。「鬱冥」は靄がたちこめて薄暗いさま。**5・6** 何者も拒まないゆえに大を成すことをいう。『管子』形勢解《けいせいかい》の「海は水を辞せず(不)、故に能《よ》く其の大を成す。山は土を辞せず(不)、故に能く其の高きを成す。明主は人を厭《いと》わず、故に能く其の衆を成す。士は学を厭わず、故に能く其の聖を成す」に基づく。**7**「含弘」は万物を包み込んで広大になる。双声の語。『周易』坤卦《こんか》彖伝《たんでん》に「含弘光大にして、品物《ひんぶつ》咸《み》な亨《とお》る」。○押韻　清《せい》・冥《めい》・盈《えい》・声《せい》

（八）

1 高以下基　　高《たか》きは下《ひく》きを以《もっ》て基《もとい》とし
2 洪由纖起　　洪《おお》きは纖《ほそ》きに由《よ》りて起《お》こる
3 川廣自源　　川《かわ》の広《ひろ》きは源《みなもと》自《よ》りし
4 成人在始　　人《ひと》を成《な》すは始《はじ》めに在《あ》り
5 累微以著　　微《び》を累《かさ》ねて以《もっ》て著《あらわ》るるは
6 乃物之理　　乃《すなわ》ち物《もの》の理《り》なり
7 纆牽之長　　纆牽《ぼくけん》の長《なが》きは
8 實累千里　　実《じつ》に千里《せんり》に累《るい》あり

高いものは低いものを土台とし、大きなものは細かなものから始まる。

川が広いのは源があるから、一人前になるのも始めが肝心。
微細なものを積み重ねて形ができる、それこそがものの道理。
手綱が長いのは、確かに千里の走りを妨げる。

1『老子』三十九章の「高きは下きを以て基と為す」に基づく。　**2**「洪」は大。「纖」は小。『老子』六十四章に「合抱《ごうほう》の木も、毫末《ごうまつ》より生ず(ひと抱えもある大木も毛の先ほどの小さな芽から生じる)」。　**3**『礼記』学記に「三王(夏・殷・周の三代の王)の川を祭るや、皆《み》な河を先にして海を後にす。或いは源なり、或いは委《すえ》なり。此を之れ本《もと》を務むと謂《い》う」。　**4**「成人」は有徳の人になること。『国語』晋語六に「人を成すは始め善に与《くみ》するに在り」。　**5** 物は微細なものが集積して形作られる。「累」は累積。『荀子』大略に「小を尽くす者は大となり、微を積む者は著る」。　**7・8** 些事《さじ》をおろそかにしてはならぬという。「纆牽」は手綱。「累」はわずらい。『戦国策』韓策三に、長すぎる手綱は名馬の走りを鈍らせるとして、「纆牽は事に於いて万分の一なり。而《しか》るに千里の行を難《かた》からしむ(手綱というのは些細なものだが、それを軽んずれば千里を走るのはむずかしい)」というのをふまえる。　○押韻　起《き》・始《し》・理《り》・里《り》

（九）

1 復禮終朝　礼《れい》に復《かえ》ること終朝《しゅうちょう》ならば
2 天下歸仁　天下《てんか》　仁《じん》に帰《き》せん
3 若金受礪　金《かね》の礪《といし》を受《う》くるが若《ごと》く
4 若泥在鈞　泥《どろ》の鈞《ろくろ》に在《あ》るが若《ごと》し
5 進徳脩業　徳《とく》を進《すす》め業《ぎょう》を脩《おさ》むれば
6 暉光日新　暉光《きこう》　日《ひ》びに新《あら》たならん
7 隰朋仰慕　隰朋《しゅうほう》も仰《あお》ぎ慕《した》えり
8 予亦何人　予《われ》　亦《ま》た何人《なんびと》ぞ

終日、礼にかなう行いをすれば、天下の人びとはその仁徳になびくであろう。刃物が砥石《といし》にかけられて鋭くなるように、土がろくろによって器になるように。徳を身につけ学業を修得すれば、輝きは日ごとに新しさを増していく。隰朋《しゅうほう》さえ徳を仰いだのだ。わたしは何者か、徳を慕わねばならぬ。

1・2「復」は立ちもどる。「朝」は「日」と同義。『論語』顔淵の「一日　己《おの》れに克《か》ちて礼に復らば、天下 仁に帰せん」による。 **3**「金受礪」は金属を砥石で磨く。『大《だ》戴礼記《たいらいき》』勧学に「学は以て已《や》むべからず。……金は礪に就かば則ち利《するど》し」。 **4**「泥在鈞」は陶工がろくろで器を作る。『漢書』董仲舒《とうちゅうじょ》伝に「上の下を化し、下の上に従うは、猶《な》お泥の鈞に在るがごとし」。 **5**『周易』乾卦《けんか》文言伝《ぶんげんでん》の「君子は徳を進め業を脩め、時に及ばんと欲するなり」の四字を使う。 **6**『周易』大畜卦《だいちくか》象伝の「輝(暉)光 日びに新たなり」をそのまま用いる。 **7**「隰朋」は春秋時代の斉の人。管仲《かんちゅう》を補佐して斉の桓公《かんこう》を覇者とした。『荘子』徐無鬼《じょむき》に、管仲は隰朋の己れに厳しく他者を憐《あわ》れむ人となりをたたえて、自分の後任として桓公に推薦したという。 **8** 自分はいったいどのような人か。隰朋でさえも徳を慕ったのだから、凡人のわたしが徳を慕わずにおられようか、の意。 ○押韻 仁《じん》・鈞《きん》・新《しん》・人《じん》

秋の到来に時の移ろいを覚え、逸楽にまかせて無為に過ごしてはならぬ、いにしえの賢人にならって学問にはげみ、徳を磨こう、と己れをはげます。儒家の詩観では詩は本来、諷刺、批判をその重要な役割とすると考えられたので、「補亡《ほぼう》」「述徳《じゅっとく》」に続いて「諷諫《ふうかん》」「励志《れいし》」が置かれる。「諷諫」が他者に対する批判であるのに対して、「励志」はいわば自分に対する批判、戒め。

コラム 詩型と押韻

洋の東西を問わず古典詩には音に関する約束がある。言葉を詩たらしめるものは何よりもまず韻律であった。中国古典詩の場合も例外ではない。そのひとつは音の数で、一句あたりの音数(すなわち文字の数)は四・五・七などにそろえられるのが普通である。一定数の音の反復が心地よいリズムを生み出す。四音のものを四言詩、五音のものを五言詩、七音のものを七言詩といい、句ごとの音数の不定のものを雑言《ざつげん》(長短句)という。また句の数は、唐代以降に成立した今体詩《きんたいし》(近体詩)では、律詩は八句、絶句は四句などという定式があるが、六朝《りくちょう》以前の詩においては、そのほとんどが偶数句からなることを除けば、一定数にしばられることはない。

中国で最も古い詩型は四言詩で、『詩経』の作品のほとんどはこれに当たる。『詩経』およびこれに倣う四言詩は、一定の句数ごとにまとまりをなし(これを「章」という)、いくつかの章を連ねて一篇の作品を構成することが少なくない。漢代より、作者不明の古詩と称される作品や歌謡の辞(楽府《がふ》・歌)に、五言や雑言のものがしばしば見られるようになる。後漢末の建安《けんあん》期以降、当時の代表的な詩人らが古詩の影響を受けつつ五言詩を多く作るようになり、五言が詩の標準的形式となった。一方、晋以降も、『詩経』の古雅典麗な形式を受け継ぐものとして四言詩は作り続けられ、『文選』にもいくつか収められている。唐代以降に多く見られる七言詩は、六朝以前にはいまだ必ずしも一般的な詩型ではなく、魏・文帝(曹丕《そうひ》)「燕歌行《えんかこう》」(巻二七)四などがそうであるように、もとは歌辞の形式の一種であった。

また音に関する重要な要素に押韻《おういん》がある。中国古典詩で韻をふまないものはない。中国語の音、すなわち漢字音は、音頭の子音(「声母《せいぼ》」)とそれを除いたのこりの部分(「韻《いん》母《ぼ》」)に二分することができる。たとえば「東《とう》」字と「徳《とく》」字とは「声母」を同じくし、「東」字と「紅《こう》」字とは「韻母」を同じくする。「東」「徳」のような「声母」を共有する関係を双声《そうせい》、「東」「紅」のような「韻母」を共有する関係を畳韻《じょういん》という。押韻とは、同一もしくは類似する「韻母」を有する文字を一定の位置(おおむね偶数句末)に配置することをいう。南朝宋・謝霊運《しゃれいうん》「祖徳《そとく》を述《の》ぶる詩二首」其の一(巻一九)一であれば、その偶数句末の「雲《うん》・氛《ふん》・人《じん》・軍《くん》・分《ふん》・人《じん》・塵《ちん》・綸《りん》・屯《ちゅん》・民《みん》」がそれである。類似音の規則的な反復が美をもたらす。

ある文字と文字が押韻可能である場合、それらの文字は「同韻である」、「同じ韻に属する」といい、この基準を示す書物を韻書という。原本は完全にはのこらないものの、内容をほぼ知りうる最古の韻書として、隋・陸法言《りくほうげん》『切韻《せついん》』(六〇一年)があり、これをもとにたびたびの改訂を経てまとめられたのが宋・陳彭年《ちんほうねん》らの『広韻《こういん》』(一〇〇八年)である。『切韻』から『広韻』にいたる諸バージョンを切韻系韻書といい、ほぼ隋唐期の中国語の音韻体系が反映されていると考えられている。現在のわたしたちは、今体詩の押韻基準をこの『広韻』によって明確に知ることができる。

一方、それ以前の韻書としては、魏・李登《りとう》『声類《せいるい》』、晋・呂静《りょせい》『韻集《いんじゅう》』などその名は伝わるが、体裁・内容の詳細を知るすべはない。よって、押韻の基準やその歴史的変遷を知るためには、実際の詩作の押韻状況によって帰納的に見るしかない。ただ、六朝以前の詩の押韻の基準は、今体詩のそれに比較しておおむね緩やかであったといってよい。上述の謝霊運詩の押韻字について見れば、「雲《うん》・氛《ふん》・軍《くん》・分《ふん》」のグループと「人《じん》・塵《ちん》・綸《りん》・屯《ちゅん》・民《みん》」のグループとは、『広韻』に示される基準によれば、一緒に押韻することは許容されない。

漢字音にはこのほか音の調べの高低・長短の差による声調があり、平声《ひょうしょう》、上声《じょうしょう》、去声《きょしょう》、入声《にっしょう》の四つに分かれる。『切韻』以降の韻書は収載文字すべての声調を明示しているが、中国人がこの声調に気づいたのは必ずしも古いことではない。詩作における声調の調和ある配置が文学者の意識にのぼりはじめたのは、『切韻』成立を一世紀あまり遡る斉の永明《えいめい》年間(四八三―四九三)のことであり、さらに唐代の今体詩によって初めて、詩作の規律(いわゆる平仄《ひょうそく》)として定着したのであった。

(和田英信)

巻二〇　献詩、公讌、祖餞

「蘭亭曲水流觴図巻」(伝)南宋・劉松年，故宮博物院(台北)蔵

献《けん》詩《し》

「献詩」は目上の人に奉る詩。いずれも四言詩で荘重な調べをともなう。臣下が天子に詩を献じることは、『国語』周語《しゅうご》上に「天子　政《まつりごと》を聴くに、公卿《こうけい》より列士に至るまで詩を献ぜしむ」というように、本来は治世の手だてとするためであった。

上責躬應詔詩表　「躬《み》を責《せ》む」「詔《みことのり》に応《おう》ず」詩《し》を上《たてまつ》る表《ひょう》　曹植《そうしょく》

臣植言、臣自抱釁歸藩、刻肌刻骨、追思罪戻、晝分而食、夜分而寢。誠以天網不可重罹、聖恩難可再恃。竊感相鼠之篇、無禮遄死之義。形影相弔、五情愧赧。以罪棄生、則違古賢夕改之勸。忍垢苟全、則犯詩人胡顏之譏。

伏惟、陛下徳象天地、恩隆父母、施暢春風、澤如時雨。是以不別荊棘者、慶雲之恵也。七子均養者、鳲鳩之仁也。舎罪責功者、明君之擧也。矜愚愛能者、慈父之恩也。是以愚臣徘徊於恩澤、而不敢自棄者也。

前奉詔書、臣等絶朝、心離志絶、自分黄耇、永無執珪之望。不圖聖詔猥垂齒召。至止之日、馳心輦轂、僻處西館、未奉闕庭。踊躍之懷、瞻望反側、不勝犬馬戀主之情。謹拝表并献詩二篇。詞旨浅末、不足采覧、貴露下情、冒顔以聞。
臣植誠惶誠恐。頓首頓首、死罪死罪。

臣植言《しんしょくもう》す、臣《しん》　疊《つみ》を抱《いだ》きて藩《はん》に帰《かえ》りて自《よ》り、肌《はだ》を刻《きざ》み骨《ほね》を刻《きざ》みて、罪戻《ざいれい》を追思《ついし》し、昼分《ちゅうぶん》にして食《しょく》し、夜分《やぶん》にして寝《い》ぬ。誠《まこと》に以《おも》えらく　天網《てんもう》は重《かさ》ねて罹《かか》るべからず、聖恩《せいおん》は再《ふたた》び恃《たの》むべきこと難《かた》しと。窃《ひそ》かに相鼠《しょうそ》の篇《へん》の、無礼遄死《ぶれいせんし》の義《ぎ》に感《かん》ず。形影相《けいえいあ》い弔《とむら》い、五情愧赧《ごじょうきたん》す。罪《つみ》を以《もっ》て生《せい》を棄《す》つれば、則《すなわ》ち古賢夕改《こけんせきかい》の勧《すす》めに違《たが》う。垢《はじ》を忍《しの》びて苟《いやし》くも全《まっと》うすれば、則《すなわ》ち詩人胡顔《しじんこがん》の譏《そし》りを犯《おか》す。

伏《ふ》して惟《おも》うに、陛下《へいか》　徳《とく》は天地《てんち》に象《かたど》り、恩《おん》は父母《ふぼ》よりも隆《さか》ん、施《ほどこ》しは春風《しゅんぷう》よりも暢《のびや》かにして、沢《たく》は時雨《じう》の如《ごと》し。是《ここ》を以《もっ》て荊棘《けいきょく》を別《わか》たざるは、慶雲《けいうん》の恵《めぐ》みなり。七子《しちし》均《ひと》しく養《やしな》うは、鳲鳩《しきゅう》の仁《じん》なり。罪《つみ》を舎《す》て功《いさお》を責《もと》むるは、明君《めいくん》の挙《きょ》なり。愚《ぐ》を矜《あわれ》み能《のう》を愛《あい》するは、慈父《じふ》の恩《おん》なり。是《ここ》を以《もっ》て愚臣《ぐしん》　恩沢《おんたく》に徘徊《はいかい》し、而《しこう》して敢《あ》えて自《みずか》ら棄《す》てざる者《もの》なり。

前《さき》に詔書《しょうしょ》を奉《うけたまわ》り、臣等《しんら》朝《ちょう》より絶《た》たれ、心離《こころはな》れ　志《こころざし》絶《た》え、自《みずか》ら黄耇《こうこう》まで、永《とわ》に執珪《しっけい》の望《のぞ》み無《な》きを分《ぶん》とす。図《はか》らず　聖詔猥《せいしょうま》げて歯召《ししょう》を垂《た》れんとは。至止《しし》の日《ひ》、心《こころ》を輦轂《れんこく》に馳《は》せ、僻《さ》けて西館《せいかん》に処《お》り、未《いま》だ闕庭《けってい》に奉《ほう》ぜず。踊躍《ようやく》の懐《おも》い、瞻望反《せんぼうはん》側《そく》し、犬馬《けんば》　主《しゅ》を恋《こ》うるの情《じょう》に勝《た》えず。謹《つつし》みて拝表《はいひょう》し并《なら》びに詩二篇《しにへん》を献《けん》ず。詞《し》旨浅末《せんまつ》にして、采覧《さいらん》するに足《た》らざるも、下情《かじょう》を露《あら》わすを貴《たっと》び、顔《かお》を冒《おか》して以《もっ》て聞《もう》す。臣植《しんしょく》　誠《まこと》に惶《おそ》れ誠《まこと》に恐《おそ》る。頓首頓首《とんしゅとんしゅ》、死罪死罪《しざいしざい》。

「我が身を責める詩」「詔に応える詩」を奉る上奏文

臣であります植《しょく》が申し上げます。わたくしは罪を負って自藩に帰りましてから、肌を刻み骨を刻んで、己れの罪を振り返り、昼半ばにしてはじめて食事を取り、夜半ばにしてようやく休むありさまでした。まことに天網は二度重ねて掛かってはならないもの、天子の恩沢は二度繰り返しておすがりしてはいけないものと考えます。「相鼠《しょうそ》」の詩の「礼無くんばすみやかに死す」の意味がひそかに身に沁《し》みました。我と我が身を憐《あわ》れみ、胸中は羞恥に染まっています。罪のためにいのちを捨てようとすれば、いにしえの賢人の「朝の過ちを夕べに改む」教えに背いてしまいます。恥を忍んでなんとか生きようとすれば、『詩経』にいう「どの面《つら》下げて生きていけようか」のそしりを受けることになります。

伏して考えますに、陛下はその徳は天地ほどに大きく、その恩は父母よりも厚く、その思いやりは春の風のようにのびやか、その恵みは慈雨のごとくであります。かくして、いばらのようなつまらぬ者まで差別しないのは、めでたい雲のような恵みあればこそのこと、七羽の雛《ひな》を分け隔て無く育てるのは、鳲鳩《ふふどり》のような仁愛あればこそのことです。罪は問わずに功を求めるのは、明君の振る舞いです。愚かな者をいつくしみ、すぐれた者を愛するのは、慈父の愛情です。そのためにわたくしは恩沢にすがろうとし、自棄に陥ろうとはしませんでした。

先に詔書を賜り、わたくしどもは朝廷から断ち切られ、心も失せ志も途切れ、年を取るまで、ずっと諸侯に任じられる望みはないものとあきらめました。そこへ思いも寄らぬことにわざわざ詔勅をくだされ、わたくしを受け入れて、お召しくださいました。都に着きました時は、お車のもとに心を馳《は》せながら、はばかって西の館に身を退け、まだ宮廷に参上しておりません。躍り上がるような思いを抱きつつ、心待ちに眺めたり眠れぬ夜を過ごしたり、犬や馬が主人を慕う思いを耐えられぬほど抱いています。ここに謹んで表を奉り、あわせて詩二篇を献上いたします。言葉は浅薄で瑣末、御覧いただくに値するものではありませんが、卑賤《ひせん》な者の思いを吐露することにも意味があるかと、尊顔を冒して申し上げます。わたくし植、恐懼頓首《きょうくとんしゅ》、恐縮至極にございます。

曹植《そうしょく》　一九二―二三二　字《あざな》は子建《しけん》。三国・魏の人。陳王に封じられ、諡《おくりな》を「思」というので、陳思王《ちんしおう》とも称される。魏の武帝曹操《そうそう》の子として生まれたが、同母兄の曹丕《そうひ》(文帝)との王位継承に敗れ、文帝在位中はその圧迫のもとで苦しみ、文帝の子の明帝が即位したのちも不遇を強いられた。文学においては曹操、曹丕とあわせて三曹《さんそう》と称されるが、曹植は質量ともに父・兄を凌駕《りょうが》する。「八斗の才」(天下の全才能の八割を独占する)と南朝宋の謝霊運《しゃれいうん》が絶賛したように、唐以前の最高の詩人と目された。『詩品』上品。

○曹植が兄である魏の文帝曹丕に謝罪する「躬《み》を責むる詩」、および都洛陽《らくよう》に参上したことを報告する「詔に応ずる詩」、その二首を献《ささ》げるに際して奉った文。都に呼び出されたものの拝謁を許されず、不安のなかで詩を呈する旨を述べる。「表」は上奏文の一種。『文選』では巻三七・三八に収められるが、この表は詩の序の性格があるためにここに置かれる。　**抱舋帰藩**　このたびの上洛に先立って、告発されて都に召還された時は、判決が定まらないまま封地に戻されたことをいう。「舋」は罪のきざし。「釁」に通じる。「藩」は甄城《けんじょう》(山東省鄄城県)を指す。　**罪戾**　「戾」も罪。　**天網**　天の設けた網。法の掟《おきて》。『老子』七十三章に「天網恢恢《かいかい》(広く大きい)、疏にして失わず」。　**重罹**　二度罪を犯したことをいう。　**相鼠之篇、無礼遄死之義**　『詩経』鄘風《ようふう》に「相鼠」と題する詩があり、その句に「鼠を相(み)るに体《たい》有るも、人にして礼無し。人にして礼無くんば、胡《なん》ぞ遄(すみ)やかに死せざる」。礼儀を知らなければさっさと死んだ方がよいの意。　**五情愧赧**　「五情」は人のもつ五種の感情。喜怒哀楽怨。「赧」は恥じて顔を赤らめる。　**古賢夕改之勧**　過ちを犯しても自分でそれを正せという曽子《そうし》の教え。『大戴礼《だたいらい》記《き》』曽子立事に「朝に過《あやま》ち有りて夕に改むれば則ち之《これ》と与《とも》にす」。　**苟全**　一時しのぎをして身を全うする。　**詩人胡顔之譏**　上の「相鼠」の詩にいうように、礼も知らずにどんな顔をして厚かましく生き続けるのかとそしられること。「詩人」は『詩経』詩篇の作者。　**恩隆父母**　恩は上の者から下の者への思いやり。皇帝を父母になぞらえるのは、『尚書』洪範《こうはん》に「天子は民の父母と作《な》る」。　**施暢春風**　「施」は恩の具体的行為。「暢」はのびやか。「春風」は温かさのみならず、先秦・宋玉《そうぎょく》「風の賦」(巻一三)に「夫《そ》れ風なる者は、……貴賤高下を択《えら》ばずして加わる」というように、だれにも平等に行き渡るものとされる。　**沢如時雨**　「沢」は恩沢。「時雨」はしかるべき時に降る恵みの雨。恩沢を時雨にたとえるのは、『孟子』梁恵王《りょうけいおう》下、滕文公《とうぶんこう》下に「時雨の降るが若《ごと》く、民大いに悦ぶ」などと見える。　**不別荊棘者**　「荊棘」はいばら。いばらのような無益有害の木でも差別しない。　**慶雲**　色あざやかなめでたい雲。『史記』天官書に「煙の若《ごと》きも煙に非ず、雲の若きも雲に非ず。……是を卿(慶)雲と謂《い》う。卿雲は喜気なり」。　**七子均養者、鳲鳩之仁也**　鳲鳩《しきゅう》(カッコウのたぐい)という鳥は七羽の雛を平等に育てる。

『詩経』曹風《そうふう》・鳲鳩に「鳲鳩　桑に在り、其の子は七」、毛伝に「鳲鳩の其の子を養うや、朝は上従《よ》り下《くだ》り、莫《くれ》は下従《よ》り上《のぼ》る。平均なること一の如し」。「舍」は「捨」に通じる。**舍罪責功**　罪を犯したことは捨て置いて問わず、功績をたてることを求める。**矜愚愛能**　愚かな者を慈しみ、すぐれたものを愛する。親が賢愚いずれの子に対しても愛情をかけることは、『論衡《ろんこう》』雷虚《らいきょ》に「父母の子に於けるや、恩徳　一なり。豈に貴賢の為に意を加え、賤愚のために察せざらんや」と見える。**不敢自棄**　希望をなくしてやけになったりしない。**前奉詔書**　曹丕がくだした詔書はのこっていないが、都に召喚して罪状決定まで待機を命じた詔と考えられる。**絶朝**　朝廷から切り捨てられる。**自分黄耇**　「分」は定めとして甘んじる。「耇」は年寄り。「黄耇」は老人。「黄」は黄髪。老いると髪が白からさらに黄ばむため。「耇」は年寄り。顔にしみが生じるの意。**執珪**　「珪」は王・五爵の等級を示す玉。『周礼《しゅらい》』春官・大宗伯《だいそうはく》に六種の圭(珪)の規定が記される。**猥垂齒召**　「猥」は本来そうあるべきでない方向に曲げることから、「わざわざ〜してくださる」の意。「齒召」は登録すべく召し出す。「齒」は官人の名簿に登録すること。**至止之日**　都に至り着いた日。『詩経』周頌・雝《よう》に諸侯が天子に謁見することを述べて「至止すること肅肅たり」。**輦轂**　天子の乗る車。また天子そのもの。**闕庭**　朝廷。「闕」は朝廷の門。**踊躍之懐**　躍り上がるような思い。**瞻望反側**　「瞻望」は求める物があって遠くを見つめる。「反側」は眠れずに寝返りをうつ。 **犬馬** 君主に対する臣下の卑称。 **冒顔** 尊顔を冒すの意で、長上の人に対して発言する際の謙遜の語。 **頓首・死罪二句** 「頓首」は頭を地面に打ちつける。「死罪」は死罪に当たるほど恐縮するの意。いずれも尊い人に呈する文書の末尾に記す定型表現。

責躬詩

躬《み》を責《せ》むる詩《し》　曹植《そうしょく》

1 於穆顯考
2 時惟武皇
3 受命于天
4 寧濟四方
5 朱旗所拂
6 九土披攘
7 玄化滂流
8 荒服來王
9 超商越周

於《ああ》 穆《ぼく》たる顕考《けんこう》
時《こ》れ惟《こ》れ武皇《ぶこう》
命《めい》を天《てん》に受《う》け
四方《しほう》を寧《やす》んじ済《すく》う
朱旗《しゅき》の払《はら》う所《ところ》
九土《きゅうど》 披攘《ひじょう》す
玄化《げんか》 滂《あまね》く流《なが》れ
荒服《こうふく》も来王《らいおう》す
商《しょう》を超《こ》え周《しゅう》を越《こ》え

與唐比蹤
篤生我皇
奕世載聰
武則肅烈
文則時雍
受禪于漢
君臨萬邦

唐《とう》と蹤《あと》を比《なら》ぶ
篤《あつ》く我《わ》が皇《きみ》を生《う》み
奕世《えきせい》　聡《さと》きを載《な》す
武《ぶ》は則《すなわ》ち粛烈《しゅくれつ》
文《ぶん》は則《すなわ》ち時雍《じよう》
禅《ゆず》りを漢《かん》に受《う》け
万邦《ばんぽう》に君臨《くんりん》す

　我が身を責める詩

ああ、気高き父君《ちちぎみ》、これぞ武《ぶ》皇帝《こうてい》。
天より命《めい》を受け、国じゅうに安寧をもたらされました。
赤い御旗《みはた》が振るわれた所、隅々まで平服するに至りました。
徳はあまねく行き渡り、地の果てまで帰順したのです。
殷にもまさり周をも越え、堯《ぎょう》にならぶほどでありました。
天の祝福を受けて我が天子がお生まれになり、二代にわたって聡明であらせられます。
武はといえば凜々《りり》しく、文はといえばみやびやか。

漢王朝より帝位を譲られ、よろずの国々に君臨されます。

○九十六句に及ぶ全体を便宜上、十段に分ける。詩が長いのは贖罪《しょくざい》の思いを強調するためでもある。第一段は父の武帝曹操、兄の文帝曹丕の徳と功を賛美する。**0**「躬」は我が身。　**1**「於」は『尚書』『詩経』などに頻見する感嘆の語。「穆」は崇高な美しさをいう。「顕考」は本来一つの王朝の最初の皇帝を指す(『礼記《らいき》』祭法)が、のちに皇帝に限らず、亡くなった父親を指す。　**2**「時惟」は『詩経』に見える、四言のリズムを整える助字。「武皇」は「武」を諡《おくりな》とする曹操を指す。　**3** 曹操の魏建国を周の文王の功績になぞらえる。『詩経』大雅・文王の小序に「文王　命を受けて周を作《お》こすなり」。　**4** 天下を安寧にし救済する。　**5** 漢は五行の火に相当するとされたため、旗は赤い色を用いた。曹操も後漢最後の献帝を奉戴し、漢の臣を名乗っていたので、漢の旗の色を用いた。　**6**「九土」は「九州」に同じ。全土。「披攘」は屈伏させる。　**7**「玄化」は道徳による教化。　**8**「荒服」は王畿を中心として外側五百里ごとに方形を広げた五つの領域(五服)の最も外側。世界の果ての意。「来王」は夷狄《いてき》の王が帰順する。『尚書』大禹謨《だいうぼ》に「四夷来王す」。　**9** 商(殷)と周は武力によって王朝を建てたが、魏は放伐によらず禅譲によったので、殷周を凌駕《りょうが》するという。　**10**「唐」は陶唐氏《とうとうし》堯。「比蹤」は同じ道をたどる。漢から魏へ王権が委譲されたことを、堯から舜《しゅん》への移行になぞらえる。

11「篤」は天の篤《あつ》い加護を得ての意。『詩経』大雅・大明《たいめい》に「篤く武王を生む」。「我皇」は文帝曹丕を指す。 **12**「奕世」は代々。『国語』周語上の「奕世　徳を載す」に倣う。 **13**「粛烈」はいかめしく厳か。 **14**「時雍」は穏やか。「時」は語調を整えるだけで意味はない字。『尚書』堯典に「黎民《れいみん》は於《ここ》に変じ時(こ)れ雍(やわら)ぐ」。 **15** 魏は漢から禅譲されるかたちを取ったので「受禅」という。 **16**『尚書』顧命の「周の邦に臨君す」、同じく堯典の「万邦を協和せしむ」の語を用いる。

17 萬邦既化　万邦《ばんぽう》　既《すで》に化《か》し
18 率由舊則　旧則《きゅうそく》に率《したが》い由《よ》る
19 廣命懿親　広《ひろ》く懿親《いしん》に命《めい》じ
20 以藩王國　以《もっ》て王国《おうこく》に藩《はん》たらしむ
21 帝曰爾侯　帝曰《ていいわ》く　爾《なんじ》　侯《こう》よ
22 君茲青土　茲《こ》の青土《せいど》に君《きみ》たれと
23 奄有海濱　奄《おお》いに海浜《かいひん》を有《ゆう》して
24 方周于魯　周《しゅう》の魯《ろ》に于《お》けるに方《くら》ぶ
25 車服有輝　車服《しゃふく》　輝《かがや》く有《あ》り

26 旗章有敍　旗章《きしょう》 叙有《じょあ》り
27 濟濟儁乂　済済《せいせい》たる儁乂《しゅんがい》
28 我弼我輔　我《われ》を弼《たす》け我《われ》を輔《たす》く

万国が帰順すると、いにしえの典範に準拠されました。
広く身内に命じて、王国の護《まも》りとしたのです。
皇帝が仰せられました、「なんじ、臨淄侯《りんしこう》よ。この青州の地に君主となれ」と。
広々とした海浜を所有したのは、周王朝が魯に封じた例にならぶものです。
侯として賜った車馬、衣服は光り輝き、旗印にも秩序を示されました。
あまたのすぐれた家臣が、わたくしの右腕となってくれました。

○文帝曹丕が親族に領土を賦与し、曹植は臨淄侯として実際に任地に赴いたことをいう。
18 いにしえの規範に依拠する。『詩経』大雅・仮楽《からく》に「愆《あやま》たず忘れず、旧章に率い由る」。　**19・20**『左伝』僖公《きこう》二十四年に、富辰《ふうしん》が兄弟むつまじくあるべきことを諫言して、周王朝では王族が各地に封じられた例を挙げ「故に親戚を封建し、以て周に蕃《はん》（藩）屛《ぺい》たらしむ（周の守りとさせる）。……是《か》くの如くんば則ち兄弟は小忿《しょうふん》有りと雖も、懿親（麗しい親族）たるを廃せず」。兄弟を封じることによって、小さないざこざはあっても良好な関係が続くと説く『左伝』のこの箇所は、曹植にとって切実な意味を伴う。「王国」は魏王朝を指す。『詩経』大雅・文王に「思《ここ》に皇《おお》いなる多士、此の王国に生ず」。**21**「帝」は曹丕。曹植が臨淄侯に封じられたのは後漢の献帝の時であるが、ここは黄初《こうしょ》元年(二二〇)の曹丕の即位後に実際に赴任したことをいう。「侯」は臨淄侯に封じられた曹植に対する呼びかけ。『尚書』舜典に頻出する「帝曰く、……汝(爾)……」に倣う。**22**「青土」は臨淄を指す。臨淄は『尚書』禹貢《うこう》の「青州」に属する。**23**「奄」はおおいに。「奄有」は『詩経』の大雅と頌に頻見する言い回し。青州は海に面する。**24**周の時に成王が周公の子の伯禽《はくきん》を魯に封じたことにならぶほどの厚遇であるという。『詩経』魯頌・閟宮《ひきゅう》に「爾《なんじ》の元子(長男)を建て、魯に侯たらしめよ」。**25**「車服」は皇帝が地位に応じて賜る車と衣服。『尚書』舜典に「車服は庸(功労)を以てす」。**26**「旗章」は身分をあらわす旗印。『礼記』月令《がつりょう》に「(季夏の月)以て旗章を為《つく》り、以て貴賤等級の度を別《わか》つ」。「有叙」は秩序どおり。「叙」は「序」に通じる。**27**「済済」は威儀盛んなさま。『詩経』大雅・文王に「済済たる多士」。「儁乂」はすぐれた人物。「儁」は「俊」に通じる。『尚書』皋陶謨《こうようぼ》に「俊(儁)乂 官に在り」。**28**「弼」も「輔」も補佐する。この頃、曹植の身辺にあったのは、丁儀《ていぎ》、丁廙《ていい》、楊脩《ようしゅう》ら。曹丕との角逐が激化すると、この面々の多くは刑死した。股肱《ここう》の臣を失う二句(49・50)と対比される。

29 伊余小子
30 恃寵驕盈
31 擧挂時網
32 動亂國經
33 作蕃作屏
34 先軌是隳
35 傲我皇使
36 犯我朝儀

伊《こ》れ余小子《われしょうし》
寵《ちょう》を恃《たの》みて驕盈《きょうえい》たり
挙《あ》ぐれば時網《じもう》に挂《か》かり
動《うご》けば国経《こくけい》を乱《みだ》す
蕃《はん》と作《な》り屏《へい》と作《な》るも
先軌《せんき》を是《こ》れ隳《やぶ》る
我《わ》が皇使《こうし》に傲《おご》り
我《わ》が朝儀《ちょうぎ》を犯《おか》す

だのにこのわたくしめ、寵愛《ちょうあい》をよいことに思いあがりました。何か行えば世間の掟《おきて》に引っかかり、動けば国の則《のり》を掻《か》き乱したのです。王朝の籬《まがき》たるべき立場ながら、先人のきまりを壊してしまいました。我が大君《おおきみ》の使者をあなどり、我が王朝の儀礼に反しました。

○侯の身分をたてに増長して規律を犯し、曹丕の使者を冒瀆《ぼうとく》したことをいう。　**29**「小子」は謙遜の自称。『詩経』周頌・閔予小子《びんよしょうし》に「閔《あわれ》なるかな予(余)小子」。　**30**「驕盈」

はおごり高ぶる。**31**「挂」は「掛」に通じる。**32**「国経」は国家の秩序。**33** 臨淄侯として魏王朝を護《まも》るべき立場にあったことをいう。『左伝』昭公二十六年に「並《あまね》く母弟を建て、以て周に蕃屛たらしむ」。**34**「先軌」は先人の規範。「隳」は壊す。**35・36**「皇使」は皇帝の使者。黄初二年(二二一)、監国謁者《かんこくえっしゃ》の灌均《かんきん》が曹植は酒に酔って使者である自分に無礼をはたらいたと誣告《ぶこく》した事件を指す。「朝儀」は朝廷の儀礼。

37 國有典刑　　国《くに》に典刑《てんけい》有《あ》りて
38 我削我黜　　我《われ》を削《けず》り我《われ》を黜《しりぞ》く
39 將寘于理　　将《まさ》に理《り》に寘《お》きて
40 元兇是率　　元兇《げんきょう》を是《こ》れ率《ただ》さんとす
41 明明天子　　明明《めいめい》たる天子《てんし》
42 時惟篤類　　時《こ》れ惟《こ》れ類《るい》に篤《あつ》くす
43 不忍我刑　　我《われ》を刑《けい》して
44 暴之朝肆　　之《これ》を朝肆《ちょうし》に暴《さら》すに忍《しの》びず

国家には則《のっと》るべき刑罰があって、我が封土を削られ爵位を落とされました。

刑獄に処して、元凶たるわたくしを律しようとしました。
しかし英明なる天子は、身内を大切におぼしめされたのです。
わたくしを極刑に処して、屍《しかばね》を朝市《ちょうし》にさらすに忍びませんでした。

○不敬罪で死罪に処せられるべきところを曹丕によって救われたことをいう。 **37**「典刑」は規範となる刑罰。『尚書』舜典に「象《のっと》るに典刑を以てす」。 **38** 封土を削減され爵位を落とされる。 **39**「寘」は処置する。「理」は裁判。 **40**「兇」は「凶」に通じる。「率」はただす。「律」と同意。李善は「導（みちびく）」の意とする。古直『曹子建詩箋』は罪を律することと解する。 **41**『詩経』大雅・江漢《こうかん》の「明明たる天子、令聞已《や》まず」の一句をそのまま用いる。 **42**「篤類」は親族に対して手厚い。 **44**「暴」は死体をさらす。「朝肆」は「朝市」というに同じ。朝廷と市場。『礼記』檀弓《だんぐう》下に「君の臣罪を免れずんば、則ち将《まさ》に諸《これ》を市朝に肆《さら》して妻妾執《とら》われんとす」。

45 違彼執憲　　彼《か》の執憲《しっけん》に違《たが》い
46 哀予小臣　　予《われ》小臣《しょうしん》を哀《あわ》れむ
47 改封兗邑　　封《ほう》を兗邑《えんゆう》に改《あらた》め
48 于河之濱　　河《かわ》の浜《ほとり》に于《ゆ》かしむ

股肱弗置
有君無臣
荒淫之闕
誰弼予身
煢煢僕夫
于彼冀方
嗟余小子
乃罹斯殃

股肱《ここう》　置《お》かず
君《きみ》有《あ》るも臣《しん》無《な》し
荒淫《こういん》の闕《けつ》
誰《たれ》か予《わ》が身《み》を弼《たす》けん
煢煢《けいけい》たる僕夫《ぼくふ》
彼《か》の冀方《きほう》に于《ゆ》く
嗟《ああ》　余小子《われしょうし》
乃《すなわ》ち斯《こ》の殃《わざわい》に罹《かか》る

司法に異を唱えて、わたくしを哀れんでくださいました。
兗州《えんしゅう》の町に封土を移され、黄河の岸辺に赴くことになりました。
股肱の臣は設けられず、君主であっても臣下はいないありさまです。
無軌道から誤りを犯しても、だれがわたくしの身を助けてくれましょう。
ぽつんとお供は一人、都洛陽《らくよう》に赴きました。
ああ、わたくしめ、このような不幸に陥ったのです。

赫赫天子
恩不遺物
冠我玄冕
要我朱紱

赫赫《かくかく》たる天子《てんし》
恩《おん》　物《もの》を遺《す》てず
我《われ》に玄冕《げんべん》を冠《かん》せしめ
我《われ》に朱紱《しゅふつ》を要《お》びしむ

○甄城侯《けんじょうこう》に移されたが、臣下も置かれず、御者一人だけを伴って都に上ったことをいう。
45「執憲」は法を司《つかさど》る官署。　**46** 曹丕が曹植の誅伐《ちゅうばつ》を免じたことは『三国志』本伝の裴松之《はいしょうし》注が引く『魏書』の曹丕の詔に「骨肉の親、含《お》きて誅せず、其れ改めて植を封ず」と見える。その結果、曹植は県の侯である臨淄侯から郷の侯である安郷侯に降格された。安郷は今の河北省晋州《しんしゅう》市。　**47**「兗邑」は兗州に属する城市の意で、甄城(山東省鄄城県)を指す。安郷侯に移された同じ年にさらに甄城侯に移された。　**48**「于」は往《ゆ》く。甄城は黄河に近い地なので「河之浜」という。　**51**「荒淫」はふしだら。「闕」は過誤。　**53**「煢煢」は孤独なさま。「僕夫」は御者、従者。　**54**「冀方」は洛陽を指す。『尚書』五子之歌《ごしのか》に「惟《た》だ彼の陶唐(堯)、此《こ》の冀方を有《たも》つ」というように、堯が冀《き》州《しゅう》に都したのになぞらえる。　**56**「罹」は悪いことに遭遇する。『尚書』湯誥《とうこう》に「其の凶害に罹る」。

61 光光大使　光光《こうこう》たる大使《たいし》
62 我榮我華　我《われ》を栄《さか》えしめ我《われ》を華《かがや》かしむ
63 剖符受土　符《ふ》を剖《さ》きて土《ど》を受《さず》け
64 王爵是加　王爵《おうしゃく》を是《こ》れ加《くわ》う

輝かしい天子は、何物をも見捨てぬ恩情をおもちでありました。わたくしに黒い冠を着けさせ、わたくしに赤い組みひもを帯びさせました。輝かしいお使いが、わたくしに誉れを、わたくしに栄えを伝えてくださいました。割り符を割き封土を賜り、王の爵位も加えられました。

○黄初二年、曹丕に救われ、甄城侯に、さらに翌年に甄城王に封じられたことをいう。**57**「赫赫」は厳かで勢い盛んなさま。**58** 恩愛に満ちて何物も遺棄することはない。**59・60** 甄城侯に封じられたことをいう。「玄冕」は黒い冠、「朱紱」は官印をつなぐ赤いひも。ともに諸侯の身分を示す物。「要」は腰につける。「腰」に通じる。**63** 甄城王に封じられたことをいう。**61**「光光」は光り輝くさま。「大使」は天子の使者。「剖符」は封土を分ける際、竹のふだを二つに割り、天子と封じられる者とがそれぞれ所持してしるしとする。「受土」は封土を授ける。「受」はここでは「授」に通じる。

65 仰齒金璽
66 俯執聖策
67 皇恩過隆
68 祗承怵惕
69 咨我小子
70 頑凶是嬰
71 逝慙陵墓
72 存愧闕庭

仰《あお》ぎては金璽《きんじ》に歯《なら》び
俯《ふ》しては聖策《せいさく》を執《と》る
皇恩《こうおん》　過《はなは》だ隆《さか》んにして
祗《つつし》み承《う》けて怵惕《じゅってき》す
咨《ああ》　我小子《われしょうし》
頑凶《がんきょう》を是《こ》れ嬰《まと》う
逝《ゆ》きては陵墓《りょうぼ》に慙《は》じ
存《そん》しては闕庭《けってい》に愧《は》ず

振り仰いでは金印をもつ諸侯王に列し、伏しては任命の詔を手にいたしました。
天子の恩情はあまりに広大、恭《うやうや》しく承りながらも畏れおののきます。
ああ、わたくしめのようなもの、頑迷と悪行が身にまとわりついております。
死んでは陵墓の武帝に合わせる顔はなく、生きては皇居の天子に恥じ入るばかりです。

○黄初三年、甄城王に封じられ、恐縮したことをいう。　**65・66**「仰〜俯〜」は皇帝に対して言う際の決まり文句。「歯」は同列にならぶ。「金璽」は侯や王を示す金印。『漢書』百官公卿表《ひゃっかんこうけいひょう》上に「諸侯王は、……金璽盭綬《れいじゅ》(緑の組みひも)」。「聖策」は天子の辞令。ここでは王に封じる詔を指す。**68**「祇承」はかしこまって受け取る。『尚書』大《だい》禹謨《うぼ》に「帝に祇み承く」。「怵惕」は畏れ多くて不安を抱く。『尚書』冏明《けいめい》に「怵惕して惟《こ》れ厲《あやぶ》む」。**69**「咨」は感嘆の語。『尚書』に頻見。**70**「頑凶」はかたくなで悪逆。『史記』五帝本紀に、堯は後継者に我が子を推薦されると、「吁《ああ》、頑凶にして用いず」。**71**「陵墓」は曹操の墓を指す。**72**「闕」は宮城の門、宮城。ここでは文帝を指す。

73 匪敢傲徳　　敢《あ》えて徳《とく》に傲《おご》るに匪《あら》ず
74 寔恩是恃　　寔《まこと》に恩《おん》を是《こ》れ恃《たの》む
75 威靈改加　　威霊《いれい》　改《あらた》め加《くわ》われば
76 足以沒齒　　以《もっ》て歯《よわい》を没《ぼっ》するに足《た》る
77 昊天罔極　　昊天《こうてん》は極《きわ》まり罔《な》く
78 生命不圖　　生命《せいめい》は図《はか》られず
79 嘗懼顛沛　　嘗《つね》に懼《おそ》る　顛沛《てんぱい》して
80 抱罪黄壚　　罪《つみ》を黄壚《こうろ》まで抱《いだ》かんことを

有徳の天子に無礼をはたらくのではありません。御恩にこそおすがりしています。御威光がいや増しに加われば、なんとか生きながらえることもできます。天子の恩徳は窮まりなく、それに報いるにも我がいのちはいつ尽きるとも知れません。いつも案じているのは、つまずき倒れて、あの世まで罪を負い続けること。

○文帝の恩情に感謝を重ね、自分が生きているうちに報いることができないのではと恐れる。　**73**「匪」は「非」に通じる。「傲徳」は有徳の文帝に対して傲慢な態度をとる。　**74**「寔」は「実」と同義。　**75**「威霊」は文帝の御威光。　**76**「没歯」は一生を終える。「歯」は齢。『論語』憲問に「歯を没するまで怨言無し」。　**77**「昊天」は天。文帝の恩の極まりないことを天にたとえる。『詩経』小雅・蓼莪《りくが》に、父母の恩に報いんとする思いをうたって「之《こ》の徳に報いんと欲すれども、昊天は極まり罔し」。　**79**「嘗」は「常」に通じる。「顚沛」はころび倒れる。『論語』里仁《りじん》に「顚沛にも必ず是《ここ》に於いてす」。　**80**「黄壚」はよみの国。「黄」は大地の色。「壚」は土。

81　願蒙矢石　　願《ねが》わくは矢石《しせき》を蒙《こうむ》り
82　建旗東嶽　　旗《はた》を東岳《とうがく》に建《た》てんことを
83　庶立毫氂　　庶《ねが》わくは毫氂《ごうり》を立《た》て

84 微功自贖　微功《びこう》もて自《みずか》ら贖《あがな》わんことを
85 危軀授命　軀《み》を危《あや》うくして命《いのち》を授《さず》け
86 知足免戻　足《た》るを知《し》り戻《つみ》を免《まぬか》れん
87 甘赴江湘　甘《あま》んじて江湘《こうしょう》に赴《おもむ》き
88 奮戈呉越　戈《ほこ》を呉越《ごえつ》に奮《ふる》わん

できるものなら飛び交う矢や石を身に浴びて、東岳泰山《たいざん》に魏の旗を立てたいものです。叶《かな》うものなら毛筋ほどでも手柄を立て、そのわずかな功で我が罪をつぐないたいものです。身を危険にさらしいのちを投げ出し、節度をわきまえて落ち度がないようにいたしましょう。みずから進んで長江、湘水《しょうすい》のあたりに赴き、呉越の地に切り込みましょう。

○呉討伐に参加して功績を立て、自分の罪をつぐないたいと述べる。実際には曹植は参戦を許されなかった。**81**「矢石」は矢や石などの武器。**82**「建旗」は制覇するの意。「東岳」は泰山。呉と境を接し、前線に当たる。**83**「毫氂」は獣毛。ごくわずかな量をいう。「毫」は「氂」の十分の一。**84**「自贖」は自分で自分の罪をつぐなう。**85**

「授命」は自分のいのちを差し出すこと。『論語』憲問に「利を見て義を思い、危うきを見て命を授く」。**86**「知足」は自分の分をわきまえる。『老子』四十四章に「足るを知れば辱められず、止まるを知れば殆《あや》うからず」。「免戻」は罪を免れる。『左伝』文公十八年に「庶幾《ねが》わくは戻を免れん」。**87**「甘赴」は心から望んで赴く。「甘」は「甘心」と同じ。心から願うの意。「江湘」は長江と湘水。呉の支配する南方の地。**88**「呉越」は戦国時代の呉や越の地。この時の呉の領土。

89 天啓其衷　　天《てん》　其《そ》の衷《ちゅう》を啓《ひら》き
90 得會京畿　　京畿《けいき》に会《かい》するを得《え》たり
91 遲奉聖顏　　聖顔《せいがん》に奉《ほう》ぜんことを遅《ま》ち
92 如渇如飢　　渇《かっ》するが如《ごと》く飢《う》うるが如《ごと》し
93 心之云慕　　心《こころ》の云《ここ》に慕《した》い
94 愴矣其悲　　愴《いた》みて其《そ》れ悲《かな》しむ
95 天高聽卑　　天《てん》は高《たか》きも卑《ひく》きを聴《き》く
96 皇肯照微　　皇《こう》　肯《あえ》て微《び》を照《て》らせ

天子は心のなかを開いてくださり、都で会見するお許しをいただきました。

神聖なる顔《かんばせ》を仰ぎたい思いは、渇するがごとく飢えるがごとく切実です。

心のなか深くこのようにお慕いし、傷み悲しむばかりです。

高くにある天は低い所にも耳を傾けてくださるもの、天子よ、どうかこのつまらぬ身にも光を注いでくだされますよう。

○文帝との会見を許されることを切に望んで詩を閉じる。　**89** 天子が心を開いてくれる。「衷」は心の中。　**91**「遅」は思う、願う。　**92** 強く待ち望む気持ちをたとえる。『詩経』小雅・采薇《さいび》に「憂心烈烈たり、載《すなわ》ち飢え載ち渇す」。　**95** 高い存在である天は低いものにも耳を傾けてくれる。『史記』宋微子《そうびし》世家に「天は高きも卑きを聴く」。　**96**「皇」は文帝を指す。「肯」は「すすんで〜する」の意をあらわす。「照微」は微小な存在にまで光を当てる。　○押韻　皇《こう》・方《ほう》・攘《じょう》・王《おう》・蹤《しょう》・聡《そう》・雍《よう》・邦《ほう》／則《そく》・国《こく》／土《と》・魯《ろ》・叙《しょ》・輔《ふ》／盈《えい》・経《けい》／隮《き》・儀《ぎ》／黜《ちゅつ》・率《しゅつ》／類《るい》・肆《し》／臣《しん》・浜《ひん》・臣《しん》・身《しん》／方《ほう》・殃《よう》／物《ぶつ》・紱《ふつ》／華《か》・加《か》／策《さく》・惕《てき》／嬰《えい》・庭《てい》／侍《し》・歯《し》／図《と》・壚《ろ》／岳《がく》・瀆《しょく》／戻《れい》・越《えつ》／畿《き》・飢《き》・悲《ひ》・微《び》

應詔詩　詔《みことのり》に応《おう》ずる詩《し》　曹植《そうしょく》

1 肅承明詔
2 應會皇都
3 星陳夙駕
4 秣馬脂車
5 命彼掌徒
6 肅我征旅
7 朝發鸞臺
8 夕宿蘭渚
9 芒芒原隰
10 祁祁士女
11 經彼公田
12 樂我稷黍
13 爰有樛木
14 重陰匪息
15 雖有糇糧

粛《つつし》みて明詔《めいしょう》を承《う》け
皇都《こうと》に会《かい》するに応《おう》ず
星《ほし》の陳《つら》なるに夙《つと》に駕《が》し
馬《うま》に秣《まぐさか》い車《くるま》に脂《あぶら》さす
彼《か》の掌徒《しょうと》に命《めい》じ
我《わ》が征旅《せいりょ》を粛《つつし》む
朝《あした》に鑾台《らんだい》を発《はっ》し
夕《ゆうべ》に蘭渚《らんしょ》に宿《しゅく》す
芒芒《ぼうぼう》たる原隰《げんしゅう》
祁祁《きき》たる士女《しじょ》
彼《か》の公田《こうでん》を経《へ》
我《わ》が稷黍《しょくしょ》を楽《たの》しむ
爰《ここ》に樛木《きゅうぼく》有《あ》り
重陰《ちょういん》にも息《いこ》わず
糇糧《こうりょう》有《あ》りと雖《いえど》も

飢不遑食
望城不過
面邑不遊
僕夫警策
平路是由
玄駟藹藹
揚鑣漂沫
流風翼衡
輕雲承蓋
渉潤之濱
緣山之隈
遵彼河滸
黃坂是階

飢《う》えて食《く》らうに遑《いとま》あらず
城《まち》を望《のぞ》むも過《よぎ》らず
邑《むら》に面《むか》うも遊《あそ》ばず
僕夫《ぼくふ》は警策《けいさく》し
平路《へいろ》に是《こ》れ由《よ》る
玄駟《げんし》は藹藹《あいあい》として
鑣《くつわ》を揚《あ》げ沫《あわ》を漂《ただよ》わす
流風《りゅうふう》は衡《くびき》を翼《たす》け
軽雲《けいうん》は蓋《がい》を承《たす》く
潤《たに》の浜《ほとり》を渉《わた》り
山《やま》の隈《くま》に縁《よ》る
彼《か》の河《か》の滸《ほとり》に遵《したが》い
黄坂《こうはん》に是《こ》れ階《よ》る

詔《みことのり》に応える詩

謹んでかしこき詔を拝し、都での拝謁に応じます。
星輝く朝まだきに馬車を整え、馬には秣《まぐさ》を与え車には油をさしました。
供《とも》びとの頭《かしら》に命じて、我が一行をいましめます。
明け方、鸞台《らんだい》の宮殿を立ち、日暮れ、蘭《らん》香る水際に宿ります。
平野や湿原がはてなく広がり、そこにはあまたの男たち女たち。
おかみの耕地を通れば、我がキビの実りが嬉しい。
枝を垂れた大木、濃い木陰にも憩いはしません。
食べ物ももってはいますが、ひもじくても食べる暇はありません。
町を遠くに見ても立ち寄らず、村を目の前にしても足を踏み入れません。
御者は鞭《むち》をくれ、平らな道を通ります。
四頭の黒毛の馬は力に満ち、頭をもたげ口に泡して走ります。
吹き寄せる風は馬車の横木に力を添え、軽やかな雲は馬車の蔽《おお》いを支えます。
谷のほとりを渡り、山のくまをめぐります。
河水のほとりに沿い、黄土の坂を通ります。

○長篇のため、便宜上、二段に分ける。　**0**「応詔」は皇帝の詔に応える。ここでは兄である魏の文帝曹丕《そうひ》が召還を命じる詔をくだしたのに応えて都に上ったことを述べる。のちに「応詔」は詩題の一つとして定着し、公的な場で天子の命を受けて作る儀礼的な詩をいう。 **1**「粛承」はかしこまって推し戴《いただ》く。「明詔」は曹丕がくだした詔。「明」は詔を敬って添える語。 **2**「会」は諸侯が天子に臨時に謁見すること。 **3** 夜が明ける前から馬車の用意にとりかかる。『詩経』鄘風《ようふう》・定之方中《ていしほうちゅう》に「星みて言《ここ》に(星が出ている時に)夙に駕す」。「駕」は馬を馬車につなぐ。 **4** 旅立ちの準備をする。『詩経』周南・漢広《かんこう》に「言《ここ》に其の馬に秣う」。また『詩経』小雅・何人斯《かじんし》に「爾《なんじ》の車に脂さすに遑《いとま》あらんや」。 **5・6** 隊長に命じて一行に旅の心構えをさせる。「掌徒」は「徒を掌《つかさど》る」の意で、徒歩で従う従者の長。「征旅」は旅に出る一団。 **7・8**「朝～夕～」は先秦から常用の対《つい》。旅程を語る際にも、『楚辞』離騒に「朝に軔《じん》(車)を蒼梧《そうご》に発し、夕に余《われ》 県圃《けんぽ》に至る」。「鸞台」は宮殿の美称。甄城《けんじょう》の宮殿を指す。「蘭渚」は蘭の香る水辺。宿った場所を美化していう。 **9** 領地の広大さをいう。「芒芒」は広くはてしないさま。「原隰」は平原と湿地。 **10** 土地の人びとが農作業に勤しんでいることをいう。「祁祁」は数多く盛んなさま。「士女」は男女。 **11・12**「公田」は周の制度では耕地を井の字のかたちに九等分し、租税に供する中央の一区画をいう。「稷黍」は二種のキビ。総じて穀物。上の「芒芒・祁祁」二句とともに、甄城の地の広さと豊かさを述べ、この地に曹植を封じた曹丕に対する謝意を示す。　**13・14** 休息もせずに先を急ぐ。「樛木」は枝垂れた木。広い木陰を作る。『詩経』周南・樛木に「南に樛木有り」。「重陰」は木々が重なりあって作る濃い日陰。憩うべき木陰があっても憩わないというのは、『詩経』周南・漢広に「南に喬木有り、休息すべからず」をずらして用いる。　**15・16** 食事の時間も惜しんで道を進む。　**17・18** 途中の町や村に立ち寄りもせずにまっすぐ都に向かう。　**19**「僕夫」は御者。「警策」は馬を鞭打つ。後漢・傅毅《ふき》「舞の賦」(巻一七)に「僕夫は策(むち)を正す」。　**20** 早く都に着くために平坦な道を選ぶ。　**21**「玄駟」は四頭立ての黒毛の馬。「藹藹」は勢い盛んなさま。　**22** くつわをもたげ、口に泡を浮かべて、馬が疾駆する。「鑣」はくつわ。　**23・24** 風や雲も力を貸すかのように馬車が軽快に走る。「翼」は両脇から補佐する。「衡」はくびき。車から前にだした二本の棒(ながえ)に横に渡して馬を結ぶもの。「承」はかしずき、支える。「蓋」は馬車のほろ。　**25・26**「渉」は水を渡る。「縁」は寄り添うようにして進む。「隈」は山の奥まった所。　**28**「黄」は土の色。「階」は因る。ここでは坂道に沿ってゆく。

29 西濟關谷　　西《にし》のかた関谷《かんこく》を済《わた》り

30 或降或升　　或《ある》いは降《くだ》り或《ある》いは升《のぼ》る

31 騑驂倦路
32 再寢再興
33 將朝聖皇
34 匪敢晏寧
35 弭節長騖
36 指日遄征
37 前驅擧燧
38 後乘抗旌
39 輪不輟運
40 鑾無廢聲
41 爰曁帝室
42 稅此西墉
43 嘉詔未賜
44 朝覲莫從
45 仰瞻城闕

騑驂《ひさん》　路《みち》に倦《う》み
再《すなわ》ち寝《い》ね再《すなわ》ち興《お》く
将《まさ》に聖皇《せいこう》に朝《ちょう》せんとして
敢《あ》えて晏寧《あんねい》せず
節《せつ》を弭《とど》めて長《なが》く騖《は》せ
日《ひ》を指《さ》して遄《すみ》やかに征《ゆ》く
前駆《ぜんく》は燧《のろし》を挙《あ》げ
後乗《こうじょう》は旌《はた》を抗《あ》ぐ
輪《りん》は運《めぐ》るを輟《や》めず
鑾《すず》は声《こえ》を廃《はい》する無《な》し
爰《ここ》に帝室《ていしつ》に曁《いた》り
此《こ》の西墉《せいよう》に税《と》く
嘉詔《かしょう》　未《いま》だ賜《たまわ》らず
朝観《ちょうきん》するに従《よ》る莫《な》し
仰《あお》いで城闕《じょういき》を瞻《み》

46 俯惟闕庭　俯《ふ》して闕庭《けってい》を惟《おも》う
47 長懐永慕　長懐《ちょうかい》して永慕《えいぼ》すれば
48 憂心如酲　憂心《ゆうしん》　酲《てい》の如《ごと》し

西に向かって関所や谷を越え、坂を下り、また坂を上る。馬車引く馬も疲れる道程、寝ても起きても旅を続けます。聖なるみかどにお目通りするからには、くつろいでなどおられましょうか。歩をゆるめてはまた遠く目指して走らせ、すぐさま足早く進みました。先導がたいまつをかかげ、後続は旗を立てる。車輪が回転を止めることはなく、鈴の音も鳴り止むことはありません。こうして王室にたどりつき、この西の町はずれに止まることとなりました。めでたき詔はいまだに賜らず、拝謁のようすがもありません。仰いでは宮城を眺め、俯しては王庭をしのびます。永遠《とわ》に思い長く慕いながら、悪酔いをしたように心は沈みます。

29・30 甄城から洛陽《らくよう》へは西へ向かうので「西」という。「済」は越えていく。**31**「騑驂」は本来、四頭立ての左右両側の二頭を意味するが、転じて馬車を引く馬をいう。

32 昼夜を問わず休む間もなく旅を続ける。「再」は二つの動作が並行することを示す。『詩経』秦風・小戎《しょうじゅう》の「言《ここ》に君子を念《おも》い、載《すなわ》(再)ち寝ね載(再)ち興く(夜も昼も君子を思い続ける)」を用い、帝への思いを強調する。 **33**「聖皇」は曹丕をあがめ立てていう。 **34**「晏寧」は安らぐ。 **35** 緩歩したり疾駆したりを繰り返して前進する。「弭節」は走る速度をゆるめる。『楚辞』離騒に「吾 羲和《ぎか》(太陽の御者)をして節を弭めしむ」。「長騖」は遠くまで疾駆する。 **36**「指日」は猶予を許さず、すぐに。「遄」は速い。 **37**「前駆」は一行の先導部隊。 **38**「後乗」は後ろに付き従う騎兵。 **40**「鑾」は「鸞」に通じ、馬車につけた鈴。 **42**「税」は馬を馬車から解く。「西墉」は西の城壁。町の西の端をいう。曹植は「上表」でいう「西館」に留め置かれた。 **43** 曹丕から何の沙汰もない。「嘉詔」は詔の美称。 **44** 皇帝謁見にも参加できない。「朝覲」は諸侯が皇帝に拝謁すること。『周礼《しゅらい》』春官・大宗伯《だいそうはく》の規定によれば「朝」は春の、「覲」は秋の拝謁をいう。 **45・46**「仰〜俯〜」の対は前の「躬《み》を責むる詩」(巻二〇)[一]にも見える。「城闕」は宮城。「闕庭」は王宮の庭。 **48**「酲」は二日酔い。『詩経』小雅・節南山《せつなんざん》に国政の乱れを嘆いて発する句をそのまま用いる。その文脈を意識して用いたとすれば曹丕に対する微意を含むことになる。 ○押韻 都《と》・車《きょ》/旅《りょ》・渚《しょ》・女《じょ》・黍《しょ》/木《ぼく》・息《しょく》・食《しょく》/遊《ゆう》・由《ゆう》/藹《あい》・沫《ばつ》・蓋《かい》/隈《わい》・階《かい》/升《しょう》・興《きょう》/寧《ねい》・征《せい》・旌《せい》・声《せい》/墉《よう》・従《しょう》/庭《てい》・酲《てい》黄初《こうしょ》四年(二二三)、曹植は兄の文帝曹丕《そうひ》によって都に召還され、罪状に対して降《くだ》される処置を待つなかで、上表を付した二首の詩を曹丕に呈する。これに先だって曹植は朝廷の使者を侮辱したかどで訴えられ、その時は太后(曹丕と曹植の実母)のはからいで死罪は免れたが、のち再び誣告《ぶこく》に巻き込まれた。この上表と詩は都に上ったものの拝謁を許されないまま留め置かれている不安のなかで、免罪を嘆願したもの。「躬《み》を責むる詩」はひたすら自分の罪を認め、曹丕の帝としての器量をたたえる。「詔《みことのり》に応ずる詩」は自分がいかに速やかに都に馳《は》せつけたかを誇張して述べ、曹丕への恭順の意を示す。謝罪も恭順も本心から出たものではないにせよ、曹植が曹丕の圧制にいかに苦しんでいたかがうかがわれる。

關中詩

関中《かんちゅう》の詩《し》

潘《はん》岳《がく》

(一)

於 皇 時 晉
受 命 既 固
三 祖 在 天

於《ああ》　皇《おお》いなるかな時《こ》の晋《しん》
命《めい》を受《う》くること既《すで》に固《かた》し
三祖《さんそ》　天《てん》に在《あ》りて

4 聖皇紹祚
5 徳博化光
6 刑簡枉錯
7 微火不戒
8 延我寶庫

聖皇《せいこう》　祚《そ》を紹《つ》ぐ
徳《とく》は博《ひろ》くして化《か》は光《おお》いに
刑《けい》は簡《かん》にして枉《ま》がれるに錯《お》く
微火《びか》　戒《いまし》めず
我《わ》が宝庫《ほうこ》に延《の》ぶ

関中《かんちゅう》の詩

ああ大いに盛んなるかな、我が晋。天命を授かり王朝の基《もとい》をしかと固めた。
高祖・太祖・世祖の三祖は天にいまし、今上陛下があとを継がれた。
その徳は博《ひろ》く、教化はあまねく、刑罰は簡略で不正なる者らを匡《ただ》された。
ただ小さな火元の戒めをおろそかにし、我が御宝《おたから》の倉に火が及んだ。

潘岳《はんがく》　二四七—三〇〇　字《あざな》は安仁《あんじん》。滎陽中牟《けいようちゅうぼう》(河南省中牟県)の人。陸機《りくき》とともに西晋を代表する詩人。官途は思うに任せず、時の権力者、賈謐《かひつ》をパトロンと恃《たの》み、愍懐《びんかい》太子(恵帝の子)廃立の陰謀にも荷担した。賈謐の下に集まった文学集団「二十四友」の一人。のちに趙王司馬《しば》倫《りん》の下にあった孫秀《そんしゅう》の讒言《ざんげん》によって処刑される。本詩は刑死の前年の作。『詩品』上品。

0「関中」は今の陝西《せんせい》省西安市を中心とする地域。東の函谷関《かんこくかん》、南の武関《ぶかん》、西の散関《さんかん》、北の蕭関《しょうかん》に囲まれ、古くより中国の中心であり、要衝の地であった。 **1** 晋王朝の威徳の行き渡った恵帝の御代から語り出す。「於」は感嘆の語気をともなう発語の辞。「皇」は偉大。『詩経』周頌・般《はん》の「於、皇いなるかな時の周」に倣う。 **2**「受命」は天命を受けて天下を統治する。一句は『詩経』大雅・皇矣《こうい》の「命を受くること既に固し」をそのまま用いる。 **3**「三祖」は晋の高祖(宣帝)、太祖(文帝)、世祖(武帝)。「在天」は崩御して霊が天にあること。『詩経』大雅・下武《かぶ》に「三后(三人の王)天に在り」。 **4**「聖皇」は皇帝に対する尊称。今の皇帝、恵帝を指す。「紹」は継承する。「祚」は祖先から伝わる君位。 **5**「化」は教化。「光」はあまねく行きわたる。『周易』乾卦文言伝《けんかぶんげんでん》に「徳は博くして化す」、同じく坤卦《こんか》文言伝に「万物を含みて化は光いなり」。 **6**「刑簡」は刑罰を簡素にする。刑罰に頼らない徳治をいう。「枉」はよこしまな者。「錯」は置く。「枉錯」は不正なるものの上に正直なるものを置いて正すこと。『論語』為政に「直きものを挙げて諸《これ》を枉がれるものに錯けば、則ち民は服す」。 **7・8** 恵帝の元康《げんこう》五年(二九五)十月、武器庫に火災があり歴世の宝物を失った事件をいう。次章以降の具体的事件の発端として書きこまれる。 ○押韻　固《こ》・祚《そ》・錯《そ》・庫《こ》

(二)

1 蠢爾戎狄
2 狡焉思肆
3 虞我國眚
4 窺我利器
5 岳牧慮殊
6 威懷理二
7 將無專策
8 兵不素肄

蠢爾《しゅんじ》たる戎狄《じゅうてき》
狡焉《こうえん》として肆《ほしいまま》にせんことを思《おも》う
我《わ》が国《くに》の眚《わざわ》いを虞《はか》り
我《わ》が利器《りき》を窺《うかが》う
岳《がく》と牧《ぼく》　慮《おもんぱか》りは殊《こと》なり
威《い》と懐《かい》　理《り》は二《に》なり
将《しょう》に専《もっぱ》らの策《さく》無《な》く
兵《へい》は素《もと》より肄《なら》わず

怪しくうごめく異族のやからは、ずる賢くも暴れる機会をうかがっていた。
我が国の災禍をここぞと見計り、われらが国礎を奪い取ろうと謀った。
内廷の公卿《こうけい》と外なる諸侯は考えを異にし、武の制圧、徳の懐柔、見解は二分した。
将軍にはこれといった戦略がなく、兵たちも平素の訓練が行きとどいていなかった。

1「蠢爾」は虫がうごめくさま。本来、「戎」は西方の、「狄」は北方の異民族。ここでは乱を起こした氐《てい》、羌《きょう》とその領袖斉万年《せいばんねん》を指す。『詩経』小雅・采芑《さいき》に「蠢爾たる蛮荊《ばんけい》(南方の異民族)」。　**2**「狡焉」は悪賢い。　**3**「眚」は災い。　**4**「利器」は鋭利な武器、国を治める権力をいう。『老子』三十六章に「国の利器は、以て人に示すべからず」。　**5・6**「岳牧」は内臣と地方官。もと古代の聖帝、堯舜《ぎょうしゅん》が四岳、十二牧を置いたこと(『尚書』舜典、周官など)に基づく語。「威」は武力による制圧策。「懐」は和睦を図る懐柔策。『左伝』文公七年に「叛《そむ》きて討たざれば、何を以て威を示さん。服して柔《やす》んぜざれば、何を以て懐を示さん」。反乱への対応をめぐっては、「岳」に当たる征西大将軍の趙王司馬倫が「牧」に当たる雍州《ようしゅう》刺史の解系《かいけい》と対立していた。二句はこうした状況をふまえるか。　**7**「専策」は、独自に判断した策。　**8**「素」は常日ごろ。「肄」は習う。　○押韻　肆《し》・器《き》・二《じ》・肄《い》

(三)

1 翹翹趙王　　翹翹《ぎょうぎょう》たる趙王《ちょうおう》は
2 請徒三萬　　徒《と》三万《さんまん》を請《こ》う
3 朝議惟疑　　朝議《ちょうぎ》　惟《こ》れ疑《うたが》い
4 未逞斯願　　未《いま》だ斯《こ》の願《ねが》いを逞《たくま》しくせず

5　桓桓梁征　桓桓《かんかん》たる梁征《りょうせい》は
6　高牙乃建　高牙《こうが》　乃《すなわ》ち建《た》つ
7　旗蓋相望　旗蓋《きがい》　相《あ》い望《のぞ》みて
8　偏師作援　偏師《へんし》　援《たす》けを作《な》す

卓然と立ちまさる趙王が、討伐の軍三万の出兵を願い出た。
朝廷の議論は趙王を信頼せず、その願いは成し遂げられなかった。
勇猛なる梁王が征西の将軍に任じられ、将軍のしるし旗を高く掲げた。
旗差しと車蓋が次々と連なり、補充の一部隊が援軍として差し向けられた。

1・2　征西大将軍の趙王司馬倫が斉万年征討のために三万の兵を請うたことをいう。司馬倫は宣帝司馬懿《しばい》の子、恵帝の祖父である文帝司馬昭《しばしょう》の弟で、八王の一人。のちに恵帝を廃し自ら帝位に即《つ》くも諸王らに殺された。「翹翹」は高く抜きんでるさま。　**3・4**　「逞」は思い通りにする。李善の引く晋・傅暢《ふちょう》「晋諸公讃」によれば、朝廷では趙王が羌の部族長ら数十人を誅殺《ちゅうさつ》したことが彼らの反乱の原因であると判断し、趙王を召還したという。　**5・6**　趙王司馬倫に代わって征西大将軍に任じられた梁王司馬肜《しばゆう》（一に彤《とう》に作る。司馬倫の兄）が軍を発した。「桓桓」は猛々しいさま。「高牙」は高々とさし上げられた牙旗(象牙で飾った将軍の旗)。**7**「蓋」は車を覆う傘。「相望」は連なり続く。**8**「偏師」は全軍中の一部隊。○押韻　万《ばん》・願《げん》・建《けん》・援《えん》

(四)

1 虎視眈眈
2 威彼好時
3 素甲日曜
4 玄幕雲起
5 誰其繼之
6 夏侯卿士
7 惟系惟處
8 列營棊跱

虎視《こし》　眈眈《たんたん》として
彼《か》の好時《こうじ》に威《い》あり
素甲《そこう》は日《ひ》のごとく曜《かがや》き
玄幕《げんまく》は雲《くも》のごとく起《お》こる
誰《たれ》か其《そ》れ之《これ》を継《つ》ぐ
夏侯《かこう》なる卿士《けいし》
惟《こ》れ系《けい》　惟《こ》れ処《しょ》
営《えい》を列《つら》ねて棋《き》のごとく跱《た》つ

梁王は虎が獲物を睨《にら》みつけるように、関中の好時《こうじ》の地で威光を振るう。白い鎧甲《よろい》は日の光のように輝き、黒の陣幕は雲湧くように連なる。梁王に続くのはだれか。それは、夏侯駿《かこうしゅん》の大殿《おとど》。

解系《かいけい》、さらに周処《しゅうしょ》と続き、碁の布石のように軍営を張った。

1 虎が睨みつけるさま。『周易』頤卦《いか》に見える語。 **2** 「好畤」は地名。今の陝西省乾《けん》県。 **5・6** 梁王に続いて夏侯駿が征討の任にあたった。『左伝』襄公《じょうこう》三十年に「子産《しさん》(春秋時代の政治家)にしてもし死せば、誰か其れ之を嗣《つ》がん」。「夏侯」は安西将軍の夏侯駿。「卿士」は上級官僚。ここでは尊称として用いる。 **7・8** 「惟」は語調を整える助字。『老子』二十一章に「惟れ恍　惟れ惚」。「系」は雍州刺史の解系。「処」は建威将軍の周処。ともに晋の将として派遣された。「棋跱」は勢力伯仲してならび立つこと。

○押韻　時《し》・起《き》・士《し》・跱《ち》

(五)

1 夫豈無謀　　夫《そ》れ豈《あ》に謀無《ぼうな》からんや
2 戎士承平　　戎士《じゅうし》　平《へい》を承《う》く
3 守有完郛　　守《まも》るに郛《ふ》を完《まった》くする有《あ》るも
4 戰無全兵　　戦《たたか》うに兵《へい》を全《まった》くする無《な》し
5 鋒交卒奔　　鋒交《ほこまじ》わりて卒《そつ》は奔《はし》り

6 孰免孟明　　孰《たれ》か孟明《もうめい》たるを免《まぬか》れん
7 飛檄秦郊　　檄《げき》を秦郊《しんこう》に飛《と》ばし
8 告敗上京　　敗《やぶ》るるを上京《じょうけい》に告《つ》ぐ

そもそも軍略がなかったわけではないが、兵士たちは太平の御代に慣れきっていた。城を守りきることはできても、戦うとなれば我が軍の傷手は避けられない。ほこを交えるや兵卒たちは逃げ出し、孟明視《もうめいし》のような敗北をだれが免れようか。援軍を請う檄文《げきぶん》が関中より発せられ、敗戦の報がみやこにとどけられた。

1「謀」は軍謀、戦略。　**2**「戎士」は兵隊。「承平」は太平の世が続く。　**3**「完郛」は城を損なうことなく守る。「郛」は外城。　**4**「全兵」は軍隊に損傷を受けない。『孫子』謀攻《ぼうこう》に「夫《そ》れ用兵の法は、……軍(兵と同義)を全うするを上と為す」。　**6**「孟明」は春秋時代秦の将軍、孟明視。他国との戦いに敗れたが、後に秦を覇者の地位に導いた。一句は、敗戦を余儀なくされたことをいうが、孟明視の名を挙げることによって後の勝利を暗示する。　**7**「檄」は鳥の羽をつけ急用を示す軍書。ここでは援軍を請うもの。「秦郊」はかつて秦国の領域であった長安周辺の地域。　**8**「上京」は国都。西晋の都の洛陽《らくよう》を指す。　○押韻　平《へい》・兵《へい》・明《めい》・京《けい》

（六）

1 周殉師令
2 身膏氏斧
3 人之云亡
4 貞節克擧
5 盧播違命
6 投畀朔土
7 爲法受惡
8 誰謂荼苦

周《しゅうし》は師の令《れい》に殉《じゅん》じ
身《み》は氏《てい》の斧《おの》を膏《ぬ》らす
人《ひと》の云《ここ》に亡《ぼう》するも
貞節《ていせつ》克《よ》く挙《あ》ぐ
盧播《ろは》は命《めい》に違《たが》い
朔土《さくど》に投畀《とうひ》せらる
法《ほう》の為《ため》に悪《あく》を受《う》く
誰《たれ》か荼《にがな》を苦《にが》しと謂《い》わん

周処は軍令を奉じて殉死し、その身の血が敵の斧《おの》を濡《ぬ》らした。彼はここにいのちを失ったが、その貞節の名は世に高く挙がった。盧播《ろは》は軍命に背いて戦功を偽り、北辺の地に追放された。法に従って咎人《とがにん》の悪名を受けたのだから、荼《にがな》は苦いなどと不満を口にできようか。

1「周」は(四)に見えた周処。「殉」は目的のために身をささげる。「師令」は軍令。

2「膏氏斧」は肉の脂《あぶら》や血が敵の氏軍の斧を濡らす。 3「人」は周処。「云」は語調を整える助字。『詩経』大雅・瞻卬《せんぎょう》の句をそのまま使う。 4「克」は「能」と同義。 5・6 梁王司馬肜配下の盧播は戦功を偽って報告したため、庶人におとされ、北平(河北省遵化《じゅんか》市)に逐われた。「投界」は投げ与える、放逐する。『詩経』小雅・巷伯《こうはく》に「有《ゆう》北《ほく》に投界せん」。「朔土」は北方の未開の地。 7『左伝』宣公二年に「法の為に悪を受く」と見える孔子の語をそのまま用いる。 8 罪にふさわしい罰を受けたのであるから甘受すべきである、の意。「荼」は苦味のある野菜の総称、にがな。『詩経』邶風《はいふう》・谷《こく》風《ふう》に「誰か荼を苦しと謂わん、其の甘きこと薺《なずな》の如し」。 ○押韻 斧《ふ》・挙《きょ》・土《と》・苦《こ》

(七)

1 哀此黎元
2 無罪無辜
3 肝脳塗地
4 白骨交衢
5 夫行妻寡
6 父出子孤

哀《あわ》れなるかな　此《こ》の黎元《れいげん》
罪無《つみな》く辜無《つみな》し
肝脳《かんのう》　地《ち》に塗《まみ》れ
白骨《はっこつ》　衢《く》に交《まじ》わる
夫《おっと》は行《ゆ》きて妻《つま》は寡《か》となり
父《ちち》は出《い》でて子《こ》は孤《こ》となる

7 俾我晉民　我《わ》が晉《しん》の民《たみ》をして
8 化爲狄俘　化《か》して狄《てき》の俘《ふ》為《た》らしむ

哀れなるかな、かの民草《たみくさ》よ、罪もなく、科《とが》もない。はらわたや脳髄は土にまみれ、白骨は街角に折り重なる。夫は戦《いくさ》に駆られて妻は寡婦となり、父は家を離れて子は孤児となる。我が晋の民たちをば、夷狄《いてき》の捕虜《とりこ》としてしまった。

1「黎元」は庶民。 **2**『詩経』小雅・十月之交《じゅうげつしこう》の句をそのまま用いる。 **4**「衢」は四方に通じる道。 **7・8** 晋の臣民が異民族の捕虜となったという。「狄」は北方の異民族。「俘」は俘虜、捕虜。 ○押韻　辜《こ》・衢《く》・孤《こ》・俘《ふ》

（八）

1 亂離斯瘼　乱離《らんり》　斯《ここ》に瘼《や》み
2 日月其稔　日月《じつげつ》　其《そ》れ稔《じん》す
3 天子是矜　天子《てんし》　是《こ》れ矜《あわれ》み
4 旰食晏寢　旰《おそ》く食《しょく》し晏《おそ》く寝《い》ぬ

5 主憂臣勞　主《しゅ》憂《うれ》うれば臣労《しんろう》す
6 孰不祇懍　孰《たれ》か祇《つつし》み懍《おそ》れざらん
7 愧無獻納　愧《は》ずらくは献納《けんのう》無く
8 尸素以甚　尸素《しそ》以《もっ》て甚《はなは》だしきこと

うち続く戦乱にさいなまれ、月日の過ぎるにつれ暗い影がさす。天子は深く心を痛め、遅く食事をとり、夜も更けてやすむ。主が憂えると、臣もまた心を悩ませる。だれが畏れ多く思わないでおれようか。恥ずかしいことに、良策を奉る者もなく、無為に禄を食《は》み続けるばかり。

1「乱離」は混乱がもたらす憂い。双声の語。「瘼」は苦しむ。『詩経』小雅・四月《しげつ》に「乱離　瘼みたり」。**2**「稔」は時間の経過とともに情況がいよいよ悪化する。**4** 悩みのあまり、寝食もままならない。**5** 君臣ともに憂苦したこと。『史記』越王句践《こうせん》世家に「主憂うれば臣労し、主辱《はずかし》めらるれば臣死す」。**7・8**「献納」は有効な献策を行う。「尸素」は尸禄素餐《しろくそさん》の略。「尸」は祭祀《さいし》に用いるかたしろ。祭りにおけるかたしろのように何もしない意から、官位にあって禄を食むだけで責務を果たさぬこと。○

押韻　稔《じん》・寝《しん》・懍《りん》・甚《しん》

（九）

1 皇赫斯怒
2 爰整精鋭
3 命彼上谷
4 指日遄逝
5 親奉成規
6 稜威遐厲
7 首陥中亭
8 揚聲萬計

皇《こう》は赫《かく》として斯《ここ》に怒《いか》り
爰《ここ》に精鋭《せいえい》を整《ととの》う
彼《か》の上谷《じょうこく》に命《めい》じ
日《ひ》を指《さ》して遄《すみ》やかに逝《ゆ》かしむ
親《した》しく成規《せいき》を奉《ほう》じ
稜威《りょうい》　遐《はる》かに厲《はげ》し
首《はじ》めに中亭《ちゅうてい》を陥《おとし》れ
声《こえ》を揚《あ》ぐること万《まん》もて計《かぞ》うと

かくして天子はかっと怒りに燃え、ここに選《え》り抜きの兵士を整えた。かの上谷公《じょうこくこう》の孟観《もうかん》に命じ、猶予を与えずすぐさま出陣させた。天子直々のお達しを推し戴《いただ》き、その威光は遠くまでさかんに輝いた。まずは中亭《ちゅうてい》で敵を破ると、幾万もの首を討ったと声高らかに言い立てた。

1・2　「皇」は皇帝。「赫」は怒りを発するさま。『詩経』大雅・皇矣《こうい》の「王は赫として斯に怒り、爰に其の旅を整う」に倣う。　**3**「上谷」は上谷郡公に封じられた孟観。　**4**「指日」は猶予を許さず、すぐに。魏・曹植《そうしょく》「詔に応ずる詩」(巻二〇)[一]の句を用いる。　**5**「成規」はすでに定められた方策。ここでは天子の授けた命令。　**6**「稜威」は威厳、威光。「厲」はさかん、勢いづく。　**7**「中亭」は扶《ふ》風《ふう》国美《び》陽《よう》県(陝西省武《ぶ》功《こう》県)。孟観はここで氏、羌を破った。　**8**「揚声」は広く言いふらす。「万計」は敵を殺すこと数万であったという。　○押韻　鋭《えい》・逝《せい》・厲《れい》・計《けい》

(十)

1 兵固詭道
2 先聲後實
3 聞之有司
4 以萬爲一
5 紂之不善
6 我未之必
7 虛皛滷德
8 謬彰甲吉

兵《へい》は固《もと》より詭《き》道《どう》なり
声《こえ》を先《さき》にして実《じつ》を後《あと》にす
之《これ》を有司《ゆうし》に聞《ぶん》するに
万《まん》を以《もっ》て一《いっ》と為《な》す
紂《ちゅう》の善《よ》からざるも
我《われ》は未《いま》だ之《これ》を必《ひっ》とせず
虚《むな》しく滷徳《なんとく》を皛《あき》らかにし
謬《あやま》りて甲吉《こうきつ》を彰《あら》わす

軍事はもともと敵を欺く奇策が肝要、言葉の示威を先にして実力行使を後にすることもある。

報告が役職にある者たちにもたらされると、万の戦功もわずか一とみなされた。

殷の紂王《ちゅうおう》は善からざる者と言われるが、すべてそのとおりとは、わたしは思わない。

孟観とて湳徳《なんとく》を討ったと偽り、甲吉《こうきつ》を誅《ちゅう》したと欺いたに過ぎない。

1・2 (九)の末尾にいうように、事実を偽り、多くの兵を殺したと示威したことをいう。「兵」は戦争。「詭道」は人を偽りだます方途。『孫子』計《けい》に「兵は詭道なり」。『史記』淮陰侯《わいいんこう》列伝に「兵に固より声を先にし実を後にする者《こと》有り」。 **3・4** 所轄の役人は孟観の戦果を誇大な偽りと判断した。「聞」は報告する。「有司」は役人。 **5・6** 「必」は必ずそうであると判断する。『論語』子張《しちょう》の「紂の善からざるも、是《か》くの如く之《こ》れ甚だしからざるなり」をふまえる。 **7・8** 孟観にも偽って戦果を報告した面があったという。あえて孟観の過失を挙げて、その罪の重くないことを弁護する。「虚」「謬」は偽る。「皛」「彰」は明らかにする。ここでは敵将を討ったと公言する意。「湳徳」「甲吉」は異民族である羌の将。「湳」「甲」は種族の号、「徳」「吉」は名。　○押韻　実《しつ》・一《いつ》・必《ひっ》・吉《きつ》

（十一）

1 雍門不啓
2 陳汧危逼
3 觀遂虎奮
4 感恩輸力
5 重圍克解
6 危城載色
7 豈曰無過
8 功亦不測

雍門《ようもん》は啓《ひら》けず
陳《ちん》と汧《けん》と危逼《きひょく》せらる
観《かん》は遂《つい》に虎《とら》のごとく奮《ふる》い
恩《おん》に感《かん》じて力《ちから》を輸《いた》す
重《かさ》なれる囲《かこ》みは克《よ》く解《と》け
危《あや》うき城《しろ》も載《すなわ》ち色《いろ》あり
豈《あ》に過《あやま》ち無《な》しと曰《い》わんや
功《こう》も亦《ま》た測《はか》られず

雍《よう》県の城門は敵に囲まれて開くことができず、陳倉《ちんそう》と汧《けん》の県にも危機がせまっていた。孟観はそこで虎のように力を奮い、天子の御恩に感じて全力を尽くした。幾重もの敵の囲いは解き放たれ、危機に瀕《ひん》した城に人びとの喜色があふれた。偽りを伝えた過ちが無いとは言えぬが、しかしその功績もまた計り知れない。

1 「雍門」は扶風国雍県(陝西省鳳翔《ほうしょう》県)の城門。 **2** 「陳汧」は陳倉(雍県の西南)と汧(雍県の西北)の二県。「逼」はさしせまる。 **4** 「感恩」は出陣を命じた帝の恩に感じる。「輸力」は尽力する。『左伝』襄公《じょうこう》二十一年に「昔 陪臣の(欒《らん》)書《しょ》能く力を王室に輸す」。 **5** 「重囲」は敵による雍門の包囲。 **6** 「危城」は危険にせまられていた陳倉と汧の県城。「色」は危機を逃れた喜色。『詩経』魯頌・泮水《はんすい》に「載ち色あり載ち笑あり」。 **7** 「豈曰無〜」は『詩経』にしばしば見える用字。「過」は孟観が戦功を誇大に報じた過失。 **8** 「功」は雍県の囲いを解き、陳倉と汧を救った功績。「不測」はそれが大きいこと。 ○押韻　逼《ひょく》・力《りょく》・色《しょく》・測《しょく》

(十二)

1 情固萬端　　情《じょう》は固《もと》より万端《ばんたん》
2 于何不有　　何《なに》に于《おい》てか有《あ》らざらん
3 紛紜齊萬　　斉万《せいばん》に紛紜《ふんうん》たる
4 亦孔之醜　　亦《ま》た孔《はなは》だ之《こ》れ醜《あ》し
5 曰納其降　　曰《ここ》に其《そ》の降《こう》を納《い》るとあり
6 曰梟其首　　曰《ここ》に其《そ》の首《くび》を梟《きょう》すとあり
7 疇眞可掩　　疇《たれ》か真《しん》を掩《おお》うべき

8 孰偽可久　孰《たれ》か偽《ぎ》を久《ひさ》しからしむべき

事態はもともとさまざまな姿を見せるもの、いかなる場合にもそうなのだ。斉万年《せいばんねん》についてもごたごたと語られ、これまた醜悪きわまりないありさま。ある者はその降伏を受け入れたと言い、ある者はその首をさらしたと言う。しかしだれが真実を覆い尽くせるだろうか、またどれが虚偽を長く隠しおおせようか。

1「情」は情況。「万端」は多種多様であること。事実は一つであるが、それがさまざまに伝えられる。**2** 一種の慣用表現。後漢・張衡《ちょうこう》「西京《せいけい》の賦」(巻二)に「林麓の饒《ゆた》かなる、何に于てか有らざらん」。**3**「紛紜」は多くて乱雑なさま。畳韻の語。「斉万」は敵の領袖、斉万年。彼についての情報も錯綜《さくそう》しているという。**4**『詩経』小雅・十月之交の「日の之を食する有り、亦た孔だ之れ醜し」をそのまま用いる。**5・6** 孟観は斉万年の降伏を容《い》れて生け捕りにしたと言い、一方、夏侯駿は斉万年を斬殺したと報告した。事実は元康九年(二九九)正月、孟観が中亭に敵を大いに破り斉万年を捕獲した。**7・8** 真偽はいずれ明らかになる。○押韻　有《ゆう》・醜《しゅう》・首《しゅう》・久《きゅう》。

「梟」は、さらし首にする。

（十三）

1 既徵爾辭　既《すで》に爾《そ》の辭《じ》を徵《しら》べ
2 既蔽爾訟　既《すで》に爾《そ》の訟《うった》えを蔽《あき》らかにす
3 當乃明實　当《あ》たれば乃《すなわ》ち実《じつ》を明《あき》らかにし
4 否則證空　否《しか》ざれば則《すなわ》ち空《むな》しきを証《あか》す
5 好爵既靡　好爵《こうしゃく》　既《すで》に靡《わか》たれ
6 顯戮亦從　顕戮《けんりく》　亦《ま》た従《したが》う
7 不見竇林　見《み》ずや　竇林《とうりん》の
8 伏尸漢邦　尸《しかばね》を漢《かん》の邦《くに》に伏《ふく》するを

かの報告の言葉を審《つまび》らかに調べ、その訴えに審判をくだした。実態に符合すれば事実だと認め、符合しなければその虚偽なることを証した。孟観には高い爵位が与えられ、さらし首の処罰もまた夏侯駿にくだされた。かの戦功を偽った漢の竇林《とうりん》を見るがいい、責めを負い屍《しかばね》を漢土にさらすことになってしまった。

1・2「既～既～」は、二つの事が並行して行われたことをあらわす。「徵」は調べて審らかにする。「蔽」は事実を明らかにする。「爾」は指示代名詞。それ、かれ。孟観と夏侯駿を指す。「辞」「訟」は訴えの言葉。是非を争う両者の主張をいう。**3・4** 両者の申し立ての是非・当否が明らかにされたという。「当」は実態、道理に合う、「否」は合わない。「実」は事実、「空」はうそ偽り。**5** 孟観はその功を賞された。「好爵」は高い官位。「靡」は分かつ、共有する。『周易』中孚卦《ちゅうふか》に「我に好爵有り、吾爾《なんじ》と之を靡たん」。**6** 夏侯駿は極刑に処された。「顕戮」は処刑のうえ屍をさらす。『尚書』泰誓《たいせい》下に「功多ければ厚賞有り、迪《すす》まざれば顕戮有り」。「従」は行う。**7・8** 後漢の明帝のとき、護羌校尉《ごきょうこうい》の竇林《とうりん》は異民族の首領を降伏させたが、その功を偽って過大に申告したため、獄に下され死罪となった。夏侯駿に対する処罰を竇林のそれにたとえる。○押韻　訟《しょう》・空《こう》・従《しょう》・邦《ほう》

（十四）

1 周人之詩　　周人《しゅうひと》の詩《し》
2 寔曰采薇　　寔《これ》を采薇《さいび》と曰《い》う
3 北難獫狁　　北《きた》のかた獫狁《けんいん》に難《なや》み

4 西患昆夷　西《にし》のかた昆夷《こんい》を患《うれ》う
5 以古況今　古《いにしえ》を以《もっ》て今《いま》に況《くら》ぶるに
6 何足曜威　何《なん》ぞ威《い》を曜《かがや》かすに足《た》らん
7 徒愍斯民　徒《た》だ斯《こ》の民《たみ》を愍《あわれ》みて
8 我心傷悲　我《わ》が心《こころ》傷《いた》み悲《かな》しむ

周の人びとのうたった詩、これを「采薇」という。北のかた獫狁《けんいん》に悩まされ、西では昆夷《こんい》を憂えた、その歌。古《いにしえ》と今とを引き比べたうえで、われらが武威を誇ることなどできようか。ただ他に為すすべ無く我が晋の民を憐《あわ》れみ、わたしの心は悲しみでふさがれる。

1・2「詩」は『詩経』の詩。「采薇」は『詩経』小雅の篇名。周の文王のもとで北方異民族との戦いに従事した出征兵士の苦しみをうたう。**3・4**『詩経』小雅・采薇の序に「文王の時、西に昆夷の患有り、北に玁(獫)狁の難有り」。「獫狁」は北方の異民族。のちに匈奴《きょうど》と称された。「昆夷」は西方の異民族。**5・6** 異民族に苦しみ抜いた周代に比べて、晋代の今は征討に成功したからといって、それは誇れるようなことではない。**8**『詩経』小雅・采薇に「我が心　傷み悲しみ、我が哀しみを知るもの莫《な》し」など、

『詩経』にしばしば見えるフレーズをそのまま用いる。○押韻 薇《び》・夷《い》・威《い》・悲《ひ》

(十五)

1 斯民如何　斯《こ》の民《たみ》 如何《いかん》ぞ
2 荼毒于秦　秦《しん》に荼毒《とどく》せらる
3 師旅既加　師旅《しりょ》 既《すで》に加《くわ》わり
4 饑饉是因　饑饉《ききん》 是《こ》れ因《よ》る
5 疫癘淫行　疫癘《えきれい》 淫《みだ》りに行《おこな》われ
6 荆棘成榛　荊棘《けいきょく》 榛《しん》を成《な》す
7 絳陽之粟　絳陽《こうよう》の粟《ぞく》
8 浮于渭濱　渭浜《いひん》に浮《う》かぶ

我が晋の民はどうであろうか。関中の地で苦しみ虐げられる。戦乱の苦しみに加えて、さらに飢饉《ききん》に襲われる。疫病がひどく流行り、田野にはイバラばかりが群がり茂る。ために遠く絳陽《こうよう》の穀物が、船で運ばれて渭水《いすい》のほとりに浮かんだ。

1『詩経』大雅・生民《せいみん》の「生民(人民)何如ぞ」に倣う。 **2**「荼毒」は傷つけ虐げる。『尚書』湯誥《とうこう》に「荼毒に忍びず」。「秦」は戦乱の舞台となった関中の地。 **3・4** 元康六年(二九六)から七年、関中では飢饉がうち続いた。「師旅」は軍隊。ここは軍に駆り出されること。「因」は戦争に加えてさらに飢饉が重なることをいう。『論語』先進《せんしん》に「之に加うるに師旅を以てし、之に因るに饑饉を以てす」。 **5**「疫癘」は流行病。元康六年および七年、疫病が流行した。「淫」は過度に、はなはだしく。 **6**「荊棘」は棘《とげ》のある雑木をいう双声の語、イバラ。「榛」は群がり伸びた樹木。『老子』三十章に「師(軍隊)の処《お》る所、荊棘生ず。大軍の後、必ず凶年有り」。 **7・8** 他の土地の食糧を関中に運び、飢えた人びとを救ったという。天子の英明さをたたえる次章につなぐ措辞。「絳陽」は河東郡の絳県(山西省侯馬《こうば》市)。「粟」は穀物、食糧。「渭浜」は関中を流れる渭水のほとり。『晋書』恵帝紀(元康八年)には「詔して倉廩《そうりん》(米倉)を発《ひら》き、雍州(関中)の饑人を振《すく》う」と見える。 ○押韻　秦《しん》・因《いん》・榛《しん》・浜《ひん》

(十六)

1 明明天子　明明《めいめい》たる天子《てんし》
2 視民如傷　民《たみ》を視《み》ること傷《いた》むが如《ごと》し

3 申命羣司　申《かさ》ねて群司《ぐんし》に命《めい》じ
4 保爾封疆　爾《そ》の封疆《ほうきょう》を保《たも》たしむ
5 靡暴于衆　衆《おお》きに暴《そこな》わるるもの靡《な》く
6 無陵于强　強《つよ》きに陵《しの》がるるもの無《な》し
7 惴惴寡弱　惴惴《ずいずい》たる寡弱《かじゃく》も
8 如熙春陽　春陽《しゅんよう》に熙《たの》しむが如《ごと》し

明哲なる我が天子は、苦しむ民を御覧になって心を傷められ、ねんごろに諸官に命をくだして、領内を安らかに保たしめた。少数の者が多勢に虐げられることも、弱者が強者に侵されることもない。おどおど恐れおびえていた小勢《こぜい》の弱民も、春の陽《ひ》を受ける草木のように楽しんでいる。

1『詩経』大雅・江漢《こうかん》の「明明たる天子」をそのまま用いる。 **2**「傷」は心が傷むの意。『左伝』哀公元年の「国の興《おこ》るや、民を視ること傷むが如し」を用いる。 **3**「申命」は繰り返し丁寧に命じる。「群司」は役人たち。 **4**「封疆」は領域。 **5・6** 少数が多数に、弱者が強者に侵されることがないようにする。「靡」は「無」と同義。「暴」は虐待する、「陵」は凌ぎ侵す。『韓非子』姦劫弑臣《かんきょうしいしん》に「強きをして弱きを凌(陵)

がざらしめ、衆きをして寡(すく)なきを暴わざらしむ」。 7「惴惴」はおそれるさま。

○押韻 傷《しょう》・疆《きょう》・強《きょう》・陽《よう》

関中《かんちゅう》における反乱が平定された経緯を述べ、今上のもとに平穏がもたらされたことをうたう。西晋・恵帝《けいてい》の元康《げんこう》六年(二九六)八月、異民族である氐《てい》、羌《きょう》が斉万年《せいばんねん》を領袖として関中で反乱を起こした。梁王司馬肜《しばゆう》らが征討に当たるも苦戦が続き、二年半を経た元康九年(二九九)正月、左積弩《させきど》将軍の孟観《もうかん》がようやく勝利を得て斉万年を捕獲し、戦いは終息した。その際、恵帝が潘岳に命じて作らせたのがこの詩。

公讌《こうえん》

君主の催した宴席における臣下の詩。「讌」は「宴」に通じる。建安《けんあん》(一九六—二二〇)年間、曹操《そうそう》・曹丕《そうひ》のもとに始まる。晋代では古風な四言詩が多く、南朝宋以降には天子の詔命に応じて作る「応詔」詩に代わる。

公讌詩

曹植《そうしょく》

千秋長若斯　飄颻放志意　輕輦隨風移　神飆接丹轂　好鳥鳴高枝　潛魚躍清波　朱華冒綠池　秋蘭被長坂　列宿正參差　明月澄清景　飛蓋相追隨　清夜遊西園　終宴不知疲　公子敬愛客

公子敬愛客
終宴不知疲
清夜遊西園
飛蓋相追隨
明月澄清景
列宿正參差
秋蘭被長坂
朱華冒綠池
潛魚躍清波
好鳥鳴高枝
神飆接丹轂
輕輦隨風移
飄颻放志意
千秋長若斯

公讌詩《こうえんし》

公子《こうし》　客《きゃく》を敬愛《けいあい》し
宴《えん》を終《お》うるまで疲《つか》るるを知《し》らず
清夜《せいや》に西園《せいえん》に遊《あそ》び
蓋《がい》を飛《と》ばして相《あ》い追随《ついずい》す
明月《めいげつ》　清景《せいけい》を澄《す》ませ
列宿《れっしゅう》　正《まさ》に参差《しんし》たり
秋蘭《しゅうらん》　長坂《ちょうはん》を被《おお》い
朱華《しゅか》　緑池《りょくち》を冒《おお》う
潜魚《せんぎょ》　清波《せいは》に躍《おど》り
好鳥《こうちょう》　高枝《こうし》に鳴《な》く
神飆《しんぴょう》　丹轂《たんこく》に接《せっ》し
軽輦《けいれん》　風《かぜ》に随《したが》いて移《うつ》る
飄颻《ひょうよう》として志意《しい》を放《ほしいまま》にし
千秋《せんしゅう》　長《とこしえ》に斯《か》くの若《ごと》くあらん

うたげの歌

公子は客人を大切にされ、宴《うたげ》が果てるまで疲れることもない。
清らかなこの夜、西園で遊ぶ。車を走らせ、公子のあとを追う。
月はさやかな光に満ち、星々は今ぞそれぞれに燦《きら》めく。
秋の蘭《らん》は長い坂道を覆って咲き、赤い蓮《はす》の花は緑の池を敷きつめる。
水中の魚は澄んだ水の上に跳ね、美しい鳥は高い木の枝でさえずる。
霊妙な風が朱塗りの車に吹き寄せ、軽やかな手車は風のまにまに巡《めぐ》り行く。
舞い上がる心を解き放ち、永遠《とわ》にかくあれかしと願う。

曹植《そうしょく》 [一]九八頁参照。

1・2 客が主をたたえる決まり文句。「公子」は諸王・諸侯の子。曹丕《そうひ》を指す。**3**「西園」は魏の本拠地、鄴《ぎょう》(河北省臨漳《りんしょう》県)の文昌殿《ぶんしょうでん》の西に芙蓉《ふよう》池を中心に作られた庭園。銅雀園《どうじゃくえん》とも呼ばれる。**4**「蓋」は車の覆い。それによって車を指す。「相追随」は曹丕のあとに付き従う。**5** 月光を水にたとえる。「澄」は清らかに澄みわたる。「景」は光。以下六句は自然物までもが宴の祝祭的空間を祝福することをいう。**6**「列宿」は空に連なる星座。「参差」は入り交じるさま。双声の語。**7**「秋蘭」はフジバカマのたぐい。香り高い花として『楚辞』によく見える語。**11**「神飆」は神秘的な疾風。「丹轂」は貴人の乗る朱塗りの車。「轂」はこしき。それによって車を指す。**12**「軽輦」は軽快な手押し車。**13**「飄颻」は軽やかに風に舞うさま。「志意」は精神。○押韻　疲《ひ》・随《すい》・差《し》・池《ち》・枝《し》・移《い》・斯《し》

❖

鄴《ぎょう》の西園《せいえん》で、曹丕《そうひ》が設けた宴席での作。以下、応瑒《おうとう》の詩までの四首は同じ状況における作とみなしうる。この詩は宴《うたげ》の主人をたたえ、歓会の時がはてなく続くことを願う。

公讌詩　　王《おう》粲《さん》

1 昊天降豐澤
2 百卉挺葳蕤
3 涼風撤蒸暑
4 清雲却炎暉
5 高會君子堂
6 竝坐蔭華榱

公讌詩《こうえんし》

昊天《こうてん》　豊沢《ほうたく》を降《くだ》し
百卉《ひゃっき》　葳蕤《いずい》たるを挺《ぬきん》ず
涼風《りょうふう》　蒸暑《じょうしょ》を撤《さ》り
清雲《せいうん》　炎暉《えんき》を却《しりぞ》く
高会《こうかい》す　君子《くんし》の堂《どう》
並《なら》び坐《ざ》して華榱《かすい》に蔭《おお》わる

嘉肴充圓方
旨酒盈金罍
管絃發徽音
曲度清且悲
合坐同所樂
但愬杯行遲
常聞詩人語
不醉且無歸
今日不極懽
含情欲待誰
見眷良不翅
守分豈能違
古人有遺言
君子福所綏
願我賢主人

嘉肴《かこう》　円方《えんぼう》に充《み》ち
旨酒《ししゅ》　金罍《きんらい》に盈《み》つ
管絃《かんげん》　徽音《きいん》を発《はっ》し
曲度《きょくど》　清《きよ》くして且《か》つ悲《かな》し
合坐《ごうざ》　楽《たの》しむ所《ところ》を同《とも》にし
但《た》だ愬《うった》う　杯《はい》の行《めぐ》ることの遅《おそ》きを
常《かつ》て詩人《しじん》の語《ご》を聞《き》く
酔《よ》わざれば且《か》つ帰《かえ》ること無《な》かれと
今日《こんにち》　懽《たの》しみを極《きわ》めずして
情《じょう》を含《ふく》みて誰《たれ》をか待《ま》たんと欲《ほっ》する
眷《かえり》みらるること良《まこと》に翅《ただ》ならず
分《ぶん》を守《まも》りて豈《あ》に能《よ》く違《たが》わんや
古人《こじん》に遺言《いげん》有《あ》り
君子《くんし》は福《ふく》の綏《やす》んずる所《ところ》と
願《ねが》わくは我《わ》が賢主人《けんしゅじん》

22 與天享巍巍　天《てん》と与《とも》に巍巍《ぎぎ》たるを享《う》けよ
23 克符周公業　克《よ》く周公《しゅうこう》の業《ぎょう》に符《かな》い
24 奕世不可追　世《よ》を奕《かさ》ぬるも追《お》うべからざらんことを

うたげの歌

夏空は豊かな恵みを降《くだ》し、地上の千草はさかんに茂る。
涼風が蒸し暑さを吹き払い、さわやかな雲が焼けつく陽光を追っ払った。
君子の広間で盛大な宴《うたげ》が催され、みごとな垂木《たるき》のもと、伸びやかに席に着く。
豪勢な料理が円《まる》や四角の器いっぱいに盛られ、美酒は黄金のかめにあふれる。
管弦は妙なる音を立て、曲は清らかにして哀切。
座に集う人は打ち解けて楽しみ、かこつのはただきかずきのめぐりが遅いこと。
『詩経』の言葉を聞いたことがある、「酔っぱらうまでは、とまれ帰りなさんな」と。
今日という日にとことん楽しまぬまま、未練を引き摺《ず》ってだれを待とうというのか。
殿のおもてなしはこれに限らない。自分の分を守ろう、それをはずれたりできようか。
昔の人はこんな言葉をのこしている、「君子は安らかに幸せに包まれるもの」と。
どうか我が聡明なる殿、天とならぶほどの高い徳を受けられますよう。

かの周公にならぶ大業を打ち立て、いつの世も追随できぬほどであられますよう。

王粲《おうさん》　一七七—二一七　字《あざな》は仲宣《ちゅうせん》。山陽高平《こうへい》(山東省鄒城《すうじょう》市)の人。「建安七子《けんあんしちし》」(孔融《こうゆう》・王粲・陳琳《ちんりん》・徐幹《じょかん》・阮瑀《げんう》・応瑒《おうとう》・劉楨《りゅうてい》)の代表的存在。後漢末に名門の家に生まれ、董《とう》卓《たく》の強制移動によって都洛陽《らくよう》から長安に移り、十代なかばで当時随一の学者蔡邕《さいよう》に認められた。長安も混乱に見舞われて脱出、荊州《けいしゅう》(湖北省)の劉表《りゅうひょう》のもとに身を寄せた。長く不遇が続いたが、劉表を破った曹操政権に加わったのち、侯の爵位を授けられるなど重用された。『文選』には「登楼の賦」(巻一一)のほか、詩十三首が採られる。『詩品』上品。

1・2　天が植物を繁茂させることで、暗に曹《そう》氏の恩沢を寓《ぐう》する。「昊天」は夏の空。『爾《じ》雅《が》』釈天に、季節ごとの空の呼び方をならべて「夏を昊天と為《な》す」。「豊沢」は厚い恩沢。「百卉」はもろもろの草。「挺」は植物が伸びる。「葳蕤」は植物のさかんに茂るさま。

3・4　魏晋の季節の描写には、夏から秋への移行を快いものとすることが多い。「涼風」は秋の涼しい風。『礼記《らいき》』月令《がつりょう》に「(孟秋の月)涼風至る」。「撤」は取り除く。「炎暉」は灼熱《しゃくねつ》の太陽。　**5**　「高会」は大宴会を開く。『史記』項羽《こうう》本紀に「日びに酒を置きて高会す」。「君子」は曹丕《そうひ》を指す。　**6**　「並坐」は上下の区別なく坐る。『詩経』秦風・車《しゃ》隣《りん》に「既に君子を見れば、並び坐して瑟《しつ》(大型の琴)を鼓《こ》す」。「蔭」は日陰に入る。「華榱」は飾り立てた垂木。室内に座することをいう。 **7**「嘉肴」はごちそう。「充円方」は円い食器、四角の食器に充《み》ちる。後漢・張衡《ちょうこう》「南都《なんと》の賦」(巻四)に、美玉のごときご馳走《ちそう》が「円方に充溢《いつ》す」。 **8**「旨酒」はうまい酒。『詩経』小雅・鹿鳴《ろくめい》に「我に旨酒有り、以て嘉賓の心を燕楽《えんらく》せしめん」。「金罍」は黄金の酒器。 **9**「徽音」は美しい音楽。「徽」は徳の高さを含んだ美。 **10**「曲度」は音楽のリズムやメロディー。音楽についていわれる「悲」は悲哀に限定されず、感情が昂《たか》ぶる曲調をいう。 **11**「合坐」は座をともにしている人たち。 **12**「杯行」は酒杯が座の人びとの間をまわる。 **13・14**「詩人」は『詩経』の詩の作者。『詩経』小雅・湛露《たんろ》に「厭厭《えんえん》たる夜飲(存分に楽しい夜の宴)、酔わざれば帰ること無かれ」。酔いを尽くすべしとは宴席の決まり文句。「且」は「まずは」といった語気を弱める語。 **15・16**「極懽」はとことん楽しむ。「含情」は思いを胸の中に閉ざしたまま。古楽府《こがふ》「西門行《せいもんこう》」(『楽府詩集』巻三七)に「今日　楽しみを作《な》さずして、当《まさ》に何《いず》れの時をか待つべき」。 **17**「眷」はかえりみる、目をかける。「見」は受け身をあらわす。曹丕の恩顧をいう。「翅《し》」は「啻《し》(ただ)」に通じる。「不翅」はただそれだけに限らない。多いことをいう。 **19・20**『詩経』周南・樛木《きゅうぼく》の「楽しめる君子、福履(幸せ)之《これ》を綏んず」に基づく。 **21**「賢主人」は曹丕を指す。 **22**「享」は受ける。高い徳を受けることをいう。「巍巍」は高いさま。『論語』泰伯《たいはく》に、堯《ぎょう》をたたえて「巍巍乎《こ》として唯《た》だ天を大なりと為す」。**23**「克」は「能」と同じく「〜できる」の意。「符」は一致する。「周公」は周の周公旦《しゅうこうたん》。**24**「突世」は何代も。「突」は重なるの意。○押韻　蕤《ずい》・暉《き》・榱《すい》・罍《らい》・悲《ひ》・遅《ち》・帰《き》・誰《すい》・違《い》・綏《すい》・巍《ぎ》・追《つい》

❖

涼やかな秋の日、宴《うたげ》に加わった喜びを述べ、主催者曹丕《そうひ》に対して称揚と言祝《ことほ》ぎを献《ささ》げる。

公讌詩　劉楨《りゅうてい》

1 永日行遊戯
2 懽樂猶未央
3 遺思在玄夜
4 相與復翺翔
5 輦車飛素蓋
6 従者盈路傍
7 月出照園中
8 珍木鬱蒼蒼

公讌詩《こうえんし》

永日《えいじつ》　行《ゆ》きて遊戯《ゆうぎ》するも
懽楽《かんらく》　猶《な》お未《いま》だ央《つ》きず
遺思《いし》　玄夜《げんや》に在《あ》り
相《あ》い与《とも》に復《ま》た翺翔《こうしょう》す
輦車《れんしゃ》　素蓋《そがい》を飛《と》ばし
従者《じゅうしゃ》　路傍《ろぼう》に盈《み》つ
月《つき》出《い》でて園中《えんちゅう》を照《て》らし
珍木《ちんぼく》　鬱《うつ》として蒼蒼《そうそう》たり

清川過石渠
流波爲魚防
芙蓉散其華
菡萏溢金塘
靈鳥宿水裔
仁獸遊飛梁
華館寄流波
豁達來風涼
生平未始聞
歌之安能詳
投翰長歎息
綺麗不可忘

清川《せいせん》　石渠《せききょ》を過《す》ぎ
流波《りゅうは》　魚防《ぎょぼう》を為《な》す
芙蓉《ふよう》　其《そ》の華《はな》を散《ち》らし
菡萏《かんたん》　金塘《きんとう》に溢《あふ》る
霊鳥《れいちょう》　水裔《すいえい》に宿《やど》り
仁獣《じんじゅう》　飛梁《ひりょう》に遊《あそ》ぶ
華館《かかん》　流波《りゅうは》に寄《よ》り
豁達《かったつ》として風《かぜ》の涼《すず》しきを来《き》たらしむ
生平《せいへい》　未《いま》だ始《はじ》めより聞《き》かず
之《これ》を歌《うた》うも安《いず》くんぞ能《よ》く詳《つまび》らかにせん
翰《ふで》を投《とう》じて長《なが》く歎息《たんそく》するも
綺麗《きれい》　忘《わす》るべからず

うたげの歌

日がな一日、外で遊んでも、楽しみはなおはてはしない。

満ち足りぬ思いは夜なお続き、相い連れだってまた翔《かけ》りめぐる。
手車は白い覆いを飛ばして走り、供まわりは路辺にあふれる。
月が昇り庭を照らせば、珍《めずら》かな樹々が青々と茂る。
澄める川は石の掘割を流れゆき、波立つ水は魚棲《す》む池を満たす。
蓮《はす》は花を散らし、花びらは麗しき池の面を埋め尽くす。
霊妙なる鳥が水辺に巣くい、めでたき獣が高く架かる橋に遊ぶ。
華やかな館は波立つ川に臨み、四方は開けて涼風が吹き寄せる。
日ごろ耳にしたこともない宴《うたげ》、どうしてこれをつぶさにうたい尽くせようか。
筆を投げすて深くため息をつく。この華麗なるさま、忘れられはしない。

劉楨《りゅうてい》　?—二一七　字《あざな》は公幹《こうかん》。東平寧陽《ねいよう》(山東省寧陽県)の人。「建安七子《けんあんしちし》」の一人。若きより文才を認められ、曹操《そうそう》の属官となる。次いで曹丕《そうひ》のもとで五官中郎将文学を勤めるが、曹丕の夫人甄《しん》氏に対して無礼な振る舞いがあったとして、罪に問われる。その後、許されて曹植《そうしょく》に庶子(侍従官)として仕えるなどした。建安文学を代表する詩人として、曹植や王粲《おうさん》とならび称される。『詩品』上品。

1「永日」は一日中ずっと。　**2**「懽楽」は歓楽。日中の楽しみが終わらない。漢・蘇《そ》武《ぶ》「詩」其の四(巻二九)五に「懽楽殊《こと》に未だ央きず」。 **3**「遺思」は心にのこる思い。 **4**「翱翔」は鳥のように軽やかに動きまわって遊ぶ。『詩経』鄭風《ていふう》・清人《せいじん》に「河上に翱翔す」。 **5**「輦車」は貴人を載せて人が引く車。 **8**「珍木」は庭園の華やかさとともに、その非日常的な雰囲気をあらわす。 **9**「石渠」は石造りの水路。 **10**「魚防」は魚池。「防」は水をためる堤《つつみ》、転じて池。 **12**「菡萏」は蓮の花。『詩経』陳風・沢陂《たくひ》に「彼《か》の沢の陂《つつみ》に、蒲《がま》と菡萏有り」。「金塘」の「金」は華麗さをあらわすために添えた語。「塘」は堤、転じて池。 **13・14**「霊鳥」は鳳凰《ほうおう》などの神聖な鳥。「水裔」は水辺。「仁獣」は麒麟《きりん》などの仁徳にあふれる獣。『公羊伝《くようでん》』哀公十四年に「麟(麒麟)なる者は仁獣なり」。「飛梁」は高く架けられた橋。瑞獣の出現によって宴が祝福されていることをあらわすとともに、主催者の徳の高さを示す。 **16**「豁達」はからりと開けている。畳韻の語。 **17**「生平」は「平生」に同じ。「始」は否定を強調する語。 **19**「投翰」は詩にうたうことを放棄する。「翰」は筆。 ○押韻　央《おう》・翔《しょう》・傍《ほう》・蒼《そう》・防《ほう》・塘《とう》・梁《りょう》・涼《りょう》・詳《しょう》・忘《ぼう》

宴《うたげ》が催される庭園の筆舌に尽くしがたい神々《こうごう》しさ、めでたさをたたえ、そこに身を置くことができた喜びをうたう。

侍五官中郎將建章臺集詩

五官中郎将《ごかんちゅうろうしょう》の建章台《けんしょうだい》の集《つど》いに侍《じ》する詩《し》

応《おう》瑒《とう》

1 朝雁鳴雲中
2 音響一何哀
3 問子遊何鄉
4 戢翼正徘徊
5 言我寒門來
6 將就衡陽棲
7 往春翔北土
8 今冬客南淮
9 遠行蒙霜雪
10 毛羽日摧頹
11 常恐傷肌骨
12 身隕沈黄泥
13 簡珠墮沙石

朝雁《ちょうがん》　雲中《うんちゅう》に鳴《な》く
音響《おんきょう》　一《いつ》に何《なん》ぞ哀《かな》しき
問《と》う　子《し》　何《いず》れの郷《きょう》にか遊《あそ》ばんとして
翼《つばさ》を戢《おさ》めて正《まさ》に徘徊《はいかい》すると
言《い》う　我《われ》　寒門《かんもん》より来《き》たり
将《まさ》に衡陽《こうよう》に就《つ》きて棲《す》まんとすと
往春《おうしゅん》　北土《ほくど》に翔《かけ》り
今冬《こんとう》　南淮《なんわい》に客《きゃく》たり
遠行《えんこう》して霜雪《そうせつ》を蒙《こうむ》り
毛羽《もうう》　日《ひ》びに摧頽《さいたい》す
常《つね》に恐《おそ》る　肌骨《きこつ》を傷《いた》め
身《み》は隕《お》ちて黄泥《こうでい》に沈《しず》まんことを
簡珠《かんしゅ》　沙石《させき》に堕《お》つ

14 何能中自諧
15 欲因雲雨會
16 濯翼陵高梯
17 良遇不可値
18 伸眉路何階
19 公子敬愛客
20 樂飲不知疲
21 和顏既以暢
22 乃肯顧細微
23 贈詩見存慰
24 小子非所宜
25 爲且極歡情
26 不醉其無歸
27 凡百敬爾位
28 以副飢渇懷

何《なん》ぞ能《よ》く中《うち》に自《みずか》ら諧《かな》わん
雲雨《うんう》の会《かい》に因《よ》りて
翼《つばさ》を濯《すす》ぎて高梯《こうてい》を陵《しの》がんと欲《ほっ》す
良遇《りょうぐう》　値《あ》うべからず
眉《まゆ》を伸《の》ばすに路《みち》は何《いず》くにか階《よ》らん
公子《こうし》は客《きゃく》を敬愛《けいあい》し
楽《たの》しみ飲《の》みて疲《つか》るるを知《し》らず
和顔《わがん》　既《すで》に以《もっ》て暢《の》び
乃《すなわ》ち肯《あえ》て細微《さいび》を顧《かえり》みる
詩《し》を贈《おく》りて存慰《そんい》せらるるも
小子《しょうし》の宜《よろ》しき所《ところ》に非《あら》ず
為《ため》に且《しばら》く歓情《かんじょう》を極《きわ》む
酔《よ》わずんば其《そ》れ帰《かえ》ること無《な》からん
凡百《ぼんびゃく》　爾《そ》の位《くらい》を敬《つつし》み
以《もっ》て飢渇《きかつ》の懐《おも》いに副《そ》わん

五官中郎将《ごかんちゅうろうしょう》が建章台《けんしょうだい》で催した集いに侍《はべ》っての作

朝まだき、雁《がん》が雲間で鳴き声をあげる、その声の何と悲しいことよ。
尋ねよう、おまえはどこの地へ行こうとして、翼を休めて飛びあぐねているのか。
言う、わたしは北のかた寒門の山から来て、南の衡陽《こうよう》に落ち着きたいのです。
過ぎし春は北の地に羽ばたき、この冬は南の淮水《わいすい》に旅の身。
遠い行脚で霜や雪に見舞われ、羽毛は日に日に損なわれていきます。
いつも気がかりなのは肌や骨まで傷つき、空から落ちて泥に埋《うず》もれてしまうこと。
大きな玉《ぎょく》が砂利の中に紛れこむ、それで心穏やかにいられましょうか。
雲雨に出会うことを機に、翼の汚れを洗い流して高い階段も超えてゆきたい。
よき出会いには恵まれないもの、愁眉を開くには手立てはどこにあろうか。
公子は賓客を大切にされ、楽しみ飲んで疲れもしない。
穏やかな顔でおくつろぎになり、そうしてこの微賤《びせん》の者にも目をかけてくださる。
詩を賜り慰めていただいたが、わたくしめには身に余ること。
公子のためにまずは喜びの限りを尽くし、酔わずに帰りはしない。
座の諸々の方よ、各自の勤めにはげみ、賢臣を渇望するお気持ちにかなうように。

応瑒《おうとう》　?—二一七　字《あざな》は徳璉《とくれん》。汝南《じょなん》郡南頓《なんとん》(河南省項城《こうじょう》市)の人。「建安七子《けんあんしちし》」の一人。曹丕《そうひ》のもとで五官中郎将文学となった。徐幹《じょかん》・陳琳《ちんりん》・劉楨《りゅうてい》らと同じく、建安二十二年(二一七)の疫病で卒《しゅっ》す。『詩品』下品。

0「五官中郎将」は近衛兵の長官。曹丕を指す。「建章」は漢の武帝が長安の未央宮《びおうきゅう》の西に設けた宮殿。鄴《ぎょう》都の西園を建章台に見立てたものか。　**1・2** 雁の痛切な鳴き声は『詩経』小雅・鴻雁《こうがん》に「鴻雁　于《ここ》に飛び、哀鳴　嗷嗷《ごうごう》たり」。　**4**「戢翼」は翼を収めて休む。『詩経』小雅・鴛鴦《えんおう》に「鴛鴦　梁(やな)に在り、其の左翼を戢む」。　**5-8** 南北の果てまで放浪したことをいう。「寒門」は北の極寒の地にある山名。『淮南子《えなんじ》』墜形訓《ちけいくん》に「北極の山を寒門と曰《い》う」。「衡陽」は衡山《こうざん》(湖南省)の陽《みなみ》。雁の飛ぶ南限の地とされる。後漢・張衡《ちょうこう》「西京《せいけい》の賦」(巻二)に、鳥の飛来について「南のかた衡陽に翔り、北のかた雁門《がんもん》(山西省の山名)に棲む」。「往春」は先の春。「南淮」は南方の淮水《わいすい》。　**10**「摧頽」はくだけ破れる。畳韻の語。　**12**「黄泥」は泥まみれの大地。　**13** 賢人(「簡珠」)が多くの凡人(「沙石」)の間に埋もれていることをたとえる。「簡」は大きいの意。「沙石」は砂と小石。　**14**「中自諧」は心の中がおのずと和らぐ。「諧」はしっくり調和する。　**15**「雲雨」は君主の恵みをたとえる。　**16**「高梯」は高い梯子《はしご》。尊位をたとえる。　**17**「良遇」は良き巡《めぐ》り合わせ。　**18**「伸眉」は心が晴れ晴れとして、しかめた眉を伸ばす。

「階」はたよりすがる。 **19・20** 魏・曹植《そうしょく》「公讌《こうえん》詩」(巻二〇)[一]に「公子、客を敬愛し、宴を終うるまで疲るるを知らず」。 **22**「細微」は賤しい身分の者。 **23**「見存慰」は気づかって慰めてくださる。「見」は受け身をあらわす助字。 **24**「小子」は自分を謙遜していう語。「非所宜」は自分にはふさわしくないの意。 **26** 宴席を存分に楽しもうという『詩経』以来の決まり文句。魏・王粲《おうさん》「公讌詩」(巻二〇)[一]に「酔わざれば且つ帰ること無かれ」。その注を参照。 **27**「凡百」はもろもろの人。『詩経』小雅・雨無正《うぶせい》の「凡百の君子、各おの爾の身を敬せよ」を用いる。 **28**「飢渇懐」は飢え渇きを満たそうとするかのように、賢人を求める強い希求。『孔叢子《くぞうし》』公儀《こうぎ》に「君 饑(飢)渇するが若《ごと》く賢を待つ」。 ○押韻 哀《あい》・徊《かい》・棲《せい》・淮《かい》・頽《たい》・泥《でい》・諧《かい》・梯《てい》・階《かい》・疲《ひ》・微《び》・宜《ぎ》・帰《き》・懐《かい》

この詩は宴席の詩でありながら、私的な経歴・感慨が語られ、前半(1-18)は頼るべき主をもてなかった自分を南北にさまよう雁になぞらえる。後半(19-28)で登用してくれた曹丕《そうひ》への感謝と宴席の愉楽を述べる。祝祭的時空のなかでうたわれる公《こう》讌《えん》の詩と、贈答詩などのように個別的状況を反映する詩とが混在する。

皇太子宴玄圃宣猷堂有令賦詩

皇太子《こうたいし》　玄圃《げんぽ》の宣猷堂《せんゆうどう》に宴《えん》せしときに令有《れいあ》りて詩《し》を賦《ふ》す　陸機《りくき》

1 三正迭紹　三正《さんせい》　迭《たが》いに紹《つ》ぎ
2 洪聖啓運　洪聖《こうせい》　運《うん》を啓《ひら》く
3 自昔哲王　昔自《むかしよ》り哲王《てつおう》は
4 先天而順　天《てん》に先《さき》んじて順《したが》う
5 羣辟崇替　群辟《ぐんぺき》は崇替《しゅうたい》し
6 降及近古　降《くだ》りて近古《きんこ》に及《およ》ぶ
7 黄暉既渝　黄暉《こうき》　既《すで》に渝《かわ》り
8 素靈承祜　素霊《それい》　祜《さいわい》を承《う》く
9 乃眷斯顧　乃《すなわ》ち眷《かえり》み斯《ここ》に顧《かえり》み
10 祚之宅土　之《これ》に祚《さいわい》して土《ど》に宅《お》らしむ

皇太子が玄圃《げんぽ》園にある宣猷《せんゆう》堂で宴《うたげ》を催した折、太子の命を受けて作る

三代の王朝が暦を改めながら継承され、代わる代わる偉大なる聖天子が福運を開いた。

昔から明哲な天子は、天命の至る前に天の意志に従ってきた。
そして多くの天子が興廃を繰り返し、やがて時代は下り今の時代に近づいた。
魏の黄色の輝きはもはや色褪《あ》せ、晋の白色の神霊が天の福を受けた。
かくて天帝は天下を眺め見て、晋に幸《さち》を降《くだ》し国土を与えた。

陸機《りくき》　二六一―三〇三　字《あざな》は士衡《しこう》。呉郡(江蘇省蘇州市)の人。祖父の陸遜《りくそん》は呉の丞相、父の陸抗《りくこう》は大司馬。呉が滅亡(二八〇年)した十年後、弟の陸雲《りくうん》とともに召されて西晋の都洛陽《らくよう》に赴く。張華《ちょうか》の推挙で官位に就き、潘岳《はんがく》や陸雲とともに愍懐《びんかい》太子に仕える。その後、成都王司馬穎《しばえい》に仕え平原内史となるが、部下の讒言《ざんげん》によって処刑された。西晋を代表する文人で、『文選』には詩五十二首をはじめ、最も多くの作品が収録される。『詩品』上品。

○便宜上、六段に分ける。この段では夏に始まる王朝の継承のなかで、晋が魏に代わって天命を受けたことまでをいう。晋の正統性を説くことは、陸機が呉の人であることを棄て、晋に帰属することの表明でもある。　**0**「皇太子」は晋の第二代皇帝恵帝の子である愍懐太子。「玄圃」は東宮の北にあった庭園。「宣猷堂」は建物の名。「令」は皇后や太子の命令。　**1**「三正」は夏・殷・周。「正」は年の初めの意で、暦のこと。夏は陰暦の一月を、殷は十二月を、周は十一月をそれぞれ正月として暦を定めた。　**2**「洪聖」は偉大な聖人。ここでは夏・殷・周の三王朝を開いた夏の禹《う》王・殷の湯《とう》王・周の文王・武王を指す。「洪」は大の意。「啓運」は天の授ける幸運により王朝を開いたこと。**4** 天命を先に知ってそれに従う。『周易』乾卦文言伝《けんかぶんげんでん》に、大人《たいじん》は「天に先んじて天違《たが》わず」。同・革卦《かくか》彖伝《たんでん》に「湯・武　命《めい》を革《あらた》めて、天に順いて人に応ず」。**5**「群」は多い。「辟」は君主。「崇」は「終」、「替」は「廃」に通じる。**6**「近古」は年代の近い過去。**7** 黄色が輝きを失うことで、魏の終焉をいう。「黄」は五行で土に当たり、魏は土の徳をもつとされた。「渝」は変化する。**8** 晋が魏から禅譲を受けたことをいう。「素霊」は白色の神霊。白は五行で金に当たり、晋は金の徳をもつとされた。**9** 天帝が地上を仔細《しさい》に見る。「眷」「顧」は、ともにふりかえり見るの意。『詩経』大雅・皇矣《こうい》の「乃ち眷み西に顧み、此《ここ》に維れ与《とも》に宅《お》る(天帝は西方の周の文王に聖徳が有ることを見て、周の地にともに居た)」に倣う句。**10** 晋に福を降して国土を下賜した。「祚」は福を授ける。「宅土」はその地に住む。『尚書』禹貢《うこう》に「丘を降りて土に宅る」。

11 三后始基
12 世武丕承
13 協風傍駭

三后《さんこう》　始《はじ》めて基《もとい》し
世武《せいぶ》　丕《おお》いに承《う》く
協風《きょうふう》　傍《あまね》く駭《お》こり

14 天 晷 仰 澄
15 淳 曜 六 合
16 皇 慶 攸 興

天晷《てんき》　仰《あお》ぐに澄《す》む
六合《りくごう》に淳曜《じゅんよう》し
皇慶《こうけい》の興《おこ》る攸《ところ》なり

三人の天子が基《もとい》を築き、世祖《せいそ》武帝がみごとに受け継がれた。
和やかな風が国じゅうから湧き起こり、大空の光は高く澄み渡った。
天地四方に徳は輝き、皇室は大いに栄えたのだった。

○晋の先帝四代のりっぱな治世をたたえる。**11**「三后」は魏の権臣で晋の礎を築き、建国後に帝号を諡《おくりな》された宣帝(司馬懿《しばい》)、景帝(司馬師《しばし》)、文帝(司馬昭《しばしょう》)を指す。「后」は天子。「始基」は国の基礎づくりをする。**12**「世武」は世祖武帝。司馬昭の子で、魏より帝位を禅譲され晋を建てた司馬炎《しばえん》。「丕」はりっぱにの意。『尚書』太甲《たいこう》上に「嗣王は丕いに基緒を承く」。**13・14** 武帝の世を賛美する。「協」は穏やか。「傍」は「旁」に通じる。「駭」は驚き起こる。「天晷」は太陽の光。「仰澄」は日の光が清らかに澄み、薄らいだり欠けたりしないこと。**15**「淳曜」は大いに輝く。「六合」は天地と東西南北、全世界。**16**「皇慶」は皇室の弥栄《いやさか》。「慶」は幸い。

17 自彼河汾　彼《か》の河汾《かふん》自《よ》りして
18 奄齊七政　奄《おお》いに七政《しちせい》を斉《ととの》う
19 時文惟晉　時《こ》れ文《ぶん》　惟《こ》れ晋《しん》
20 世篤其聖　世《よ》よ其《そ》の聖《せい》を篤《あつ》くす
21 欽翼昊天　昊天《こうてん》を欽翼《きんよく》し
22 對揚成命　成命《せいめい》を対揚《たいよう》す
23 九區克咸　九区《きゅうく》は克《よ》く咸《やわ》らぎ
24 讌歌以詠　讌歌《えんか》して以《もっ》て詠《うた》う

晋はあの河汾《かふん》の地から始まり、政《まつりごと》を映す七つの日月星座をみごとに整えた。文の徳こそ晋の王朝、代々の君王が聖徳を厚くされた。大いなる天を謹み敬い、天の命に応えてそれを世に広く知らしめた。全土はよく和睦し、宴席を設けて楽しみうたった。

○晋が始祖以来、文徳を天下に広めたことを称賛する。 **17** 晋の始祖を春秋時代の晋に結びつけて、周の武王の子叔虞《しゅくぐ》とする。「河汾」は汾水の黄河に注ぐ地域。今の山西省。周の武王が叔虞を封じた地。一句は、『詩経』商頌・殷武《いんぶ》の「彼の氐羌《ていきょう》(異民族の名)自りす」に倣う。**18**「奄」は大。「七政」は天意を示す日月と五星(木・火・土・金・水)の変化にあらわれる政治の状態。『尚書』舜典《しゅんてん》に「璿璣玉衡《せんきぎょくこう》(天文を観察する道具)を在《み》て、以て七政を斉う」。**19**「文」は文徳のあること。『周礼《しゅらい》』冬官考工記・栗《りっ》氏《し》に「時れ文、思索して、允《まこと》に其の極に臻《いた》る」。**20** 世々その秀でた徳をよりすぐれたものにした。『尚書』君牙《くんが》に「惟《こ》れ乃《なんじ》の祖、乃《なんじ》の父、世よ忠貞を篤くす」。**21**「欽」「翼」はともに敬うの意。「昊天」は大いなる空。『尚書』堯典《ぎょうてん》に「欽(つつし)みて昊天に若《したが》う」。**22**「対揚」は天命に応答し、天下に発揚する。『詩経』大雅・江漢《こうかん》に「王休(天子のよき命令)を対揚す」。「成命」は天命。「成」は初めから定まっているの意。ここでは晋が天下を治めるという定め。『詩経』周頌・昊天有成命《こうてんゆうせいめい》に「昊天　成命有り、二后(周の文王・武王)之を受く」。**23**「九区」は中国全土。「咸」は「和」と同義。**24**「讌歌」は宴会を催してうたう。「讌」は「宴」に通じる。音楽と歌の和らぎが調和のとれた政治と通じることは、『尚書』益稷《えきしょく》に舜帝の治世について、「搏拊《はくふ》(革製の楽器)琴瑟《きんしつ》、以て詠ず」。

25 皇上纂隆　皇上《こうじょう》は隆《さかえ》を纂《つ》ぎ

26 經教弘道　教《おし》えを経《おさ》め道《みち》を弘《ひろ》む
27 于化既豊　化《か》に于《おい》て既《すで》に豊《ゆた》かに
28 在工載考　工《こう》に在《あ》りて載《すなわ》ち考《な》す
29 俯釐庶績　俯《ふ》して庶績《しょせき》を釐《おさ》め
30 仰荒大造　仰《あお》ぎて大造《たいぞう》を荒《おお》いにす
31 儀刑祖宗　祖宗《そそう》に儀刑《ぎけい》して
32 妥綏天保　天保《てんぽう》を妥綏《だすい》す

今上皇帝は盛んなる徳を引き継ぎ、教化を整え道徳を広めた。教えは広く行き渡ったうえに、官吏の制度についても完備した。俯しては多くの功績を積み重ね、仰いでは天命を大成された。御祖《みおや》を手本として、天から授かった位を安泰なものとされた。

○今の天子の恵帝が、先祖の徳を継承した治世を行っていることをたたえる。**25**「皇上」は現在の皇帝、恵帝を指す。「纂」は継承する。「隆」は盛徳の意。**26**「弘道」は道徳を天下に行き渡らせる。『論語』衛霊公《えいれいこう》に「人能《よ》く道を弘む、道の人を弘むるに非ず」。**27** 教化が天下に浸透したことをいう。**28** 官僚制度がよく整ったことをいう。「工」は官吏。『尚書』堯典に「允《まこと》に百工を釐め、庶績咸《み》な熙《ひろ》まる」。「考」は完成する。『詩経』小雅・湛露《たんろ》の「宗(天子の宗廟)に在りて載ち考す」に倣う。**29**「釐」は治める。「庶績」はもろもろの成果。ともに注28の『尚書』堯典に見える。**30**「荒」は大きくする。「大造」は大成。『左伝』成公十三年に「我　西に大造有るなり」。**31**「儀刑」は規範として則《のっと》る。『詩経』大雅・文王に「文王に儀刑す」。**32**「妥綏」は安定させる。「天保」は天が与えた天子としての位。『詩経』小雅・天保《てんぽう》に基づく。

33 篤　生　我　后　　篤《あつ》く我《わ》が后《きみ》を生《う》み
34 克　明　克　秀　　克《よ》く明《あき》らかに克《よ》く秀《ひい》でたり
35 體　輝　重　光　　輝《ひかり》を重光《ちょうこう》に体《たい》し
36 承　規　景　數　　規《のり》を景数《けいすう》に承《う》く
37 茂　徳　淵　沖　　茂徳《もとく》　淵《ふち》のごとく沖《ふか》く
38 天　姿　玉　裕　　天姿《てんし》　玉《たま》のごとく裕《ゆた》かなり

篤《あつ》いご加護の下に我が太子はお生まれになり、聡明にして優秀であられる。日月の重なる光を身に受け、天の定めを継承された。豊潤なる徳は淵のように深く、天与のお姿は玉のように堂々たるもの。

○愍懐太子が祖父の武帝、父の恵帝を受け継ぎ、徳高き世継ぎであると称賛する。この時点において陸機は主君である太子の正統性を主張すべき立場にあった。**33** 皇太子が天の篤い加護を得て生まれた。『詩経』大雅・大明《たいめい》に「篤く武王を生む」。「我后」は、陸機が仕えていた愍懐太子を指す。**34**『詩経』大雅・皇矣の「克く明らかに克く類す(善悪を分かつ)」に倣う。**35**「重光」は日と月の光。『尚書』顧命《こめい》の「昔の君の文王・武王は重光を宣《の》ぶ(徳を布き広める)」をふまえ、祖父の武帝と父の恵帝を、周の文王と武王になぞらえる。**36** 愍懐太子が皇位に即《つ》く大いなる巡《めぐ》り合わせを継承していることをいう。「規」は自然の決まり。「景数」は大いなる暦数。天の定めた運命。『尚書』大禹謨《だいうぼ》に「天の暦数、汝《なんじ》の躬《み》に在り。汝 終《つい》に元后(天子の位)に陟《のぼ》れ」。**37**「沖」は「深」と同義。

39 藹爾小臣　藹爾《さいじ》たる小臣《しょうしん》は
40 邈彼荒遐　邈《はる》かなる彼《か》の荒遐《こうか》よりす
41 弛厥負檐　厥《そ》の負檐《ふたん》を弛《ゆる》められ
42 振纓承華　纓《えい》を承華《しょうか》に振《ととの》う
43 匪願伊始　願《ねが》うこと伊《こ》れ始《はじ》めよりせしに匪《あら》ず

44 惟命之嘉　惟《こ》れ命《めい》を之《こ》れ嘉《よみ》す

もの数にも入らぬ卑しきわたくし、はるか遠方の荒れた地よりやって来ました。
重き負担を免除され、冠のひもを東宮に結んでお仕えすることになりました。
かかる幸いはもとより願ってもないこと、ひとえに巡《めぐ》り合わせのめでたきがため。

○最後の段で、亡国から来た卑賤《ひせん》な自分が、幸運にも太子に仕えることになったと述べる。太子に対する直接の謝辞を述べないのは、何らかの微意があるか。 **39**「蕞爾」は小さいさま。「爾」は接尾辞。「小臣」は王に対する臣下の自称。『尚書』召誥《しょうこう》に「予《われ》小臣」。 **40**「荒遐」は未開の遠い地。陸機の出身地の呉を指す。 **41**「負檐」は身に負う義務。「負」は背にかつぐ。「檐」は肩に担う。都洛陽に来て官に取り立てられ、税を免除されるなどの優遇を受けたことをいう。『左伝』荘公二十二年に「羇旅《きりょ》の臣、幸いに若《も》し宥《ゆる》さるることを獲て、……負担(檐)を弛めらるれば、君の恵みなり」。 **42** 太子洗馬の任に就いたことをいう。「振纓」は冠のひもを整えて出仕すること。「振」は整える。「承華」は太子の宮殿にあった門の名。 **43・44**『左伝』成公十八年の「孤(わたし)の始めの願いは此《これ》に及ばず。此に及ぶと雖《いえど》も、豈《あ》に天に非ずや」に基づく。天命に恵まれたということで、太子を称賛する。 ○押韻　運《うん》・順《しゅん》／古《こ》・祜《こ》・土《と》／承《しょう》・澄《ちょう》・興《きょう》／

政《せい》・聖《せい》・命《めい》・詠《えい》／道《とう》・考《こう》・造《ぞう》・保《ほう》／秀《しゅう》・数《す》・裕《ゆ》／遐《か》・華《か》・嘉《か》

恵帝《けいてい》の元康《げんこう》三年(二九三)、陸機が太子洗馬《たいしせんば》の任にあった時の作。晋王朝および愍懐《びんかい》太子をたたえ、敵国の出である自分ごとき者まで恩恵に与《あず》かることができるのを感謝する。

大將軍讌會被命作詩

大将軍《だいしょうぐん》の讌会《えんかい》に命《めい》を被《こうむ》りて作《つく》れる詩《し》　陸《りく》雲《うん》

(一)

1 皇皇帝祜　皇皇《こうこう》たる帝祜《ていこ》
2 誕隆駿命　誕《まこと》に駿命《しゅんめい》を隆《さか》んにす
3 四祖正家　四祖《しそ》　家《いえ》を正《ただ》し
4 天祿保定　天禄《てんろく》　保《たも》ち定《さだ》む
5 睿哲惟晉　叡哲《えいてつ》なる惟《こ》れ晋《しん》
6 世有明聖　世《よ》よに明聖《めいせい》有《あ》り
7 如彼日月　彼《か》の日月《じつげつ》の如《ごと》く

8
萬景攸正　万景《ばんけい》 正《ただ》す攸《ところ》

大将軍の宴席で命を受けて作る詩

晋は大いなる天帝の祝福を受け、重い使命をみごとに奮い起こした。
四代に渡る父祖は家を正しく治め、天のくだされる恵みがそれを安らかに定めた。
神聖かつ明敏なる晋の王室には、代々かしこくも畏れ多い帝があらわれる。
そしてかの日月のように、あらゆる物の光を正しく整えられた。

陸雲《りくうん》　二六二—三〇三　字《あざな》は士龍《しりょう》。兄の陸機《りくき》とあわせて「二陸」と称された。呉が晋に滅ぼされると陸機とともに晋に移り、成都王司馬穎《しばえい》のもとで清河内史《せいがないし》となる。永寧《えいねい》二年(三〇二)、大将軍右司馬《ゆうしば》となるが、ほどなく司馬穎によって兄ともども殺された。兄ほどのスケールの大きさはないが、『文選』には詩が五首採られる。『詩品』中品。

〇韻の異なる六章から成る。第一章は天命を受けた晋が四代にわたって正しく世を治めてきたとたたえる。　**0**「大将軍」は晋の成都王司馬穎。晋を建てた武帝司馬炎《しばえん》の第十六子。　**1**「皇皇」は大いなるさま。『詩経』魯頌・閟宮《ひきゅう》に「皇皇たる后帝(天帝)」。　**2**「帝祜」は天帝が賜った幸。『詩経』小雅・信南山に「天の祜(さいわい)を受く」。「駿命」は大いなる天命。『詩経』大雅・文王に「宜《よろ》しく殷に鑑《かんが》みるべし、駿命　易《やす》からず」。 **3**「四祖」は晋の高祖宣帝(司馬懿《しばい》)、世宗景帝(司馬師《しばし》)、太祖文帝(司馬昭《しばしょう》)、世祖武帝(司馬炎)の四帝。魏の禅譲を受けて晋王朝を建てたのは武帝。「正家」は自分の家を正しく治める。『周易』家人卦《かじんか》象伝《たんでん》の「家を正して天下定まる」に基づく。 **4**「天禄」は天帝が賜った福。『尚書』大禹謨《だいうぼ》に「天禄　永く終わらん」。「保定」は安定したものにする。『詩経』小雅・天保《てんぽう》の「天　爾《なんじ》を保ち定めん」に出る語。 **5・6**「叡哲」は神聖で明哲。『尚書』洪範《こうはん》に「明は哲を作《な》し、聡は謀を作し、叡は聖を作す」。 **7・8** 太陽や月が正しく光を照らすように、世界を秩序づけたという。『尚書』泰誓《たいせい》下の「日月の照臨するが若《ごと》し」に基づく。「万景」はすべての光。 ○押韻　命《めい》・定《てい》・聖《せい》・正《せい》

(二)

1 巍巍明聖
2 道隆自天
3 則明分爽
4 観象洞玄
5 陵風協極
6 絶輝照淵

巍巍《ぎぎ》たる明聖《めいせい》
道《みち》の隆《さか》んなるは天自《てんよ》りす
明《めい》に則《のっと》り爽《そう》を分《わ》かち
象《しょう》を観《み》て玄《げん》を洞《とお》す
陵風《りょうふう》　極《きょく》に協《かな》い
絶輝《ぜっき》　淵《ふち》を照《て》らす

7 肅雍往播　　粛雍《しゅくよう》 往《ゆ》き播《あ》がり

8 福祿來臻　　福禄《ふくろく》 来《き》たり臻《いた》る

高らかにそびえる明哲の君、正しい道の隆盛は天がくだされたもの。天の明智に則《のっと》り、その聡明を分かつ帝は、世界の現象を見据え、深奥まで見抜かれる。吹き上がる風は北極星と合するほど高く、絶域までとどく光は深い淵を照らす。慎み深く睦《むつ》まやかな君の徳は高く舞い上がり、天の幸《さち》がここにもたらされる。

○晋の皇帝が天から与えられた叡智《えいち》によって世界の隅々まで統治したことをいう。　**1**「巍巍」は高く偉大なさま。『論語』泰伯《たいはく》に「巍巍乎《こ》として唯《た》だ天を大なりと為し、唯だ堯《ぎょう》之に則る」。　**2**「道隆」は正しい道が活発になる。『礼記《らいき》』檀弓《だんぐう》上に「道隆んなれば則ち従いて隆んにす」。「自天」は『詩経』大雅・大明《たいめい》に天命を授けられたことを「命有りて天自りす」というのに基づく。　**3**「則明」は天が本来もっている明るさを典範とする。『孝経』三才章に「天の明に則り、地の利に因る」。「分爽」は明るさを分かちもつ。　**4**「観象」は世界の様相を観察する。「象」は形相としてあらわになっているもの。『周易』繋辞《けいじ》伝《でん》下に「仰ぎては則ち象を天に観る」。「洞玄」は奥深く、表にあらわれていないものを洞察する。「洞」は「通」と同義。　**5**「陵風」は上昇する風。「協極」は世界の不動の中心である北極星に一致する。　**6**「絶輝」は世界の果てまで照らす光。　**7**「粛雍」は敬虔と和睦。　**8**「福禄」は幸。『詩経』大雅・旱麓《かんろく》に「福禄降る攸《ところ》」。　○押韻　天《てん》・玄《げん》・淵《えん》・臻《せん》

(三)

1 在昔姦臣
2 稱亂紫微
3 神風潜駭
4 有赫茲威
5 靈旗樹旆
6 如電斯揮
7 致天之届
8 于河之沂
9 有命再集
10 皇輿凱歸

在昔《むかし》　姦臣《かんしん》ありて
乱《らん》を紫微《しび》に称《あ》ぐ
神風《しんぷう》　潜《ひそ》かに駭《あ》がり
赫《かく》たる有《あ》りて茲《ここ》に威《い》あり
霊旗《れいき》　旆《はた》を樹《た》て
電《いなずま》の如《ごと》く斯《ここ》に揮《ふる》う
天《てん》の届《かい》を致《いた》すは
河《かわ》の沂《きし》に于《お》いてす
有命《ゆうめい》　再《ふたた》び集《な》りて
皇輿《こうよ》　凱帰《がいき》す

そのかみ、賊臣があらわれて、反乱を王宮で起こした。
そこに玄妙な風が忍びやかに吹き起こり、輝かしい威光を発揮した。
神聖な御旗《みはた》を立てて、いなずまのように旗を振ったのだ。
天の行う誅伐《ちゅうばつ》は、黄河のほとりで加えられた。
天命が再びくだされ、みかどの車が都に凱旋《がいせん》された。

○趙王司馬倫《しばりん》が謀反を起こすが、成都王司馬穎がたちどころに平定したことをいう。 **1**「姦臣」は逆臣、趙王倫を指す。 **2**「称」は挙げる、挙行する。『尚書』湯誓《とうせい》に「台小子《いしょうし》(天子の一人称)敢《あ》えて乱を称ぐるを行うに非ず」。「紫微」は北斗星の北にある星の名、天帝の居所。地上の皇帝のいる王宮をたとえる。 **3** 謀反の平定に決起したことをいう。「潜」は表立たずに。「駭」は馬が驚いて前足を立ち上げるように、風がさっと吹くこと。神風にたとえられる軍の蜂起をいう。 **4**「有赫」は輝かしいさま。『詩経』大雅・皇矣《こうい》に「皇《おお》いなるかな上帝、下に臨みて赫たる有り」。 **5**「霊旗」は戦勝を祈る、日月や星を描いた旗。「樹旆」は旗を立てる。 **7・8**「致天之届」は天が誅伐する。「届」は誅伐。『詩経』魯頌・閟宮《ひきゅう》に「天の届を致すは、牧の野に于てす」。「沂」は岸辺。成都王は趙王の軍を黄河北岸の温県(河南省温県)で破り、黄河を渡って都に入った。**9** 趙王倫によって廃位された恵帝が、倫の敗退ののち復位したことをいう。「有命」は天命。「有」は語調を整える接頭辞。「集」は成就する。『詩経』大雅・大明に「天監　下に在り(天は下界を監視する)、有命既に集る」。**10**「皇輿」は天子の乗り物。「凱帰」は凱旋。「凱」はもともと戦いに勝利した時の軍楽。　○押韻　微《び》・威《い》・揮《き》・沂《ぎ》・帰《き》

(四)

1 頹綱既振
2 品物咸秩
3 神道見素
4 遺華反質
5 辰晷重光
6 協風應律
7 函夏無塵
8 海外有謐

頹綱《たいこう》　既《すで》に振《あ》がり
品物《ひんぶつ》　咸《み》な秩《つい》ず
神道《しんどう》　素《そ》を見《あら》わし
華《か》を遺《す》て質《しつ》に反《かえ》る
辰晷《しんき》　光《ひかり》を重《かさ》ね
協風《きょうふう》　律《りつ》に応《おう》ず
函夏《かんか》　塵《ちり》無《な》く
海外《かいがい》　謐《ひつ》たる有《あ》り

壊された国家の大綱が立て直され、万物は秩序を取りもどした。天道は本来のあり方を示されたので、世の中は華美を捨てて質朴にもどった。日月星の光が輝き合い、穏やかな風が時節に応じて吹き渡る。国の中は塵《ちり》もない清らかさ、その外の世界にまで安寧がもたらされた。

○国の内外に秩序が回復したことをいう。**1**「頽綱」は崩壊した国家の規範。**2** 世界の万物が秩序づけられる。『周易』乾卦《けんか》象伝に「雲行き雨施し、品物 形を流く《し》(それぞれの形体を備える)」。**3**「神道」は天の神聖な道。『周易』観卦《かんか》象伝に「天の神道を観れば、四時忒《たが》わず。聖人は神道を以て教えを設くれば、天下服す」。「素」は素朴さ。『老子』十九章に「素を見わし樸《はく》を抱く」。**5**「辰晷」は太陽・月・星の光。**6**「協風」は穏やかな風。「律」は音階の十二律。音階と暦とは対応関係があると考えられた。**7**「函夏」は中国全土。**8**「海外」は中国の周囲。「謐」は静寂。○押韻 秩《ちつ》・質《しつ》・律《りつ》・謐《ひつ》。

（五）

1 芒芒宇宙　芒芒《ぼうぼう》たる宇宙《うちゅう》
2 天地交泰　天地《てんち》 交《まじ》わりて泰《やす》し

王在華堂
式宴嘉會
玄暉峻朗
翠雲崇靄
冕弁振纓
服藻垂帯

王《おう》は華堂《かどう》に在《あ》り
式《もっ》て嘉会《かかい》に宴《えん》す
玄暉《げんき》　峻朗《しゅんろう》にして
翠雲《すいうん》　崇靄《しゅうあい》たり
冕弁《べんべん》　纓《えい》を振《ととの》え
服藻《ふくそう》　帯《おび》を垂《た》る

はてもなく広がる宇宙、そこに天と地が交わって安泰が生じる。君王は麗しい堂宇におわし、めでたき宴《うたげ》を開かれる。高きみそらに光あふれ、青い雲が高々とたなびく。冠はきちんとひもを締め、礼装して帯を垂らしたいでたち。

○世界の調和のなかで、輝かしい祝賀の宴の様子を描く。　**1**「芒芒」ははてしなく広いさま。「宇宙」は天地をも包む、世界全体をあらわす最も大きな概念。　**2** 天と地が合わさって安泰が生じる。『周易』泰卦象伝《たいかしょうでん》に「天地交わるは泰なり」に出る。　**3**『詩経』大雅・霊台《れいだい》の「王は霊囿《れいゆう》(文王が動物を飼う園)に在り」という言い方を借りる。「華堂」はりっぱな広間。　**4**「式」は語調を整える助字。『詩経』小雅・鹿鳴《ろくめい》に「嘉賓式て宴し以て敖《あそ》ぶ」。「嘉会」はめでたい集い。『周易』乾卦文言伝《ぶんげんでん》に「亨《こう》は嘉の会なり。……嘉会は以て礼に合うに足る」。**5**「玄暉」は天の輝き。「玄」は天の色。「峻朗」は高く明らかなさま。**6**「崇靄」は雲が空高くに満ちるさま。**7・8** 宴に列なる者たちの厳かないでたちをいう。「冕弁」は貴族が礼服を着た時のかぶりもの。『礼記』礼《れい》運《うん》に「冕弁兵革、私家に蔵するは、非礼なり」。「纓」は冠をつけるためのひも。「服藻」は水藻と火炎の模様のついた礼服。『尚書』益稷《えきしょく》に「藻、火、粉、米」と衣服に施される刺繡《ししゅう》の種類を挙げる。「垂帯」はみやびな身なりをいう。『詩経』小雅・都人士《とじんし》に都の男の着こなしを「彼《か》の都の人士、帯を垂れて厲《れい》たり(きりっとしている)」。○押韻　泰《たい》・会《かい》・靄《あい》・帯《たい》

（六）

1　祁祁臣僚　　祁祁《きき》たる臣僚《しんりょう》
2　有來雍雍　　来《き》たる有《あ》りて雍雍《ようよう》たり
3　薄言載考　　薄《いささ》か言《ここ》に載《すなわ》ち考《な》す
4　承顏下風　　顔《かお》を下風《かふう》より承《う》く
5　俯觀嘉客　　俯《ふ》して嘉客《かかく》を観《み》

6 仰瞻玉容　仰《あお》ぎて玉容《ぎょくよう》を瞻《み》る
7 施己唯約　己《おの》れに施《ほどこ》すこと唯《た》だ約《やく》し
8 于禮斯豐　礼《れい》に于《おい》ては斯《こ》れ豊《ゆた》かなり
9 天錫難老　天《てん》よ　老《お》い難《がた》きを錫《たま》い
10 如嶽之崇　岳《がく》の崇《たか》きが如《ごと》くあれ

あまたの家臣たちが、穏やかに集まってくる。この宴《うたげ》を筆にあらわそうと、下座からお顔を拝する。めでたき来賓がたを見渡したり、ご尊顔を仰ぎ見る。ご自分の身はひたすら質素に努められ、もてなしの礼はかくも盛大。天よ、どうか殿に長寿を賜り、高い山のようにいつまでもあられますように。

○いかめしくも和やかな宴の様子を述べ、王の長寿を祈って結ぶ。　**1**「祁祁」は数多く盛んなさま。『詩経』大雅・韓奕《かんえき》に「諸娣《しょてい》(妹や姪《めい》たち)之に従う、祁祁として雲の如し」。　**2** 和やかにやって来る。『詩経』周頌・雝《よう》に「来たる有りて雝雝(雍雍)たり」の句をそのまま用いる。　**3**「薄」「言」はいずれも句を整える助字。『詩経』によく見える語。「載」も助字。「考」は詩文を作る。　**4**「承顔」は貴い人の顔を拝する。「下風」は下座。謙遜していう。**7** 自分に対しては慎ましい態度を取る。「約」はつづまやかにする。**8** 客をもてなす礼は惜しみなく振る舞うの意。**9** 宴の主人の長寿を祈る。『詩経』魯頌・泮水《はんすい》に「永く老い難きを錫う」。「錫」は「賜」に通じる。**10** 長寿を永遠の象徴である山岳に比す。『詩経』小雅・天保に「南山の寿の如し、騫《か》けず崩れず」。○押韻　雍《よう》・風《ふう》・容《よう》・豊《ふう》・崇《しゅう》

❖永寧《えいねい》二年(三〇二)、成都王司馬穎《しばえい》が謀反を起こした趙王司馬倫《しばりん》を滅ぼした祝勝の宴《うたげ》における作。武帝の叔父に当たる司馬倫は第二代皇帝恵帝《けいてい》を廃して即位。それを司馬穎は斉王司馬冏《しばけい》とともに打倒し、恵帝が復位するとその功で大将軍に昇進した。詩は晋王朝の治世をたたえ、王権簒奪《さんだつ》を計った司馬倫に打ち勝って秩序を取りもどした司馬穎を言祝《ことほ》ぐ。

晋武帝華林園集詩　晋《しん》の武帝《ぶてい》の華林園《かりんえん》の集《つど》いの詩《し》　応《おう》貞《てい》

(一)

1 悠悠太上　悠悠《ゆうゆう》たる太上《たいじょう》
2 民之厥初　民《たみ》の厥《そ》の初《はじ》め

3 皇極肇建
4 彝倫攸敷
5 五徳更運
6 膺籙受符
7 陶唐既謝
8 天歴在虞

皇極《こうきょく》　肇《はじ》めて建《た》ち
彝倫《いりん》の敷《し》く攸《ところ》なり
五徳《ごとく》　更《こも》ごも運《めぐ》り
籙《ろく》に膺《あ》たり符《ふ》を受《う》く
陶唐《とうとう》　既《すで》に謝《さ》り
天歴《てんれき》　虞《ぐ》に在《あ》り

　晋の武帝が華林園《かりんえん》で催した集いの詩
はるか遠き太古のむかし、民のあらわれしその初め。
大いなる皇位が初めて立ち、不変の道理が敷き広められた。
五つの徳が代わる代わる移りゆき、未来記に従って天子となる符《しるし》を受ける。
陶唐《とうとう》氏の堯《ぎょう》が位を去るや、天のめぐりは有虞《ゆうぐ》氏の舜《しゅん》のもとに。

応貞《おうてい》　?—二六九　字《あざな》は吉甫《きっぽ》。汝南南頓《じょなんなんとん》(河南省項城《こうじょう》市)の人。応璩《おうきょ》の子。魏の正始《せいし》年間(二四〇—二四九)に才能を夏侯玄《かこうげん》に見出され、のち西晋の武帝に仕えて、官は散騎常侍(皇帝側近の官)に至った。『文心雕龍《ぶんしんちょうりゅう》』時序では、同時代の傅玄《ふげん》や三張(張載《ちょうさい》・張《ちょう》協《きょう》・張亢《ちょうこう》)とともに、その表現の華麗さを評価するが、完全な形で今に伝わるのは本詩一首のみ。

○第一章は堯から舜への禅譲を述べることで、魏を継承した晋王朝の正統性を導く。

0「晋武帝」は晋の初代皇帝司馬炎《しばえん》。「華林園」は都洛陽《らくよう》の庭園。 **1**「悠悠」ははるか遠いさま。「太上」は理想的な政治が行われた古代。 **2** 民草《たみくさ》が生まれた原初のとき。『詩経』大雅・生民《せいみん》に「厥の初め民を生ず」。 **3・4** 太古の聖天子が帝位に即《つ》き、不変の道理を履み行ったことをいう。「皇極」は帝王が天下を統治するための根本原理。ここでは皇帝の位。『尚書』洪範《こうはん》に「建つるに皇極を用う」。「彝倫」は不変の道理。「彝」は常の意。「攸」は「所」と同義。「敷」は施行する。『尚書』洪範に「天は乃《すなわ》ち禹《う》に洪範九疇《きゅうちゅう》(九種の大法)を錫《たま》う、彝倫の叙《つい》ずる(秩序立てる)攸なり」というのをふまえる。 **5**「五徳」は五行《ごぎょう》(万物を構成する五つの元素)に基づく五種類の徳。漢代以来、各王朝はそれぞれ五行に対応する徳をもち、一定の順序によって王朝が交替し徳が移って行くと考えられていた。五行相生《そうしょう》説では「木→火→土→金→水→木」と循環することから、「堯(火徳)→舜(土徳)→禹(金徳)」「漢(火徳)→魏(土徳)→晋(金徳)」と移ることが正統化される。 **6**「膺」は対応する。「籙」は未来のことを記した神秘的な書。「符」は天子となるべきことを示すしるし。後漢・張衡《ちょうこう》「東京《とうけい》の賦」(巻三)に「高祖は籙に膺たり図《と》(予言書)を受く」。 **7**「陶唐」は古代の聖天子、堯。初め陶丘《とうきゅう》(山東省定陶県)に封じられ、のちに唐(山西省臨汾《りんふん》市)に移ったので陶唐氏と称する。 **8** 「天歴」は帝王になるべき天の運命。『論語』堯曰《ぎょうえつ》に、堯が舜に帝位を禅譲しようとして「咨《ああ》、爾《なんじ》舜、天の暦(歴)数は爾の躬《み》に在り」と述べたのに基づく。「虞」は古代の聖天子、舜。舜の祖先が虞(山西省平陸《へいりく》県)に封じられたので、有虞氏と称する。 ○押韻　初《しょ》・敷《ふ》・符《ふ》・虞《ぐ》

（二）

1 於時上帝　　時《ここ》に於《お》いて上帝《じょうてい》
2 乃顧惟眷　　乃《すなわ》ち顧《かえり》みて惟《こ》れ眷《かえり》みる
3 光我晉祚　　我《わ》が晋祚《しんそ》を光《おお》いにし
4 應期納禪　　期《き》に応《おう》じて禅《ゆず》りを納《い》れしむ
5 位以龍飛　　位《くらい》は以《もっ》て龍《りゅう》のごとく飛《と》び
6 文以虎變　　文《ぶん》は以《もっ》て虎《とら》のごとく変《へん》ず
7 玄澤滂流　　玄沢《げんたく》　滂《あまね》く流《なが》れ
8 仁風潛扇　　仁風《じんぷう》　潜《ふか》く扇《あお》ぐ
9 區內宅心　　区内《くない》　心《こころ》を宅《お》き

10 方隅回面　方隅《ほうぐう》 面《おもて》を回《めぐ》らす

かくして天の帝は、下々《しもじも》を顧みて目をかけたまい、
我が晋の皇統をさかんに輝かし、時の命ずるままに魏王朝の禅譲を受け入れさせた。
帝の位に天翔《あまがけ》る龍のごとく昇り、文化はあやなす虎のごとく輝く。
聖なる恵みはあまねく広がり、仁徳の風は奥深くまで吹き及ぶ。
国内の民は天子に心を寄せ、四方の夷《えびす》も仰ぎ慕う。

○天命によって晋が魏の禅譲を受け、武帝の恩沢教化が世界全体に及んだことを述べる。　**1・2**『詩経』大雅・皇矣《こうい》に、天帝が周の文王に岐周《きしゅう》の地を与えたことを述べて「皇《おお》いなるかな上帝……乃ち眷み西に顧み、此《ここ》に維れ与《とも》に宅《お》る」というのに倣う。「時」は「是」に通じる。「上帝」は天帝。「顧」「眷」は、ともにふりかえるの意。上位の者が恵みを垂れることをいう。　**3・4** 晋が魏の禅譲を受けたことを述べる。「祚」は天から授かった福。天子の位をいう。「応期」は時の定めに応じる。　**5**「龍飛」は龍が天に昇る。帝位に即くことをたとえる。『周易』乾卦《けんか》の「飛龍　天に在り」に出る語。　**6**「虎変」は虎の皮模様のように多彩。輝かしい制度文化を樹立したことをたとえる。『周易』革卦象伝《かくかしょうでん》に「大人虎変すとは、其の文　炳《あき》らかなるなり」。　**7**「玄沢」は天子の

聖なる恩沢。 **8** 仁徳による恩沢が下々にまで深く及ぶことをいう。 **9** 「区内」はこの世界の中。「区」は区域、国土。 **10** 「方隅」は四方の隅。最果ての地に住む異民族をいう。「回面」は顔を振り向ける。帰順することをいう。 ○押韻　眷《けん》・禅《せん》・変《へん》・扇《せん》・面《べん》

(三)

1 天垂其象
2 地曜其文
3 鳳鳴朝陽
4 龍翔景雲
5 嘉禾重穎
6 蓂莢載芬
7 率土咸序
8 人胥悦欣

天《てん》は其《そ》の象《しょう》を垂《た》れ
地《ち》は其《そ》の文《ぶん》を曜《かがや》かす
鳳《ほう》　朝陽《ちょうよう》に鳴《な》き
龍《りゅう》　景雲《けいうん》に翔《かけ》る
嘉禾《かか》　穎《ほ》を重《かさ》ね
蓂莢《めいきょう》　載《すなわ》ち芬《かぐわ》し
率土《そつど》　咸《ことごと》く序《つい》で
人《ひと》は胥《み》な悦《たの》しみ欣《よろこ》ぶ

天は日月星辰の光を示し、地は山岳河川の美を輝かす。

鳳凰《ほうおう》は山の東なる梧桐《あおぎり》の木に鳴き、龍は空高く瑞雲《ずいうん》まで飛び翔《かけ》る。
めでたき稲は何本も穂をつけ、蓂莢《こよみぐさ》はかぐわしい香りを立てる。
世界の果てまで、すべて秩序づけられ、人びとはだれも彼も楽しみ喜ぶ。

○晋王朝を言祝《ことほ》ぐかのように瑞祥があらわれ、天下の安寧、人びとの幸福がもたらされた。　**1** 日月星辰が天空に顕現する。「象」は目に見える姿かたち。『周易』繫辞伝《けいじでん》上の「天　象を垂れ、吉凶を見《しめ》す」をふまえる。　**2** 山岳河川がその美しい形をあらわす。「文」は美しい模様。　**3**『詩経』大雅・巻阿《けんあ》に「鳳皇(凰)鳴けり、彼の高岡に。梧桐生ぜり、彼の朝陽に」、毛伝に「山の東を朝陽と曰《い》う」。　**4**「景雲」は瑞兆を示す彩雲。「慶雲」「卿雲」と同義。『淮南子《えなんじ》』天文訓に「龍挙がりて景雲属《あつ》まる」。　**5**「嘉禾」は一本の茎から何本も穂が出る稲。『尚書』微子之命《びししめい》より出る語。　**6**「蓂莢」は堯のときに生えたとされる瑞草。コヨミグサ。月の一日から十五日まで毎日一葉ずつ生え、十六日から月末まで毎日一葉ずつ落ちるため、これによって暦が作られたという。暦の制作は時間の運行に秩序を与えることで、皇帝権力の表象。　**7**「率土」は大地の果て。世界全体。『詩経』小雅・北山《ほくさん》に「率土の浜《ひん》、王臣に非ざる莫《な》し」。　○押韻　文《ぶん》・雲《うん》・芬《ふん》・欣《きん》

（四）

1 恢恢皇度
2 穆穆聖容
3 言思其順
4 貌思其恭
5 在視斯明
6 在聽斯聰
7 登庸以德
8 明試以功

恢恢《かいかい》たる皇度《こうど》
穆穆《ぼくぼく》たる聖容《せいよう》
言《ことば》には其《そ》の順《じゅん》を思《おも》い
貌《かたち》には其《そ》の恭《きょう》を思《おも》う
視《し》に在《あ》りては斯《こ》れ明《めい》
聴《てい》に在《あ》りては斯《こ》れ聡《そう》
登庸《とうよう》には徳《とく》を以《もっ》てし
明試《めいし》には功《こう》を以《もっ》てす

広々と包みこむ天子の御心《みこころ》、厳かにして聖なる御姿。
言葉はいかにも穏やかに、姿はいかにも慎み深く。
見るときははっきりと明らかに、聴くときは耳さとく。
臣下の登用は徳性により、評定はその実績による。

○晋の武帝が君主としてすぐれた資質をそなえ、臣下を適切に登用していることをたたえる。　**1**「恢恢」はすべてを包みこむほど広大なさま。『老子』七十三章に「天網恢恢、疏にして失わず」。「皇度」は皇帝の度量。　**2**「穆穆」は威儀の厳かなさま。『礼《らい》記《き》』曲礼《きょくらい》下に「天子穆穆たり」。　**3−6**『論語』季氏《きし》に、君子が大切にすべき「九思」として「視には明を思い、聴には聡を思い……貌には恭を思い、言には忠を思う」。また『尚書』洪範にも「貌には恭と曰い、言には従(順)と曰い、視には明と曰い、聴には聡と曰う」。　**7**「登庸」は人材を選抜し任用する。「庸」は「用」に通じる。『尚書』堯典に出る語。　**8**『尚書』舜典の句をそのまま用い、天子が臣下の仕事ぶりを公明に査定することをいう。　○押韻　容《よう》・恭《きょう》・聡《そう》・功《こう》

（五）

1 其恭惟何　　其《そ》の恭《うやうや》しきは惟《こ》れ何《いかん》ぞ
2 昧旦丕顯　　昧旦《まいたん》に丕顕《ひけん》なり
3 無理不經　　理《り》として経《へ》ざる無《な》く
4 無義不踐　　義《ぎ》として践《ふ》まざる無《な》し
5 行捨其華　　行《こう》は其《そ》の華《か》を捨《す》て
6 言去其辯　　言《げん》は其《そ》の弁《べん》を去《さ》る

7 游心至虚　　心《こころ》を至虚《しきょ》に游《あそ》ばしめ
8 同規易簡　　規《のり》を易簡《いかん》に同《おな》じくす
9 六府孔修　　六府《りくふ》　孔《はなは》だ修《おさ》まり
10 九有斯靖　　九有《きゅうゆう》　斯《こ》れ靖《しず》かなり

我が君の慎み深い態度はどうであろうか。朝まだきより政《まつりごと》に勤《いそ》しんでおられる。言行は筋道の通らぬことはなく、正しいことはすべて履《ふ》み行う。行動はうわべの華やかさを捨て、言葉は多弁を弄しない。心を虚無の極致に遊ばせ、掟《おきて》を簡易なものにする。民を養う六つの物資もきちんと整い、九州の地すべてが安寧となる。

○武帝による国家統治が、儒家的な道徳と道家的な精神とを兼ね備えたものであることをたたえる。　**2**「昧旦」は夜明け前。「丕顕」は大いに明らかにしようとはげむ。『左伝』昭公三年に、讒鼎《ざんてい》(魯の鼎《かなえ》の名)の銘文を引いて「昧旦に丕顕なるも、後世(子孫)猶《な》お怠る」。　**3**「理」は筋道の通った言行。「経」は道徳的な原則に則《のっと》ること。　**4**「義」は道徳的に正しいこと。　**5**『老子』三十八章に「其の実に処《お》りて、其の華に居らず」。　**7**「游心」は心を自由に遊ばせる。「至虚」は道家の理想とする虚無の境地。

『老子』十六章の「虚を致(至)すこと極まり、静を守ること篤《あつ》し」に出る語。 **8**「易簡」は平易で簡約なこと。『周易』繋辞伝上に「易(い)なれば則ち知り易(やす)く、簡なれば則ち従い易し。……易簡にして天下の理は得られん」。 **9**「六府」は民を養うために必要な六つの物資。水・火・金・木・土および穀物を指す。「府」はそれらを収蔵するための倉庫。『尚書』禹貢《うこう》に「四海は会同し(世界中の人びとが都に集まる)、六府は孔だ修まる」。 **10**「九有」は「九州」と同義。天下全体。古代、中国全土を九つの州に分けたとされる。『詩経』商頌・玄鳥《げんちょう》に「九有を奄有《えんゆう》す(領有する)」。 ○押韻　顕《けん》・践《せん》・弁《へん》・簡《かん》・靖《せい》

(六)

1 澤靡不被　　沢《たく》は被《こうむ》らざる靡《な》く
2 化罔不加　　化《か》は加《くわ》わらざる罔《な》し
3 聲敎南暨　　声教《せいきょう》　南《みなみ》に曁《いた》り
4 西漸流沙　　西《にし》のかた流沙《りゅうさ》に漸《い》る
5 幽人肆險　　幽人《ゆうじん》は険《けわ》しきを肆《す》て
6 遠國忘遐　　遠国《えんごく》は遐《とお》きを忘《わす》る

7 越裳重譯　越裳《えつしょう》も訳《やく》を重《かさ》ね
8 充我皇家　我《わ》が皇家《こうか》に充《み》つ

恩沢を受けないものはないし、感化が施されぬところもない。我が君の教えは南の国々に及び、西の果てなる砂漠の地までもとどく。隠れ住む人びとも険しさを顧みず、遠い国の人びとも長い道のりを忘れてやって来る。越裳の人びとさえ通訳を重ねて来朝し、我が皇宮に満ちあふれている。

○武帝の教化はあまねく世界に及び、辺境の遠国からも続々と来朝する。**3・4**「声」は声威、「教」は教化。「漸」は徐々に入ってゆく。「流沙」は西の果てにある砂漠地帯。『尚書』禹貢に、最も僻遠《へきえん》の地域まで禹の教化が及んでいることを述べて「東は海に漸り、西は流沙に被《およ》び、朔(北)と南は声教に曁(あずか)り、四海に訖《いた》る」というのをふまえる。**5**「幽人」は世間を避けて暮らす人。『周易』履卦《りか》に見える語。「肆険」は道中の危険を棄てて顧みない。**7**「越裳」は交趾《こうし》(ベトナム北部)の南に位置する国。南方僻遠の地をいう。「越常」とも表記する。「重訳」は何人も通訳を介在させる。『尚書大伝』金縢《きんとう》に「(周の)成王の時、越裳　訳を重ねて来朝す」。○押韻　加《か》・沙《さ》・遐《か》・家《か》

（七）

1 峨峨列辟
2 赫赫虎臣
3 内和五品
4 外威四賓
5 脩時貢職
6 入覲天人
7 備言錫命
8 羽蓋朱輪

峨峨《がが》たる列辟《れっぺき》
赫赫《かくかく》たる虎臣《こしん》
内《うち》に五品《ごひん》を和《やわ》らげ
外《そと》に四賓《しひん》を威《おど》す
時《とき》に脩《したが》いて貢職《こうしょく》し
入《い》りて天人《てんじん》に覲《まみ》ゆ
備《つぶさ》に言《ここ》に命《めい》を錫《たま》い
羽蓋《うがい》　朱輪《しゅりん》あり

りっぱに居ならぶ諸侯たち、威勢盛んなる武臣たち。国の内では、父母兄弟子の五常のあいだ仲睦《むつ》まじく、国の外では、四方から参じ来る夷《えびす》に威光を示す。定められた時になると諸侯は貢ぎ物をささげ、参内して天子に謁見する。すべてに爵位を厚く賜い、羽飾りの覆いに朱塗りの車をお与えになる。

○武帝を中心として国の内外がきちんと治まり、諸侯が定期的に朝貢するさまを描く。**1**「峨峨」は威儀がりっぱで盛んなさま。「列辟」は歴代の君主、諸侯。**2**「赫赫」は光り輝いて勢いが盛んなさま。「虎臣」は虎のごとき勇猛の臣。**3**「五品」は人間として実践すべき五つの倫理。「五常」と同義。父の立場では義、母は慈、兄は友、弟は恭、子は孝をいう。『尚書』舜典に見える語。**4**「四賓」は来朝して服従する四方の異民族。『尚書』旅獒《りょごう》の「四夷　咸《み》な賓す」に出る語。「賓」は服従するの意。**5**「脩」は「循」と同義。「貢職」は朝廷に対して定期的に貢ぎ物を納める。「職貢」と同義。**6**「入覲」は諸侯が参内して天子にお目にかかる。「天人」は宇宙の根源と一体となった人。『荘子』天下《てんか》に由来する道家的な語彙。ここでは天子を指す。**7**「備」は十分に心を尽くす。「言」は語調を整える助字。『詩経』小雅・楚茨《そし》に「諸父兄弟、備に言に燕私《えんし》す(親族だけの内輪の宴を催す)」。「錫命」は爵位を授ける。「錫」は「賜」に通じる。「命」は爵位に応じて天子から下賜される礼器や官服。『周易』師卦《しか》に「王三たび命を錫う」。**8**「羽蓋」は翡翠《かわせみ》など鳥の羽飾りをつけた車の覆い。「朱輪」は朱塗りの車輪。上級貴族が乗る車をいう。　○押韻　臣《しん》・賓《ひん》・人《じん》・輪《りん》

（八）

1 貽宴好會
2 不常厥數
3 神心所受
4 不言而喩
5 於時肄射
6 弓矢斯御
7 發彼五的
8 有酒斯飫

宴《えん》を貽《おく》りて好会《こうかい》し
厥《そ》の数《すう》を常《つね》にせず
神心《しんしん》の受《さず》くる所《ところ》
言《い》わずして喩《さと》る
時《ここ》に於《お》いて射《しゃ》を肄《なら》い
弓矢《きゅうし》　斯《ここ》に御《ぎょ》す
彼《か》の五的《ごてき》に発《はっ》し
酒有《さけあ》りて斯《ここ》に飫《あ》く

宴《うたげ》を賜り盛大な集いを催し、礼のきまりはひとかたならず。
神聖なるおぼしめしは、もの言わずともわかるもの。
かくして君臣ともに射芸を習い、弓と矢を思うままにあやつる。
あの五色の的《まと》めがけて矢を放ち、酒を酌んでは心ゆくまで飲む。

○武帝と群臣たちがともに集い、酒宴と射礼を盛大に行うさまを描く。西周以来、弓矢を射ることは重要な儀礼の一つであり、宴席の場で射芸を競うことを特に「燕射《えんしゃ》の礼」と称する。 **1**「貽宴」は天子が宴を賜う。「好会」は盛大な会合。もとは諸侯の間で友好を深めるための会合。 **2** 通常の礼の規定を越えるほど、盛んな宴会を催したことをいう。「数」は礼のさだめ、礼数。 **3**「神心」は皇帝の御心。「受」は「授」に通じる。 **4**『孟子』尽心《じんしん》上に、君子に備わる仁義礼智の四徳は身体の様子からおのずとわかるとして「四体　言わずして喩る」。 **5**「肆射」は射芸を実習する。「肆」は繰り返し習うの意。 **6**『詩経』小雅・賓之初筵《ひんししょえん》の「弓矢　斯に張る」に倣う。「御」は思いどおりに扱う。 **7**「五的」は天子が射儀に用いる五色のまと。「五正」ともいう。真ん中が朱で、その外側を白・蒼《あお》・黄・玄《くろ》の順に彩られる。『詩経』小雅・賓之初筵に「彼の有的に発す」。 **8**「飫」は飽きるほど存分に飲食する。　○押韻　数《す》・喩《ゆ》・御《ぎょ》・飫《よ》

（九）

1 文武之道　　文武《ぶんぶ》の道《みち》
2 厥猷未墜　　厥《そ》の猷《みち》は未《いま》だ墜《お》ちず
3 在昔先王　　在昔《むかし》　先王《せんおう》

4 躬御茲器
5 示武懼荒
6 過亦爲失
7 凡厥羣后
8 無懈于位

躬《みずか》ら茲《こ》の器《き》を御《ぎょ》す
武《ぶ》を示《しめ》して荒《こう》を懼《おそ》れしむるに
過《す》ぎたるも亦《ま》た失《しつ》と為《な》す
凡《およ》そ厥《そ》の群后《ぐんこう》
位《くらい》に懈《おこた》ること無《な》かれ

周の文王と武王の道、その大いなる道はまだ地に落ちてはいない。そのかみの王者たちは、みずから弓矢という武器をあやつった。武威を示して辺境の国々を恐れさせても、度を越すのはやはり過ち。すべての諸侯たちはみな、各々の職務を怠ることなきように。

○先王の道に倣って射礼を行う意義を説き、在席の群臣を戒めて全篇の結びとする。**1・2**『論語』子張《しちょう》に「文武の道、未だ地に墜ちずして、人に在り」というのをふまえる。「文武之道」は周の文王と武王の道。儒家の理想とする礼楽文化の伝統をいう。「猷」は「道」と同義。　**4**「躬」字、底本は「射」に作るが、九条本により改めた。「茲器」は弓矢を指す。『周易』繫辞伝下に「弓矢なる者は器なり。之を射る者は人なり」。　**5・6** 射礼は有意義なものではあるが、過度に耽《ふけ》ることはないと述べる。　**7**

「群后」は各地の諸侯。『尚書』舜典に見える語。 **8** 射芸に耽るあまり職務を怠ることのないよう群臣たちを戒める。 ○押韻　墜《つい》・器《き》・失《しつ》・位《い》

泰始《たいし》四年(二六八)二月、武帝が華林園《かりんえん》に行幸し、群臣に命じて詩を作らせたところ、応貞《おうてい》のこの詩が最もすぐれていたという。詩は晋王朝の正統性から始まり、武帝の治世が内外に平安をもたらしたことをたたえる。

九日従宋公戯馬臺集送孔令詩

九日《きゅうじつ》　宋公《そうこう》の戯馬台《ぎばだい》の集《つど》いに従《したが》いて孔令《こうれい》を送《おく》る詩《し》　　謝瞻《しゃせん》

1 風至授寒服　風至《かぜいた》りて寒服《かんぷく》を授《さず》け
2 霜降休百工　霜降《しもふ》りて百工《ひゃっこう》を休《や》む
3 繁林收陽彩　繁林《はんりん》は陽彩《ようさい》を収《おさ》め
4 密苑解華叢　密苑《みつえん》は華叢《かそう》を解《と》く
5 巣幕無留燕　幕《まく》に巣《す》くいて留燕《りゅうえん》無《な》く
6 遵渚有來鴻　渚《なぎさ》に遵《したが》いて来鴻《らいこう》有《あ》り
7 輕霞冠秋日　軽霞《けいか》　秋日《しゅうじつ》を冠《おお》い

迅商薄清穹
聖心眷嘉節
揚鑾戾行宮
四筵霑芳醴
中堂起絲桐
扶光迫西汜
歡餘讌有窮
逝矣將歸客
養素克有終
臨流怨莫從
歡心歎飛蓬

迅商《じんしょう》　清穹《せいきゅう》に薄《せま》る
聖心《せいしん》　嘉節《かせつ》を眷《かえり》み
鑾《らん》を揚《あ》げて行宮《あんぐう》に戻《いた》る
四筵《しえん》は芳醴《ほうれい》に霑《うるお》い
中堂《ちゅうどう》に糸桐《しとう》起こる
扶光《ふこう》　西汜《せいし》に迫《せま》り
歡《よろこ》びは余《あま》るも讌《うたげ》には窮《きわ》まり有《あ》り
逝《ゆ》け　将《まさ》に帰《かえ》らんとする客《きゃく》
素《そ》を養《やしな》いて克《よ》く終《お》わり有《あ》れ
流《なが》れに臨《のぞ》みて従《したが》う莫《な》きを怨《うら》み
歡心《かんしん》　飛蓬《ひほう》を歎《たん》ず

九月九日、宋公の催した戯馬台《ぎばだい》での宴《うたげ》に侍《はべ》り、尚書令の孔靖《こうせい》どのを送る

冷たい風が吹き寄せて冬着が授けられ、霜が降りそめて職人らは仕事を停《と》める。茂り生う木立は葉の輝きを収め、草木に満ちる園生《そのう》も花むらがほぐれる。幕《とばり》に巣くう燕《つばめ》は留まるものなく南に帰り、水辺には鴻《おおとり》が北から訪ねきた。

朱《あか》く染まった薄雲が秋の日をおおい、駆け抜ける風が澄み渡る天空にせまる。
殿の聖意は秋の佳《よ》き日に心留められ、馬車の鈴音も高らかに仮の宮居《みやい》にお渡りになる。
座中の者はみな旨酒《うまさけ》の恵みをいただき、座敷の中では琴の調べが奏でられる。
日は西の果ての水際に沈もうとし、楽しみは尽きぬが宴はそろそろお開き。
さあ、お行きなさい、国に帰られる方、本性を慈しんでめでたき余生を送られよ。
流れを前に付き従えぬことが恨めしく、この良き日の心に飛蓬《ひほう》に似た我が身を嘆く。

謝瞻《しゃせん》　三八三?―四二一　字《あざな》は宣遠《せんえん》。陳郡陽夏《ようか》(河南省太康《たいこう》県)の謝《しゃ》氏の一人。族父の謝混《こん》、族弟の謝霊運《しゃれいうん》とともに、南朝宋にあってその文才を称された。劉裕《りゅうゆう》のもと従事中郎などを勤め、予章《よしょう》太守の在任中に卒《しゅっ》す。今に伝わる詩は『文選』に採られる五首を含めて六首。『詩品』中品。

0「九日」は九月九日、重陽《ちょうよう》の節句。「宋公」は劉裕、後の宋の武帝。「戯馬台」は項羽《こうう》の本拠地彭城《ほうじょう》(江蘇省徐州市)にあり、項羽が馬の訓練を行ったと伝えられる場所。彭城は東晋の領域のなかでは北方に位置し、北伐で権勢を獲得・伸張させた劉裕の拠点でもあった。「孔令」は孔靖。宋国の尚書令(宰相)に任じられたものの、辞して故郷に帰った。　**1・2**「風」はここでは寒冷をもたらす秋の風物。『礼記《らいき》』月令《がつりょう》に、陰暦七月から八月にかけての時候について「(孟秋の月)涼風至り、……(仲秋の月)盲風(疾風)至る」。「寒服」は寒さを防ぐ冬着。『詩経』豳風《ひんぷう》・七月に、家長が冬に備えて家人に衣服を与えることをうたって「九月　衣を授く」。「百工」は諸々の職人。『礼記』月令に「(季秋の月)霜始めて降れば、則ち百工休む」。寒冷のために膠《にかわ》・漆《うるし》が乾燥しにくくなるので作業を休止するという。　**3**「収」は止める。「陽彩」は陽光を受けた葉の輝き。**4**「密苑」は草木が密生した庭。「解」は花が散ってしまったことをいう。「華叢」は花々。　**5**『左伝』襄公《じょうこう》二十九年に、呉の公子季札《きさつ》の語として「夫《か》の子《し》の此《ここ》に在るや、猶《な》お燕の幕上に巣くうがごとし」と不安定な状態にあることをいう語句を借りて、ここでは秋が深まり燕が南に去ったことをいう。　**6**『詩経』豳風・九罭《きゅうよく》に「鴻飛んで渚に遵う」。また『礼記』月令に「(季秋の月)鴻雁《がん》来賓す」。　**7**「霞」は日の光を受けてあざやかに色づく雲。　**8**「迅商」は秋の風。「迅」は迅速、「商」はもと五音の一つで、五行《ごぎょう》では秋に当たる。「清穹」は清く澄んだ空。　**9・10**「聖心」は君王の心。劉裕を指す。「嘉節」はここでは重陽節。「揚鑾」は馬車の鈴の音を響かせる。「鑾」は天子の馬車につける鈴。「行宮」は天子の出先の仮御所。戯馬台を指す。　**11**「四筵」は満座。宴席に集う人びとはみな。「筵」はしきもの。「醴」はもと速醸の甘酒をいうが、ここでは香りよい旨酒の意で用いる。　**12**「中堂」は正堂の中央。「糸桐」は琴。糸は絃、桐は胴を作る材。　**13**「扶光」は日光。扶桑《ふそう》(東方にあるという伝説の木)から昇るので「扶光」という。『淮南子《えなんじ》』天文訓に「日は暘谷《ようこく》を出で、咸池《かんち》に浴し、扶桑を払う」。「西汜」は西方の果てにあるという蒙水《もうすい》の岸辺。日の沈む場所。「汜」は水辺。『楚辞』天問に「出ずるに湯谷《ようこく》自《よ》りし、蒙汜に次《やど》る」。　**15**「逝矣」は旅立ちの時となったの意。呼びかけの語。　**16**「養素」は本来のあり方を大切にする。「有終」は人生を無事に全うする。『周易』謙卦《けんか》に「謙は亨《とお》る。君子は終わり有り」。　**18**「歓心」は楽しい思い。重陽の佳節の宴席にあるゆえにこのようにいう。「飛蓬」は風に吹き飛ばされる蓬草。いわゆるヨモギとは異なり、秋から冬に枯れて根からちぎれ、風に吹かれて野を転がる。官にしばられて故郷という根から離れた詩人みずからをたとえる。　○押韻　工《こう》・叢《そう》・鴻《こう》・穹《きゅう》・宮《きゅう》・桐《とう》・窮《きゅう》・終《しゅう》・蓬《ほう》

❖

東晋・安帝《あんてい》の義熙《ぎき》十四年(四一八)六月、当時国権を掌握していた劉裕《りゅうゆう》は宋公となり、翌年正月には宋王、翌々年六月には帝位に即《つ》き、宋王朝を建てた。劉裕を「宋公」と称するこの詩は義熙十四年の作と考えられる。秋の風物とともに送別宴のさまを述べ、送られる孔靖のように帰隠を果たせぬ自分を嘆いて詩を結ぶ。

樂遊應詔詩

范曄《はんよう》

崇盛歸朝闕
虛寂在川岑
山梁協孔性
黃屋非堯心
軒駕時未肅
文囿降照臨
流雲起行蓋
晨風引鑾音
原薄信平蔚
臺澗備曾深
蘭池清夏氣
脩帳含秋陰
遵渚攀蒙密
隨山上嶇嶔

楽遊《らくゆう》にて詔《みことのり》に応《おう》ずる詩《し》

崇盛《しゅうせい》　朝闕《ちょうけつ》に帰《き》し
虚寂《きょせき》　川岑《せんしん》に在《あ》り
山梁《さんりょう》　孔性《こうせい》に協《かな》い
黄屋《こうおく》　堯心《ぎょうしん》に非《あら》ず
軒駕《けんが》は時《とき》に未《いま》だ粛《いまし》めずして
文囿《ぶんゆう》に降《くだ》りて照臨《しょうりん》す
流雲《りゅううん》　行蓋《こうがい》に起《お》こり
晨風《しんぷう》　鑾音《らんいん》を引《ひ》く
原薄《げんぱく》　信《まこと》に平蔚《へいうつ》にして
台澗《だいかん》　備《ことごと》く曽深《そうしん》なり
蘭池《らんち》　夏気《かき》清《きよ》く
脩帳《しゅうちょう》　秋陰《しゅういん》を含《ふく》む
渚《なぎさ》に遵《したが》いて蒙密《もうみつ》を攀《よ》じ
山《やま》に随《したが》いて嶇嶔《くきん》に上《のぼ》る

15 睇目有極覧
16 遊情無近尋
17 聞道雖已積
18 年力互頽侵
19 探己謝丹黻
20 感事懐長林

睇目《ていもく》　極覧《きょくらん》有《あ》り
遊情《ゆうじょう》　近尋《きんじん》無《な》し
道《みち》を聞《き》くこと已《すで》に積《つ》むと雖《いえど》も
年力《ねんりき》は互《たが》いに頽侵《たいしん》す
己《おの》れを探《さぐ》りて丹黻《たんふつ》を謝《しゃ》し
事《こと》に感《かん》じて長林《ちょうりん》を懐《おも》う

楽遊苑《らくゆうえん》で天子の命を受けて作る

貴顕は朝廷に集まり、静寂は山水にある。
谷川の橋は孔子の性にかない、天子の車は堯《ぎょう》帝の心にそわなかった。
陛下は黄帝《こうてい》のように急いで車を出し、周文王のごとく苑内に降り立たれた。
雲は車の覆いの上を流れ、朝の風は馬につけた鈴の音を長く響かせる。
野原はどこまでも平らかで草木が茂り、丘や谷はいずれも高く深い。
蘭《らん》の茂る池は夏の気配がすがすがしく、長く張られた帳《とばり》は秋の気配を包みこむ。
渚《なぎさ》に沿って茂みの枝をつかみ、山道を通ってそびえ立つ険峻《けんしゅん》に登る。
自在に眺めてはすべて見尽くし、心を遊ばせるために近くを訪ねる気はもうない。

久しく道のことを聞いているのだが、年と力はともに衰えてゆく。
我が身をふりかえると赤い膝掛けを辞したくなり、ものごとに感じては故郷の林が懐かしい。

范曄《はんよう》　三九八―四四五　字《あざな》は蔚宗《うっそう》。南朝宋を建国した武帝劉裕《りゅうゆう》に仕え、新蔡《しんさい》太守、尚書吏部郎、左衛将軍などを歴任し、元嘉《げんか》二十一年(四四四)に太子詹事《せんじ》となる。翌二十二年、反逆の罪に連座し、処刑された。『後漢書』の撰者として知られる。詩はほかに「臨終詩」(『宋書』本伝)がのこされるのみ。「後漢書皇后紀論」(巻四九)などの論賛五篇が『文選』に収められる。『詩品』下品。

0「楽遊」は都の建康《けんこう》にあった楽遊苑。　**1・2**「崇盛」は高い位と盛んな権勢。貴顕の人をいう。「朝闕」は宮廷の中。「闕」は宮城の門。「虚寂」は心を空しくしてもの静かな状態。「岑」は山。下の3・4二句とあわせて、権勢を好まず、静寂を好む志向を述べる。　**3**「山梁」は谷川にかかる橋。「孔性」は孔子の性。一句は時宜を得た自然に感嘆した孔子の言葉、「山梁の雌雉《しち》、時なるかな、時なるかな」(『論語』郷党《きょうとう》)に基づく。　**4**「黄屋」は天子の車。黄色の絹で裏打ちした覆いがある。堯帝が天子の位を許由《きょゆう》に譲ろうとしたこと(『荘子』逍遥遊《しょうようゆう》など)から、天子の位を得ることは堯の本来の意思ではなかったという。　**5・6**天子が楽遊苑を訪れたことを、黄帝と周の文王の外出になぞらえる。「軒駕」は黄帝の車。「時未粛」は車の用意もそこそこに出かける意。『荘子』徐無鬼《じょむき》に見える、黄帝が超越者の大隗《たいかい》に会うために車で出かける話に基づく。「文囿」は周の文王の苑。「囿」は垣根で囲んで鳥獣を放し飼いにする園林。『詩経』大雅・霊台《れいだい》に「王(文王)霊囿に在り、麀鹿《ゆうろく》(雌の鹿)の伏す攸《ところ》」。「照臨」は高所からあたりを見渡す。
7「行蓋」は車の覆い。　**8**「晨風」は朝の風。「鑾」は天子の車を引く馬につけた鈴。
9「原」は平原。「薄」は草木の繁茂するところ。「平」は平坦。「蔚」は繁茂するさま。「原」と「平」、「薄」と「蔚」が対応する。　**10**「台」は高く平らなところ。「澗」は谷川。「曽」は高い。　**13**「蒙密」は繁茂した草木。双声の語。　**14**「嶇嶔」は高く険しい山。双声の語。　**15**「睇目」はほしいままに眺める。「睇」は見る。「極覧」は見尽くす。　**16**「遊情」は心を楽しませる。「近尋」は近くを遊覧する。　**17・18** 年老いても若々しいのはなぜかと尋ねられた女偊《じょう》が、「道」を聞いたからだと答えた故事(『荘子』大宗師)をふまえる。「頽侵」は年老いて体が弱ること。　**19**「丹黻」は諸侯の使う赤い膝掛け。ここでは官職をたとえる。「赤芾《せきふつ》」と同じ。　**20**「感事」は事物に心を動かされる。「長林」は高い木の茂る林。憩える場所、故郷を意味する。　○押韻　岑《しん》・心《しん》・臨《りん》・音《いん》・深《しん》・陰《いん》・嶔《きん》・尋《しん》・侵《しん》・林《りん》

―南朝宋の文帝の詔《みことのり》に応えた詩。文帝は武帝の子で宋の第三代皇帝(在位四二四―四

五三)。天子のお供をして、初秋の景物に触れながら、隠棲《いんせい》の思いが生じたことをうたう。

九日従宋公戯馬臺集送孔令詩

九日《きゅうじつ》　宋公《そうこう》の戯馬台《ぎばだい》の集《つど》いに従《したが》いて孔令《こうれい》を送《おく》る詩《し》　　謝霊運《しゃれいうん》

1 季秋邊朔苦
2 旅雁違霜雪
3 淒淒陽卉腓
4 皎皎寒潭絜
5 良辰感聖心
6 雲旗興暮節
7 鳴葭戾朱宮
8 蘭卮獻時哲
9 餞宴光有孚
10 和樂隆所缺

季秋《きしゅう》　辺朔《へんさく》苦《くる》しく
旅雁《りょがん》　霜雪《そうせつ》を違《さ》く
淒淒《せいせい》として陽卉《ようき》腓《しぼ》み
皎皎《こうこう》として寒潭《かんたん》絜《きよ》し
良辰《りょうしん》　聖心《せいしん》を感《うご》かし
雲旗《うんき》　暮節《ぼせつ》に興《おこ》る
鳴葭《めいか》　朱宮《しゅきゅう》に戻《いた》り
蘭卮《らんし》　時哲《じてつ》に献《けん》ず
餞宴《せんえん》　孚有《まことあ》るを光《てら》し
和楽《わらく》　欠《か》くる所《ところ》を隆《さか》んにす

在宥天下理
吹萬羣方悅
歸客遂海嵎
脫冠謝朝列
弭棹薄枉渚
指景待樂闋
河流有急瀾
浮驂無緩轍
豈伊川途念
宿心愧將別
彼美丘園道
喟焉傷薄劣

在宥《ざいゆう》して天下《てんか》理《おさ》まり
万《よろず》を吹《ふ》きて群方《ぐんぽう》悦《よろこ》ぶ
帰客《きかく》　海嵎《かいぐう》に遂《ゆ》き
冠《かんむり》を脱《ぬ》ぎて朝列《ちょうれつ》に謝《しゃ》す
棹《さお》を弭《と》めて枉渚《おうしょ》に薄《せま》り
景《ひ》を指《さ》して楽《がく》の闋《お》わるを待《ま》つ
河流《かりゅう》　急瀾《きゅうらん》有《あ》り
浮驂《ふさん》　緩轍《かんてつ》無《な》し
豈《あ》に伊《こ》れ川途《せんと》の念《ねん》のみならんや
宿心《しゅくしん》　将《まさ》に別《わか》れんとするに愧《は》ず
彼《か》の美《び》なる丘園《きゅうえん》の道《みち》
喟焉《きえん》として薄劣《はくれつ》を傷《いた》む

九月九日、宋公の催した戯馬台《ぎばだい》での宴《うたげ》に侍《はべ》り、尚書令の孔靖《こうせい》どのを送る

秋も末の月、北辺の地は寒さ厳しく、雁《かり》がねも霜や雪を避けて旅立つ。

冷たく吹きすさぶ風に夏草はすがれ、白々とした淵は清冽《せいれつ》な水を湛《たた》える。
このめでたき日に殿の御心《みこころ》は動かされ、雲なす旗が晩秋の空に掲げられる。
葦笛《あしぶえ》とともに楽隊が朱塗りの宮殿に着き、蘭《らん》香る酒の大盃《たいはい》が賢人たちにささげられる。
送別の席にはまごころが輝き、和やかな宴は途絶えていた「鹿鳴《ろくめい》」の歌を呼び起こす。
殿は自然のままにして天下治まり、よろずに恵みを吹き与えてみな喜悦する。
国に帰る旅人は海辺の地へ向かい、冠をはずして居ならぶ朝臣に別れを告げる。
棹《さお》を停《と》めて入り江に漕《こ》ぎ寄せ、日差しが傾くうちに別れの曲が終わりに近づく。
船の進む川は流れすさまじく、陸路を進む馬は足が急《せ》かされる。
旅行く人の道を案じるばかりではない。かねての思いに踏み切れぬのが恥ずかしい。
あの美しいふるさとへの道、深いため息とともに身の拙劣さに胸を痛める。

謝霊運《しゃれいうん》　㈠四七頁参照。

0 詩題は謝瞻《しゃせん》の同題の詩(巻二〇)㈠を参照。 **1**「季秋」は秋三か月の最後の月、陰暦九月。「辺朔」は北方辺境の地。 **2**『礼記《らいき》』月令《がつりょう》に「(仲秋の月)鴻雁来たる」、「(季秋の月)鴻雁来賓す」というのは、いずれも中原の地を基準として北方から雁が来ることをいう。より北方の「辺朔」の地では、秋は雁が去る時節。「違」は避ける。一句は季節を示すとともに、孔靖の旅立ちを重ねる。会稽《かいけい》(浙江《せっこう》省紹興市)に帰る孔靖は、都の建康《けんこう》から南へ向かうことになる。**3**「凄凄」は風が冷たく吹くさま。「陽卉」は日差しを浴びて伸びた草。「腓」は枯れる。『詩経』小雅・四月《しげつ》に「秋日は凄凄たり、百卉具《とも》に腓む」。**4**「皎皎」は白いさま。「絜」は清らか。「潔」に通じる。**5**「良辰」はめでたき日和《ひより》。重陽の日というめでたい節日であるとともに、天候のよいことも意味する。冒頭四句が晩秋の厳しさを言っていたのから、秋のさわやかさを強調する方に移行する。「感」は感動させる。「聖心」は宋公の心。**6**「雲旗」は高貴な身分をあらわす旗。**7**宴に参列する人たちが楽隊に先導されて宮殿に入ることをいう。「葭」は葦。「戻」は至る。「朱」は宮殿の色。**8**「蘭」は酒のかぐわしさをたとえる。「卮」は酒四升を入れるという大きなさかずき。「献」は宴の主人が客人に酒をささげること。『詩経』小雅・楚茨《そし》に「献酬(献杯と返杯)交錯す」。「時哲」は時のすぐれた人びと。**9**「餞宴」は送別の宴。「光有孚」はこの場に集う君子たちは光り輝き、「孚(誠意)」があふれていることをいう。『周易』未済《びせいか》卦に「君子の光、孚有りて吉」とあるのを用いる。**10**「和楽」は宴席の和やかな楽しさ。『詩経』小雅・六月《りくげつ》の序に、賓客をもてなす詩「鹿鳴」について「鹿鳴廃すれば則ち和楽欠く」というのを用いる。「鹿鳴」の歌がうたわれなくなって「和楽が欠」けたが、この宴によって復興した、の意。**11**「在宥」は

「自在」にして「宥(ゆる)す」、自然のままにして寛容に徹する治世のありかた。『荘子』に「在宥」篇があり、その冒頭に「天下を在宥するを聞くも、天下を治むるを聞かざるなり」。人為を弄せず無為にして天下を治める宋公をたたえる。12「吹万」はすべてのものに恵みを与えること。語は『荘子』斉物論《せいぶつろん》の「夫《そ》れ万を吹きて同じからずして、其れをして己《おの》れ自《よ》りせしむ(風はあらゆる穴に様々に吹きつけて、自ら発したかのようにそれぞれの音を発せしめる)」に出る。13「帰客」は孔靖を指す。「遂」は行く。「海嵎」は海辺の地。孔靖の故郷、会稽は中国の東南隅に当たり、海辺に位置する。14「脱冠」は官を辞す。「冠」は官人の象徴。「朝列」は朝廷に居ならぶ臣。15「枉渚」は湾曲した水辺。16「指景」は日差しを指さして時刻を測る。時間が切迫することをいう。魏・曹植「応詔詩」(巻二〇)[一]に「日(景)を指して遄《すみ》やかに征《ゆ》く」。「楽関」は音楽の演奏が終わる。17・18 孔靖の旅路の困難をいう。「急瀾」は急流。「瀾」は波。「浮驂」は疾駆する馬。「浮」は水に浮かぶように軽やかに走る。「驂」は本来は四頭立ての馬車の外側につける二頭の馬。そこから馬、馬車をいう。「緩轍」はゆっくりした足取り。19 苦しい旅が待ち受ける孔靖の身に胸を痛めるだけではない、の意。『周《しゅ》礼《らい》』冬官考工記・匠人《しょうじん》に「両山の間、必ず川有り。大川の上、必ず涂《と》(途)有り」。20「宿心」は以前から胸に抱いた隠棲《いんせい》の思い。孔靖が官を辞して郷里に帰るのに対して、自分の方はかねてより抱いていた隠棲願望を果たせないことを恥じる。**21**「彼美」は『詩経』鄭風《ていふう》・有女同車《ゆうじょどうしゃ》の「彼の美なる孟姜《もうきょう》」の句に倣う。「丘園道」は隠逸に至る道。「丘園」は先祖の墳墓と農園。故郷の隠逸の場所をいう。『周易』賁卦《ひか》に「丘園に賁《かざ》る」。**22**「喟焉」は嘆息するさま。「薄劣」は官界にあっても役に立たず、能力がない。晋・潘岳《はんがく》「閑居《かんきょ》の賦」(巻一六)に「信《まこと》に用は薄くして才は劣る」。　○押韻　雪《せつ》・絜《けつ》・節《せつ》・哲《てつ》・缺《けつ》・悦《えつ》・列《れつ》・闋《けつ》・轍《てつ》・別《へつ》・劣《れつ》

❖

謝瞻《しゃせん》の同題の詩(巻二〇)[一]と同じく、宋公(劉裕《りゅうゆう》)の催した孔靖《こうせい》を送別する宴《うたげ》に列しての作。盛大な送別の宴を開いた宋公をたたえる一方、孔靖のように官を辞せない自分のもどかしい思いをうたう。

應詔讌曲水作詩　　詔《みことのり》に応《おう》じて曲水《きょくすい》に讌《えん》するとき作《つく》れる詩《し》　顔延之《がんえんし》

(一)

1 道隱未形　　道《みち》は未形《みけい》に隠《かく》れ
2 治彰既亂　　治《ち》は既乱《きらん》に彰《あらわ》る
3 帝迹懸衡　　帝迹《ていせき》は衡《こう》を懸《か》け

4 皇流共貫
5 惟王創物
6 永錫洪筭
7 仁固開周
8 義高登漢

皇流《こうりゅう》は貫《かん》を共《とも》にす
惟《こ》れ王《おう》、物《もの》を創《はじ》め
永《なが》く洪算《こうさん》を錫《たま》う
仁《じん》は固《かた》くして周《しゅう》を開《ひら》き
義《ぎ》は高《たか》くして漢《かん》に登《のぼ》る

詔《みことのり》にお応えし曲水《きょくすい》の宴にて作る

大いなる道はいまだ形なき所に隠れ、治世は動乱を経て姿をあらわす。いにしえの帝王の勲功は秤《はかり》を高く掲げるがごとく、その伝統は一筋の糸に貫かれるがごとく。

ああ、我が王はすべてを新たに始められ、天より長久なる国運を賜わった。仁の徳は固く、周の道を今に開き、義の道は高く、漢と肩をならべる。

顔延之《がんえんし》　三八四―四五六　字《あざな》は延年《えんねん》。瑯邪臨沂《ろうやりんき》(山東省臨沂市)の人。南朝宋の武帝に取り立てられたが、少帝劉義符《りゅうぎふ》のとき、朝廷の実権を握る徐羨之《じょせんし》らに忌まれ、始安《しあん》郡(広西壮族自治区桂林《けいりん》市)の太守に左遷される。元嘉《げんか》三年(四二六)、文帝が即位すると朝廷に復帰して厚遇され、中書侍郎《ちゅうしょじろう》、次いで太子中庶子《たいしちゅうしょし》となった。以後、免官、復職を繰り返し、元嘉三十年(四五三)には官界を退いた。謝霊運《しゃれいうん》とともに「顔謝《がんしゃ》」と称されて宋代の文壇に重きをなした。『文選』にも多くの作が採られる。典故を多用するなど修辞を凝らした華麗な作風で知られ、表現は時として晦渋《かいじゅう》に傾く。『詩品』中品。

○宋王朝がいにしえの聖王の伝統を受け継ぐ偉大なる王朝として創始されたことを述べる。　**1** 世界の根本原理たる道には姿形がなく眼にとらえられぬという。「未形」はものごとがまだ形をなさぬ状態。『老子』四十一章に、大いなる象《かたち》や道には形状や名称がないことを説いて「大象《たいしょう》は形無し。道は隠れて名無し」。　**2**『太玄経』玄文《げんぶん》に「陰極《きわ》まらざれば則ち陽生ぜず、乱極まらざれば則ち徳形《あらわ》れず」。　**3**「懸衡」は秤を高く掲げて基準を天下に明示する。公平かつ厳正な国家統治を行うの意。「衡」は秤の棹《さお》。　**4**「皇流」は帝王の政治の流儀・系譜。「共貫」は途切れることなく一貫していること。「貫」は、もとは穴のあいた銭を通すひも。　**5**「王」は宋を建国した武帝劉裕《りゅうゆう》を指す。「創物」はものごとを創始する。国家の諸制度を作り出したことをいう。『周礼《しゅらい》』冬官考工記に「知者は物を創め、巧者は之を述ぶ(継承する)」。　**6**「錫」は上位者(天)が下位者(皇帝)に対して物を与える。「賜」に通じる。「洪算」は長久の歳月。「洪」は大きい。　**7**『詩経』大雅・行葦《こうい》の序に、周王朝の仁徳を述べて「周家　忠厚にして、仁は草木に及ぶ」。　○押韻　乱《らん》・貫《かん》・算《さん》・漢《かん》

（二）

1 祚融世哲
2 業光列聖
3 太上正位
4 天臨海鏡
5 制以化裁
6 樹之形性
7 恵浸萌生
8 信及翔泳

祚《そ》は世哲《せいてつ》より融《なが》く
業《ぎょう》は列聖《れっせい》より光《かがや》く
太上《たいじょう》　位《くらい》を正《ただ》しくし
天臨《てんのぞ》み海鏡《うみて》らす
制《せい》するに化裁《かさい》を以《もっ》てし
之《これ》が形性《けいせい》を樹《た》つ
恵《けい》は萌生《ぼうせい》を浸《うるお》し
信《しん》は翔泳《しょうえい》に及《およ》ぶ

皇位は世々の賢王よりも長久にして、勲功は代々の聖王よりも輝く。陛下が正しくも尊位にあらせられ、しろしめす天のもと海は穏やかな光を湛《たた》える。民を治めるに教化のよろしきを旨とし、秩序ある世の姿を確《しか》と打ち立てられた。恵みは草木を潤し、まごころは鳥魚にも行き渡る。

○文帝が即位し、教化の恵みが広く全土に及んだことをたたえる。　**1**「祚」は天から授けられた幸福。天子の位をいう。「融」は永久。「世哲」は歴世の英明なる王。『詩経』大雅・下武《かぶ》に「世よに哲王有り」。 **2**「列聖」は今までのすぐれた天子。 **3**「太上」は天子。文帝を指す。「正位」は本来あるべき立場に身を置く。『周易』家人卦《かじんか》象伝《たんでん》に「女は位を内に正し、男は位を外に正す」。文帝が皇位継承の争いを制して即位したことをいう。 **4**「天臨」は天が地上の民を見下ろす。天子の統治をたとえる。「海鏡」は海に波が無く鏡のように平らかに広がり光り輝くことをいう。太平の世をたとえる。 **5**「化裁」は正しく教え導く。『周易』繋辞伝《けいじでん》上に「化して之を裁する、之を変と謂《い》う」。 **6**「形性」は整然と秩序立った形態・性質。ここでは社会の仕組みをいう。『荘子』天地に「物成りて理を生ずる、之を形と謂う。形体 神(精神)を保ちて、各おの儀則(法則)ある、之を性と謂《い》う」。 **7**「萌生」は草木、また草木の生長。『史記』孝文本紀に「天下万物の萌生するや、死有らざるは靡《な》し」。 **8**「翔泳」は空を飛ぶ鳥と水中を泳ぐ魚。『周易』中孚卦《ちゅうふか》象伝に「信 豚魚に及ぶ」。李善の引く薛君《せつくん》『韓詩章句』に「文王の聖徳、上は飛鳥に及び、下は魚鼈《べつ》(魚とスッポン)に及ぶ」。 ○押韻 聖《せい》・鏡《けい》・性《せい》・泳《えい》

(三)

1 崇虚非徴　　虚《きょ》を崇《たっと》ぶに徴《しるし》あるに非《あら》ず

2 積實莫尙　実《じつ》を積むに尙《まさ》ること莫《な》し
3 豈伊人和　豈《あ》に伊《こ》れ人《ひと》の和《やわ》らぐのみならんや
4 寔靈所貺　寔《まこと》に霊《れい》の貺《たま》う所《ところ》なり
5 日完其朔　日《ひ》は其《そ》の朔《さく》を完《まっと》うし
6 月不掩望　月《つき》は望《ぼう》を掩《おお》わず
7 航琛越水　琛《たま》を航《ふね》にして水《みず》を越《こ》え
8 輦賮踰嶂　賮《たから》を輦《くるま》にして嶂《やま》を踰《こ》ゆ

空虚を尊ぶも甲斐《かい》はなく、実質を重ねるにまさるはなし。
かくて人心の和らぐのみならず、神霊もまた幸いを降《くだ》された。
日は朔日《ついたち》に欠けることなく、月は十五夜に姿を隠すこともない。
遠国は珍宝を船に乗せて海を渡り、財宝を車に積んで峰を越え来たる。

○質実を尊ぶ政治によって太平が実現し、遠方の諸国も朝貢に訪れたことを述べる。
1「虚」はうわべはりっぱだが、空疎で中身のないこと。「徴」は形ある結果・効果。
2「尚」は凌駕《りょうが》する、上を行く。　**3・4**『左伝』桓公《かんこう》六年に理想的な政治の姿を述べて「民 和し、神 之に福を降す」。　**5・6**「朔」は毎月の一日《ついたち》、「望」は十五日。二句は、一日や十五日に日食や月食が生じないということで、天の運行に異常なく、天下が太平であるという。『漢書』天文志に「天下太平なれば……日は朔に食《しょく》せず、月は望に食せず」。 **7**「航」は船。船に載せて運ぶこと。「琛」は宝玉。 **8**「輦」は人が引く車。車で運ぶこと。「贐」は財宝の贈り物。「嶂」は屛風《びょうぶ》のようにそびえ連なる山。

○押韻　尚《しょう》・貺《きょう》・望《ぼう》・嶂《しょう》

（四）

1 帝體麗明
2 儀辰作貳
3 君彼東朝
4 金昭玉粹
5 德有潤身
6 禮不愆器
7 柔中淵映
8 芳猷蘭祕

帝体《ていたい》　明《めい》に麗《つ》き
辰《しん》に儀《のっと》り弐《じ》と作《な》る
彼《か》の東朝《とうちょう》に君《きみ》たりて
金《こがね》のごとく昭《あき》らかにして玉《たま》のごとく粋《うるわ》し
徳《とく》は身《み》を潤《うるお》す有《あ》り
礼《れい》は器《き》を愆《あやま》たず
柔中《じゅうちゅう》　淵《ふち》のごとく映《えい》じ
芳猷《ほうゆう》　蘭《らん》のごとく秘《ひそ》かなり

ご長子は陛下の英明なる徳に従い、北辰の星たる陛下に従って儲《もう》けの君となられた。

かの東宮に君臨する御姿は、黄金のように輝き玉のように澄み渡る。

徳はその身にみずみずしい光を添え、礼はその器量を過つことなく作りなしている。

和らぎ偏らぬ御心《みこころ》は清き淵のごとく万物を映し、麗しき御志は蘭《らん》のごとく秘めやかに香る。

○文帝の後継者として徳にすぐれた皇太子がひかえていることをいう。このとき顔延之は東宮職(太子中庶子)をつとめていた。 **1** 「帝体」は皇帝の長子。嫡出の長子を「正体」といい、ここは皇帝の「正体」であることから「帝体」という。「麗」は寄り添う、付き従う。「明」は賢く、さとい。『周易』睽卦《けいか》象伝に「説《よろこ》びて明に麗く」。英明なる文帝の徳を長子の劉劭《りゅうしょう》が受け継いでいるという。 **2** 「儀」は手本として付き従う。「辰」は北極星。『論語』為政に「北辰　其の所に居りて、衆星　之に共《きょう》す(手を組んで礼をする)」とあるように北極星は天の中心にあって多くの星にかしずかれる存在であることから、皇帝をたとえる。「弐」はひかえ、副《そ》え。皇帝の後継者たる太子をいう。劉劭が太子となり後継者として側《かたわら》にひかえているという。元嘉六年(四二九)三月、劉劭は四歳もしくは六歳にして太子に立てられる。後の元嘉三十年、帝位を奪おうと企て文帝を殺害するが、孝武帝劉駿《りゅうしゅん》によって誅殺《ちゅうさつ》される。 **3**「東朝」は皇居の東側にある皇太子の宮殿。劉劭が東宮において主の位にあることをいう。 **4**「金」「玉」は麗しく尊いものをたとえる。「昭」は明るく輝くさま。「粋」は混じりけがなく清らかなさま。『詩経』小雅・白駒《はっく》に「爾《なんじ》の音(音信)を金玉とす」。以下、太子の劉劭をたたえる。 **5**「潤」はつややかな光沢あるさま。『礼記《らいき》』大学に「徳は身を潤す」。 **6**「不愆」は過ち背くことがないの意。『礼記』に礼器篇があり、その冒頭に「礼は器とす」、人は礼を身につけることによって器となれるという。 **7**「柔中」は柔順にして中正の道を得ていること。『周易』繫辞伝下に、陰柔の爻《こう》(易の卦を構成する符号)に咎《とが》がない理由として「其の柔中なるを用《もっ》てなり」。「淵映」は水が深く澄みきっていて事物をくっきりと映し出すことをいう。 **8**「芳猷」はすぐれたはかりごと。「蘭」は『楚辞』以来の伝統として君子の徳の気高さを象徴する花。「秘」は奥ゆかしいさま。 ○押韻　弐《じ》・粋《すい》・器《き》・秘《ひ》

(五)

昔在文昭　　昔在《むかし》は文《ぶん》の昭《しょう》
今惟武穆　　今《いま》は惟《こ》れ武《ぶ》の穆《ぼく》

3 於赫王宰　於《ああ》赫《かく》たる王宰《おうさい》
4 方旦居叔　旦《たん》に方《なら》びて叔《しゅく》に居《お》る
5 有睟睿蕃　睟《すい》たる叡蕃《えいはん》有《あ》り
6 爰履奠牧　爰《ここ》に履《ふ》みて牧《ぼく》を奠《さだ》む
7 寧極和鈞　極《きょく》に寧《やす》んじて和《やわ》らげ鈞《ひと》しくし
8 屛京維服　京《けい》に屛《へい》たりて服《ふく》を維《つな》ぐ

そのかみ周の文王の御子《みこ》たちが諸侯に封じられたように、今また高祖武帝の御子が藩王となり陛下を支えられる。

ああ、輝かしき宰輔《さいほ》たる彭城《ほうじょう》王、周公旦《しゅうこうたん》のごとく陛下の弟君としてひかえておられる。

また麗しくも英明なる江夏《こうか》・衡陽《こうよう》の二王、御みずから足を運び封地を治められる。

宰輔どのは道を究めた安らかな心で世を調和させ、藩王は皇都の守りとなり遠つ国を結びつけられる。

○文帝の異母弟(高祖武帝の子)が彭城・江夏・衡陽などの地に王として封じられ、文帝を支えているという。　**1・2**「文」「武」は周の文王とその子の武王。それを宋王朝の文帝と武帝に重ねる。「昭」「穆」は宗廟における位牌の配列。中央に始祖が位置し、始祖から見て左側に二世・四世・六世と配されるのが「昭」、右側に三世・五世・七世と配されるのが「穆」。周の始祖は古《こ》公亶父《こうたんぽ》で、三世の文王は「穆」、四世の武王は「昭」に列する。「文昭」は文王の子の世代（「昭」に当たる）、「武穆」は武王の子の世代（「穆」に当たる）を意味する。周王朝における文王の子たちと同じように、宋の武帝の子たちも諸王に封じられて帝室を支えていることをたたえる。なお宋の始祖は漢の高祖の弟劉交《りゅうこう》とされ、二十二世の武帝は周の武王と同じく「昭」に当たる。　**3・4**　彭城王劉義《りゅうぎ》康《こう》が宰相として文帝を補佐していることをいう。「於」は感嘆詞。「赫」はさかんに光り輝くさま。『詩経』商頌・那《だ》に、殷の湯王《とうおう》の子孫をたたえて「於、赫たる湯孫」。「王宰」は諸王であって宰相をつとめる者。武帝の第四子、劉義康を指す。永初《えいしょ》元年（四二〇）彭城王に封じられ、元嘉六年（四二九）司徒《しと》（宰相）となって朝政を補佐する。「方」は匹敵する、肩をならべる。「旦」は周公旦。周の文王の子で武王の弟。武王、そして武王の子成王《せいおう》を補佐して王朝の礎を築いた。「居叔」は、周公旦が武王の弟であるのと同じく、文帝の弟という立場にあることをいう。「叔」は年少者の意。　**5・6**　武帝の第五子の江夏王劉義恭《りゅうぎきょう》と、第七子の衡陽王劉義季《りゅうぎき》が王として朝廷を守っているという。「睟」はつややかで潤いのあるさま。「叡蕃」は賢明なる王。「蕃」は垣根。転じて、皇室を守る王や諸侯。「藩」に通じる。「履」は王や諸侯が封地に赴くこと、またはその土地。『左伝』僖《き》公《こう》四年に「我が先君に履(領土)を賜う」。「奠」は定め安んじる。「牧」は郊外の地。ここでは王や諸侯の封地。 **7** 彭城王をたたえる。「寧極」は安らかで道を極めた心。『荘子』繕性《ぜんせい》に、窮地にあっては根源に立ち返り、身を究極の境地に安らげるべきであることを説いて「根を深くし極に寧んじて待つ」。「和鈞」は国や民を調和させ公平にすること。『周礼』天官・大宰《たいさい》に、六典(六種の法典)のうち「礼典」について「以て邦国を和らぐ」、「政典」について「以て万民を均(鈞)しくす」。 **8** 江夏王・衡陽王をたたえる。「屏」は垣根となって守る。「蕃」と同義。「維」は遠方の国々を結びつけて統治下に置く。『周礼』夏官・大司馬《だいしば》に「牧(地方長官)を建て監(監察官)を立て、以て邦国を維ぐ」。「服」は都を離れた地。王の封地をいう。 ○押韻　穆《ぼく》・叔《しゅく》・牧《ぼく》・服《ふく》

(六)

1 朏魄雙交　　朏魄《ひはく》　双《ふた》たび交《まじ》わり
2 月氣參變　　月気《げっき》　参《み》たび変《へん》ず
3 開榮灑澤　　栄《はな》を開《ひら》き沢《たく》を灑《そそ》ぎ
4 舒虹鑠電　　虹《にじ》を舒《の》べ電《いなずま》を鑠《て》らす
5 化際無間　　化《か》際《いた》りて間《すき》無《な》く

6 皇情爰眷　皇情《こうじょう》　爰《ここ》に眷《かえり》みる
7 伊思鎬飲　伊《こ》れ鎬《こう》の飲《いん》を思《おも》い
8 毎惟洛宴　毎《つね》に洛《らく》の宴《えん》を惟《おも》う

幽《かす》かなる月光と月陰が二度交わって今日は三日、月の気が三度変わって今や三月。花が咲き雨が地を潤し、虹が架かりいなずまが光る。皇帝の恵みは隙間なく行き渡り、かくて大御心《おおみこころ》を我ら臣下にも向けてくださった。かの周の鎬都《こうと》の酒宴が偲《しの》ばれ、洛陽《らくよう》の流水の宴もかくやと思いを馳《は》せる。

○三月三日の佳《よ》き日に開かれた文帝の宴を言祝《ことほ》ぎ、それに参加できたことを感謝する。

1 月の三日であることをいう。「朏」は月初めのかすかな月光。「魄」は月の暗く光らぬ部分。「交」は月の満ち欠けを明と暗との交差・接触のプロセスととらえる。「朏」と「魄」が二度交わった翌日であることから、三日を意味する。 **2** 「参」は「三」と同義。月の気は一月《ひとつき》に一度変化する。「参変」で月の気が三度変わったこと、すなわち三月。 **3・4** 『礼記』月令《がつりょう》に「(仲春の月)始めて雨水あり、桃　始めて華《はな》ひらき……雷乃《すなわ》ち声を発し、始めて電す。……(季春の月)桐　始めて華ひらき……虹　始めて見《あら》われ……時雨(時宜にかなった雨)将《まさ》に降らんとす」。「沢」は潤い、恵みの雨。 **5** 「化」は教化。「際」は至る、達する。「無間」は隙間がないこと。『老子』四十三章に「有無き(実体のないもの)は間無きに入る」。　6「眷」は目をかけ慈しむ。　7・8「鎬」は西周の都鎬京《こうけい》(陝西《せんせい》省西安市)。「飲」は酒宴。『詩経』小雅・魚藻《ぎょそう》に、周の武王が開いた宴をうたって「王在りて鎬に在り、豈《たの》しみ楽しみて酒を飲む」。「洛」は東周の都洛陽。周公旦は洛陽に都を定めると流水にさかずきを浮かべる宴を開いた(梁・呉均《ごきん》『続斉諧《ぞくせいかい》記《き》』)。　○押韻　変《へん》・電《てん》・眷《けん》・宴《えん》

（七）

1 郊餞有壇
2 君擧有禮
3 幕帷蘭甸
4 畫流高陛
5 分庭薦樂
6 析波浮醴
7 豫同夏諺
8 事兼出濟

郊《こう》の餞《せん》には壇《だん》有《あ》り
君《きみ》の挙《きょ》には礼《れい》有《あ》り
蘭甸《らんでん》に幕帷《ばくい》し
流《なが》れを高陛《こうへい》に画《はか》る
庭《てい》を分《わ》かちて楽《がく》を薦《すす》め
波《なみ》を析《わ》かちて醴《さけ》を浮《う》かぶ
予《よろこ》びは夏諺《かげん》に同《おな》じく
事《こと》は出済《しゅっせい》を兼《か》ぬ

郊外の地での餞別《せんべつ》のため壇を築き、大君は振る舞いに礼を尽くされる。
蘭咲く野辺に幔幕《まんまく》を張りめぐらし、高いきざはしの下に水路を通す。
庭の東西に分かれ座す宴席に楽が奏され、波立つ水面を分けて酒杯が流れゆく。
喜ばしきは夏《か》の諺《ことわざ》の説くまま、事の次第は「出でて済《せい》に宿す」の詩さながら。

○江夏・衡陽二王の餞別を兼ねた宴の華やかで厳かなさまを述べ、二王の旅立ちを送る文帝の心情を代弁する。　**1**「郊餞」は宮城の北にある楽遊苑で行われる餞別の宴。「壇」は儀式のために土を盛って作った平らな台。　**2**「挙」は行動。『左伝』荘公二十三年に「君の挙は必ず書す(記録する)」。　**3**「幕帷」は宴席の周りに幔幕をめぐらす。「蘭甸」は蘭の花咲く野。「甸」は郊外の野。　**4**「画流」は曲水の宴のために、水流を人工的に通す。「画」は計画する、設計する。「陛」はきざはし。庭園内の建物をいう。　**5**「分庭」は主人と客人が分かれて着席すること。『荘子』漁父《ぎょほ》に、主人と客人が対等の礼を交わし合うことを述べて「庭を分かちて伉礼《こうれい》す」。「薦楽」は音楽が演奏されること。　**6**「醴」は甘酒。　**7**「予」は喜び、楽しみ。「夏諺」は夏王朝の頃のことわざ。一句は『孟子』梁恵王《りょうけいおう》下に、諸侯の巡視の旅を待ちわびる領民の思いについて説いて「夏の諺に曰く、吾が王　遊ばざれば、吾　何を以てか休まん。吾が王　予ばざれば、吾　何を以てか助からん」とあるのをふまえる。領民たちが江夏・衡陽二王の到着を待ちわびているということで、二王の旅立ちをはげます。　**8**「事」は餞別の宴を催すことを指す。「兼」は共通する点があることをいう。「出済」は出発して済(衛《えい》国の地名)に至る。一句は『詩経』邶風《はいふう》・泉水《せんすい》に、父母兄弟と別れて旅立つ女性の哀しみをうたうなか、餞別の酒宴について「出でて泲《せい》(済)に宿り、禰《でい》(地名)に飲餞す」とあるのをふまえる。　○押韻　礼《れい》・陛《へい》・醴《れい》・済《せい》

（八）

1 仰閲豊施
2 降惟微物
3 三妨儲隷
4 五塵朝黻
5 途泰命屯
6 恩充報屈
7 有悔可悛
8 滞瑕難拂

仰《あお》ぎて豊施《ほうし》を閲《けみ》し
降《くだ》りて微物《びぶつ》を惟《おも》う
三《み》たび儲隷《ちょれい》を妨《さまた》げ
五《いつ》たび朝黻《ちょうふつ》を塵《けが》す
途《みち》は泰《とお》るも命《めい》は屯《なや》み
恩《おん》は充《み》つるも報《ほう》は屈《くっ》す
悔《く》い有《あ》りて悛《あらた》むべきも
滞瑕《たいか》は払《はら》い難《がた》し

仰ぎ謹んで陛下の御恵みを思い、伏して我が数ならぬ身を顧みる。三たび東宮の官職をふさぎ、五たび朝廷の官服をかたじけなくした。道は確かに通じるも我が運命は滞り、御恩は満ちあふれるも報いんとして叶《かな》わぬまま。咎《とが》多く悔い改めるべくも、積もる汚れはぬぐい去りがたい。

○宴に参加を許された我が身の至らなさを恥じて全体を締めくくる。**1**「豊施」は手厚い施し。天子の恵み。**2**「降」は身を低くする。「微物」は取るに足らない存在。**3・4**「三」「五」は概数。「妨」は自分よりふさわしい人材の登用を妨害するの意。みずからが職に就くことを謙遜していう。「儲隷」は太子に仕える東宮職。「儲」は帝位を継ぐひかえの者の意。このときまでに顔延之は、太子舎人・太子中舎人・太子中庶子と東宮職を歴任した。「塵」は位を汚す。謙遜の語。「朝黻」は朝廷の礼服、転じて中央官。顔延之は、武帝・少帝・文帝の三代にわたって中央官に任じられた。**5**「泰」はものごとが順調に進むこと。「屯」は困難が多く行き悩むこと。ともに『周易』の卦の名。**6**「屈」は押さえつけられ窮した状態にあること。**7・8**「悔」は悔い改めるべき過ち。『周易』予《よ》卦象伝《かしょうでん》に「悔い有るは、位当たらざればなり」。「滞瑕」は積もり積もって消え去らない欠点、過誤。自らを責めるのは、「応詔」の詩にしばしば見える定型的なモチーフ。○押韻　物《ぶつ》・黻《ふつ》・屈《くつ》・拂《ふつ》元嘉《げんか》十一年(四三四)三月三日、曲水《きょくすい》の宴の席上、南朝宋・文帝の詔《みことのり》に応えて作った詩。荘重な四言形式によって宋王室の繁栄を言祝《ことほ》ぐ。文帝は宋王朝第三代の皇帝劉義隆《りゅうぎりゅう》。高祖である武帝劉裕《りゅうゆう》の第三子。「元嘉の治」と呼ばれる治世を築いた。陰暦の三月三日には、曲水にさかずきを浮かべ、そのさかずきが自分の前を通り過ぎぬうちに詩を作る宴が催された。もとは三月の上巳《じょうし》(上旬の巳《み》の日)に行われた禊《みそぎ》の風習に由来し、東晋の王羲之《おうぎし》が会稽《かいけい》の蘭亭《らんてい》で開いた宴はよく知られる。この日、文帝は都建康《けんこう》(南京市)の宮城の北にあった楽遊苑《らくゆうえん》で曲水の宴を開き、あわせて文帝の異母弟である江夏《こうか》王劉義恭《りゅうぎきょう》と衡陽《こうよう》王劉義季《りゅうぎき》が封地に旅立つのを送った。参会者一同は詩を作り、顔延之は特に命じられて詩の序文も書いた(「三月三日《さんがつみっか》曲水《きょくすい》の詩《し》の序《じょ》」巻四六)。

皇太子釋奠會作詩　皇太子《こうたいし》の釈奠《せきてん》の会《かい》に作《つく》れる詩《し》　顔延之《がんえんし》

(一)

1 國尚師位　国《くに》は師位《しい》を尚《とうと》び
2 家崇儒門　家《いえ》は儒門《じゅもん》を崇《とうと》ぶ

3 稟道毓徳　道《みち》を稟《う》けて徳《とく》を育《やしな》い
4 講藝立言　芸《げい》を講《こう》じて言《げん》を立《た》つ
5 浚明爽曙　浚明《しゅんめい》 爽《や》や曙《あきら》かにして
6 達義滋昏　義《ぎ》に達《たっ》すること滋《いよ》いよ昏《くら》し
7 永瞻先覺　永《なが》く先覚《せんかく》を瞻《み》て
8 顧惟後昆　顧《かえり》みて後昆《こうこん》を惟《おも》う

皇太子の催した釈奠《せきてん》の集いで作る詩

国は師を敬ってその位を尊び、家ごとに儒学の各学問を重んじる。天子は道を授かって徳を養い、学問を講義してすぐれた言を立てる。大いなる道は次第に明らかになり、道理に通暁するとますます奥深さが分かってくる。常に偉大な先人を仰ぎつつ、ふりかえって後の人に伝えていくことを思う。

顔延之《がんえんし》　一二二頁参照。

○国家として学問を重んじていく姿勢について述べる。　**0**「皇太子」は南朝宋・文帝の長子 劉劭《りゅうしょう》。「釈奠」は皇帝もしくは皇太子が主催し、太学や国子学(貴族の子弟の学校)で供え物をして聖人や孔子をまつる国家の祭祀《さいし》。「釈」も「奠」も供え物を置くこと。

『礼記《らいき》』文王世子《ぶんのうせいし》に、「凡《およ》そ学にて、春は官(礼・楽・詩・書の官)其の先師に釈奠す。秋冬も亦《ま》た之《か》くの如くす」。この詩は元嘉《げんか》二十二年(四四五)(あるいは元嘉二十年)に行われた釈奠における作。当時、顔延之は国子学の長たる国子祭酒の職にあった。なお、主催者の劉劭は元嘉三十年にクーデターを起こして文帝を殺害し、みずから帝位に即《つ》くが、ほどなくとらえられて誅殺《ちゅうさつ》された。 **1** 『礼記』学記の「師を尊ぶ所以《ゆえん》」の鄭玄《じょうげん》の注に「師を尊ぶは、道を重んずるなり。臣位に処《お》らしめざるなり」。 **2** 「儒門」はそれぞれの経典を専門に教える儒学の学派、各々の学問。 **3** 「稟」は天からの授かり物として受ける。「育徳」は徳をはぐくむ。『周易』蠱卦象伝《こかしょうでん》に「君子は以て民を振《すく》い、徳を育う」。 **4** 「講芸」は六芸(詩・書・礼・楽・易・春秋)を講じる。「立言」はりっぱな言葉を述べる。『左伝』襄公《じょうこう》二十四年に、後世にのこる三つの不朽のものとして、徳と功に続いて「其の次は言を立つる有り」。 **5** 「浚明」は大いに明らかなこと。道についていう。「爽曙」は夜が明けそめる。 **6** 「達義」はものごとの本質、原理に通じる。『礼記』礼運《れいうん》に「先王は能《よ》く礼を脩《おさ》めて以て義に達す」。 **7** 「先覚」は衆人よりも先に道を悟る人。『孟子』万章上《ばんしょう》に「先覚をして後覚を覚《さと》さしむ」。 **8** 「後昆」は後世の人、子孫。「昆」も「後」の意。『尚書』仲虺之誥《ちゅうきしこう》に、豊かな道を後世に伝えることを「裕《ゆう》を後昆に垂《た》る」。　○押韻　門《もん》・言《げん》・昏《こん》・昆《こん》

(二)

1 大人長物
2 繼天接聖
3 時屯必亨
4 運蒙則正
5 偃閉武術
6 闡揚文令
7 庶士傾風
8 萬流仰鏡

大人《たいじん》は物《もの》を長《ちょう》ぜしめ
天《てん》に継《つ》ぎ聖《せい》に接《つ》ぐ
時《とき》は屯《なや》むも必《かなら》ず亨《とお》り
運《うん》は蒙《くら》きも則《すなわ》ち正《ただ》し
武術《ぶじゅつ》を偃閉《えんぺい》し
文令《ぶんれい》を闡揚《せんよう》す
庶士《しょし》　風《ふう》に傾《かたむ》き
万流《ばんりゅう》　鏡《かがみ》を仰《あお》ぐ

徳ある我が君は万物をはぐくみ、天命を受け継いで、聖人の教えを承《う》ける。
時世は滞っても必ず通じ、時運は暗くともやがて正しくなるもの。
武で統べる政策は封じ、文による教化を鮮明にする。
もろもろの士人は徳による教化を慕い、よろずの民は明らかな道を鏡として仰ぎ見る。

○文帝の治世を言祝《ことほ》ぎ、文治を重視する方針をたたえる。　**1**「大人」はすぐれた徳を有する人。文帝を指す。『周易』乾卦《けんか》文言伝《ぶんげんでん》に「大人を見るに利ありとは、君の徳あればなり」。「長物」は万物を成長させる。『尸子《しし》』貴言に「天地の道は、其の物を長ぜしむる所以《ゆえん》を見ること莫《な》くして、物長ず。……聖人の道も亦《ま》た然《しか》り」。 **2**『漢書』律暦《りつれき》志《し》下に、伝説上の王伏羲《ふくき》が天の意思を継いで王となったことを「天に継ぎて王たり、百王の先と為る」。「接」も継ぐの意。 **3**「屯」は行き悩む。『周易』屯卦《ちゅんか》に「屯は、元《おお》いに亨る、貞《ただ》しきに利あり」。 **4**「運」は時運。「蒙」は愚かで暗い。『周易』蒙卦《もうか》に「蒙は、亨る。……貞《ただ》しきに利あり」、王弼《おうひつ》の注に「蒙の利する所、乃《すなわ》ち正に利あるなり」。 **5・6**「偃」はやめる。「闡揚」は明らかにする。「文令」は学問や礼楽などの文教に関する政令。『尚書』武成《ぶせい》に、殷を征伐した後の周の武王について「乃ち武を偃(や)め文を修む」。 **7**「庶士」は多くの士。『尚書』酒誥《しゅこう》に見える語。「傾風」は文による教化を慕う。 **8**「万流」は万民。「仰鏡」は手本として仰ぐ。○押韻　聖《せい》・正《せい》・令《れい》・鏡《けい》

（三）

1 虞庠飾館　　虞庠《ぐしょう》　館《かん》を飾《かざ》り
2 睿圖炳晬　　叡図《えいと》　炳晬《へいすい》たり

3 懐仁憬集　仁《じん》を懐《いだ》きて憬《とお》きより集《あつ》まり
4 抱智麇至　智《ち》を抱《いだ》きて麇《むら》がり至《いた》る
5 踵門陳書　門《もん》に踵《いた》りて書《しょ》を陳《なら》べ
6 躡蹻獻器　蹻《くつ》を躡《ふ》みて器《き》を献《けん》ず
7 澡身玄淵　身《み》を玄淵《げんえん》に澡《すす》ぎ
8 宅心道祕　心《こころ》を道秘《どうひ》に宅《お》く

国子学は装い新たにして、聖人の画像が明《あき》らけく輝く。
仁をそなえた者が遠方より集い、智を懐《いだ》きもつ者が群がり来たる。
門に至ると書籍を差し出し、遠路はるばる楽器を献上する。
身を道理の深みで洗い清め、心を奥深い道義にゆだねる。

○釈奠の催される館と参集する人たちの厳かなさまを述べる。 **1**「虞庠」は舜《しゅん》の時代の学校。南朝宋の学校、国子学を指す。『礼記』王制に「有虞氏(舜)は国老を上庠に養う」。 **2**「叡図」は学館に掛けられた孔子や弟子の顔回《がんかい》などの画像。「炳」は光り輝く、「睟」ははっきりしたさま。『孟子』尽心《じんしん》上に「睟然として面に見《あら》わる」。 **3**「懐仁」は儒者が仁徳を備えていること。「憬集」は遠くからやって来る。 **4**「麇至」は群れをなしてやって来る。『左伝』昭公五年に「諸侯を求むれば麇がり至る」、杜預《どよ》の注に「麇(きん)は群なり」。『礼記』儒行《じゅこう》に「儒に仁を戴《いただ》いて行き、義を抱いて処《お》る有り」。**5**「踵門」は訪問する。ここでは学校に入ること。『孟子』滕文公《とうぶんこう》上に、許行《きょこう》なる者が「楚自《よ》り滕に之《ゆ》き、門に踵りて文公に告げて曰《いわ》く」。「踵」は至る。「陳書」は書物を陳列して奉上する。**6**「躡蹻」はわら靴を履く。旅装を整えて遠くから来ることをいう。「器」は雅楽の楽器。**7**「澡身」は身を清める。『礼記』儒行に「儒に身を澡ぎて徳に浴する有り」。「玄淵」は深い淵。道理の奥深い所をいう。**8**「宅心」は心をある所に置く。心の拠り所とするの意。「秘」は奥深い所。　○押韻　晬《すい》・至《し》・器《き》・秘《ひ》

(四)

1 伊昔周儲
2 聿光往記
3 思皇世哲
4 體元作嗣
5 資此夙知
6 降從經志

伊《こ》れ昔《むかし》　周儲《しゅうちょ》
聿《の》べて往記《おうき》に光《かがや》く
思《ここ》に皇《こう》　世哲《せいてつ》を
元《げん》を体《たい》して嗣《し》と作《な》す
此《こ》の夙知《しゅくち》に資《よ》り
降《くだ》りて経志《けいし》に従《したが》う

7 逷彼前文　逷《とお》き彼《か》の前文《ぜんぶん》
8 規周矩値　規《き》のごとく周《めぐ》り矩《く》のごとく値《あ》う

その昔、周の文王が皇太子であった時の孝行は、前代の記録に輝かしく記されている。いま天子は聡明なる太子を、大いなる道理に則《のっと》って世嗣《よつ》ぎとされた。皇太子は聡《さと》き才知によって、謙虚な心構えで経書の読解に携わっておられる。はるか遠きかの経典の教えと、定規を合わせたようにぴったり重なる。

○世継ぎとしてふさわしい皇太子が叡智《えいち》をそなえて学問に精進するのをたたえる。**1・2**『礼記』文王世子《ぶんのうせいし》によれば、文王がまだ世子(周の太子)であったとき、父の王季《おうき》を訪《おとな》い毎日三度参上して、所轄の役人に身体の具合を尋ねたという。「周儲」は周の皇太子。「聿」は述べる。「往記」は過去の記録。ここでは『礼記』を念頭に置いていう。**3**「思」は語調を整える助字。「皇」は大いなる天。ここでは文帝を指す。『詩経』大雅・文王の「思に皇 多士をして、此《こ》の王国に生まれしむ」に倣う。「世哲」は明哲な世継ぎ。『詩経』大雅・下武《かぶ》に「下武(後継者)維《こ》れ周、世よ哲王有り」。**4**「体元」は天地のおおもとに則る。文帝の嫡子で長子である劉劭が皇太子となってあとを継ぐことをいう。**5**「資」は因る。「夙知」は『詩経』大雅・抑《よく》の「誰《たれ》か夙に知りて莫《おそ》く成らん(成就が遅い)や」に基づき、幼いときからものごとをよく知っていることをいう。**6**「降」は身を低くする。謙虚でいる。『左伝』隠公十一年に、服従を命じて「其れ能《よ》く降りて以て相い従え」。「経志」は経書の内容。『礼記』学記に、学校で一年おきに実施する試験について「経を離《わか》ち志を弁ずるを視る」。**7**「逷」は遠い。「前文」はここでは古代の書物、経書を指す。**8**「規」はコンパス。「矩」は定規。『尚書大伝』洛誥《らくこう》に「聖の聖に与《お》けるや、猶《な》お規の相い周り、矩の相い襲《あ》うがごときなり」。「値」は合う、一致する。　○押韻　記《き》・嗣《し》・志《し》・値《ち》

（五）

1 正殿虚筵
2 司分簡日
3 尚席函杖
4 丞疑奉帙
5 侍言稱辭
6 惇史秉筆
7 妙識幾音

正殿《せいでん》　筵《むしろ》を虚《むな》しくし
司分《しぶん》は日《ひ》を簡《えら》ぶ
尚席《しょうせき》は杖《じょう》を函《い》れ
丞疑《じょうぎ》は帙《ちつ》を奉《ささ》ぐ
侍言《じげん》　辞《じ》を称《あ》げ
惇史《とんし》　筆《ふで》を秉《と》る
妙識《みょうしき》　幾音《きおん》もて

8
王載有述　王《おう》の載《こと》　述《の》ぶる有《あ》り

正殿では師のために席を空け、暦を掌《つかさど》る官が吉日を選んだ。尚席《しょうせき》の官は一丈の席の間をしつらえ、丞疑《じょうぎ》たる補佐の官が書物をささげ持つ。侍言《じげん》の官が皇太子の言葉を伝え、惇史《とんし》の官が筆を執って書き記す。すぐれた見識と絶妙な言葉で、我が王朝代々の王者の事業を読み上げる。

○皇太子と師とが講書を始めるさまを述べる。　**1**「正殿」は表御殿。「虚筵」は師たる儒者の座席を空けておく意。　**2**「司分」は春分・秋分を掌る官。ここではひろく暦を掌る官をいう。『左伝』昭公十七年に「玄鳥氏は、分を司る者なり」、杜預《どよ》の注に「玄鳥は燕《つばめ》なり。春分に来たり、秋分に去るを以てなり」。　**3**「尚席」は天子(ここでは皇太子)の席を掌る官。「函杖」は師と皇太子との席の間を一丈(二メートル余)空けておくこと。『礼記』曲礼《きょくらい》上に「若《も》し飲食の客に非ざれば、則ち席を布《し》くに、席間に丈(杖)を函る」。　**4**「丞」も「疑」も天子(ここでは皇太子)の補佐役。『礼記』文王世子に「虞・夏・商・周には師・保有り、疑・丞有り」。「帙」は書物を包むおおい、そこから書物をいう。　**5**「侍言」は天子(ここでは皇太子)の傍らで言を伝える官。　**6**「惇史」は三皇五帝の世に聞き取った善き言葉を記した記録。ここではそれを記録する官をいう。『礼記』内則《だいそく》に「善有るときは則ち之を記して惇史と為す」。 **7**「妙識」はすぐれた見識。「幾音」はかすかな言葉。微妙な要所を押さえた言葉。『周易』繋辞伝《けいじでん》下に「子曰く、幾を知るは其れ神《しん》か。……幾は、動《どう》の微《び》、吉の先ず見《あら》わるる者なり」。 **8**「王載」は王者の功業。宋王朝の天子の功績を指す。『尚書』舜典に「帝の載を熙《ひろ》む」、孔安国《こうあんこく》の伝に「載は事なり」。「有述」は朗読する。 ○押韻　日《じつ》・帙《ちつ》・筆《ひつ》・述《しゅつ》

（六）

1 肆議芳訊
2 大教克明
3 敬躬祀典
4 告奠聖靈
5 禮屬觀盥
6 樂薦歌笙
7 昭事是肅
8 俎實非馨

肆《し》議《ぎ》芳訊《ほうじん》
大教《だいきょう》　克《よ》く明《あき》らかなり
敬《つつし》みて祀典《してん》を躬《みずか》らし
奠《てん》を聖霊《せいれい》に告《つ》ぐ
礼《れい》は観盥《かんかん》に属《ぞく》し
楽《がく》は歌笙《かしょう》を薦《すす》む
昭事《しょうじ》　是《こ》れ粛《つつし》み
俎実《そじつ》は馨《かんば》しきに非《あら》ず

論じ述べられるすばらしい言葉、大いなる教えが明らかになる。
そこで謹んで御みずから祭礼を執り行い、供え物をならべて先聖の霊に告げる。
祭礼の供え物は簡素に、音楽は歌と笙《しょう》だけが供えられる。
お祀《まつ》りはひたすら厳粛、供え物の香気に頼りはしない。

○講書に続いて、祭祀《さいし》が厳かに進められていくさまを述べる。 **1**「肆」は陳《の》べ広げる。「芳訊」はりっぱな言葉。 **2**「克明」は大いに明らか。『詩経』大雅・皇矣《こうい》に「其の徳克く明らかなり」。 **3**「祀典」は祭祀の典礼、儀式。『礼記』祭法に見える語。 **4**『礼記』文王世子に「凡《およ》そ始めて学を立つる者は、必ず先聖先師に釈奠す」。 **5**「観」は君主が天下に徳を示す。「盥」は祭祀の前に手を洗い清めること。「観盥」は『周易』観卦《かんか》の「観は、盥して薦めず(酒食を供えない)」に基づく。ただし王弼の注によれば、「観」は「灌《かん》」に通じて、『論語』八佾《はちいつ》に見える、きび酒を地面に注ぐ「灌」の儀式という。 **6**「歌笙」は歌と笙の演奏とを交互に行う。歌と笙のみで、次の(七)に見える鐘などを豪勢に用いるのとは異なることを示す。『儀礼《ぎらい》』郷飲酒礼《きょういんしゅれい》に、「「南有嘉魚《なんゆうかぎょ》」を歌い、「崇丘《しゅうきゅう》」を笙す」。 **7**「昭事」は神を祭ること。『左伝』文公十五年に「以て昭らかに神に事(つか)う」。 **8**「俎実」は祭祀用の器である「俎」に載せた供え物。『公羊《くよう》伝《でん》』定公十四年に見える語。「非馨」は『尚書』君陳《くんちん》の「至治の馨香《けいこう》は神明を感ぜしむ。

黍稷《しょしょく》（きび）馨しきに非ず、明徳　惟《こ》れ馨しければなり」に基づき、お供えの品がかぐわしいのではなく、それを供える人の徳がかぐわしいことをいう。○押韻　明《めい》・霊《れい》・笙《せい》・馨《けい》

（七）

1 獻終襲吉　　献《けん》終《お》わりて吉《きち》に襲《よ》り
2 即宮廣讌　　宮《きゅう》に即《つ》きて讌《えん》を広《ひろ》む
3 堂設象筵　　堂《どう》に象筵《ぞうえん》を設《もう》け
4 庭宿金懸　　庭《てい》に金懸《きんけん》を宿《お》く
5 台保兼徽　　台保《だいほ》は徽《き》を兼《か》ね
6 皇戚比彦　　皇戚《こうせき》は彦《げん》を比《なら》ぶ
7 肴乾酒澄　　肴《さかな》は乾《かわ》き酒《さけ》は澄《す》み
8 端服整弁　　服《ふく》を端《ただ》し弁《べん》を整《ととの》う

祭礼が終わり占いが吉と出たので、宮殿に移って宴《うたげ》を繰り広げる。堂上には象牙の席をしつらえ、宮庭には鐘を設置する。

三公太保《たいほ》の気高い人びとが居ならび、皇族のりっぱな方々が連なる。
肴《さかな》は乾き酒が澄んでも、列席者の衣冠が乱れることはない。

○祭礼が終わったあとの宴席の整然としたさまを述べる。　**1**「献終」は先聖の祭祀が終わる。「襲」は因る。『尚書』金縢《きんとう》に、亀の甲に出た三つの兆しがすべて吉であったことを「乃ち三亀に卜《ぼく》し、一に吉に習《よ》(襲)る」。　**2**「即宮」は宮殿に至る。『礼記』祭統に見える語。　**3**「象筵」は象牙でできた敷物。　**4** 宮庭に鐘磬《しょうけい》などの金石の打楽器が準備されていることをいう。「懸」は楽器をつるす。『儀礼』大射《たいしゃ》に「楽人は宿きて阼《そ》階《かい》(きざはし)の東に縣《か》(懸)く。笙磬《しょうけい》は西面し、其の南は笙鍾」。　**5**「台保」は高官を指す。「台」は官職の最高位である三公の位。「保」は太保。三公の一。「兼徽」は麗しさを備えていること。　**6**「皇戚」は天子の親戚。「比彦」はりっぱな人物が居ならぶ。「彦」はすぐれた人。　**7** 宴の時間が経過したことをあらわす。『礼記』聘義《へいぎ》に、重要な大礼において忍耐力が不可欠であり、そのため濁り酒が澄み肉が乾いても口にしないことを説いて「酒清《す》み人渇《かっ》すれども、敢《あ》えて飲まざるなり。肉乾き人飢《う》うれども、敢えて食らわざるなり」。　**8**「弁」は礼装に用いる冠。　○押韻　讌《えん》・懸《けん》・彦《げん》・弁《へん》

（八）

1 六官眡命
2 九賓相儀
3 纓笏帀序
4 巾巻充街
5 都荘雲動
6 野馗風馳
7 倫周伍漢
8 超哉邈猗

六官《りくかん》は命《めい》を眡《み》
九賓《きゅうひん》は儀《ぎ》を相《たす》く
纓笏《えいこつ》は序《かき》に帀《あまね》く
巾巻《きんかん》は街《まち》に充《み》つ
都《みやこ》の荘《みち》に雲《くも》のごとく動《うご》き
野《の》の馗《みち》に風《かぜ》のごとく馳《は》す
周《しゅう》に倫《たぐ》いし漢《かん》に伍《ご》し
超《はる》かなるかな邈《はる》かなるかな

六官の役人が儀礼のきまりを確かめ、九賓の者たちが儀礼を助ける。纓《えい》を垂れ笏《こつ》を手にした廷臣たちが垣にならび、文箱《ふばこ》や書物をもった学者が街にあふれる。都の大通りは人びとが雲のよう、野原の広い道を風のように駆け集う。周王朝の仲間に入り、漢王朝とも肩をならべ、はるかにして何と遠大なことか。

○釈奠の行事を朝廷の中から都の郊外に至るまで、皆《み》なで祝っているさまを述べる。

1「六官」はもと周の政府の六人の長官、六卿《りくけい》。ここでは各部局の役人を指す。「眂命」は衣服や礼儀が等級にかなっているかを調べる。『周礼《しゅらい》』春官・典命《てんめい》に「諸侯の五儀、諸臣の五等の命を掌《つかさど》る。……其の宮室・車旗・衣服・礼儀、各おの其の命の数を眂る」。「眂《し》」は「視」に通じる。**2**「九賓」は九人の接客係。『漢書』叔孫通《しゅくそんとう》伝に「大行(賓客接待を掌る官)は九賓を設く」、韋昭《いしょう》の注に「九賓は、則ち周礼の九儀なり。公・侯・伯・子・男・孤・卿・大夫・士を謂うなり」。「相儀」は儀礼を補佐する。**3**「纓笏」は纓(冠のひも)を垂れ、笏(備忘用の小さな板)を執る。朝廷の役人をいう。「帀」はめぐらす。取り囲むほど多くいること。「序」は堂の東西の牆《かき》。**4**「巾巻」は文箱と巻物。「巾」は書物を収める布張りの箱、巾箱。「巻」は書物。当時の書物は巻物の形態であった。**5**「荘」は六方に通じる大通り。**6**「馗」は九方に通じる大通り。**8**「邐猗」は、はるかなこと。「猗」は助字。○押韻　儀《ぎ》・街《かい》・馳《ち》・猗《い》

（九）

1 清暉在天
2 容光必照
3 物性其情

清暉《せいき》　天《てん》に在《あ》り
容光《ようこう》　必《かなら》ず照《て》らす
物《もの》は其《そ》の情《じょう》を性《せい》のままにし

4 理宣其奥　理《り》は其《そ》の奥《おう》を宣《の》ぶ
5 妄先國冑　妄《みだり》に国冑《こくちゅう》に先《さき》だち
6 側聞邦教　邦教《ほうきょう》を側聞《そくぶん》す
7 徒愧微冥　徒《た》だ微冥《びめい》に愧《は》じ
8 終謝智效　終《つい》に智効《ちこう》を謝《しゃ》せん

太陽は清らかに天に輝き、その光は隅々までも照らし出す。万物はその本性をそのままにあらわし、目に見えぬ理はその奥深さを明らかにする。思えばわたしは僭越《せんえつ》にも皇太子より先に、国の教化について耳にする機会を得ている。微賤《びせん》で愚昧《ぐまい》な自分が恥ずかしい。いずれ賢《さか》しらな官などから身を引こう。

○釈奠の会が催された今の治世をたたえ、我が身を省みてこの職務を辞して隠棲《いんせい》したいとの思いを述べて結ぶ。　**1**「清暉」は太陽の清らかな光。天子をたとえる。　**2**「容光」は小さな隙間にまで入り込む光。天子の恩恵をたとえる。『孟子』尽心《じんしん》上に「日月明有り、容光　必ず照らす」。　**3**『周易』乾卦文言伝に「乾元は始めて亨《とお》る者なり、利貞は性情なり」。　**4**「奥」は奥義。『老子』六十二章に「道は万物の奥」。　**5・6** 国子祭酒という立場上、皇太子より先んじることをいう。「妄」はみだりに。謙遜して言う。「国冑」は国のあと継ぎ、皇太子。「邦教」は国の教化。『尚書』周官に「司徒は邦教を掌る」。**7**「微冥」は身分が卑しくて愚か。**8**「謝」は辞退する。隠棲することをいう。「智効」はこざかしい知を求められる官という仕事。『荘子』逍遥遊《しょうようゆう》の「夫《そ》れ知(智)は一官を効し、行いは一郷を比《おお》う」に基づくが、『荘子』では一つの官職のことしか考えられないことをいう。○押韻　照《しょう》・奥《おう》・教《こう》・効《こう》

❖

宋の文帝およびその子の劉劭《りゅうしょう》の徳をたたえながら、釈奠《せきてん》の儀式が厳かに執り行われたさまを時間に沿って記述する。釈奠の具体的な手順がわかる貴重な記録でもある。末尾はその儀にあずかるに値しない己れを謙遜して結ぶ。

侍宴樂遊苑送張徐州應詔詩

宴《えん》に楽遊苑《らくゆうえん》に侍《じ》して張徐州《ちょうじょしゅう》を送《おく》る応詔詩《おうしょうし》　丘遅《きゅうち》

1　詰旦閶闔開　　詰旦《きったん》に閶闔《しょうこう》開《ひら》き
2　馳道聞鳳吹　　馳道《ちどう》に鳳吹《ほうすい》を聞《き》く
3　輕荑承玉輦　　軽荑《けいてい》　玉輦《ぎょくれん》を承《う》け
4　細草藉龍騎　　細草《さいそう》　龍騎《りゅうき》に藉《し》かる

5 風遲山尚響
6 雨息雲猶積
7 巢空初鳥飛
8 荇亂新魚戲
9 寔惟北門重
10 匪親孰爲寄
11 參差別念擧
12 肅穆恩波被
13 小臣信多幸
14 投生豈酬義

風遅《かぜゆる》くして山《やま》は尚《な》お響《ひび》き
雨息《あめや》みて雲《くも》は猶《な》お積《つ》もる
巣《す》は空《むな》しくして初鳥《しょちょう》飛《と》び
荇《あさざ》は乱《みだ》れて新魚《しんぎょ》戯《たわむ》る
寔《まこと》に惟《こ》れ北門《ほくもん》の重《おも》き
親《しん》に匪《あら》ずんば孰《たれ》か寄《よ》するを為《な》さん
参差《しんし》として別念《べつねん》挙《あ》がり
粛穆《しゅくぼく》として恩波《おんぱ》被《こうむ》る
小臣《しょうしん》信《まこと》に幸《さいわ》い多《おお》し
生《せい》を投《とう》ずるも豈《あ》に義《ぎ》に酬《むく》いんや

楽遊苑《らくゆうえん》での宴席に侍《はべ》り張徐州《ちょうじょしゅう》を見送る、天子の命を受けて作る

朝早くに御殿の門が開き、御成《おな》り道に鳳凰《ほうおう》の笛の音が響く。つばなは玉の輿《こし》をささげもち、若草は馬の足下に敷かれている。風は和らいだが山ではまだ風音が響き、雨はやんだが雲はまだ厚い。巣を空《から》にしてひな鳥が飛びまわり、あさざを揺らして魚が泳ぎまわる。

本当に北の門ともいうべき地は大切、天子の腹心でなければだれに任せられようか。
何やかやと別離の情がわき起こり、かしこみて恩情を推し戴《いただ》く。
卑小な身もまことに多くの幸《さち》を受け、いのちを捨てても御恩に報いられようか。

丘遅《きゅうち》　四六四―五〇八　字《あざな》は希範《きはん》。南斉の第二代皇帝武帝と明帝に仕え、国子博士、殿中郎などを歴任、第六代東昏侯《とうこんこう》の時に、梁王蕭衍《しょうえん》(後の梁の武帝)に仕え、すべての文書作成を任せられる。蕭衍は沈約《しんやく》・范雲《はんうん》らとともに「竟陵八友《きょうりょう》」の一人、『文選』の編者の昭明太子(蕭統《しょうとう》)はその長子。蕭衍が梁の帝位に即《つ》くと、永嘉《えいか》太守、中書郎、司徒《しと》従事中郎などを歴任。現存する詩は十一首で、『文選』に収める詩は二首。『詩品』中品。

0「楽遊苑」は都建康《けんこう》(南京市)の庭園。「張徐州」は北徐州《ほくじょしゅう》刺史として任地に赴く張謖《ちょうしょく》。北徐州(治所は安徽省鳳陽《ほうよう》県)は淮水《わいすい》の南岸にあり、北朝と対峙《たいじ》する地。　**1**「詰旦」は夜明け。「閶闔」は天上の紫微《しび》宮の門、転じて宮城の門。　**2**「馳道」は天子専用の道。「鳳吹」は天子を先導する楽の音《ね》。元来は古代の伝説上の皇帝黄帝《こうてい》の楽人伶倫《れいりん》が鳳凰の声を聴いて作ったといわれる笛の曲(『呂氏春秋』仲夏紀《ちゅうかき》・古楽)。　**3**「荑」は、茅草《ちがや》の花、つばな。春に銀白色に輝く。「軽」はその柔らかさの形容。「玉輦」は天子の乗る引き車。「承」は手でささげもつ意。天子の輿の下に咲くつばなを擬人化した表現。　**4**「龍騎」は天子の馬。　**7・8**　春の景物をならべる。「初鳥」は巣立ったばかりの鳥。

「荇」は水草の名。あさざ。『詩経』周南・関雎《かんしょ》に見える。「新魚」は孵化《ふか》したばかりの幼魚。 **9**「北門重」は張譔の赴く北徐州が国を守る要衝の地だという。戦国時代に斉の王が徐州を「北門」と言った故事(『史記』田敬仲完《でんけいちゅうかん》世家)に基づく。 **10** 近親の者でなければ国の重要な役割を任せられない。「匪」は「非」に通じる。『史記』高祖本紀に「親しき子弟に非(匪)ずんば、斉に王たらしむこと莫《な》かれ」とあるのに基づく。 **11**「参差」はふぞろいに入り交じるさま。双声の語。『詩経』周南・関雎に「参差たる荇《こう》菜《さい》」。「別念」は離別の思い。 **12**「粛穆」は恐れつつしむさま。畳韻の語。「恩波」は天子の恩情をあまねく広がる波にたとえた表現。 **13**「小臣」は君主に対する臣下の自称。『尚書』召誥《しょうこう》に「予《われ》小臣」。 **14**「投生」はいのちを投げ出す。 ○押韻　吹《すい》・騎《き》・積《し》・戯《き》・寄《き》・被《ひ》・義《ぎ》

南斉の第五代皇帝明帝《めいてい》が楽遊苑《らくゆうえん》で宴《うたげ》を催した際、詔に応じて作った詩。張譔《ちょうしょく》を送別する意とともに、明帝に対する忠誠心を述べる。

應詔樂遊苑餞呂僧珍詩

詔《みことのり》に応《おう》じて楽遊苑《らくゆうえん》に呂僧珍《りょそうちん》を餞《せん》する詩《し》

沈《しん》約《やく》

1 丹浦非樂戰
2 負重切君臨
3 我皇秉至德
4 忘己用堯心
5 愍茲區宇內
6 魚鳥失飛沈
7 推轂二崤岨
8 揚旆九河陰
9 超乘盡三屬
10 選士皆百金
11 戎車出細柳
12 餞席樽上林
13 命師誅後服
14 授律緩前禽
15 函轘方解帶

丹浦《たんぽ》は戦《たたか》いを楽《たの》しむに非《あら》ず
重《おも》きを負《お》いて君臨《くんりん》に切《せつ》なり
我《わ》が皇《こう》は至徳《しとく》を秉《と》り
己《おの》れを忘《わす》れて堯《ぎょう》の心《こころ》を用《もち》う
愍《あわれ》む　茲《こ》の区宇《くう》の内《うち》
魚鳥《ぎょちょう》も飛沈《ひちん》を失《うしな》うを
轂《こしき》を二《に》崤《こう》の岨《そ》に推《お》し
旆《はた》を九河《きゅうが》の陰《みなみ》に揚《あ》ぐ
超乗《ちょうじょう》するは尽《ことごと》く三属《さんぞく》
士《し》を選《えら》ぶは皆《み》な百金《ひゃっきん》
戎車《じゅうしゃ》　細柳《さいりゅう》より出《い》で
餞席《せんせき》　上林《じょうりん》に樽《そん》す
師《し》に命《めい》じて後服《こうふく》を誅《ちゅう》せしめ
律《りつ》を授《さず》けて前禽《ぜんきん》を緩《ゆる》くせしむ
函轘《かんかん》　方《まさ》に帯《おび》を解《と》き

嶢武稍披襟
伐罪芒山曲
弔民伊水潯
將陪告成禮
待此未抽簪

嶢武《ぎょうぶ》　稍《ようや》く襟《えり》を披《ひら》かん
罪《つみ》を伐《う》つ　芒山《ぼうざん》の曲《くま》
民《たみ》を弔《あわれ》む　伊水《いすい》の潯《ほとり》
将《まさ》に告成《こくせい》の礼《れい》に陪《はべ》らんとし
此《これ》を待《ま》ちて未《いま》だ簪《しん》を抽《ぬ》かず

詔にお答えして楽遊苑《らくゆうえん》に呂僧珍《りょそうちん》を送別する

丹水の水辺で有苗《ゆうびょう》と戦った堯《ぎょう》は、戦《いくさ》を好んだわけではない。重い使命を担い、天下の統治を深く心に思えばこそだ。

我が君もこの上ない徳を身につけられ、已れは措《お》いて堯の心のままに振る舞われる。この世界のなか、魚は泳げず鳥は飛べないのに憐《あわ》れみを催された。

崤山《こうざん》の険しい道を登る武将の車を推し、黄河支流の九本の河の南岸に戦旗を掲げた。敵の戦車に飛び乗るのは、いずれも全身を覆う甲冑《かっちゅう》に身を固めた勇者たち。兵士はだれもが百金を投じた選《え》りすぐり。

漢の周亜夫《しゅうあふ》が匈奴《きょうど》に対峙《たいじ》した細柳《さいりゅう》の陣営から戦車を出動させ、歓送の席は上林苑《じょうりんえん》にもみまがうこの苑に酒が設けられる。

あとから降伏するものは誅伐《ちゅうばつ》せよと部隊に命じ、前を逃げていくものは見逃せと軍令を発する。

函谷関《かんこくかん》、轘轅《かんえん》の関はたちまち固い帯をほどくことだろう。嶢関《ぎょうかん》、武関もほどなく襟を開くことになろう。

北邙山《ほくぼうざん》のやまかげでは罪ある敵を誅伐し、伊水《いすい》のほとりではその地の人びとを慰めいたわる。

戦勝を告げる祭りに陪席せんがため、その日を待ち望み官を辞するのは先にしよう。

沈約《しんやく》　四四一—五一三　字《あざな》は休文《きゅうぶん》。南朝宋・南斉・梁の三朝に仕え、梁・武帝のもとでは尚書令に至り、建昌《けんしょう》県侯に封じられた。文学においては南斉の時、竟陵《きょうりょう》王蕭子良《しょうしりょう》のもとに集った「竟陵八友《きょうりょうはちゆう》」の一人。永明体《えいめいたい》の詩風を代表し、初めて詩に韻律の配置を工夫して四声八病《しせいはっぺい》の説を唱えた。終始して文壇の中心にあって重きをなし、『宋書』をはじめとして著述も多い。『詩品』中品。

0「応詔」は曹植「詔に応ずる詩」(巻二〇)㈠参照。「楽遊苑」は范曄「楽遊にて詔に応ずる詩」(巻二〇)㈠参照。「呂僧珍」は字元瑜《げんゆ》。貧賤から身を起こし、梁の武帝の父蕭《しょう》順之《じゅんし》、武帝蕭衍《しょうえん》に仕えて左衛《さえい》将軍に至った。　**1** 北魏討伐を堯の有苗討伐になぞらえる。李善の引く『六韜《りくとう》』に「堯は有苗と丹水の浦に戦う」。丹水は丹江《たんこう》、今の陝西《せんせい》省商洛市のあたりを流れる。「楽戦」は好んで戦争をする。無用な戦《いくさ》は「黷武《とくぶ》」といって忌まれる。　**2**「負重」は重い任務を背負う。「切君臨」は支配者としての切実な務めであることをいう。「君臨」は君王として天下に臨む。　**3**「我皇」は梁の武帝を指す。「至徳」は至上の徳。『論語』泰伯《たいはく》に「周の徳は其れ至徳と謂《い》うべきのみ」。　**4**「忘己」は自分の損得を忘れる。『荘子』天地に「己れを忘るるの人は、是《こ》れ之を天に入ると謂う」。「用堯心」はあらゆる人びとにいたわりの心をもった堯の思いをはたらかせる。『荘子』天道に見える。　**5**「区宇」は天下。　**6**動物も本来の行動ができない。　**7**「推轂」は君王が武将を丁重に送り出すこと。いにしえは武将を戦につかわす時、王がひざまずいて車を推したという故事(『漢書』馮唐《ふうとう》伝)による。「轂」はこしき、車軸の覆い。「二崤」は崤山。東崤、西崤の二つの峰に分かれていたのでかくいう。今の河南省洛寧《らくねい》県の西北にある。「岨」は険阻。　**8**「揚旆」は旗を揚げる。兵士の意気盛んな状態をあらわす。「九河」は黄河の九つの支流。『尚書』禹貢《うこう》に「九河既に道《みち》す」。「陰」は川についてはその南側。　**9**「超乗」は車に飛び乗る。「三属」は上半身、腿《もも》、すねの三つの部位が一つにつながって全身を覆うよろい。「属」はつなげるの意。　**10**兵士は大金を投じて選ばれた勇者であることをいう。『史記』廉頗藺相如《れんぱりんしょうじょ》伝に、趙《ちょう》の将である李牧《りぼく》は匈奴との戦いに際して「百金の士五万人」を「選」んだと見える。**11**「戎車」は戦車。『尚書』牧誓《ぼくせい》に「武王の戎車三百両」。「細柳」は細柳営。漢の文帝の時、匈奴の侵入に抗して周亜夫が軍営を張った地。今の陝西省咸陽《かんよう》市の渭水《いすい》北岸。**12**「上林」は漢の上林苑。ここでは楽遊苑をなぞらえる。**13**「後服」はあとから降伏する敵兵。『公羊伝《くようでん》』僖公《きこう》四年に「何ぞ楚に服するを喜ぶと言うや。楚に王者有れば則ち後に服す」。**14**「前禽」は前方に逃げる獲物。狩りの際に前を逃げる獲物は追わないのがたしなみとされた。『周易』比卦《ひか》に「王用《もっ》て三駆して(三方から追い立てて)前禽を失う」。**15**「函轘」は函谷関と轘轅の山。ともに今の河南省にある要害の地。「解帯」は帯をゆるめる。敵の陣営が崩れることをいう。**16**「嶢武」は嶢関と武関。いずれも長安を守る要害。「稍」は時を経ることなく、すぐに。「披襟」は襟を開く。これも敵陣が崩壊することをいう。**17・18** 敵の王は誅殺しても人民は許すという仁政をいう。『孟子』梁恵王《りょうけいおう》下に「其の君を誅して其の民を弔む。時雨(恵みの雨)の降るが若《ごと》く、民大いに悦《よろこ》ぶ」というのを用いる。「伐罪」は罪ある者を討伐する。『尚書』大禹謨《だいうぼ》に「辞を奉じて罪を伐つ」。「芒山」は洛陽《らくよう》の北邙山。「弔民」は民をいたみ、慰める。「伊水」は洛陽の川。「瀍」はみぎわ。**19**「告成礼」は武功の成就を天に告げる祭り。『尚書』武成《ぶせい》に、周の武王が殷の紂《ちゅう》を討伐し天に報告したことを「柴望《さいぼう》(天や山川を祭る)して大いに武の成るを告ぐ」。 **20**「抽簪」は冠を留める簪《かんざし》を抜く。官を辞すること。言い換えれば戦勝の折には官を辞そうということで、ここでも退隠を結びとする。○押韻　臨《りん》・心《しん》・沈《ちん》・陰《いん》・金《きん》・林《りん》・禽《きん》・襟《きん》・潯《しん》・簪《しん》

梁・武帝の天監《てんかん》四年(五〇五)十月、呂僧珍《りょそうちん》が北魏討伐に出陣するのを見送る宴席の詩。戦《いくさ》の結果はこの詩とうらはらに、敵と衝突する前に逃げ帰るありさまで大敗に終わった。

祖《そ》餞《せん》

送別の宴《うたげ》など具体的な別れの場面における感懐を主題とするもの。見送る側と見送られる側の双方の立場から詠じられ、唐代になると、前者を「送別」、後者を「留別」と呼んで区分するようになる。「祖」は道中の無事を祈って道祖神を祭ること。黄帝《こうてい》の子で遠遊を好んだ累祖《るいそ》が旅の途中で亡くなったため、のちに彼を「道神」として祭ったという。一説に「祖」は「徂(行く)」の意とする。「餞」は旅立つ人を見送るために酒宴

を開くこと。「公讌《こうえん》」類にも送別に言及する作品が含まれていたが、こちらは公的な宴席において主人を言祝《ことほ》ぐという要素はなく、個人的な離別の情を述べるものが多い。

送應氏詩二首

其一

1 歩登北芒坂
2 遙望洛陽山
3 洛陽何寂寞
4 宮室盡燒焚
5 垣牆皆頓擗
6 荆棘上參天
7 不見舊耆老
8 但睹新少年
9 側足無行徑
10 荒疇不復田

応氏《おうし》を送《おく》る詩《し》二首《にしゅ》　曹植《そうしょく》

其《そ》の一《いち》

歩《あゆ》みて北芒《ほくぼう》の坂《さか》を登《のぼ》り
遥《はるか》に洛陽《らくよう》の山《やま》を望《のぞ》む
洛陽《らくよう》　何《なん》ぞ寂寞《せきばく》たる
宮室《きゅうしつ》　尽《ことごと》く焼焚《しょうふん》せらる
垣牆《えんしょう》　皆《み》な頓擗《とんぺき》し
荊棘《けいきょく》　上《かみ》は天《てん》に参《まじ》わる
旧耆老《きゅうきろう》を見《み》ず
但《た》だ新少年《しんしょうねん》を睹《み》るのみ
足《あし》を側《そばだ》つるに行径《こうけい》無《な》く
荒疇《こうちゅう》　復《ま》た田《た》つくらず

11 遊子久不歸　　遊子《ゆうし》　久《ひさ》しく帰《かえ》らず
12 不識陌與阡　　陌《はく》と阡《せん》とを識《し》らず
13 中野何蕭條　　中野《ちゅうや》　何《なん》ぞ蕭条《しょうじょう》たる
14 千里無人煙　　千里《せんり》に人煙《じんえん》無《な》し
15 念我平常居　　我《わ》が平常《へいじょう》の居《きょ》を念《おも》い
16 氣結不能言　　気《き》結《むす》ぼれて言《ものい》う能《あた》わず

応氏を見送る　その一

歩いて北芒《ほくぼう》の坂道を登り、はるか遠く洛陽《らくよう》の山々を眺める。
洛陽はなんとすさまじいことか。宮殿はすべて焼き尽くされてしまった。
垣根もすべて崩れ落ち、いばらが生い茂って天にとどくほど。
昔ながらの年寄りの姿はなく、出会うのはただ見知らぬ若者ばかり。
爪立《つまだ》ちして歩ける小径《こみち》さえなく、畦《うね》は荒れ果て、もはや耕されることもない。
旅の身にあって長らく帰らなかったため、どれがどの道かも見分けられない。
原野はなんともの寂しいことか。千里のかなたまで人家の煙一つない。
かつての我が住まいを思えば、胸がふさがり、何も言葉が出てこない。

曹植《そうしょく》　[一]九八頁参照。

0「応氏」は曹植の側近にして友人の応瑒《おうとう》、その弟の応璩《おうきょ》を指すとされるが、個別性は必ずしも明瞭でない。　**1・2**「北芒」は洛陽の北郊に連なる邙山《ぼうざん》。「北邙」とも表記する。後漢以来、多くの王侯貴族が埋葬された墓地として知られる。　**3・4** 後漢末期、董卓《とうたく》らの乱により、洛陽が焼け野原と化したことをいう。　**5**「垣牆」は垣根、囲い。『尚書』費誓《ひせい》に見える語。「頓擗」は壊れてバラバラになる。「頓」は壊れる。「擗」は裂ける。　**6**「荊棘」は棘《とげ》のある雑木をいう双声の語、いばら。宮殿があった場所にいばらが伸びる光景は、亡国と荒廃を象徴する。『史記』淮南衡山《わいなんこうざん》列伝に、伍被《ごひ》が国の滅亡を予言して「今　臣も亦た宮中に荊棘を生じ、露　衣を霑《うるお》すを見ん」。「参天」は空高くまで達する。　**7**「旧耆老」は昔からいる老人。「耆」は六十歳、「老」は七十歳。　**9**「側足」はつま先立つ。狭くて、足の踏み場がない状態をいう。畳韻の語。　**10** 荒れ果てた畦が痕跡としてのこるばかりで、二度と耕して農地にすることができない。「疇」は田畑の境界。『国語』周語下に「田疇　荒蕪《ぶ》す」。「田」は耕作する。　**11**「遊子」は故郷を離れて遠く旅する人。　**12**「陌与阡」は田畑の間を通る小道。東西方向のものを「陌」、南北方向のものを「阡」という。　**13**「中野」は原野の中。「野中」と同義。「蕭条」はひっそりと寂しいさま。畳韻の語。同じ句法を用いる第三句「洛陽　何ぞ寂寞たる」と呼応して、都城の栄華のみならず、城外の安寧も失われてしまったことを強調する。 **14** 広い範囲にわたって人家から炊事の煙が立ちのぼらず、荒廃しているさまをいう。 **15** 「我」は「遊子」自身を指していう。「平常」は以前、往時の意。 **16** 「古詩八首」其の七(『玉台新詠』巻一)に「親友と別るるを悲しみ、気結ぼれて言う能わず」というように、古詩や楽府《がふ》に常用される成句。「気結」は悲痛のあまり胸がふさがった状態をいう。 ○押韻　山《さん》・焚《ふん》・天《てん》・年《ねん》・田《てん》・阡《せん》・煙《えん》・言《げん》

其二

1 清時難屢得
2 嘉會不可常
3 天地無終極
4 人命若朝霜
5 願得展嬿婉
6 我友之朔方
7 親昵竝集送
8 置酒此河陽

其《そ》の二《に》

清時《せいじ》　屢《しば》しば得《う》ること難《かた》く
嘉会《かかい》　常《つね》にすべからず
天地《てんち》は終極《しゅうきょく》無《な》く
人命《じんめい》は朝《あした》の霜《しも》の若《ごと》し
願《ねが》わくは嬿婉《えんえん》を展《の》ぶるを得《え》ん
我《わ》が友《とも》　朔方《さくほう》に之《ゆ》く
親昵《しんじつ》　並《なら》びに集《つど》い送《おく》り
此《こ》の河陽《かよう》に置酒《ちしゅ》す

9 中饋豈獨薄
10 賓飲不盡觴
11 愛至望苦深
12 豈不愧中腸
13 山川阻且遠
14 別促會日長
15 願爲比翼鳥
16 施翮起高翔

中饋《ちゅうき》 豈《あ》に独《ひと》り薄《うす》からんや
賓《ひん》飲《の》むも觴《さかずき》を尽《つ》くさず
愛《あい》至《いた》りては望《のぞ》み苦《はなは》だ深《ふか》し
豈《あ》に中腸《ちゅうちょう》に愧《は》じざらんや
山川《さんせん》 阻《けわ》しくして且《か》つ遠《とお》く
別《わか》れ促《せま》りて会《あ》う日《ひ》は長《はる》かなり
願《ねが》わくは比翼《ひよく》の鳥《とり》と為《な》り
翮《つばさ》を施《の》べ起《た》ちて高《たか》く翔《かけ》らん

その二

清平の御代《みよ》はなかなか得難く、楽しい集いにも常に巡《めぐ》り逢《あ》えるわけではない。

天と地に終わりはないが、人の命は朝の霜のようにはかないもの。

さればこそ、友情の喜びを存分に尽くしたい。我が友は遠く北へと旅立つのだから。

親しい人びとはこぞって見送りに集まり、ここ黄河の北で宴《うたげ》を催した。

酒の肴《さかな》が乏しいわけでもないのに、賓客たる君のさかずきはすすまない。

情愛が強くなれば、君が寄せる期待もとりわけ深いはず。そんな期待に応えられぬ自分を、心の中で恥じずにいられない。
互いを隔てる山や川は険しくまた遠い。別れの時はせまり、再び会える日ははるか先。
できることなら比翼の鳥となり、羽を広げ、君とともに大空高く飛んで行きたい。

1「清時」は清き太平の時代。　**2**「嘉会」は良き出会い。親しい友人との楽しい会合。漢・李陵《りりょう》「蘇武《そぶ》に与う」其の二(巻二九)五に「嘉会　再びは遇い難く、三載(三年)千秋と為らん」。　**3・4**『荘子』盗跖《とうせき》の「天と地とは窮(極)まり無く、人の死には時有り」をふまえ、永遠に存在し続ける天地と限りある人の寿命とを対比する。「朝霜」は日の出とともに消える霜。『漢書』蘇武伝に「人生は朝露の如《ごと》し」、「古詩十九首」其の十三(巻二九)五に「年命　朝露の如し」というように、朝の露によって人生の無常をたとえるのが決まり文句。ここでは、韻字であるためか、「霜」の字を用いる。　**5**「展嬿婉」は友人同士の情愛を存分に発揮する。「嬿婉」は穏やかで仲睦《むつ》まじいさま。双声の語。『詩経』邶風《はいふう》・新台《しんだい》に、新婚夫婦について「燕(嬿)婉を之《こ》れ求む」。　**6**「朔方」は北方の地。　**7**「昵」は親しみ深い人。　**8**「河陽」は黄河の北岸。固有名詞とすれば、河陽県(河南省孟州《もうしゅう》市)を指す。　**9**「中饋」は宴席での酒食。もとは家の中で食べ物を神に供えること。『周易』家人卦《かじんか》の「中饋に在り」に出る語。　**11** 愛すれば愛するほど、相手が自分に寄せる期待も大きくなるという。『漢書』杜鄴《とぎょう》伝に、深い恩を受けた相手に対してはその奉養に努め、愛する相手の求めにはことごとく応えると述べて「人情として、恩深ければ其の養うや謹み、愛至りては其の求むるや詳《つまび》らかなり」とあるように、俗諺《ぞくげん》のたぐいを用いたものか。「苦」は度を超えるほどはなはだしい。好ましくない状態に用い、「苦しむ」の原義をのこす。**12** 相手からの期待に応えることができないため、心の中で申し訳なく思う。友人は曹植が期待に応えられなかったために旅立ちを余儀なくされたか。「中腸」は腸《はらわた》の中、内心。**13**『詩経』秦風・蒹葭《けんか》に「道　阻しくして且つ長し」。「古詩十九首」其の一(巻二九)五にも、「道路　阻しくして且つ長し、会面　安《いず》くんぞ知るべけんや」。**14** 曹植の楽府「来たる日は大いに難しに当《か》う」に「別るるは易《やす》く会うは難し」というなど、成語化した表現。**15・16**「古詩十九首」其の五(巻二九)五に「願わくは双鳴の鶴と為り、翅《つばさ》を奮いて起ちて高く飛ばん」と、慕わしき人とつがいの鳥になって別世界へと飛翔《ひしょう》したいと願うのに倣う。「比翼鳥」は雌雄一体となって飛ぶ伝説上の鳥。夫婦や親友同士の深い情愛をたとえる。「施」は広げ伸ばす。「翮」は羽の軸の部分。羽茎《はねぐき》。○押韻　常《しょう》・霜《そう》・方《ほう》・陽《よう》・觴《しょう》・腸《ちょう》・長《ちょう》・翔《しょう》

「其の一」では廃墟と化した洛陽《らくよう》を目のあたりにし、かつて住み慣れた場を失った旅人の喪失感をうたう。後漢末の戦乱による荒廃ぶりを描写するのは、魏・曹操《そうそう》「蒿里《こうり》」(『楽府《がふ》詩集』巻二七)、魏・王粲《おうさん》「七哀詩《しちあいし》」其の一(巻二三)三などに類する。

本詩そのものに送別の意が明らかでないことから、他の作品が混入した可能性も否定できない。「其の二」では黄河のほとりで酒宴を開き、北方へ旅立つ応《おう》氏との別れを惜しむ。

征西官屬送於陟陽候作詩

征西《せいせい》の官属《かんぞく》　陟陽候《ちょくようこう》に送《おく》りしときに作《つく》れる詩《し》　孫《そん》楚《そ》

1 晨風飄岐路
2 零雨被秋草
3 傾城遠追送
4 餞我千里道
5 三命皆有極
6 咄嗟安可保
7 莫大於殤子
8 彭耼猶爲夭
9 吉凶如糾纆

晨風《しんぷう》　岐路《きろ》に飄《ひるがえ》り
零雨《れいう》　秋草《しゅうそう》を被《おお》う
城《しろ》を傾《かたむ》けて遠《とお》く追送《ついそう》し
我《われ》を千里《せんり》の道《みち》に餞《はなむけ》す
三命《さんめい》は皆《み》な極《きわ》まる有《あ》り
咄嗟《とっさ》　安《いず》くんぞ保《たも》つべけんや
殤子《しょうし》より大《だい》なるは莫《な》く
彭耼《ほうたん》も猶《な》お夭《よう》と為《な》す
吉凶《きっきょう》は糾纆《きゅうぼく》の如《ごと》く

10 憂喜相紛繞
11 天地爲我爐
12 萬物一何小
13 達人垂大觀
14 誡此苦不早
15 乖離卽長衢
16 惆悵盈懷抱
17 孰能察其心
18 鑑之以蒼昊
19 齊契在今朝
20 守之與偕老

憂喜《ゆうき》は相《あ》い紛繞《ふんじょう》す
天地《てんち》は我《わ》が炉《ろ》為《た》り
万物《ばんぶつ》は一《いつ》に何《なん》ぞ小《しょう》なる
達人《たつじん》は大観《たいかん》を垂《た》る
此《これ》を誡《いまし》めて早《はや》からざるを苦《くる》しむ
乖離《かいり》して長衢《ちょうく》に即《つ》けば
惆悵《ちゅうちょう》として懐抱《かいほう》に盈《み》つ
孰《たれ》か能《よ》く其《そ》の心《こころ》を察《さっ》せん
之《これ》を鑑《かんが》みるに蒼昊《そうこう》を以《もっ》てす
契《けい》を斉《ひと》しくすること今朝《こんちょう》に在《あ》り
之《これ》を守《まも》りて与《とも》に偕《とも》に老《お》いん

征西大将軍の配下の方々が陟陽《ちょくよう》の駅亭まで見送ってくれたときに作った詩

朝の風は別れ道に吹きひるがえり、こぬか雨に秋の草は濡《ぬ》れそぼつ。
城をあげてはるばるとあとを追い、千里旅行《ゆ》くわたしのために餞《はなむけ》の宴《うたげ》を開いてくれた。
いかなる生にも終わりはあるもの、ああ、どうしていつまでもいのちを保てようか。

見方によれば若死にもこの上ない長命、かの彭祖《ほうそ》と老聃《ろうたん》すら夭折《ようせつ》。
吉事と凶事は糾《あざな》える縄のよう、憂いと喜びは纏《もつ》れあって綾目《あやめ》もわかぬ。
天地はわれらが炉のようなもの、そこに生み出される全存在はなんと卑小なことか。
道理に通じた人は大いなる見方を示される。これを戒めとして早く執着から逃れたい。
いざ別れを告げ大道に旅立とうとすれば、胸は悲しみにふさがれる。
だれがこの心を分かってくれようか、これを蒼茫《そうぼう》たる大空に照らし見てみよう。
今こそ、ちぎりを諸君と分かち合い、これを守り通して、ともに生を遂げよう。

孫楚《そんそ》　?—二九三　字《あざな》は子荊《しけい》。太原中都《ちゅうと》(山西省晋中《しんちゅう》市)の人。傲岸不遜な性格で他者との軋轢《あつれき》が絶えなかったため、官途につくのが遅く四十歳を過ぎて鎮東将軍石苞《せきほう》の参軍(幕僚)になったのが初めての任官であった。隠棲《いんせい》を志して、仲の良かった王済《おうさい》に「石に枕《まくら》し、流れに漱《くちすす》ぐ」と言うべきところを、「石に漱ぎ、流れに枕す」と言い間違えた。間違いをからかわれると、水の流れに耳を洗い、石で歯を磨くのだと言い張った逸話は、夏目漱石の筆名の由来としても知られる。晋の恵帝の永熙《えいき》元年(二九〇)、馮翊《ひょうよく》(陝西《せんせい》省)の太守となり、ほどなく卒《しゅっ》す。現存する詩は八首。『詩品』中品。

0「征西」は西晋の征西大将軍であった扶風《ふふう》王司馬駿《しばしゅん》。「官属」はその属官たち。「陟陽候」は陟陽(長安の近くか)という町の郊外にある駅舎。**1**「晨風」は朝の風。漢・李《り》陵《りょう》「蘇武《そぶ》に与《あた》う」其の一(巻二九)五に「晨風の発するに因りて、子《し》を送るに賤軀《せんく》(いやしき我が身)を以てせんと欲す」と、送別の場面にうたわれる。**2** この句は名句として知られる。「零雨」は細かな雨。『詩経』豳風《ひんぷう》・東山《とうざん》に「零雨　其れ濛《もう》たり(けむる)」と旅の道中の描写にうたわれる。**3**「傾城」は町の人びとがすべて。「追送」は旅人に途中まで同行して見送る。**5** どのようないのちであろうと限りがあることをいう。「三命」には二説ある。一説は三段階の長寿。上寿は百二十、中寿は百、下寿は八十(李善の引く『養生経』)。もう一説は三通りの命運。長寿に恵まれる「受命」、善行を行いながら凶事に遇う「遭命」、行いの善悪に応じた報いを受ける「随命」(『礼記《らいき》』祭法の唐・孔穎達《くようだつ》の疏に引く『孝経援神契《こうきょうえんしんけい》』)。**6**「咄嗟」は嘆き悲しむ感嘆の語。**7・8** 寿命の長短は相対的なものに過ぎないという。「大」はここでは「寿」と同じで、年かさの意。「殤子」はいのち短くして死ぬ者。「彭聃」は彭祖と老聃(老子)。ともに伝説上の長寿の人物。「夭」は早死。二句は『荘子』斉物論《せいぶつろん》の「天下に秋豪《しゅうごう》(秋に生える動物の細毛)の末より大なるは莫く、而《しか》して大(泰)山を小と為す。殤子より寿なるは莫く、而して彭祖を夭と為す」をふまえる。**9・10** 吉凶・悲喜は常に変転するという。「糾纆」は撚《よ》り合わせて編んだ縄。「紛繞」は入り乱れたさま。漢・賈誼《かぎ》「鵩鳥《ふくちょう》の賦」(巻一三)に

「禍は福の依る所、福は禍の伏する所なり。憂喜門に聚《あつま》り、吉凶域《さかい》を同じくす。……夫《そ》れ禍の福とは、何ぞ糾纆に異ならんや」。**11・12** すべての存在は天地を炉として生み出されてきた小さなものに過ぎず、生死や寿命の長短などにとらわれるのは愚かしいことだという。賈誼「鵩鳥の賦」に「且つ夫れ天地を鑪《ろ》(炉)と為し、造化を工(職人)と為す。陰陽を炭と為し、万物を銅と為す。……忽然《こつぜん》として人と為る、何ぞ控摶《こうたん》(執着)するに足らん。化して異物と為る(死去す)、又た何ぞ患《うれ》うるに足らん」。**13・14**「達人」は道理に通暁した人。「大観」は長短・善悪などを超えた大きな視点からの見方。賈誼「鵩鳥の賦」に「達人は大観し、物として可ならざる無し」。「苦不早」はなかなか執着から逃れられないことを苦とする。**15・16** いまだ「大観」に達し得ないため、別れに際して悲しみにとらわれる。「乖離」は離ればなれになる。「長衢」は遠くまで続く街道。「惆悵」は悲しみ傷む。双声の語。「懐抱」は胸懐。**17・18**「大観」を得ようとしつつも苦悩を抱えたありのままの心を天に映し、みずからも天地を炉として生成されたいのちの一つであることを改めて確認しようという。「蒼昊」は天。「蒼」は青い。「昊」は空。**19・20**「斉契」は「契(誓い、ちぎり)」をともにする。寿命の長短、吉と凶、憂と喜などの分別を乗り越えようという思いを、ともに分かち合って生きていこうという。「偕老」はともに生を全うして老いる。『詩経』邶風《はいふう》・撃鼓《げきこ》に「子《し》と偕に老い

ん」。 ○押韻 草《そう》・道《とう》・保《ほう》・夭《よう》・繞《じょう》・小《しょう》・早《そう》・抱《ほう》・昊《こう》・老《ろう》

旅立ちに際し、老荘の万物斉同の思想を述べ、別れの悲しみを乗り越えようとうたう。本篇は孫楚《そんそ》の代表作とされる。また老荘思想を詩中に説く玄言《げんげん》詩の先駆けでもある。司馬駿《しばしゅん》は咸寧《かんねい》二年(二七六)に征西大将軍となり、翌年、汝陰《じょいん》王から扶風《ふふう》王(陝西省《せんせい》)に改封された。孫楚はその扶風王の参軍となり、のち梁県(河南省汝州《じょしゅう》市)の県令(長官)に転じたが、その転任の際の作か。

❖ 金谷集作詩　潘岳《はんがく》

1 王生和鼎實
2 石子鎭海沂
3 親友各言邁
4 中心悵有違
5 何以敍離思
6 攜手游郊畿
7 朝發晉京陽

金谷《きんこく》の集《つど》いにて作《つく》れる詩《し》

王生《おうせい》 鼎実《ていじつ》を和《わ》し
石子《せきし》 海沂《かいき》を鎮《しず》めんとす
親友《しんゆう》 各《おの》おの言《ここ》に邁《ゆ》き
中心《ちゅうしん》 悵《ちょう》として違《たが》う有《あ》り
何《なに》を以《もっ》てか離思《りし》を叙《の》べん
手《て》を携《たずさ》えて郊畿《こうき》に游《あそ》ばんとす
朝《あした》に晋京《しんけい》の陽《みなみ》を発《はっ》し

8 夕次金谷湄
9 迴谿縈曲阻
10 峻阪路威夷
11 綠池汎淡淡
12 青柳何依依
13 濫泉龍鱗瀾
14 激波連珠揮
15 前庭樹沙棠
16 後園植烏椑
17 靈囿繁若榴
18 茂林列芳梨
19 飲至臨華沼
20 遷坐登隆坻
21 玄醴染朱顏
22 但愬杯行遲

夕《ゆうべ》に金谷《きんこく》の湄《ほとり》に次《やど》る
迴谿《かいけい》　曲阻《きょくそ》を縈《めぐ》り
峻坂《しゅんぱん》　路《みち》　威夷《いい》たり
緑池《りょくち》　汎《ひろ》くして淡淡《たんたん》たり
青柳《せいりゅう》　何《なん》ぞ依依《いい》たる
濫泉《らんせん》　龍鱗《りゅうりん》のごとく瀾《なみ》だち
激波《げきは》　連珠《れんじゅ》のごとく揮《そそ》ぐ
前庭《ぜんてい》に沙棠《さとう》を樹《う》え
後園《こうえん》に烏椑《うひ》を植《う》う
霊囿《れいゆう》には若榴《じゃくりゅう》繁《しげ》く
茂林《もりん》には芳梨《ほうり》列《つら》なる
飲至《いんし》して華沼《かしょう》に臨《のぞ》み
坐《ざ》を遷《うつ》して隆坻《りゅうち》に登《のぼ》る
玄醴《げんれい》に朱顔《しゅがん》を染《そ》め
但《た》だ愬《うった》う　杯《はい》の行《めぐ》ることの遅《おそ》きを

23 揚桴撫靈鼓
24 簫管清且悲
25 春榮誰不慕
26 歲寒良獨希
27 投分寄石友
28 白首同所歸

桴《ばち》を揚《あ》げて霊鼓《れいこ》を撫《う》ち
簫管《しょうかん》は清《きよ》く且《か》つ悲《かな》し
春栄《しゅんえい》　誰《たれ》か慕《した》わざる
歳寒《さいかん》　良《まこと》に独《ひと》り希《まれ》なり
分《ぶん》を投《とう》じて石友《せきゆう》に寄《よ》す
白首《はくしゅ》まで帰《き》する所《ところ》を同《おな》じくせん

金谷《きんこく》の宴席にて作る

王君は国政を担うことになり、石《せき》どのは東海の地を治めることになった。
親友がそれぞれの地に去って行き、心の中は何ともやるせない。
いかにして離別の情をあらわそう。連れだって郊外に遊ぶ。
朝に都の南を出発し、夕に金谷水《きんこくすい》のみぎわに泊まった。
谷川は曲がった崖を縫ってめぐり、険しい坂には路がうねうねと続く。
緑の池は広々と揺れ動き、青い柳は何ともたおやか。
わき出る泉は龍の鱗《うろこ》のように波立ち、激しい波しぶきは真珠を連ねたように降り注ぐ。
前の庭には沙棠《さとう》が植わり、後ろの庭には烏椑《うひ》が植わる。

御園《みその》には若榴《ざくろ》が茂り、樹林には芳梨《なし》が連なる。
美しい池を前にして飲み、席を移して池中の島に上ってまた飲む。
黒黍《くろきび》の酒で顔を赤く染め、訴えるのはさかずきの回りの遅いこと。
ばちをあげて霊妙な太鼓を打ち、笛の調べは清らかで強く胸にせまる。
春の華やぎはだれでも慕うが、年の暮れにものこるのは稀《まれ》。
気持ちをこめて固い絆《きずな》の友に贈る、白髪になるまで変わることのないように。

潘岳《はんがく》　〔一〕一二八頁参照。

0「金谷」は西晋の都洛陽《らくよう》の西北の地。石崇《せきすう》の豪奢《ごうしゃ》な別荘があった。「集」は征虜将軍として徐州(江蘇省徐州市)に赴く石崇、征西大将軍の祭酒(属官)として長安にもどる王《おう》詡《く》を送別する宴。　**1**「王生」は王詡。「和」は料理の味を調える。「鼎」は食物を煮る器。「実」は鼎《かなえ》の中味。『周易』鼎卦《ていか》に「鼎に実有り」。政治を料理にたとえ、王詡が長安に赴き国政を担当すると重々しくいう。　**2**「石子」は石崇。「鎮海沂」は石崇が徐州の下邳《かひ》(江蘇省睢寧《すいねい》県)に赴くことをいう。青州(山東省)から南の下邳に向かい沂《き》水《すい》が流れていて、当時はこのあたりが海辺だったので「海沂」という。　**4** 願いに違うことがあり心の中に憂いが起こる。「悵」は失意のさま。『詩経』邶風《はいふう》・谷風《こくふう》の「(家を出て)道を行くこと遅遅として、中心　違える有り」に倣う。　**6**「携手」は手に手を取って。『詩経』邶風・北風《ほくふう》に「手を携えて同《とも》に行かん」。「郊畿」は都の郊外。　**7・8** 朝に出発し夕べに至るという表現は『楚辞』に頻見。「晋京」は西晋の都、洛陽。「金谷」は金谷水。　**9**「縈」は回る。「曲阻」は曲がりくねって険しいところ。　**10**「威夷」は険しい道が曲がりくねって遠くまで続くさま。畳韻の語。　**11**「汎」は広いの意。「淡淡」は水の揺れるさま。　**12**「依依」は生い茂った柳がなよなよと揺れるさま。『詩経』小雅・采薇《さいび》に「楊柳依依たり」。　**13**「濫」は水があふれる。「龍鱗瀾」は波紋が龍のうろこのようだという。　**14**「連珠」は連なった真珠。「揮」は水しぶきが激しく飛散する。　**15・16** 金谷園には名園にふさわしく珍しい樹木が植えられていることをいう。「沙棠」は崑崙《こんろん》山にあるという嘉木。「烏椑」は江南に産する柿の一種。　**17・18** やはり名園らしく果樹も豊かであることをいう。「霊囿」は周の文王が禽獣《きんじゅう》を飼った園の名。『詩経』大雅・霊台《れいだい》に「王　霊囿に在り」。庭園の雅称として用いる。「若榴」は石榴《ざくろ》。「芳梨」は漢・武帝の上林苑に植えられた梨の一種(『西京雑記《せいけいざっき》』巻一)。　**19**「飲至」は宴会が始まる。もとは宗廟に報告したあとの宴会の意。『左伝』隠公五年などに見える。**20**「隆坻」は池の中の小高い島。　**21**「玄醴」は黒黍で作った酒。　**22** 宴の盛んなさまをいう決まり文句。魏・王粲《おうさん》の「公讌詩」(巻二〇)一参照。　**23**「桴」は「枹《ばち》」と同義。「撫」は打つの意。「霊鼓」は土地神を祭るときに用いた六面の鼓。『周礼《しゅらい》』地官・鼓人《こじん》に見える。ここでは鼓の霊妙さをいう。一句は『楚辞』九歌・東皇太一《とうこうたいいつ》の「枹(桴)を揚げて鼓を拊《う》(撫)つ」に倣う。**24**「簫管」は管楽器。「清且悲」は曲調が清らかで深く感動することをいう。**25・26** 華やかで盛んな時はだれでも近寄ってくるが、衰えた時に来てくれる人は稀であるという。「春栄」は万物が春に華やぐこと。「歳寒」は年の暮れの寒さ。老い衰えることをたとえる。『論語』子罕《しかん》に「歳寒くして、然《しか》る後に松《しょう》柏《はく》の彫《しぼ》むに後《おく》るるを知るなり」。**27**「投分」は相手に思いを伝える。「分」は親愛の情、よしみ。「石友」は堅くて変わらぬ交わりをなす友。『史記』蘇秦《そしん》伝の「石交(石のごとき交わり)」に基づく語。ここでは石崇たちを指す。「金石の交わり」(『漢書』韓信伝)と同じ。**28**「同所帰」は一つの所に帰着する。『周易』繋辞伝《けいじでん》下に「帰を同じくして塗《みち》を殊《こと》にす」。ここでは人生の終焉まで一緒だという。この詩の作られた四年後、永康《えいこう》元年(三〇〇)に趙王司馬倫《しばりん》(宣帝司馬懿《しばい》の第九子)が実権を握り、潘岳が後ろ盾としていた賈謐《かひつ》が殺されて、潘岳と石崇は同日に処刑されたが、刑場で顔を合わせた時、潘岳は「白首まで帰する所を同じくすと謂《い》うべし」と言ったという。世間では、金谷の集いのこの句がその不吉な予言になったとささやかれた(『世説新語』仇隟《きゅうげき》)。　〇押韻　沂《ぎ》・違《い》・畿《き》・湄《び》・夷《い》・依《い》・揮《き》・椑《ひ》・梨《り》・坻《ち》・遅《ち》・悲《ひ》・希《き》・帰《き》元康《げんこう》六年(二九六)、金谷《きんこく》で催された送別の宴席での作。金谷の風景、宴席の様子をうたい、老いても変わらぬ友情を願って結ぶ。

王撫軍庾西陽集別

1 祇召旋北京
2 守官反南服
3 方舟析舊知
4 對筵曠明牧
5 擧觴矜飲餞
6 指途念出宿
7 來晨無定端
8 別晷有成速
9 頽陽照通津
10 夕陰曖平陸
11 榜人理行艫

王撫軍《おうぶぐん》・庾西陽《ゆせいよう》の集《つど》いに別《わか》る　謝瞻《しゃせん》

召《しょう》を祇《つつし》みて北京《ほくけい》に旋《かえ》り
官《かん》を守《まも》りて南服《なんぷく》に反《かえ》る
舟《ふね》を方《なら》べて旧知《きゅうち》に析《わか》れ
筵《えん》を対《たい》して明牧《めいぼく》に曠《とお》ざかる
觴《さかずき》を挙《あ》げて飲餞《いんせん》を矜《あわれ》み
途《みち》を指《さ》して出宿《しゅっしゅく》を念《おも》う
来晨《らいしん》　定端《ていたん》無《な》く
別晷《べっき》　成速《せいそく》有《あ》り
頽陽《たいよう》　通津《つうしん》を照《て》らし
夕陰《せきいん》　平陸《へいりく》に曖《あい》たり
榜人《ぼうじん》　行艫《こうろ》を理《おさ》め

12 輶軒命歸僕
13 分手東城闉
14 發櫂西江隩
15 離會雖相親
16 逝川豈往復
17 誰謂情可書
18 盡言非尺牘

輶軒《ゆうけん》　帰僕《きぼく》に命《めい》ず
手《て》を分《わ》かつ東城《とうじょう》の闉《もん》
櫂《かい》を発《はっ》す西江《せいこう》の隩《くま》
離会《りかい》は相《あ》い親《した》しむと雖《いえど》も
逝川《せいせん》　豈《あ》に往復《おうふく》せんや
誰《たれ》か謂《い》う　情《じょう》　書《か》くべしと
言《げん》を尽《つ》くすは尺牘《せきとく》に非《あら》ず

王撫軍《おうぶぐん》と庾西陽《ゆせいよう》との集いで、別れを告げる

召還の命を承《うけたまわ》って北の都へ帰られる庾登之《ゆとうし》どの。任務に努めるべく遠い南の地へともどるわたし。

二艘《そう》の舟をならべて旧友と袂《たもと》を分かち、宴席に対座して長官どのに別れを告げる。

さかずきを挙げて別れの宴《うたげ》を悲しみ、行く手を指さしてこの先の旅の宿りを案じる。

会う時はいつとも計られぬのに、別れの時はすぐにやって来るもの。

落日が処々に通じる港を赤く染め、夕闇が平原を薄暗く包む。

舟人は旅ゆく舟の支度をし、引き返す車の用意が下僕に命じられる。

東の城門で別れを告げ、西の入り江から舟を出す。
別れてもまた会う時は来るが、川の流れはもとにもどることはない。
この思い、書きあらわすことができようか。言い尽くすなど、言葉ではかなわぬこと。

謝瞻《しゃせん》　〔一〕二〇九頁参照。

0「王撫軍」は撫軍将軍として江州(江西省九江《きゅうこう》市)を治めていた王弘《おうこう》。「庾西陽」は西陽(湖北省黄岡《こうこう》市)太守の任から都へ召還される庾《ゆ》登之《とうし》。王弘、字《あざな》は休元《きゅうげん》は、南朝宋建国以来の重臣。庾登之、字は元龍《げんりょう》は、王弘・謝晦《しゃかい》(謝瞻の弟)らと親しく、朝廷と地方の官を歴任して、最後は江州刺史で終わった。　**1・2** 庾登之は北の都へもどり、自分は南の任地にもどることをいう。南北の対比とともに、中心へ向かう庾氏と周縁へ去りゆく自分という対比も含む。「祇召」は召還の命を恭《うやうや》しく受け取る。「北京」は都の建康《けんこう》(南京市)を指す。「守官」は職務に忠実に努める意とともに任地にもどることをいう。『左伝』昭公二十年に、職務に忠実な虞人《ぐじん》(山林管理の官)をたたえて「道を守るは官を守るに如《し》かず」。「南服」は都から離れた南方の地。「服」は周の時代、王畿の外側を五百里ごとに五つの同心円で分けたそれぞれの地をいう。謝瞻の赴く予章《よしょう》(江西省南昌《なんしょう》市)は都の南に当たる。　**3**「方」はならべる。二艘はここでは行き先を異にする。「析」は一緒にいた者が裂かれるように別れる。　**4**「対筵」は敷物をならべて敷く。宴席で向かい合って座ることをいう。晋・潘岳《はんがく》「楊仲武《ようちゅうぶ》の誄《るい》」(巻五六)に「惟《こ》れ我と爾《なんじ》と、筵を対し枕を接す」。「筵」は席。この送別の宴席をいう。「曠」は遠い、遠ざかる。「明牧」は英明なる地方長官。王弘を指す。 **5**「矜」は哀れむ。「飲餞」は送別の宴。 **6**「出宿」は旅先で宿泊する。『詩経』邶風《はいふう》・泉水《せんすい》に「出でて泲《せい》に宿り、禰《でい》に飲餞す(泲・禰は衛国の地名)」。 **7・8** 会えると決まった時はないのに、別れは必ず来る、の意。「会うは難く別るるは易《やす》し」という成語的表現の言い換え。「来晨」は来て相い集う時。「晨」はここでは「日」というに同じ。「定端」はこれと決まった時。「別晷」は別れの時。「晷」は日の光。時を意味する。「成速」は決まった速さ。一定の速度で別離が来ることをいう。 **9**「頽陽」はくずれゆく太陽。夕日。『楚辞』九歎・惜賢《せきけん》に「日は晻晻《えんえん》(暗いさま)として下り頽(くず)る」。「通津」はあちこちに水路が通じている波止場。 **10**「曖」は薄暗いさま。「陸」は高く平らな地。 **11**「榜人」は舟人。「榜」は舟のかじ、かい。「行艫」は航行する船。「艫」はへさき。そこから船をいう。 **12**「輶軒」は小型の車。湓口《ぼんこう》(九江市の西側、湓水が長江に流れ込む地で、ここから船出する)から陸路、江州に引き返す王弘の乗る車を指す。「帰僕」は宴席の場から引き返す下僕。 **13**「分手」は別れる。「闉」は城門。 **14**「発櫂」は舟を出発させる。「櫂」は舟のかい。「隩」は奥まった所。入り江。 **15・16** 人は離合して相い会うこともできるが、川の流れはもどることはない。今は生別であるが、いずれ死別したら二度と会えないことをいう。「逝川」は『論語』子罕《しかん》の「川上《せんじょう》の嘆」に基づく。『呂氏春秋《りょししゅんじゅう》』仲夏紀・大楽に、陰陽の変化を述べて「離るれば則ち復《ま》た合し、合すれば則ち復た離る」。**18**「尽言」は胸中の思いを言葉ですべて言い尽くす。『周易』繋辞《けいじ》伝《でん》上に「書は言を尽くさず、言は意を尽くさず」。「尺牘」は書翰《しょかん》。○押韻　服《ふく》・牧《ぼく》・宿《しゅく》・速《そく》・陸《りく》・僕《ほく》・隩《いく》・復《ふく》・牘《とく》

❖

江州の長官である王弘《おうこう》が湓口《ぼんこう》の南楼において、その地を去る庾登之《ゆとうし》と謝瞻《しゃせん》の二人を送別した席での作。庾登之が都へ帰還するに対して、謝瞻は予章《よしょう》太守の任へもどるための旅立ち。惜別の情を綿々と綴る。

鄰里相送方山詩　謝霊運《しゃれいうん》

1 祇役出皇邑
2 相期憩甌越
3 解纜及流潮
4 懷舊不能發
5 析析就衰林

隣里《りんり》　方山《ほうざん》に相《あ》い送《おく》りしときの詩《し》

役《えき》を祇《つつし》みて皇邑《こうゆう》を出《い》で
相《あ》い期《き》して甌越《おうえつ》に憩《いこ》わんとす
纜《ともづな》を解《と》きて流潮《りゅうちょう》に及《およ》ばんとするも
旧《きゅう》を懐《おも》いて発《はっ》する能《あた》わず
析析《せきせき》として衰林《すいりん》に就《つ》き

皎皎明秋月
含情易爲盈
遇物難可歇
積痾謝生慮
寡欲罕所闕
資此永幽棲
豈伊年歳別
各勉日新志
音塵慰寂蔑

皎皎《こうこう》として秋月《しゅうげつ》明《あき》らかなり
情《じょう》を含《ふく》みて盈《み》つるを為《な》し易《やす》く
物《もの》に遇《あ》いて歇《とど》むべきこと難《かた》し
積痾《せきあ》　生慮《せいりょ》を謝《しゃ》し
寡欲《かよく》　闕《か》くる所《ところ》罕《まれ》なり
此《これ》に資《よ》りて永《なが》く幽棲《ゆうせい》せん
豈《あ》に伊《こ》れ年歳《ねんさい》の別《わか》れならんや
各《おの》おの日新《にっしん》の志《こころざし》を勉《つと》め
音塵《おんじん》もて寂蔑《せきべつ》を慰《なぐさ》めよ

近隣の人びとが方山《ほうざん》の船着き場にて見送ってくれたときの詩

君命を畏《かしこ》み受けて都を発《た》ち、越の地に身を休めようと心に期す。とも綱を解き潮の流れに乗ろうとするが、旧《ふる》き友を慕って立ち去りかねる。ざわざわと樹林は葉を散らし、きらきらと秋月は輝く。秘める思いに胸はたやすく満ちあふれ、景色を前に湧き起こる感慨はとどめがたい。久しく癒えぬ病に長生の望みは棄て去り、欲少なければ不足に思うこともない。

これを機に永遠《とわ》の隠棲《いんせい》を願う、一年二年《ひととせふたとせ》の別れですむことがあろうか。
みなそれぞれ日々新たにせんと努め、ときに便りをもって我が寂しさを慰められよ。

謝霊運《しゃれいうん》　[一]四七頁参照。
0「隣里」は近隣の人びと。周の行政制度では五つの家を「隣」、五つの「隣」を「里」とした。「方山」は都建康《けんこう》(南京市)の東南にある山の名。ふもとに船着き場があった。
1「祗役」は職務を奉じる。永嘉《えいか》太守の職をいう。「皇邑」は都、建康。**2**「相期」は心に決める。「憩」は休息する、心安らかに過ごす。本来ならば地方官として勤めはげむというべきところを敢《あ》えて「憩う」という。謝霊運「旧園《きゅうえん》に還《かえ》りての作　顔《がん》・范二《はんに》中書《ちゅうしょ》に見《しめ》す」(巻二五)[四]に、故郷での暮らしをうたって「休憩の地に非ずと雖《いえど》も、聊《いささ》か永日の閑を取る」。「甌越」は南方の異民族の住む土地。今の浙江《せっこう》省一帯。『史記』趙世家に「髪を剪《き》り身を文《かざ》り(入れ墨し)、臂《うで》を錯《かざ》り衽《えり》を左する(左前にする)は、甌越の民なり」。永嘉郡を「甌越」の語でいうところにも胸中が反映される。**3**「及流潮」は良い潮目を待って船を出す。「及」は機会に乗ずる。長江下流域は海水の満ち引きに応じて水位が変化する。**4**「懐旧」はなじみの知友を慕わしく思う。**5**「析析」は風が木の葉を吹き落とす音。「就衰林」は木の葉が散りゆくことをいう。「就」はある状態になる。「衰林」は枯れ衰えた林。**6**「皎皎」は白々と輝くさま。**7**「含情」は思いを胸中に秘め、外に出さない。「易為盈」は胸がいっぱいになりやすい。**8**「遇物」は外物に出会う。ここでは周囲の風物を目にする。「難可歇」は湧き起こる思いを止めがたい。 **9** 病弱のため長生きはできないと思い定めている。「積痾」は「宿痾」というに同じ。「謝」は辞退する、退ける。「生慮」は生き長らえるためにあれこれと心を砕くこと。 **10** もともと無欲であるゆえに不足を覚えはしない。『老子』十九章に「私(私心)を少なくし欲を寡なくす」。 **11**「資」は「依」と同義。「此」は永嘉太守への転出を指す。ただ前二句に述べた内容を指すとも解せる。「幽棲」は世間から隠れ静かに暮らす。 **12**「年歳別」は一年や二年の短い別離。 **13・14** 見送る人に呼びかける言葉。「日新志」は日ごと精進しようとする思い、向上心。『周易』大畜卦《だいちくか》彖伝《たんでん》に「日びに其の徳を新たにす」。「音塵」は音信。「寂蔑」は「寂寞」というに同じ。 ○押韻 越《えつ》・発《はつ》・月《げつ》・歇《けつ》・闕《けつ》・別《へつ》・蔑《べつ》

南朝宋・少帝《しょうてい》の永初《えいしょ》三年(四二二)秋、謝霊運《しゃれいうん》は朝廷の実権を握る徐羨之《じょせんし》らに忌まれ、永嘉《えいか》(浙江《せっこう》省温州市)太守に左遷された。都を離れるに際し、見送りの人びとに向けて胸中の思いを打ちあけた詩。旧知と別れるつらさを振り切って、世俗を逃れ無欲の暮らしを送りたいと述べつつも、言外に左遷への屈折した心情をにじませる。

新亭渚別范零陵詩

1 洞庭張樂地
2 瀟湘帝子遊
3 雲去蒼梧野
4 水還江漢流
5 停驂我悵望
6 輟棹子夷猶
7 廣平聽方籍
8 茂陵將見求
9 心事倶已矣
10 江上徒離憂

新亭《しんてい》の渚《なぎさ》にて范零陵《はんれいりょう》に別《わか》るる詩《し》　謝朓《しゃちょう》

洞庭《どうてい》は楽《がく》を張《は》るの地《ち》
瀟湘《しょうしょう》　帝子《ていし》遊《あそ》ぶ
雲《くも》は去《さ》る　蒼梧《そうご》の野《の》
水《みず》は還《かえ》る　江漢《こうかん》の流《なが》れ
驂《さん》を停《とど》めて我《われ》は悵望《ちょうぼう》し
棹《さお》を輟《とど》めて子《し》は夷猶《いゆう》す
広平《こうへい》のごとく聴《ちょう》は方《まさ》に籍《し》き
茂陵《もりょう》のごとく将《まさ》に求《もと》められんとす
心事《しんじ》　倶《とも》に已《や》んぬるかな
江上《こうじょう》　徒《いたず》らに離憂《りゆう》す

新亭の川べりで零陵《れいりょう》に赴く范雲《はんうん》と別れる時のうた

洞庭は黄帝《こうてい》が音楽を奏でた地であり、瀟水《しょうすい》や湘水《しょうすい》のほとりは堯《ぎょう》帝の二女が遊んだ所。蒼梧《そうご》の野に向けて雲は去り行き、長江や漢水の水は下流へと帰って行く。馬をとどめてわたしが悲しく眺めやると、棹《さお》をとどめて君も去りかねている。

君は広平《こうへい》太守の鄭袤《ていぼう》のように、かの地で善政を広めるだろうが、わたしは茂陵《もりょう》に退いた司馬相如《しばしょうじょ》のように、死後に文章を求められるのが精いっぱい。

心に思い期することすべてどうしようもない。長江のほとりでただ空しく憂える。

謝朓《しゃちょう》　四六四―四九九　字《あざな》は玄暉《げんき》。陳郡陽夏《ようか》(河南省太康《たいこう》県)の人。南斉の時、沈約《しんやく》らとともに竟陵《きょうりょう》王蕭子良《しょうしりょう》の「八友」の一人。宣城《せんじょう》(安徽省宣城市)太守から中書郎などを経て尚書吏部郎となる。のち江祏《こうせき》らが始安《しあん》王の蕭遥光《しょうようこう》を帝に立てようと謀った際、謝朓は同調しなかったために収監され、死刑に処せられた。沈約らと声律を重視したスタイルの詩を創始し、「永明体《えいめいたい》」と称される。清麗な詩風は、沈約から「二百年来、此《こ》の詩無し」と評された。唐代になって李白が心酔したことはよく知られている。繊細な風景描写にすぐれ、「魚戯れて新荷動き、鳥散じて余花落つ」(巻二二「東田に游《あそ》ぶ」)[三]、「余霞《よか》散じて綺《あやぎぬ》を成し、澄江《ちょうこう》　静かにして練《ねりぎぬ》の如し」(巻二七「晩《くれ》に三山に登りて京邑《けいゆう》を還望《かんぼう》す」)[四]などはとりわけ名高い。同族の先輩である謝霊運《しゃれいうん》の「大謝」に対して「小謝」と呼ばれ、また謝霊運・謝恵連《しゃけいれん》とともに「三謝」とも称される。『文選』には散文二篇のほか、二十一首の詩が収録される。『詩品』中品。

0「新亭」は都建康《けんこう》の南にある、長江沿いの宿場の名。「范零陵」は范雲。南斉の永明十一年(四九三)に、零陵内史に左遷された。「零陵」は今の湖南省にあった郡の名で、湘水の上流に位置する。范雲は謝朓と同じく「竟陵八友」の一人。沈約や謝朓と並び称される。巻二六「張《ちょう》徐州稷《しょく》に贈る」四の作者小伝参照。 **1・2**「洞庭」は今の湖南省にある湖。『荘子』天運《てんうん》に、伝説上の皇帝である黄帝が洞庭湖近くの原野で音楽を演奏したという。「張楽」は楽器をならべる。「瀟湘」は瀟水と湘水。ともに湖南省を北に流れ、零陵で合流して洞庭湖に注ぐ。古代の聖王舜《しゅん》に嫁いだ堯帝の二人のむすめ、娥《が》皇《こう》と女英《じょえい》が遊んだ所。南方を巡幸中の舜帝が蒼梧の野(湖南省)で死去すると、二人は湘水に身を投じて湘水の女神になったという。「帝子」は堯帝の二女を指す。 **3** 雲が蒼梧に向かうことを范雲の旅に重ねる。 **4** 見送る謝朓が都にもどることに重ねる。建康は新亭から見て長江の下流に位置する。「江漢」は長江と漢水。二つで南方の大きな川を代表させる。『尚書』禹貢《うこう》に「江漢 海に朝宗《ちょうそう》す(詣でる)」。 **5**「驂」は副え馬。四頭立ての馬車の外側二頭の馬。ここでは馬のこと。「悵望」は嘆きつつ眺める。畳韻の語。 **6**「夷猶」はためらう、ぐずぐずする。双声の語。「猶予」と同義。『楚辞』九歌・湘君《しょうくん》に「君行かずして夷猶す」。 **7** 善政によって人びとに慕われた、三国魏の広平太守鄭袤に范雲をなぞらえる。「広平」は広平郡(河北省鶏沢《けいたく》県)。「聴」は政務を執り行うこと。「籍」は布く。 **8**「茂陵」は長安の西(陝西《せんせい》省興平《こうへい》市)にあった県名。漢を代表する文人の司馬相如は、晩年をここで送った。彼の病気が重いと聞いた漢の武帝は、散逸しないうちにその著作を求めようとして使者をつかわしたが、司馬相如はすでに死んでいたという(『史記』司馬相如伝)。みずからを司馬相如になぞらえて、政治家として力を発揮できないので、せめて文筆で才能をあらわしたいと思うが、せいぜい死後に遺作を求められる程度に過ぎないと嘆く。 **9**「心事」は心に思うことがら。「已矣」はもう終わりだという絶望の語。『論語』子罕《しかん》に、「吾　已んぬるかな(已矣夫)」。 **10**「離憂」は憂いに遭う。「離」は罹《かか》る。『楚辞』九歌・山鬼《さんき》に「公子を思いて徒らに離憂す」。『史記』屈原《くつげん》伝に、楚の屈原が国を逐われた悲しみをうたう「離騒」を作ったことを述べて「憂愁幽思して離騒を作る。離騒は、猶お離憂のごときなり」。○押韻　遊《ゆう》・流《りゅう》・猶《ゆう》・求《きゅう》・憂《ゆう》

零陵《れいりょう》に赴任する范雲《はんうん》を送別する詩。范雲が向かう先の地にまつわる伝説を述べ、地方官としての活躍を祈りながら、都にのこる自分の不本意な思いをうたう。

別范安成詩　　范安成《はんあんせい》に別《わか》るる詩《し》　　沈《しん》約《やく》

1 生平少年日　　生平《せいへい》　少年《しょうねん》たりし日《ひ》

2 分手易前期　　手《て》を分《わ》かつも前期《ぜんき》を易《やす》しとせり

3 及爾同衰暮　爾《なんじ》と同《おな》じく衰暮《すいぼ》せば
4 非復別離時　復《ま》た別離《べつり》の時《とき》に非《あら》ず
5 勿言一樽酒　言《い》う勿《な》かれ　一樽《いっそん》の酒《さけ》と
6 明日難重持　明日《あす》は重《かさ》ねて持《じ》し難《がた》し
7 夢中不識路　夢中《むちゅう》には路《みち》を識《し》らず
8 何以慰相思　何《なに》を以《もっ》てか相思《そうし》を慰《なぐさ》めん

范安成《はんあんせい》と別れる

かつて若かったときは、別れても再会の約束はたやすいことだった。しかしわたしも君と同様に年老いたので、もはや気安く別れる年齢ではない。言わないでくれ、たかだか一樽《ひとたる》の酒とは。明日は再び酌み交わせないのだ。夢で会おうにも道がわからない、どうやって君に会えないつらさを慰められようか。

沈約《しんやく》　[一]二六一頁参照。

0「范安成」は范岫《はんしゅう》(四四〇―五一四)、字《あざな》は懋賓《ぼうひん》。南朝宋・南斉・梁に仕えた文人。宋では沈約とともに蔡興宗《さいこうそう》に仕え、南斉では竟陵《きょうりょう》王蕭子良《しょうしりょう》に仕え、沈約とならんで文才を称賛された。南斉の建武《けんぶ》(四九四―四九八)年間に安成(江西省にあった郡名)内史となる。沈約は建武三年(四九六)に東陽《とうよう》太守から都の建康《けんこう》に帰任しているので、この詩はそのころに作られたものであろう。この後、二人はともに梁の武帝に仕えて高官となる。 **1**「生平」は「平生」と同義。一句は魏・阮籍《げんせき》の「詠懐《えいかい》詩十七首」其の八(巻二三)[三]の「平生　少年の時」に倣う。 **2**「分手」は別れる。「前期」は次に会うことをあらかじめ約束すること。それが「易《やさ》」しいというのは、年齢が若くて先に十分に時間があるため。 **3**「及」は「与」と同義。「衰暮」は老年。 **4** 二人とも年老いて、もう再会は期しがたいので、気安く別れられはしない。 **5・6**「一樽酒」は漢・蘇武《そぶ》「詩」其の一(巻二九)[五]の「我に一樽の酒有り、以て遠人(遠く旅立つ人)に贈らんと欲す」に倣う。わずか一樽の酒に過ぎないが、明日になればもう手にすることはできないという。 **7** 現実では会えないので、せめて夢の中で会おうとしても道がわからず、会えない。戦国時代、張敏《ちょうびん》が友人の高恵《こうけい》に会うことができないので、夢の中で訪ねたが三回とも途中で道に迷って会えなかったという故事(李善の引く『韓非子』)をふまえる。 **8**「相思」は范岫を思う気持ち。　○押韻　期《き》・時《し》・持《ち》・思《し》

任地に赴く友を都で送別する詩。年長《た》けたゆえに再会を期せぬ別れの悲しみをうたう。五言八句の形式は、平仄《ひょうそく》の配置の一部を除けば、かなり近体詩に近づく。

コラム 曹丕と曹植

中国には兄弟の麗しい友愛を語る嘉話がいくつか伝えられている。たとえば西晋の陸《りく》機《き》と陸雲《りくうん》、そしてまた北宋の蘇軾《そしょく》と蘇轍《そてつ》。互いの文学に対する敬意と肉親の情愛が通い合う理想的な兄弟であった。ところが魏の曹丕《そうひ》と曹植《そうしょく》の場合、その関係はまるで中国版のカインとアベル、熾烈《しれつ》な争いが死ぬまで続いたのである。

父曹操《そうそう》の数多い子供のなかでもとりわけ傑出したのは、事実上の長子であった曹丕、同じ母親から生まれた曹彰《そうしょう》、曹植の三人。彼らは曹操という大きな宝玉が三つに割れたかのように、政治家としての能力は曹丕が、武人としての力量は曹彰が、そして奔放たる才気は曹植が受け継いだ。曹操自身は自分のあとには曹植を立てたい思いがあったようだが、曹植は才に溺れた度重なる不祥事によって後継者争いから脱落し、落ち度のない実務家であった曹丕がその座を勝ち取ることになった。

曹操が没すると、曹丕はすぐに魏王朝を建て、皇帝に即位したが、彼が何より恐れたのは、自分の地位をおびやかす弟たちの存在であった。それぞれを遠い地へと追いやり、しかし目のとどかないところで反旗をひるがえすことを恐れてたびたび都へ召還することを繰り返した。弟たちのなかでもとりわけ脅威であったのは曹植であった。

曹丕即位の翌年、黄初《こうしょ》二年(二二一)、曹植はそれ以前から封じられていた臨淄侯《りんしこう》として臨淄(山東省淄博《しはく》市)にあった。その時、「監国謁者《かんこくえっしゃ》」という諸侯・諸王を監督する職責をになう灌均《かんきん》という者が、曹植は酔って朝廷から赴いた使者に無礼をはたらいたと訴えた。曹植は都の洛陽《らくよう》に呼び寄せられ、罪を待つことになった。死罪を覚悟したが、曹丕・曹植の母親である卞《べん》太后の懇願によって安郷侯《あんきょうこう》(河北省晋州《しんしゅう》市)に降格されるだけで落着した。郷侯は郡侯・県侯に次ぐものであったから、二等下がったことになる。その年の末か、甄城侯《けんじょうこう》(兗州《えんしゅう》東郡が所轄する一県)に改封されたのは一ランクの昇格に相当する。

しかし翌黄初三年(二二二)、東郡太守の王機《おうき》、防輔吏の倉碩《そうせき》が誣告《ぶこく》して、二度目の罪状を負わせられて、また都に呼び出された。この時も許されて甄城に帰任することになった。この件は『三国志』には見えず、曹植の「黄初六年の令」のなかにうかがうことができる。この年、甄城侯から甄城王に進む。「王」は皇族が封じられる号であるから、同じ甄城であっても昇格したといえる。

黄初四年(二二三)、曹植は甄城王から雍丘《ようきゅう》王(河南省杞《き》県)に移る。そこでまた監督の官から告発される。洛陽に召還され、曹丕の呼び出しを待ったが何の連絡もない。死を恐れながら、謝罪の意を述べたのが、「躬《み》を責む」、「詔《みことのり》に応ず」の詩、およびそれとともに奉った「上表」である(巻二〇)[一]。この時も太后のはからいで死罪は免れた。

しかし洛陽にいる間に、任城王の曹彰《そうしょう》が急死する。曹植も正史『三国志』も多くを語らないが、のちに『世説新語』尤悔《ゆうかい》篇には、曹丕による毒殺であったという話を記す。曹植が洛陽から雍丘に帰る際、弟の白馬王《はくばおう》曹彪と途中まで同行しようとした。ところが兄弟の結託を恐れる曹丕が許さない。その時の詩が「白馬王彪に贈る」(巻二四)[三]である。このように曹植はたびたび罪状を着せられ、死におびえたのだった。

曹丕との角逐は、世の人びとの曹植に対する同情を生み、いくつかの話柄が伝えられている。よく知られる「七歩の詩」は、曹丕から「七歩歩むうちに詩を作れ、さもなくば大罪に処す」と命じられた曹植が立ち所に作った詩。同じ根から生まれた豆と豆がら、豆がらが燃えて釜のなかの豆を苦しめるというもの(『世説新語』文学篇)。

また曹植の「洛神の賦」(巻一九)はみやこ洛陽からの帰途、洛水のほとりで夢うつつのあわいに神女があらわれたという曹植の賦であるが、李善の注は「記に曰く」として、悲恋の物語を記す。亡くなった曹丕の正妻甄后《しんこう》のことを曹植が偲んでいると、ふと彼女があらわれ、「わたしはもともとあなたをお慕いしておりました」と語って、二人は枕を交わした。曹植は成就しなかった恋の悲しみを「甄《しん》に感ずる賦」にうたったが、のちに曹丕と甄后の間に生まれた明帝曹叡《そうえい》が「洛神の賦」と改めたという。

曹丕の死のあと帝位を継いだ明帝も、曹植に対する警戒をゆるめることはない。呉に対する参戦を求める「自ら試されんことを求むる表」(巻三七)を呈するも、曹植の「国を憂う」思いは、彼が功業を挙げることを恐れた明帝によって拒まれたのだった。

曹植の文学には楽府《がふ》に及ぶまで、曹丕との緊迫した関係が影を落としている。たとえば楽府「吁嗟《くさ》篇」は、根からちぎられてさすらう転蓬の身を悲しむが、「願わくは株荄《しゅかい》(草の根)と連ならん」の一句で結ばれる。そこには骨肉とのつながりを断たれた曹植の悲哀がこめられている。

「七歩の詩」や「洛神の賦」にまつわる逸話を生み出した「判官びいき」は、曹植の敵役に当たる曹丕の旗色を悪くしているが、しかし魏を建国した政治家としての力量のみならず、文学においても無視できない存在であった。『典論』「論文」(巻五二)は、中国において最も早い文学論というべきものだ。そこでは作者それぞれの個性に着目しつつ、一方で広い領域をよくする「通才」を称揚する。「蓋《けだ》し文章(文学)は経国《けいこく》の大業、不朽の盛事」という句は、文学を国家運営の中心に位置づけたとともに、不朽の文学は生の有限性を乗り越えうるとして、司馬遷《しばせん》の「発憤著書《はっぷんちょしょ》説」とはまた異なる文学の動機を提示している。建安《けんあん》文学を牽引した功績も多としなければならない。

しかし兄弟を次々葬り去って権力を一身に集めようと計ったことは、みずからの墓穴を掘る結果にもなった。兄弟たちに代わって武功を挙げた司馬懿《しばい》が力を蓄え、やがて司馬氏のなかから司馬炎《しばえん》が曹氏の魏を簒奪して晋を建てるに至ったのである。

(川合康三)

巻二一　詠史（百一、遊仙）

「王子喬浮丘公図画像磚」南朝，河南博物院蔵

詠《えい》史《し》

歴史上のできごと、人物を取り上げ、そこに自分の意見や思いを詠みこむ詩。後漢・班固《はんこ》から見えるが、『文選』では王粲《おうさん》・曹植《そうしょく》ら建安《けんあん》以後の作を採る。

詠史詩

1 自古無殉死
2 達人共所知
3 秦穆殺三良
4 惜哉空爾爲
5 結髪事明君
6 受恩良不訾
7 臨歿要之死
8 焉得不相隨
9 妻子當門泣

詠史詩《えいしし》

王《おう》粲《さん》

古《いにしえ》自《よ》り殉死《じゅんし》無《な》し
達人《たつじん》　共《とも》に知《し》る所《ところ》
秦穆《しんぼく》　三良《さんりょう》を殺《ころ》す
惜《お》しいかな　空《むな》しく爾為《しかな》す
結髪《けっぱつ》より明君《めいくん》に事《つか》え
恩《おん》を受《う》くること良《まこと》に訾《はか》られず
歿《ぼっ》するに臨《のぞ》みて之《これ》に死《し》するを要《もと》むれば
焉《いず》くんぞ相《あ》い随《したが》わざるを得《え》ん
妻子《さいし》　門《もん》に当《あ》たりて泣《な》き

兄弟哭路垂
臨穴呼蒼天
涕下如綆縻
人生各有志
終不爲此移
同知埋身劇
心亦有所施
生爲百夫雄
死爲壯士規
黄鳥作悲詩
至今聲不虧

兄弟《けいてい》　路垂《ろすい》に哭《こく》す
穴《あな》に臨《のぞ》みて蒼天《そうてん》を呼《よ》び
涕下《なみだくだ》りて綆縻《こうび》の如《ごと》し
人《ひと》生《う》まれて各《おの》おの志《こころざし》有《あ》り
終《つい》に此《こ》の為《ため》に移《うつ》さず
同《とも》に身《み》を埋《うず》むるの劇《はなは》だしきを知《し》るも
心《こころ》に亦《ま》た施《ほどこ》す所《ところ》有《あ》り
生《い》きては百夫《ひゃくふ》の雄《ゆう》と為《な》り
死《し》しては壮士《そうし》の規《き》と為《な》る
黄鳥《こうちょう》　悲《かな》しみの詩《し》を作《つく》り
今《いま》に至《いた》るまで声虧《せいか》けず

歴史を詠ず

いにしえより殉死などなかった。道理に通じた人はだれでもわかっていた。秦の穆公《ぼくこう》は三人の良材を殉死させた。こんな空しいことをしたのはなんとも痛ましい。成人してからずっと君王に仕えてきて、計り知れないほどの恩顧を賜った。

その君王が死ぬ時に殉死をせがんだら、それに従わないわけにはいかない。
妻や子は門口で泣き、兄や弟は路傍で慟哭《どうこく》する。
墓穴を前に天を仰いで叫び、涙が切れ目ない綱のように流れ続ける。
人はもとよりそれぞれに志がある。その志はこのことのために変わりはしない。
墓に埋められる酷《むご》さはだれにもわかっていたが、忠誠の思いは行動に移されたのだ。
生きている時は衆人に傑出、死んだあとは壮士の鏡。
悲しみは「黄鳥《こうちょう》」の詩にうたわれ、今でもその名声は朽ちない。

王粲《おうさん》　㊁一五八頁参照。

1・2「殉死」は主君の死のあとを追って臣下が死ぬこと。「達人」は事理に通暁した人。『礼記《らいき》』檀弓《だんぐう》下に、陳乾昔《ちんかんせき》という者が自分が死んだら大きな棺《ひつぎ》を作り、両側に二人の妾《めかけ》をならべるように遺言した。しかし子供は殉死は礼に悖《もと》る、まして同じ棺に入れることは許されないといって妾を殺さなかった、という記述がある。このように殉死は好ましからざることと認識されていた。**3**「三良」は三人のりっぱな人材。秦の穆公に従い殉死した子車《ししゃ》氏の三人の子を指す。『左伝』文公六年に「子車氏の三子」について「皆《み》な秦の良なり」。**5**「結髪」は冠を着けるために髪を結う。成人することをいう。

6「不訾」は測り数えることができないほど多い。「訾」は計量する。 **7**「要」は要求する。『漢書』叙伝下、「義は黄鳥を過《す》ぐ」の劉徳の注に「黄鳥の詩は秦穆公の人に死に従うを要むるを刺《そし》る」。 **10**「路垂」は道ばた。「垂」は「辺」の意。 **11**「穴」は墓穴。『詩経』秦風・黄鳥に「其の穴に臨み、惴惴《ずいずい》として(びくびく震えて)其れ慄《おそ》る。彼の蒼なる者は天、我が良人を殲《ころ》す」。 **12**「綆縻」はつな。 **13・14** 主君に忠実に尽くすという志があるからには、たとえ殉死が理不尽なことであっても翻意はしない。『荀子』儒効《じゅこう》に「俗に習えば志を移し、安んずること久しければ質を移す(本質が変化する)」。 **15・16** 穴埋めのむごさはわかっていても、主君への思いは行動に移された。「同知」は三人とも同じく、あるいは我々と同じように彼らにもわかっていた。「施」は行為を外に及ぼす。殉死の行為によって君王に対する忠をあらわすことをいう。『周易』乾卦象伝《けんかしょうでん》に「見龍《けんりゅう》　田に在り、徳の施し普《あまね》きなり」。 **17**「百夫雄」は多くの人のなかの傑出した人物。『詩経』秦風・黄鳥に「維《こ》れ此《こ》の奄息《えんそく》(殉死した子車氏の子の一人)は、百夫の特《とく》(突出した者)」。 **19**「黄鳥」は『詩経』の「黄鳥」詩を指す。 **20**「声不虧」は名声が損なわれない。『楚辞』離騒に「唯《た》だ昭質(すぐれた資質)其れ猶《な》お未《いま》だ虧《か》けず」。

○押韻　知《ち》・為《い》・訾《し》・随《すい》・垂《すい》・縻《び》・移《い》・施《し》・規《き》・虧《き》

一春秋時代、秦の穆公《ぼくこう》の死に三人の家臣(「三良《さんりょう》」)が殉じた事件をうたう。『左伝』文公六年(前六二一)に、秦の穆公が死去した際、秦の大夫子車《ししゃ》氏の三人の子供、奄《えん》息《そく》・仲行《ちゅうこう》・鍼虎《けんこ》が殉死し、識者は善人を道連れにした穆公を批判した、という。秦の国の人は殉死した三人を哀れんで詩を賦し、それが『詩経』秦風《しんぷう》の「黄鳥《こうちょう》」とされる。王粲《おうさん》の詩は殉死の愚かしさを述べながらも、主君に従った殉死者の精神をたたえ、その死を悼む。建安《けんあん》十六年(二一一)、曹操《そうそう》が馬超《ばちょう》の討伐に向かった時、岐《き》州雍《よう》県(陝西《せんせい》省鳳翔《ほうしょう》県)の「三良」の墓を通り、曹植《そうしょく》、阮瑀《げんう》とともに作った詩という(余冠英『三曹詩選』)。とすれば、曹操に対する忠誠を示す意図を含むことになる。このテーマはのちに陶淵明「三良を詠ず」詩などに引き継がれていく。陶淵明も殉死の愚劣さを唱えながらも三良をたたえるところは王粲に同じ。

三良詩　　曹植《そうしょく》

1 功名不可爲
2 忠義我所安
3 秦穆先下世
4 三臣皆自殘

三良《さんりょう》の詩《し》

功名《こうめい》は為《な》すべからず
忠義《ちゅうぎ》は我《われ》の安《やす》んずる所《ところ》なり
秦穆《しんぼく》　先《さき》に下世《かせい》し
三臣《さんしん》　皆《み》な自《みずか》ら残《そこな》う

生時等榮樂
既沒同憂患
誰言捐軀易
殺身誠獨難
攬涕登君墓
臨穴仰天歎
長夜何冥冥
一往不復還
黃鳥爲悲鳴
哀哉傷肺肝

生《い》ける時《とき》は栄楽《えいらく》を等《ひと》しくし
既《すで》に没《ぼっ》しては憂患《ゆうかん》を同《おな》じくす
誰《たれ》か言《い》う躯《み》を捐《す》つるは易《やす》しと
身《み》を殺《ころ》すは誠《まこと》に独《ひと》り難《かた》し
涕《なみだ》を攬《と》りて君《きみ》の墓《はか》に登《のぼ》り
穴《あな》に臨《のぞ》みて天《てん》を仰《あお》いで歎《なげ》く
長夜《ちょうや》　何《なん》ぞ冥冥《めいめい》たる
一《ひと》たび往《ゆ》きて復《ま》た還《かえ》らず
黄鳥《こうちょう》　為《ため》に悲鳴《ひめい》す
哀《かな》しいかな　肺肝《はいかん》を傷《いた》ましむ

三人の賢臣を悼む詩

功名《こうみょう》は立てずともよい。忠義を尽くすのが我が心の安らぎ。

秦の穆公《ぼくこう》が世を去ったあと、三人の賢臣がみずからいのちを絶った。

生きている時は栄耀《えいよう》栄華を君と等しく楽しみ、君の没したあとは悲しみをともにする。

いのちを捨てることがたやすいとどうして言えよう。我が身を殺すことのいかに耐えがたいことか。
涙をぬぐいつつ君の墓を見下ろし、天を振り仰いで嘆息する。
永遠《とわ》に明けぬ夜のなんと暗いことか、ひとたび行けば、二度ともどることはない。
黄鳥《こうちょう》は彼らのために悲しげに啼《な》く。ああ哀しいかな、胸が張り裂ける。

曹植《そうしょく》　[一]九八頁参照。

1・2 「功名」を立てるよりも「忠義」を尽くすことを自分の拠り所とする。「我」を李善は三良がみずからを指す語とするが、作者自身を指す語ととることもできる。 **3** 「秦穆」は秦の穆公。「下世」は死去する。 **4** 「自残」は自殺する。「残」は殺す。 **5・6** 『漢書』匡衡《きょうこう》伝の応劭《おうしょう》の注に「秦の穆公　群臣と飲酒し、酒酣《たけなわ》にして公曰く、生きては此の楽しみを共にし、死しては此の哀《かな》しみを共にせんと。是《ここ》に於いて奄息《えんそく》・仲《ちゅう》行《こう》・鍼虎《けんこ》　許諾す。公の薨《こう》ずる(死去)に及び、皆《み》な死に従う。黄鳥の詩、為《ため》に作る所なり」。二句はこの伝承をふまえたもの。 **7・8** 「捐」は捨てる。「軀」は身体。「捐軀」は義のためにいのちをささげる。「独」は強調する語。二句は同じことを述べているように見えるが、「捐軀」が観念的であるのに対し、「殺身」は我が身をみずから死に至らしめる生々しさをともなう。 **9・10** 「攬涕」は涙を手でぬぐう。「臨穴」は墓穴を見下ろす。二句は『詩経』秦風・黄鳥の「其の穴に臨み、惴惴《ずいずい》(恐れるさま)として其れ慄《おそ》る」をふまえる。「黄鳥」詩における「穴に臨む」主体について、鄭箋《ていせん》は三良の死を悼む秦人と解し、朱熹《しゅき》は三良その人と解する（『詩集伝』）。本詩については、さらに詩の作者（曹植）とも解することができる。三良であれば「君」は穆公を指し、秦人、詩の作者であれば「君」は三良を指す。**11・12**「長夜」は墓中に埋められたあとの暗黒を永遠に続く夜にたとえる。「冥冥」は暗いさま。**13**「黄鳥」は鳥の名、コウライウグイス。その「悲鳴」は、鳥の鳴き声だけではなく、『詩経』「黄鳥」の詩に託された、三良の死を悼む人びとの悲嘆をも指す。**14**『礼記《らいき》』問喪《もんそう》に「親始めて死せば、……惻怛《そくだつ》（悲しみ）の心、痛疾《とうしつ》（憂い）の意、腎を傷（そこ）ない肝を乾かし肺を焦がす」。○押韻　安《あん》・残《さん》・患《かん》・難《だん》・歎《たん》・還《かん》・肝《かん》

前の魏・王粲《おうさん》「詠史詩」（巻二一）㈠と同じく、秦の穆公《ぼくこう》の死に殉じた「三良《さんりょう》」を悼む詩。王粲の詩が殉死の悲惨さと彼らの気高い精神をうたうのに対し、本詩には三良みずからの悲嘆、その死を惜しむ秦の人びとの思い、さらには作者自身の詠嘆などが入り組んで詠じられる。

詠史八首

左思

其一

1 弱冠弄柔翰
2 卓犖觀羣書
3 著論準過秦
4 作賦擬子虛
5 邊城苦鳴鏑
6 羽檄飛京都
7 雖非甲冑士
8 疇昔覽穰苴
9 長嘯激淸風
10 志若無東吳
11 鉛刀貴一割
12 夢想騁良圖
13 左眄澄江湘

詠史《えいし》八首《はっしゅ》　左思《さし》

其《そ》の一《いち》

弱冠《じゃっかん》にして柔翰《じゅうかん》を弄《もてあそ》び
卓犖《たくらく》として群書《ぐんしょ》を観《み》る
論《ろん》を著《あらわ》しては過秦《かしん》に準《なぞら》え
賦《ふ》を作《つく》りては子虚《しきょ》に擬《なぞら》う
辺城《へんじょう》　鳴鏑《めいてき》に苦《くる》しみ
羽檄《うげき》　京都《けいと》に飛《と》ぶ
甲冑《かっちゅう》の士《し》に非《あら》ずと雖《いえど》も
疇昔《ちゅうせき》　穰苴《じょうしょ》を覧《み》る
長嘯《ちょうしょう》　清風《せいふう》激《げき》し
志《こころざし》は東呉《とうご》を無《な》みするが若《ごと》し
鉛刀《えんとう》　一割《いっかつ》を貴《とうと》び
夢想《むそう》して良図《りょうと》を騁《は》す
左眄《さべん》しては江湘《こうしょう》を澄《す》ましめ

14 右盼定羌胡　　右盼《ゆうはん》しては羌胡《きょうこ》を定《さだ》む
15 功成不受爵　　功成《こうな》るも爵《しゃく》を受けず
16 長揖帰田廬　　長揖《ちょうゆう》して田廬《でんろ》に帰《かえ》らん

歴史を詠ず　その一

二十歳《はたち》の若さで筆を手にし、ずば抜けた才に任せて多くの書物を読破した。
論を書いては「過秦論《かしんろん》」と肩をならべ、賦を作っては「子虚《しきょ》の賦」と引き比べた。
辺境はかぶら矢の乱れ飛ぶ戦乱に苦しみ、都にも急を告げる檄《げき》が飛ぶありさま。
よろい甲《かぶと》をつける武人ではないが、かつては司馬穰苴《しばじょうしょ》の兵法を読んだりもした。
風を受けて長くうそぶけば清廉な心は高ぶり、呉《ご》、何するものぞとの力がみなぎる。
なまくら刀でも初めの一振りが大事、すぐれた戦略をめぐらそうと夢見る。
左を見ては長江や湘水《しょうすい》の流れを澄ませ、右を見ては羌《きょう》や胡《こ》を平定するのだ。
大功成ったあとにも爵位は受けず、辞して田舎の家に帰ろう。

左思《さし》　二五〇?—三〇五?　字《あざな》は太沖《たいちゅう》。西晋の詩人。貴族社会で求められる家柄・容姿ともに恵まれず、官界においては終始不遇であった。構想十年を経て成った「三都の賦」(巻四、五、六)が文壇の大御所張華《ちょうか》の推奨を得るや評判になり、この賦を人びとが争って書き写したために「洛陽《らくよう》の紙価を貴《たか》め」た。潘岳《はんがく》や陸機《りくき》とともに「二十四友」の一人として、権力者賈謐《かひつ》のサロンに加わった。『詩品』上品。

1「弱冠」は二十歳。「冠」は成人になったしるしに髪を結い冠を着けること。『礼記《らいき》』曲礼《きょくらい》上の「二十を弱と曰《い》い、冠す」に基づく。「柔翰」は毛筆。**2**「卓犖」はずば抜けてすぐれている。畳韻の語。**3**「論」は議論を述べる文体。「準」は基準とする。「過秦」は漢・賈誼《かぎ》の「過秦論」(巻五一)。秦の滅亡は徳の欠如のためと論じる。**4**「賦」は漢代の文学を代表する文体。「擬」はなぞらえる。「子虚」は漢・司馬相如《しばしょうじょ》の「子虚の賦」(巻七)。天子の壮大な狩猟や奢侈《しゃし》な振る舞いを述べる。**5**「辺城」は国境地帯の町。「鳴鏑」はかぶら矢。先端にかぶら型をした中空の球をつけ、射ると甲高い音を立てて飛ぶ。「鏑」は矢。『史記』匈奴《きょうど》列伝に「(匈奴の)冒頓《ぼくとつ》乃《すなわ》ち鳴鏑を作《つく》り、其の騎に射を習勒《しゅうろく》(習得)せしむ」。**6**「羽檄」は鳥の羽をはさんで急ぎのしるしとした文書。「檄」は触文《ふれぶみ》。**7**「甲冑」はよろいとかぶと。武具。日本では「甲」をかぶと、「冑」をよろい、として逆の意味に用いる。**8**「疇昔」は以前。「穰苴」は春秋・斉の司馬穰苴。姓は田《でん》、大司馬になったので司馬穰苴と称される。兵法家として知られ、その兵法をはじめとして斉の兵法書を集めたのが『司馬穰苴兵法(司馬法)』。**9**「長嘯」は口をすぼめて長く声を出す詠唱法。「激」は感情を高ぶらせる。「清風」は作者が向かい合う風であるとともに、作者の清らかな品格を指す。**10**「東呉」は孫氏の呉。呉は中原から見て東南に当たる。晋の武帝は咸寧《かんねい》五年(二七九)に、呉を討伐して翌年に滅ぼした。**11**「鉛刀一割」は鉛で造った鈍刀でも、一度は物を切ることができるの意。謙遜の語。『後漢書』班超《はんちょう》伝の「鉛刀一割の用無からんや」に基づく。**12**「騁」は存分に発揮する。**13**「江湘」は長江と湘水。呉を指す。呉は都から南面して左に位置するので「左眄」という。「眄」は横目でちらりと見る。「澄」は川を澄ませることで、その一帯を平定することをいう。**14**「盼」ははっきりとよく見る。「羌胡」は羌族と胡族。ともに西方の異民族であるので「右盼」という。晋は羌族らの侵入に悩まされていた。**15・16** 戦功を挙げても封爵は受けない無欲な態度をいう。「爵」は功臣に授けられる爵位。戦国・斉の魯仲連《ろちゅうれん》は斉の窮地を救い、「(斉は)之に爵せんと欲するも、魯連は逃げて海上に隠る」(『史記』魯仲連伝)。「長揖」はここでは別れの挨拶をすること。「揖」は胸の前で組んだ両手を上げ下げする礼。「拝」に比べて略式の礼。『漢書』酈食其《れきいき》伝に「長揖して拝せず」。「田廬」は畑と質素な家屋。生活に必要な最小限の条件。漢の疏広《そこう》は甥《おい》の疏受《そじゅ》とともに皇太子の守り役であったが、潔く職を辞した。帰郷後は一族や旧友のために散財し、「顧みるに自ら旧《ふる》き田廬有り」と言って、子孫に余分な財産をのこそうとしなかった(『漢書』疏広伝)。　○押韻　書《しょ》・虚《きょ》・都《と》・苴《しょ》・呉《ご》・図《と》・胡《こ》・廬《りょ》歴史上の人物を詠じながら、自己の思いを托する連作詩。「其の一」のみ、対象となる古人の名前が挙げられず、作者自身の志に重きが置かれる。若い時から文に秀でた自分ではあるが、東の呉、西の姜《きょう》族との戦いが続く今にあっては、武人となって参戦し、功を立てても爵位は辞退して故郷に帰ろうと、褒賞を求めなかった戦国・斉の魯仲連《ろちゅうれん》の潔さに重ねる。

其二

鬱鬱澗底松
離離山上苗
以彼徑寸莖
蔭此百尺條
世冑躡高位
英俊沈下僚
地勢使之然
由來非一朝

其《そ》の二《に》

鬱鬱《うつうつ》たり澗底《かんてい》の松《まつ》
離離《りり》たり山上《さんじょう》の苗《なえ》
彼《か》の径寸《けいすん》の茎《くき》を以《もっ》て
此《こ》の百尺《ひゃくせき》の条《えだ》を蔭《おお》う
世冑《せいちゅう》は高位《こうい》を躡《ふ》み
英俊《えいしゅん》は下僚《かりょう》に沈《しず》む
地勢《ちせい》　之《これ》をして然《しか》らしむ
由来《ゆらい》　一朝《いっちょう》に非《あら》ず

9 金張籍舊業　金張《きんちょう》は旧業《きゅうぎょう》に籍《よ》り
10 七葉珥漢貂　七葉《しちよう》　漢貂《かんちょう》を珥《さしはさ》む
11 馮公豈不偉　馮公《ふうこう》　豈《あ》に偉《い》ならざらんや
12 白首不見招　白首《はくしゅ》にして招《まね》かれず

その二

鬱蒼《うっそう》と茂る谷底の松、枝が垂れた山上の苗木。
わずか直径一寸のあの茎が、百尺もあるこの大木を蔽《おお》い隠す。
名門の子孫が高い官位に上り、俊英は低い地位に沈む。
生えた場所がこのようにさせるのであって、由来は古く、一朝一夕のことではない。
金家や張家は祖先の遺業により、漢王朝の七代にわたって貂《てん》の尾を冠にはさむ高官。
馮唐《ふうとう》どのはりっぱな人であったのに、白髪になっても召されることがなかった。

1「鬱鬱」は樹木がさかんに茂っているさま。「松」は常緑樹で冬でも青く、それによって節操の堅さをたとえる。 **2**「離離」は稲穂や果実が垂れ下がるさま。「苗」は若木。子孫の意を含む。 **3**「径寸茎」は直径一寸の茎で、苗が弱々しいことをいう。

4「百尺条」は大木の松の枝。 **5**「世冑」は代々続いている家柄の子孫。「冑」は後《こう》裔《えい》。　6「下僚」は地位の低い役人。「僚」は官吏。　7「地勢」は土地の形状、転じて人の地位や勢力、家柄を指す。『周易』坤卦象伝《こんかしょうでん》に見える語。　9・10 漢の金日磾《きんじつてい》と張湯《ちょうとう》・張安世《ちょうあんせい》の一族が、武帝から平帝までの七代にわたって栄えたことをいう。金日磾は匈奴《きょうど》の太子であったが、漢に帰順し、忠信を認められて代々栄華を誇った。『漢書』金日磾伝賛に「七世に内侍《ないじ》す、何ぞ其れ盛んなる」。張湯は厳罰主義の司法官で、武帝にとりいって重んじられ富貴をきわめた。子の張安世も武帝に厚遇され、その子孫も相継いで重用された。『漢書』張安世伝に「唯《た》だ金氏と張氏のみ、親近寵貴《ちょうき》せられ、外戚に比《なら》ぶ有り」。「籍」は頼る。「七葉」は七代。「珥漢貂」は、漢の朝廷において貂《てん》の尾の飾りがついた冠をつけること。高位高官であることをいう。「珥」は冠にさしはさむ。

11・12「馮公」は漢の馮唐。孝行で名を知られていたが、郎中署(宮中の宿衛所)の署長となった時には、すでに高齢であった。のち武帝が賢良を求めた時、すでに九十歳を過ぎていて官に就けなかった(『史記』馮唐伝)。後漢・荀悦《じゅんえつ》『漢紀』孝文皇帝紀下に、「馮唐は白首もて郎署に屈す」。「白首」はしらがあたま。　○押韻　苗《びょう》・条《ちょう》・僚《りょう》・朝《ちょう》・貂《ちょう》・招《しょう》

―家柄が官界での地位を決定する社会における、寒門出身者の不満を述べる。1―4は大木は澗底《かんてい》にあってひっそりひそみ、小さな苗木は山上にあって大木を凌《しの》ぐこと

で、家門による境遇の違いを比喩する。四句は二句ずつの対句で、第三句が第二句を受け第四句が第一句を受けるＡＢＢＡ形式。唐の白居易「澗底の松」(「新楽府《しんがふ》」其の二十七)は本篇に基づき、すぐれた人物が下賤《げせん》に甘んじる不合理を嘆く主題を踏襲する。9–12は漢代の対照的な人物を具体的な例証とする。左思《さし》自身の憤懣《ふんまん》が強くにじみ出る。

❖

其三

1 吾希段干木
2 偃息藩魏君
3 吾慕魯仲連
4 談笑却秦軍
5 當世貴不羈
6 遭難能解紛
7 功成不受賞
8 高節卓不羣

其《そ》の三《さん》

吾《われ》は希《ねが》う　段干木《だんかんぼく》の
偃息《えんそく》して魏君《ぎくん》に藩《はん》たるを
吾《われ》は慕《した》う　魯仲連《ろちゅうれん》の
談笑《だんしょう》して秦軍《しんぐん》を却《しりぞ》くるを
世《よ》に当《あ》たりては不羈《ふき》を貴《とうと》び
難《なん》に遭《あ》いては能《よ》く紛《ふん》を解《と》く
功成《こうな》るも賞《しょう》を受けず
高節《こうせつ》　卓《たく》として群《ぐん》せず

臨　組　不　肯　緤
對　珪　不　肯　分
連　璽　燿　前　庭
比　之　猶　浮　雲

組《そ》に臨《のぞ》むも緤《つな》ぐを肯《がえ》ぜず
珪《けい》に対《たい》しても分《わ》くるを肯《がえ》ぜず
連璽《れんじ》　前庭《ぜんてい》に燿《かがや》くも
之《これ》を比《くら》ぶれば猶《な》お浮雲《ふうん》のごとし

その三

わたしはなりたい、寝転んだまま籬《まがき》となって魏《ぎ》の主君を守った段干木《だんかんぼく》に。

わたしは慕う、談笑しながら秦の軍を退却させた魯仲連《ろちゅうれん》を。

世に身を置いては拘束されないことを尊び、困難に会えば紛糾をみごとに解決した。

功を成し遂げても恩賞は受けず、その高い節操は群を抜いて優れる。

高官の印綬《いんじゅ》を前にしてもつなごうとはしない。諸侯のしるしの玉に対しても受けようとはしない。

次々と爵位の印璽《いんじ》が家の前で輝いても、それは浮き雲のようなもの。

1・2 「段干木」は戦国・魏の人。陋巷《ろうこう》に住んで出仕しようとしなかったが、魏の文侯は客人として大切に扱った。魏を攻めようとした秦は、魏には文侯のような人物がいることを知って侵攻を止めた(『史記』魏世家、『呂氏春秋《りょししゅんじゅう》』開春論・期賢など)。「偃息」

は寝転んで何もしない。仕官しないことをいう。「藩」はまがき、転じて守る。「偃息」一句は、後漢・班固《はんこ》「幽通《ゆうつう》の賦」(巻一四)の「(段干)木は偃息して以て魏に藩たり」をそのまま用いる。左思は「魏都の賦」(巻六)でも「干木の徳、自《おのずか》ら紛(紛争)を解くなり」と述べる。　**3・4**「魯仲連」は、戦国・斉の人。厚遇を示されても受けず、高節を守り通した。趙にいた時、秦の白起《はくき》の軍が趙を包囲し、趙王に降服を勧める意見もあったが、魯仲連は反対した。それを聞いた白起は軍を撤退させた(『史記』魯仲連伝)。「談笑」は居丈高でなく穏やかに話す。2の「偃息」と同様、悠揚せまらぬ態度で国難を救うことをいう。　**5・6**「不羈」は束縛されない。趙の危機を救った魯仲連は褒賞を辞退し、尊ぶべきは「人の為《ため》に患《わずら》いを排し、難を釈《と》き、紛乱を解」くことであると言った(『史記』魯仲連伝)。　**7**「其の一」に「功成るも爵を受けず(不)」というのと同じ。　**8**「高節」は節操を守り抜くりっぱな行動。『史記』魯仲連伝に「宦に仕え職に任ずるを肯《がえん》ぜず、好く高節を持す」。「卓」は卓絶。　**9** 官職に就こうとしない。「組」は官印を腰につるす組みひも。　**10** 諸侯に封じられるのを承諾しない。「珪」は上が円く下が方形の玉。諸侯に与えられるしるし。　**11**「連璽」は連続して封爵されること。「璽」は玉でできた天子や諸侯の印。のちに魯仲連は斉の将軍田単《でんたん》の窮地を救って爵位を示されたが、受けずに海上に逃げた(『史記』魯仲連伝)。　**12**「浮雲」は実《じつ》のないもの、あるいは自分とは関わりのないもの。『論語』述而《じゅつじ》の「不義にして富み且《か》つ貴きは、我に於いて浮雲の如し」に基づく。○押韻　君《くん》・軍《くん》・紛《ふん》・群《くん》・分《ふん》・雲《うん》

❖

戦国時代、段干木《だんかんぼく》や魯仲連《ろちゅうれん》は人徳と弁論で易々と国の危機を救い功績を挙げたが、爵位や恩賞に目もくれなかった。その無欲恬淡《てんたん》たる処世をたたえる。功績を挙げながら褒賞を求めないのは、中国の士大夫にとっては一種の美学であった。

其四

1 濟濟京城内
2 赫赫王侯居
3 冠蓋蔭四術
4 朱輪竟長衢
5 朝集金張館
6 暮宿許史廬
7 南鄰擊鐘磬
8 北里吹笙竽

其《そ》の四《し》

済済《せいせい》たり京城《けいじょう》の内《うち》
赫赫《かくかく》たり王侯《おうこう》の居《きょ》
冠蓋《かんがい》　四術《しじゅつ》を蔭《おお》い
朱輪《しゅりん》　長衢《ちょうく》を竟《きわ》む
朝《あした》に金張《きんちょう》の館《やかた》に集《つど》い
暮《くれ》に許史《きょし》の廬《ろ》に宿《やど》る
南隣《なんりん》は鐘磬《しょうけい》を撃《う》ち
北里《ほくり》は笙竽《しょうう》を吹《ふ》く

寂寂楊子宅
門無卿相輿
寥寥空宇中
所講在玄虚
言論準宣尼
辞賦擬相如
悠悠百世後
英名擅八區

寂寂《せきせき》たる楊子《ようし》の宅《たく》
門《もん》に卿相《けいしょう》の輿無《こしな》し
寥寥《りょうりょう》たる空宇《くうう》の中《うち》
講《こう》ずる所《ところ》は玄虚《げんきょ》に在《あ》り
言論《げんろん》は宣尼《せんじ》に準《なぞら》え
辞賦《じふ》は相如《しょうじょ》に擬《なぞら》う
悠悠《ゆうゆう》たる百世《ひゃくせい》の後《のち》
英名《えいめい》　八区《はちく》に擅《ほしいまま》にす

その四

にぎにぎしい都の中、輝かしい王侯貴族の屋敷。冠姿のお役人の幌つきの車が目抜き通りを埋め、朱塗りの車が都大路に連なる。朝には金氏・張氏のお屋敷に集い、暮れには許氏・史氏の館に泊まる。南隣では鐘や磬《けい》を打ち鳴らし、北町では笙《しょう》や竽《う》を吹き鳴らす。ひっそりとした揚雄《ようゆう》の家、門に大臣の車は見当たらない。がらんとした人気《ひとけ》ない家、講ずるのは玄妙虚無の道。

その議論は孔子を手本にし、辞賦は司馬相如《しばしょうじょ》に倣う。
はるか百世の後の世まで、誉れは世界に鳴り響く。

1「済済」は威儀盛んなさま。『詩経』大雅・文王に「済済たる多士」。 **2**「赫赫」は権勢が盛んなさま。『詩経』小雅・節南山《せつなんざん》に「赫赫たる師尹《いん》(太師の尹氏)」。 **3**「冠蓋」は高官がつける冠と車の幌。「四術」は四方に通じる道。「術」は道路。 **4**「朱輪」は高位の官が乗る朱塗りの車。「長衢」は長く続く大通り。「古詩十九首」其の三(巻二九)五に「長衢　夾巷《きょうこう》(狭い小路)を羅《つら》ね、王侯　第宅《ていたく》多し」。 **5・6**「金張」は金《きん》日磾《じつてい》一族と張安世《ちょうあんせい》一族。ともに漢の宣帝のころ栄華を極めた。「其の二」の注を参照。「許史」は許氏と史氏、前者は漢・宣帝の皇后の一族、後者は宣帝の祖母の一族。ともに外戚として権力をほしいままにした。『漢書』蓋寛饒《がいかんじょう》伝に、「上に許史の属無く、下に金張の託無し」。「廬」は家。 **7・8**「南隣」と対にして「北里」というが、殷の紂《ちゅう》王が作った淫らな舞楽「北里」(『史記』殷本紀)を重ね、歓楽の街の意を帯びる。「鐘」は金属製の、「磬」は石製の打楽器。「笙」「竽」はともに管楽器。 **9・10**「楊子」は漢の揚雄。初めは同じ蜀の先人司馬相如に倣って辞賦を作ったが、のちに賦は物足りぬとして思想家に転じた。「寂寂」はひっそり寂しいさま。揚雄「解嘲《かいとう》」(巻四五)に「惟《こ》れ寂惟れ漠にして、徳の宅を守る」。のちに揚雄が王莽《おうもう》の嫌疑を恐れて閣上から飛び降りた時、人びとはそれをもじって「惟《こ》れ寂寞、自ら閣より投ず」と嘲笑した(『漢書』揚雄伝下)ように、「寂寞」は孤高の思想家揚雄と結びつく語。『漢書』揚雄伝下の賛に「家素《も》と貧にして、酒を耆《たしな》(嗜)み、人の其の門に至るもの希《まれ》なり」。**11**「寥寥」は空虚なさま。「空宇」は人気《ひとけ》の無い居室。**12**「玄虚」は奥深くてうかがい知れぬ老荘の原理。『老子』一章に「玄の又た玄、衆妙の門」。揚雄の著に『太玄経』がある。**13**「宣尼」は孔子。揚雄には『論語』に倣った『法言《ほうげん》』の著がある。**15・16**「百世」は未来永劫。『論語』為政に「其れ或いは周を継ぐ者は、百世と雖《いえど》も知るべきなり」。「八区」は八方の地域。天下をいう。〇押韻　居《きょ》・衢《く》・廬《りょ》・竽《う》・輿《よ》・虚《きょ》・如《じょ》・区《く》

繁華な都で栄耀《えいよう》栄華に浸る人びと、世間の片隅で孤高の思索に耽《ふけ》る揚雄《ようゆう》。世俗的価値と精神的価値を対比する。前者が一時の華やぎであるのに対して、揚雄の思想は時間的(「百世」)にも空間的(「八区」)にも不変の価値をもつことを述べ、不遇の自分を慰める。

其五

1　皓天舒白日
2　靈景耀神州

其《そ》の五《ご》

皓天《こうてん》　白日《はくじつ》を舒《の》べ
霊景《れいけい》　神州《しんしゅう》を耀《かがや》かす

3 列宅紫宮裏
4 飛宇若雲浮
5 峨峨高門內
6 藹藹皆王侯
7 自非攀龍客
8 何爲欻來遊
9 被褐出閶闔
10 高歩追許由
11 振衣千仞岡
12 濯足萬里流

宅《たく》を紫宮《しきゅう》の裏《うち》に列《つら》ね
飛宇《ひう》は雲《くも》に浮《う》かぶが若《ごと》し
峨峨《がが》たる高門《こうもん》の内《うち》
藹藹《あいあい》として皆《み》な王侯《おうこう》なり
攀龍《はんりゅう》の客《きゃく》に非《あら》ざる自《よ》りは
何為《なんす》れぞ欻《たちま》ちに来遊《らいゆう》せん
褐《かつ》を被《き》て閶闔《しょうこう》を出《い》で
高歩《こうほ》して許由《きょゆう》を追《お》わん
衣《ころも》を千仞《せんじん》の岡《おか》に振《ふ》るい
足《あし》を万里《ばんり》の流《なが》れに濯《あら》わん

その五

明るい空に白日は光彩を敷き広げ、奇《くす》しき光は神々《こうごう》しい州《くに》を輝かす。
宮居《みやい》の中には御殿が建ちならび、高楼の庇《ひさし》はまるで雲に浮かぶかのよう。
高々とそびえる城門の内、数多くのりっぱな屋敷はいずれも王侯らのもの。
貴顕に取り入って名利を得ようとする者でなければ、どうして慌ただしく馳《は》せ着けたりしようか。
粗織《あらお》りの服を身にまとって城門を出て、気高く生きた許由《きょゆう》に続こう。
千仞《せんじん》の岡の上に立って衣の塵《ちり》を払い、万里流れる水に足をすすぐのだ。

1・2「皓」は白く光って明るい。「霊景」は神秘的な日の光。「神州」は中国。『史記』孟子荀卿《もうしじゅんけい》伝に「中国は之を名づけて赤県神州と曰《い》う」。「霊」「神」は神霊の恵みを受け祝福された特別な地であることをいう。 **3・4**「紫宮」は、もと天の神の居所。紫微宮とも。天子の宮殿をいう。「飛」は空に高く突き出る。「宇」はひさし。 **5**「峨峨」は高くそびえ立つさま。 **6**「藹藹」は多くて盛んなさま。『詩経』大雅・巻阿《けんあ》に「藹藹として王に吉士多し」。 **7**「自非」は「〜でないかぎり」。「攀龍客」は有力者に頼って利を得ようとする者。漢・揚雄『法言』淵騫《えんけん》に「龍の鱗《うろこ》に攀じ、鳳《ほう》の翼に附《つ》く」。 **9・10**「被」は着る。「褐」は粗織りの麻の服で身分の低い者が着用する。「此《ここ》に人有り、褐を被て玉を懐《いだ》く、何如《いかん》」と尋ねる弟子の子路《しろ》に対して、孔子は「国に道無くんば、隠るるも之《こ》れ可なり」と答えた(『孔子家語《こうしけご》』三恕《さんじょ》)。「閶闔」は洛陽の城門、都の門一般を指す語。「高歩」は高邁な心を持す。ここでは世俗を離れて生きる意。「許由」は伝説上の隠者。堯《ぎょう》から天下を譲ろうと言われたが、汚れたことを聞いたと耳を洗い、逃れて箕《き》山《ざん》に隠れた。 **11・12** 清廉で自由闊達《かったつ》な隠者としての生き方をいう。『楚辞』漁父《ぎょほ》に

「新たに浴する者は必ず衣を振るう」。また「滄浪《そうろう》の水濁らば、以て吾が足を濯うべし」。「仞」は長さの単位。「千仞」で極めて高いことをいう。　○押韻　州《しゅう》・浮《ふう》・侯《こう》・遊《ゆう》・由《ゆう》・流《りゅう》

光あふれる国、まばゆいばかりの都、しかしそこは名利を競う人びとの場。栄華に背を向け、古代の隠者許由《きょゆう》に倣って、清らかで自由な生を選び取ろう、とうたう。この詩にも世俗的価値と精神的価値との対比、そして後者への志向が見られる。

其六

荊軻飲燕市
酒酣氣益震
哀歌和漸離
謂若傍無人
雖無壮士節
與世亦殊倫
高眄邈四海

其《そ》の六《ろく》

荊軻《けいか》は燕《えん》の市《いち》に飲《の》み
酒《さけ》酣《たけなわ》にして気《き》は益《ます》ます震《ふる》う
哀歌《あいか》して漸離《ぜんり》に和《わ》し
謂《おも》えらく傍《かたわ》らに人《ひと》無《な》きが若《ごと》しと
壮士《そうし》の節《せつ》無《な》しと雖《いえど》も
世《よ》と亦《ま》た倫《ともがら》を殊《こと》にす
高眄《こうべん》すれば四海《しかい》邈《はる》かなり

8 豪右何足陳
9 貴者雖自貴
10 視之若埃塵
11 賤者雖自賤
12 重之若千鈞

豪右《ごうゆう》も何《なん》ぞ陳《の》ぶるに足《た》らん
貴者《きしゃ》は自《みずか》ら貴《たっと》しとすと雖《いえど》も
之《これ》を視《み》ること埃塵《あいじん》の若《ごと》し
賤者《せんじゃ》は自《みずか》ら賤《いや》しとすと雖《いえど》も
之《これ》を重《おも》んずること千鈞《せんきん》の若《ごと》し

その六

荊軻は燕の国の盛り場で酒をあおり、盛り上がると気勢はいよいよ揚がる。
高漸離《こうぜんり》の筑《ちく》に合わせて哀感をこめてうたい、傍らにだれもいないかのようだった。
壮士の節義を全うはできなかったにしても、世間の人とはそもそも類を異にする。
世界の果てまではるばると見下ろすそのさま、世の富豪など言うに足りぬ。
貴人は自分が高貴と思い込んでいるが、荊軻にとっては塵《ちり》や芥《あくた》も同然。
卑賤《ひせん》な者は自分で卑しいと思っていても、荊軻は彼らをこそ千鈞《せんきん》に比《たぐ》えて重んじた。

1-4　「荊軻」は戦国の刺客。燕国では筑(弦楽器)の名手高漸離など下層の人びとと親しく交わった。燕の太子丹《たん》から秦王政《せい》(後の始皇帝)の刺殺を依頼され、死を覚悟して赴くも、失敗して殺される。『史記』刺客《しかく》列伝に「荊軻、酒を嗜《たしな》み、日《ひ》び狗屠《くと》(犬殺し)及び高漸離と燕の市に飲む。酒酣にして以往《のち》、高漸離は筑を撃ち、荊軻は和して市中に歌いて相い楽しむなり。已《すで》にして相い泣き、旁《かたわ》(傍)らに人無き者の若し」。「気震」は意気盛ん。 **5**「無壮士節」は秦王の刺殺に失敗し、「壮士」の節義を全うできなかったことをいう。秦王刺殺のため旅立つ際、荊軻はみずから「歌」(巻二八)五に「風蕭蕭《しょうしょう》として易水《えきすい》寒く、壮士　一たび去って復《ま》た還《かえ》らず」とうたう。 **7**「高眄」は見下ろす。「四海」は中国を取り囲む四方の海。天下をいう。 **8**「豪右」は権勢身分を誇る者。「右」は身分が高い。古代中国では「右」を尊んだ。 **12**「千鈞」ははなはだ重いこと。「鈞」は重さの単位。三十斤に相当。　○押韻　震《しん》・人《じん》・倫《りん》・陳《ちん》・塵《ちん》・鈞《きん》

荊軻《けいか》の故事は死を覚悟して秦に向かう、悲壮な易水《えきすい》の場面がよく詩にうたわれるが、この詩では荊軻が貴顕な人びとよりも卑賤の者たちとの友誼《ゆうぎ》を重んじたことに焦点を当てる。ここにも左思《さし》の思いがこめられている。

其七

主父宦不達
骨肉還相薄
買臣困釆樵

其《そ》の七《しち》

主父《しゅほ》は宦《つか》うるも達《たっ》せず
骨肉《こつにく》も還《かえ》って相《あ》い薄《かろ》んず
買臣《ばいしん》　采樵《さいしょう》に困《くる》しみ

伉儷不安宅
陳平無産業
歸來翳負郭
長卿還成都
壁立何寥廓
四賢豈不偉
遺烈光篇籍
當其未遇時
憂在塡溝壑
英雄有屯邅
由來自古昔
何世無奇才
遺之在草澤

伉儷《こうれい》も宅《たく》に安《やす》んぜず
陳平《ちんぺい》は産業《さんぎょう》無《な》く
帰来《きらい》して負郭《ふかく》に翳《かく》る
長卿《ちょうけい》は成都《せいと》に還《かえ》り
壁立《へきりつ》して何《なん》ぞ寥廓《りょうかく》たる
四賢《しけん》　豈《あ》に偉《い》ならざらんや
遺烈《いれつ》は篇籍《へんせき》に光《かがや》く
其《そ》の未《いま》だ時《とき》に遇《あ》わざるに当《あ》たりては
憂《うれ》いは溝壑《こうがく》に塡《うず》まるに在《あ》り
英雄《えいゆう》も屯邅《ちゅんてん》する有《あ》り
由来《ゆらい》　古昔《こせき》自《よ》りす
何《いず》れの世《よ》にか奇才《きさい》無《な》からん
之《これ》を遺《す》てて草沢《そうたく》に在《あ》らしむ

その七

主父偃《しゅほえん》は宮仕えしても出世せず、血を分けた身内《みうち》からも軽んじられた。

朱買臣《しゅばいしん》は貧しい薪採りに困《こう》じはて、奥方も家を出て行った。

陳平《ちんぺい》は家産も無く、帰ってきて身を隠すは城外のあばら屋。

司馬相如《しばしょうじょ》は成都《せいと》にもどったが、家は壁だけが四方に突っ立つのみ、何とがらんとしたことか。

四人の賢者は確かに優れていた。その功績は書物の中に輝きを放っている。

それでも時の巡《めぐ》り合わせに会わぬうちは、溝の中にのたれ死にせぬか案じたのだった。

英雄にも行き悩むときはある。それは遠い昔からのこと。

いつの時代にも傑出した才人はいるが、見出されぬまま草深い沢に捨て置かれるのだ。

1・2 「主父」は漢の主父偃。はじめ不遇であったが、のち武帝に重用された。不遇の時に身内からも冷たく扱われたことを、彼自身が「臣、結髪(成人)して游学すること四十余年、身遂《と》ぐるを得ず。親は以て子と為《な》さず、昆弟(兄弟)も収めず(相手にせず)、賓客も我を棄《す》つ」(『史記』平津侯主父《へいしんこうしゅほ》列伝)と語る。「宦」は仕官する。「還」は肉親であるにもかかわらず、かえって。 **3・4** 「買臣」は漢の朱買臣。家貧しく、妻とともに薪を売って生計を立てていたが、売り歩く途中に書物を朗誦していた。それを恥じた妻から離縁を求められた。のちに武帝に認められて出世し、元の妻は恥じて自殺した(『漢書』朱買臣伝)。「伉儷」は正夫人。「安宅」は家に身を落ち着ける。**5・6**「陳平」は漢の高祖劉邦《りゅうほう》の名参謀。「産業」は生計を維持する財産。「帰来」は出先から家に帰る。「翳」は隠れる。「負郭」は城郭を背にした地。城外の辺地。陳平は貧しく「家は乃《すなわ》ち負郭の窮巷《きゅうこう》(鄙《ひな》びた路地)にして、弊席《へいせき》(破れむしろ)を以て門と為《な》す」ありさまであった(『史記』陳丞相《ちんじょうしょう》世家)。**7・8**「長卿」は漢の司馬相如の字《あざな》。「成都」はそのふるさと。卓文君《たくぶんくん》と駆け落ちし、ふるさとに帰っても貧しくて家財が無く、「家居徒《た》だ四壁立つのみ」であった(『史記』司馬相如伝)。「寥廓」は空っぽで広いさま。**9**「四賢」は主父偃、朱買臣、陳平、司馬相如の四人。**10**「遺烈」は古人ののこした功績。「篇籍」は書籍。**12**「塡溝壑」は志を得ないまま溝の中に死に果てる。「塡」はうずまる、ふさがる。「溝」も「壑」も溝の意。『孟子』滕文公《とうぶんこう》下に「志士は溝壑に在るを忘れず」。**13**「屯邅」は苦しい境遇。双声の語。『周易』屯卦《ちゅんか》に「屯如たり邅如たり」。**16**「草沢」は草原や沢。朝廷に対して民間をいう。○押韻　薄《はく》・宅《たく》・郭《かく》・廓《かく》・籍《せき》・壑《かく》・昔《せき》・沢《たく》

―歴史に名をのこす漢代の四人――主父偃《しゅほえん》、朱買臣《しゅばいしん》、陳平《ちんぺい》、司馬相如《しばしょうじょ》は、いずれも若

い時には辛酸を嘗《な》めた。傑物にも恵まれぬ時期があるもの、と自分を慰めつつ、才を懐《いだ》きながら世に出られぬ境遇を嘆く。

其八

習習籠中鳥
擧翮觸四隅
落落窮巷士
抱影守空廬
出門無通路
枳棘塞中塗
計策棄不收
塊若枯池魚
外望無寸祿
內顧無斗儲
親戚還相蔑

其《そ》の八《はち》

習習《しゅうしゅう》たる籠《かご》の中《なか》の鳥《とり》
翮《つばさ》を挙《あ》げて四隅《しぐう》に触《ふ》る
落落《らくらく》たる窮巷《きゅうこう》の士《し》
影《かげ》を抱《いだ》きて空廬《くうろ》を守《まも》る
門《もん》を出《い》ずるも通路《つうろ》無《な》く
枳棘《しきょく》　中塗《ちゅうと》に塞《ふさ》ぐ
計策《けいさく》は棄《す》てて収《おさ》められず
塊《かい》たること枯池《こち》の魚《うお》の若《ごと》し
外《そと》に望《のぞ》むも寸禄《すんろく》無《な》く
内《うち》に顧《かえり》みるも斗儲《とちょ》無《な》し
親戚《しんせき》　還《かえ》って相《あ》い蔑《さげす》み

朋友日夜疏
蘇秦北遊説
李斯西上書
俛仰生榮華
咄嗟復彫枯
飲河期滿腹
貴足不願餘
巣林棲一枝
可爲達士模

朋友《ほうゆう》　日夜《にちや》に疏《うと》し
蘇秦《そしん》は北《きた》に遊説《ゆうぜい》し
李斯《りし》は西《にし》に上書《じょうしょ》す
俛仰《ふぎょう》に栄華《えいが》を生《しょう》ずるも
咄嗟《とっさ》に復《ま》た彫枯《ちょうこ》す
河《かわ》に飲《の》むは腹《はら》を満《み》たすを期《き》し
足《た》るを貴《とうと》びて余《あま》れるを願《ねが》わず
林《はやし》に巣《す》くいては一枝《いっし》に棲《す》む
達士《たつし》の模《のり》と為《な》すべし

その八

しきりに羽を動かす籠の中の鳥、飛び立とうと翼を挙げれば四隅《よすみ》にぶつかる。
うらぶれた路地裏の男は、ひとり自分の影を抱いて空家にこもる。
門を出ても道はふさがり、いばらが途中でさえぎる。
政《まつりごと》の献策も相手にされず、寄る辺なきさまは涸池《かれいけ》の魚のよう。
外を眺めてもわずかの俸禄《ほうろく》すら得るすべはなく、中を顧みても少しの貯《たくわ》えもない。

親族からも蔑《さげす》まれ、友人も日ごとに遠ざかる。

蘇秦《そしん》は北のかた六国に遊説して盟約を結ばせ、李斯《りし》は西のかた秦に策を上《たてまつ》って天下を統一した。

にわかに花咲き時めいたかと思うと、またたくまに凋《しぼ》み枯れて身を滅ぼした。

黄河の水を飲んでもモグラは自分の腹を満たすのみ、足るを重んじてそれ以上は望みはしない。

深い林に住んでもミソサザイの巣はわずか一枝。道理をわきまえる者が手本とすべきこと。

1「習習」は羽をしきりに羽ばたかせる。**3**「落落」はものさびしいさま。**4**「抱影」は自分の影を抱く。孤独であることをいう。『楚辞』哀時命《あいじめい》に「廓《かく》(がらん)として景《かげ》(影)を抱きて独り倚《よ》る」。**6**「枳棘」はからたちといばら。とげのある木。「中塗」は途中。**7**「計策」は政治上の策略。**8**「塊」は孤独なさま。**9**「寸禄」は少しの俸禄。**10**「斗儲」はわずかな貯え。**13**「蘇秦」は戦国末期の遊説家。強大な秦に対抗して合従《がっしょう》の盟約を結ばせるため、北は燕から南は楚に至る六国(斉、楚、燕、韓、魏、趙)に遊説し各国の宰相を兼ねたが最後は刺殺された(『史記』蘇秦伝)。**14**「李斯」は戦国末期の政治家。故国の楚を出て西の秦へ行き、秦王政《せい》(のちの始皇帝)に仕え、天下統一を成し遂げると丞相として権力を振るったが、宦官趙高《かんがんちょうこう》との権力争いに敗れて刑死した(『史記』李斯伝)。 **15・16** 蘇秦と李斯の上昇・転落の人生をいう。「俛仰」「咄嗟」は短い時間。「栄華」は草木が茂り、花咲く。「彫枯」は草木がしぼみ枯れる。 **17-20** 分を超えることなく自足すべきことをいう。『荘子』逍遥遊《しょうようゆう》に、堯《ぎょう》から天下を譲られるのを固辞した隠者許由《きょゆう》の言葉、「鷦鷯《しょうりょう》(ミソサザイ)は深林に巣くうも一枝に過ぎず、偃鼠《えんそ》(モグラ)は河に飲むも、腹を満たすに過ぎず」に基づく。「達士」は道理に通達した人。「模」は模範。 ○押韻 隅《ぐ》・廬《りょ》・塗《と》・魚《ぎょ》・儲《ちょ》・疏《そ》・書《しょ》・枯《こ》・余《よ》・模《ぼ》

❖ 世に出る機会を得られぬ不満、しかし蘇秦《そしん》や李斯《りし》の立身と転落の人生を思い、自足こそが肝要とみずからを慰める。

詠史　張協《ちょうきょう》

1 昔在西京時
2 朝野多歓娯
3 藹藹東都門

詠《えい》史《し》

昔在《むかし》 西京《せいけい》の時《とき》
朝野《ちょうや》に歓娯《かんご》多《おお》し
藹藹《あいあい》たる東都《とうと》の門《もん》

羣公祖二疏
朱軒曜金城
供帳臨長衢
達人知止足
遺榮忽如無
抽簪解朝衣
散髮歸海隅
行人爲隕涕
賢哉此丈夫
揮金樂當年
歲暮不留儲
顧謂四坐賓
多財爲累愚
清風激萬代
名與天壤俱

群公《ぐんこう》　二疏《にそ》に祖《はなむけ》す
朱軒《しゅけん》　金城《きんじょう》に曜《かがや》き
供帳《きょうちょう》　長衢《ちょうく》に臨《のぞ》む
達人《たつじん》は止足《しそく》を知《し》り
栄《えい》を遺《す》つること忽《ゆるが》せにして無《な》きが如《ごと》し
簪《こうがい》を抽《ぬ》きて朝衣《ちょうい》を解《と》き
髪《かみ》を散《さん》じて海隅《かいぐう》に帰《かえ》る
行人《こうじん》は為《ため》に涕《なみだ》を隕《おと》し
賢《けん》なるかな此《こ》の丈夫《じょうぶ》という
金《きん》を揮《ふる》いて当年《とうねん》を楽《たの》しみ
歳暮《としく》れて儲《たくわえ》を留《とど》めず
顧《かえり》みて四坐《しざ》の賓《ひん》に謂《い》う
多財《たざい》は愚《ぐ》を累《わずら》わすを為《な》すと
清風《せいふう》は万代《ばんだい》を激《げき》し
名《な》は天壌《てんじょう》と倶《とも》なり

19 咄此蟬冕客　咄《とつ》　此《こ》の蟬冕《せんべん》の客《きゃく》
20 君紳宜見書　君《きみ》が紳《しん》に宜《よろ》しく書《しょ》せらるべし

歴史を詠ず

むかし長安に都があった漢の時、朝野ともに喜びや楽しみがあふれていた。にぎにぎしい都の東門で、たくさんのお偉方《えらがた》が疏《そ》広《こう》と疏《そ》受《じゅ》のために送別の宴を開いた。朱塗りの車が長安の道にきらびやかに連なり、大通りに面して宴席の幕が張りめぐらされた。

道に到達した二人は分をわきまえ、栄誉など何でもないかのように見捨てた。簪《かんざし》を抜いて冠も朝服も脱ぎ、結わえた髪を解いて海辺に帰った。道行く人は涙をこぼし、偉いものだ、これぞ丈夫《ますらお》とたたえた。黄金は皆なに分け与え今という時を楽しみ、年をとっても蓄えをのこさなかった。周囲の客人を見《み》わたして、多くの財産は愚か者の災いになると言った。清廉な風格は万世の後まで揺り動かし、その名は天地とともに滅びない。これ、蟬《せみ》飾りの冠を載せた高貴な方々よ、あなた方の大帯《おおおび》に書いておかれなさい。

張協《ちょうきょう》　生卒年未詳。字《あざな》は景陽《けいよう》。西晋の詩人。秘書郎、華陰《かいん》県(陝西《せんせい》省)の令(長官)、中書侍郎を歴任し、河間《かかん》国(河北省)の内史となるが、のちに官職を辞して郷里の安平《あんぺい》国(河北省)に帰り、詩を詠むことを楽しみとして暮らした。永嘉《えいか》年間に黄門侍郎に召されたが、病気を理由に出仕せず、無官のまま亡くなった。兄の張載《ちょうさい》、弟の張亢《ちょうこう》とともに三張と称された。『詩品』上品。

1「昔在」は二字でむかしの意。「在」は助字。『尚書』堯典《ぎょうてん》に「昔在帝堯」。「西京」は前漢の都、長安。後漢の時、洛陽《らくよう》を都として、東京《とうけい》と称し、長安を西京というようになる。 **2**「多歓娯」は明るく活気に満ちていること。「歓娯」は「驩虞《かんぐ》」に通じる。『孟子』尽心《じんしん》上に「覇者の民は驩虞如《かんぐじょ》たり(喜び楽しげである)」。 **3**「藹藹」は多くて盛んなさま。『詩経』大雅・巻阿《けんあ》に「藹藹として王に吉士(りっぱな人)多し」。「東都門」は長安の東門。『三輔黄図《さんぽこうず》』に長安城の東門を宣平城門といい、その外郭を東都門というとある。 **4**「祖」はもと旅立ちの時に行路の安全を神に祈ること。転じて送別の宴。「二疏」は疏広と疏受。『漢書』疏広伝に、公卿・大夫・友人ら多くの人びとが東都門で送別の宴を開き、疏広と疏受を見送ったとある。 **5**「朱軒」は朱色の漆塗りの車。「軒」は轅《ながえ》が曲がって長く突き出た貴人・高官の乗る車。『漢書』疏広伝に、見送りの車が数百両だったとある。「金城」は堅固な城、ここでは長安城のこと。長安を中心とした関中を「金城千里」(『史記』秦始皇《しんしこう》本紀)という。 **6**「供帳」は宴会のために帳《とばり》を張ること。『漢書』疏広伝に「張《とばり》(帳)を東都門の外に供う」というのをふまえ、送別の宴の盛大さをいう。 **7**「達人」は道理に通達した人。疏広・疏受を指す。「知止足」は名誉や利益に執着しない。「止」は踏みとどまること。「足」は満足すること。『老子』四十四章に「足るを知れば辱められず、止まるを知れば殆《あや》うからず」。『漢書』疏広伝の賛に「疏広は止足の計を行い、辱殆《じょくたい》の累《わざわい》を免る」。 **8**「遺栄」は栄華富貴を捨て去る。 **9**「抽簪」は冠をとめる「簪」を引き抜く。官職を辞することをいう。「解朝衣」は官職を辞する。「朝衣」は朝廷で着る礼服。『孟子』公孫丑《こうそんちゅう》上に、仕えるべきでない朝廷に出仕するのは「朝衣朝冠を以て塗炭(汚濁の地)に坐《ざ》するが如し」。 **10**「散髪」は冠をつけるために束ねていた髪を解き散らす。官職を辞することをいう。「帰海隅」は疏広の故郷である東海郡(江蘇省と山東省の一部)に帰る。「海隅」は海辺。都を離れた周縁の地。 **11・12**「行人」は道行く人。「丈夫」は一人前の男。二句は、『漢書』疏広伝の「道路に観《み》る者皆な曰く、「賢なるかな二大夫」と。或いは歎息《たんそく》して之が為に泣《なみだ》を下す」に基づく。 **13**「揮」は散財する。「金」は天子や皇太子から賜った黄金。『漢書』疏広伝に、退職に際して宣帝から黄金二十斤、皇太子から五十斤(一斤は約二五〇グラム)を贈られたとある。「当年」は今その時。 **14**「歳暮」は年末、また晩年。『詩経』唐風・蟋蟀《しっしゅつ》に「蟋蟀(こおろぎ)堂に在り、歳は聿《ここ》に其れ莫《く》(暮)れん。今　我楽しまざれば、日月　其れ除《さ》らん」。16『漢書』疏広伝に見える疏広の言葉、「賢にして而《しか》も財多ければ、則ち其の志を損い、愚にして而も財多ければ、則ち其の過《あやま》ちを益す」に基づく。18「天壌」は天地。『史記』魯仲連《ろちゅうれん》伝の「名は天壌と相い弊《やぶ》るなり(天地と一緒にほろぶ)」に基づく。19「咄」は相手に呼びかける語。「蟬冕」は蟬冠と同じ。漢の時、侍従の冠には蟬の飾りがあったことから高官を指す。20『論語』衛霊公《えいれいこう》の「子張《しちょう》　諸《これ》を紳に書す(孔子の言葉を聞いた子張が忘れないように大帯に書きつけた)」に基づく。「紳」は高官が礼装の時に使う端が長く垂れる大帯。　○押韻　娯《ご》・疏《そ》・衢《く》・無《ぶ》・隅《ぐ》・夫《ふ》・儲《ちょ》・愚《ぐ》・俱《く》・書《しょ》

漢の疏広《そこう》と疏受《そじゅ》をうたう。漢・宣帝《せんてい》の時、太子太傅《たいふ》(皇太子の教育を担当する長官)の疏広、その兄の子で太子少傅《しょうふ》の疏受、二人は、「功遂げ身退くは、天の道なり」と言って、官位を辞して郷里に帰った。そして財産をのこすのは子孫のためにならないと言い、天子から賜った黄金はすべて郷里の人たちのために分け与え、天寿を全うした。名利にこだわらない二人の生き方を称揚し、あわせて当今の高位にある人たちを批判する。

覧古

盧諶

趙氏有和璧
天下無不傳
秦人來求市
厥價徒空言
與之將見賣
不與恐致患
簡才備行李
圖令國命全
藺生在下位
繆子稱其賢
奉辭馳出境
伏軾徑入關
秦王御殿坐
趙使擁節前

覧《らん》古《こ》

盧《ろ》諶《しん》

趙氏《ちょうし》　和璧《かへき》有《あ》り
天下《てんか》　伝《つた》えざる無《な》し
秦人《しんひと》　来《き》たりて市《か》わんことを求《もと》むるも
厥《そ》の価《あたい》は徒《いたず》らに空言《くうげん》
之《これ》に与《あた》うれば将《まさ》に売《う》られんとし
与《あた》えざれば恐《おそ》らくは患《わずら》いを致《いた》さん
才《さい》を簡《えら》びて行李《こうり》に備《そな》え
国命《こくめい》をして全《まった》からしめんことを図《はか》る
藺生《りんせい》　下位《かい》に在《あ》るも
繆子《ぼくし》　其《そ》の賢《けん》を称《しょう》す
辞《じ》を奉《ほう》じて馳《は》せて境《さかい》を出《い》で
軾《しょく》に伏《ふ》して径《ただ》ちに関《せき》に入《い》る
秦王《しんおう》　殿《でん》に御《ぎょ》して坐《ざ》し
趙使《ちょうし》　節《せつ》を擁《よう》して前《すす》む

15 揮袂睨金柱
16 身玉要倶捐
17 連城既僞往
18 荆玉亦眞還

袂《たもと》を揮《ふる》いて金柱《きんちゅう》を睨《にら》み
身《み》と玉《ぎょく》と倶《とも》に捐《す》てんと要《もと》む
連城《れんじょう》は既《すで》に偽《いつわ》りて往《ゆ》き
荊玉《けいぎょく》も亦《ま》た真《しん》に還《かえ》る

いにしえを目にして

趙の王のもとに和氏《かし》の璧玉《へきぎょく》があった。天下、だれもが宝として語り伝えたもの。秦から買いたいと言ってきたが、示した代価は口先だけ。渡してしまえばだまされるし、渡さなければ危害を招こう。人を選んで使者に仕立て、国の命運を守ろうと図った。藺生《りんせい》は低い地位にあったが、繆子《ぼくし》はその能力を推称した。命《めい》を承《うけたまわ》ると車で国境を越え、横木に身を乗り出してただちに秦に入った。秦王は宮殿に出御して席に着き、趙の使者藺相如《りんしょうじょ》は旗印を抱えて進み出た。たもとを振るって黄金の柱をにらみ、身も璧玉も砕き棄《す》てようとせまった。秦の十五城が譲られるとは偽りであったし、荊山《けいざん》の玉は確かに趙にもどってきた。

盧諶《ろしん》　二八四—三五〇　字《あざな》は子諒《しりょう》。名門の范陽《はんよう》(河北省涿州《たくしゅう》市)の盧氏に生まれたが、西晋の末期、北方異民族によって洛陽《らくよう》が陥落すると、姻戚の劉琨《りゅうこん》(巻二五「盧諶に答うる詩」㊂参照)のもとに身を寄せ、深い信頼関係に結ばれた。劉琨とともに仕えた段匹磾《だんひってい》が敗れるなど、終始して乱世に翻弄されたが、晋王朝への忠誠の念を持ち続けた。故国への強い思いがこの詩の藺相如への賛美につながる。『詩品』中品。

○内容によって二段に分ける。この段では藺相如が使者として秦に赴き、奸計《かんけい》を見破って宝玉を詐取されずに趙に持ち帰ったことを述べる。 **1** 戦国・趙の恵文王《けいぶんおう》が和氏の璧と称される宝玉を得たこと。和氏の璧はもともと楚の国の卞和《べんか》が見つけて厲王《れいおう》、次には武王《ぶおう》に献じたが、いずれも石とみなされて罰せられた。文王に至って初めて真の宝玉と認めた(『韓非子』和氏)。のちに楚の昭王から趙の王に献じられた。 **2** 天下にあまねく宝として伝えられた。『史記』藺相如伝に、藺相如は秦の昭襄《しょうじょう》王の前で「和氏の璧は天下の共に伝うる所の宝なり」と言う。 **3** 「市」は買う。「藺相如伝」に「趙の恵文王の時、楚の和氏の璧を得たり。秦の昭(襄)王　之を聞き、人をして趙王に書を遣《おく》らしめ、願わくは十五城を以て璧に易《か》えんことを請う」。 **4** 「厥価」は璧の価格。「空言」は実体のない言葉。「藺相如伝」に、藺相如が秦の昭襄王に向かって、貪欲な秦は「空言を以て璧を求む」、城と交換する気はあるまいと趙では議論されていると語る。

5・6 渡せば城は与えられないまま璧をだまし取られてしまうし、渡さねば害を招くことになる。「見売」は詐取にあうことを自分を「売られる」と表現したもの。秦の要求を突きつけられた趙のジレンマについて「藺相如伝」では「秦に予《あた》(与)えんと欲すれば、秦の城　恐らくは得べからずして、徒《いたず》らに欺かれん。予(与)うること勿《な》からんと欲すれば、即《すなわ》ち秦兵の来たるを患う」。　**7** 使者にふさわしい人材を選ぶ。「簡」は選ぶ。「行李」は使者。　**8** 「国命」は国家の命運。　**9・10** 藺相如はもともと趙の宦官《かんがん》の長、繆《ぼく》賢《けん》の舎人(従者)であったので「下位に在るも」という。趙王が秦に使いする人材を求めた時、繆賢がすぐれた舎人がいると推挙した(「藺相如伝」)。「在下位」の語は『周易』乾卦《けんか》の「下位に在るも憂えず」に出る。　**11** 「奉辞」は君主から使者に命ずる言葉を承る。　**12** 「伏軾」は車の前部にさしわたした横木(「軾」)に身をかがめる。前のめりになるほど、はやる思いをあらわす。「入関」は秦の国内に入ったことをいう。この「関」は函谷関《かんこくかん》。　**13** 「秦王」は秦の昭襄王。「御殿」は宮殿に臨む。「御」は君主の様々な行為に用いる動詞。　**14** 「節」は使者であることを示すしるしの旗指物《はたさしもの》。　**15・16** 秦の王に城を譲る意なしと見た藺相如は瑕《きず》があると称して璧を取り戻すと、璧は自分の頭とともに柱で粉砕するとせまる。「揮袂」は勇み立つさま。「金柱」は銅の柱。「藺相如伝」に「相如　其の璧を持ち柱を睨みて以て柱に撃たんと欲す」。また「大王必ず臣に急《せま》らんと欲せば臣の頭は今　璧と倶に柱に砕けん」。「要」は強要する。　**17・18** 秦が十五城を与えるというのは偽りで、宝玉が趙に帰って来たのは事実。「連城」は和氏の璧と交換しようとした秦の十五城。「既」は次の句の「亦」と呼応して二つの動作を並列する。「荊玉」は和氏の璧のこと。荊山から掘り出されたので「荊山の玉」という。

19 爰在澠池會
20 二主克交歡
21 昭襄欲負力
22 相如折其端
23 眥血下霑衿
24 怒髮上衝冠
25 西缶終雙擊
26 東瑟不隻彈
27 捨生豈不易
28 處死誠獨難
29 稜威章臺顚

爰《ここ》に澠池《べんち》の会《かい》に在《あ》り
二主《にしゅ》　克《よ》く交歓《こうかん》す
昭襄《しょうじょう》　力《ちから》を負《たの》まんと欲《ほっ》し
相如《しょうじょ》　其《そ》の端《はし》を折《お》る
眥血下《せいけつくだ》りて衿《えり》を霑《ぬ》らし
怒髪《どはつ》上《あ》がりて冠《かんむり》を衝《つ》く
西缶《せいふ》　終《つい》に双《なら》び撃《う》ち
東瑟《とうしつ》　隻《ひと》りは弾《ひ》かず
生《せい》を捨《す》つるは豈《あ》に易《やす》からざらんや
死《し》に処《しょ》するは誠《まこと》に独《ひと》り難《かた》し
稜威《りょうい》あり章台《しょうだい》の顚《いただき》

30 彊禦亦不干
31 屈節邯鄲中
32 俛首忍迴軒
33 廉公何爲者
34 負荊謝厥僁
35 智勇蓋當代
36 弛張使我歎

彊禦《きょうぎょ》も亦《ま》た干《おか》さず
節《せつ》を邯鄲《かんたん》の中《なか》に屈《くっ》し
首《こうべ》を俛《ふ》して忍《しの》びて軒《くるま》を迴《めぐ》らす
廉公《れんこう》　何為《なんす》る者《もの》ぞ
荊《いばら》を負《お》いて厥《そ》の僁《あやまち》を謝《しゃ》す
智勇《ちゆう》　当代《とうだい》を蓋《おお》い
弛張《しちょう》　我《われ》をして歎《たん》ぜしむ

かくて澠池《べんち》の会において、秦王と趙王は対面を果たした。秦の昭襄王は力ずくでせまったが、藺相如はその出鼻をへし折った。まなじりを決して流れた血は襟を濡《ぬ》らし、怒りたった髪は冠を突き上げた。西の国、秦の缶《ほとぎ》も結局一緒に奏でられることになり、東の国、趙の瑟《おおごと》だけが弾かれたのではなかった。

いのちを捨てるのはたやすかろう、死に向き合う態度こそがむずかしい。章台に立つ雄々しさは、力を頼む秦ですら冒せなかった。

一方、邯鄲の町では廉頗《れんぱ》に対してへりくだり、顔を伏せて車を迂回《うかい》させる辛抱強さ。

廉公はどうしたか。罰を受けようと荊の笞《むち》を背に己れが過ちを詫《わ》びたのだった。世を掩《おお》うほどの智勇をもちながら、緩急自在の態度にわたしは感嘆せざるをえない。

○後半は秦と趙の王の会見の場における藺相如の毅然たる態度、また国内では彼を嫌う廉頗に対する恭順な態度を述べる。**19・20** 秦王と趙王の会見が澠池の地で実現したこと。「爰」はここでは話題を転換する助字。「澠池」は洛陽の西、今の河南省澠池県付近の地名。「交歓」は和やかに会する。**21** 秦の昭襄王は力で圧倒しようとした。「負」はたよる。**22** 藺相如は秦王の力に屈せず、相手が勢いづく前にくじいた。「端」は端緒。**23**「眥血」はまなじりから流れる血。厳しく見つめることで相手を圧倒する。**24**「藺相如伝」では璧も自分も壊すとせまった場面に「怒髪上がりて冠を衝く」。この五字をそのまま用いて一句とする。**25・26** 秦王が趙王に瑟を弾かせたのに対抗して、藺相如が秦王に缶を撃つことを求めた宴会の場面。「藺相如伝」によると、宴たけなわの時、秦王は趙王に瑟を弾いてほしいと言う。趙王が演奏すると、秦の御史(史官)が「某年月日、秦王　趙王と会飲し、趙王をして瑟を鼓《こ》せしむ」と記録した。藺相如が進み出て秦王に秦の曲を聴かせてほしいと言うが、秦王は受け入れない。藺相如は刃を抜いて、己れの首をかききろうとし、やむなく秦王は缶を撃つ。趙の御史が「某年月日、秦王　趙王の為《ため》に缶を撃つ」と記録した。秦と趙とが対等な関係で演奏しあったことをいう。「西」「東」は秦と趙。「缶」は酒をいれるほとぎ。打楽器としても用いる。「終双撃」は結局、秦も趙に合わせて演奏したこと。「不隻弾」は趙だけが演奏したのではないこと。　**27** 藺相如がいのちをかけて秦王に演奏をせまったこと。　**28**「藺相如伝」末尾の司馬遷の評語に「死を知れば必ず勇なり。死は難きに非ざるなり。死に処するは難し」、死ぬこと自体よりも、死を前にしていかに振る舞うかがむずかしいと藺相如の態度をたたえる。　**29**「稜威」は威厳。「章台」は璧を持した藺相如に会った秦王が座った場所。「藺相如伝」に「秦王　章台に坐して相如に見《まみ》ゆ」。　**30** 強力な秦も威厳ある藺相如に手を下せなかったこと。「彊禦」は強者。「干」は犯す。　**31・32** 藺相如は秦に使いした功が認められて上卿の地位を拝したが、廉頗は元来身分の低い藺相如が自分より上位に立ったことを不快とし、彼に会ったら侮辱すると公言する。藺相如は廉頗との衝突を避けて、道で廉頗を見かけると車をよけた。「屈節」は下手に出る。「邯鄲」は趙の都。「軒」は車。　**33・34** 藺相如の真意を知った廉頗が己れの狭量を謝したこと。「廉公」は廉頗。「負荊」は自分を罰するためにいばらの鞭《むち》を背に負う。「諐」は過ち。「藺相如伝」では、廉頗の車を避ける藺相如を卑屈として従者たちは去ろうとする。藺相如は強力な秦が趙に攻め込まないのは廉頗と自分がいるためだ、その「両虎」が戦えばどちらかは死ぬ、わたしは個人の仇《あだ》よりも国家の急を先にするのだ、と言う。それを聞いた廉頗は「肉袒《にくたん》して(肌脱ぎになって)荊を負い」、藺相如の家の門前で「罪を謝し」、二人は「刎頸《ふんけい》の友(互いのためならば首を切られても悔やまない友人)」となった。**35**「智勇」は知恵と勇気。「藺相如伝」の司馬遷の評語に「其の智勇に処するは之を兼《か》ぬと謂《い》うべし」。**36**「弛張」は弛緩と緊張。『礼記《らいき》』雑記《ざっき》下に「張りて弛まざるは、文武(周の文王と武王)能《よ》くせざるなり。弛みて張らざるは、文武為《な》さざるなり。一張一弛は、文武の道なり」。ここでは藺相如が秦王に対しては居丈高な態度で臨み、廉頗に対しては謙虚に振る舞うというように、硬軟の態度を使い分けたこと。○押韻　伝《てん》・言《げん》・患《かん》・全《せん》・賢《けん》・関《かん》・前《せん》・捐《えん》・還《かん》・歓《かん》・端《たん》・冠《かん》・弾《たん》・難《だん》・干《かん》・軒《けん》・諐《けん》・歎《たん》

「覧古《らんこ》」はいにしえを振り返って見て思いを述べる詩。『文選』では「詠史《えいし》」の部立てのなかに収められる。この詩は、戦国・趙の藺相如《りんしょうじょ》にまつわる二つの故事を詠じる。秦が名宝卞和《べんか》の璧《へき》を十五の城と交換したいと要求してきた時、使者に抜擢《ばってき》されて秦に赴いた藺相如は十五城割譲の意はないと見抜いて璧をそのまま持ち帰った。その後、澠池《べんち》において趙の王が秦と会見した際にも、大国の秦に屈することはなかった。死を恐れずに毅然たる態度を貫く一方、公のために廉頗《れんぱ》との私的衝突を避けて卑屈と思われることも厭《いと》わない、藺相如の柔軟な身の処し方をたたえる。

文献解説

『文選』関連

李善注本《りぜんちゅうぼん》　唐の李善が『文選』三十巻を六十巻に分け、注を施した本。顕慶《けんけい》三年（六五八）に上表された。その注は語の意味を直接説明するよりも、先行する用例を引くことによって明らかにしようとする。現在に至るまで、『文選』の最も優れた注釈書とされる。南宋の尤袤《ゆうぼう》の刊本（尤本）、清の胡《こ》克家《こくか》が尤本をもとに刊行した胡《こ》刻本《こくぼん》などがある。胡刻本には他本との異同を記した「文選考異」（「胡氏考異」と称される）が付される。本書は最も通行している胡刻本を底本とした。

五臣注本《ごしんちゅうぼん》　唐の開元《かいげん》六年（七一八）に呂延祚《りょえんそ》が進呈した三十巻本。五臣とは、呂延済《りょえんさい》・劉《りゅう》良《りょう》・張銑《ちょうせん》・呂向《りょきょう》・李周翰《りしゅうかん》の五人をいう。李善の注は高度に過ぎるため、簡便に『文選』の作品を読解するために作られた。そのために言葉に対する態度が安易に過ぎるきらいがある。宋代以降、李善注と五臣注を合わせた六臣《りくしん》注『文選』が刊行された。五臣注本には、国立中央図書館蔵の南宋紹興《しょうこう》三十一年刊本などがある。六臣注本には、李善注を前に置く李善五臣注本と、後ろに置く五臣李善注本の二系統があり、前者には南宋の贛州《かんしゅう》刊本(宮内庁書陵部蔵)や涵芬楼《かんふんろう》蔵宋刊本(四部叢刊初編所収)が、後者には南宋の明州《めいしゅう》刊本(足利学校遺蹟図書館蔵、汲古書院景印「国宝文選」)や明の袁褧《えんけい》の仿宋《ほうそう》刊本などがある。

集注本《しゅうちゅうぼん》　「文選集注」「集注文選」「旧鈔文選集注残巻」などという。編者も来歴も未詳。日本にのみ百二十巻中の二十巻余が残存する。平安後期の朱校書入があり、平安時代の写本とも、中国から伝来したものともいわれる。正文は李善注本により、李善注『文選』の旧に最も近いと見られる。注釈は李善注・鈔・音決・五臣注・陸善経《りくぜんけい》注の順にならべられ、ときどき「今案」として編者による諸本の異同が記されている。「鈔」「音決」「陸善経注」はこの本でしか見られない貴重なもの。もと金沢文庫旧蔵で国宝に指定。『京都帝国大学文学部景印旧鈔本』第三集〜第九集(一九三五、三六、四二年)、周勛初《しゅうくんしょ》纂編『唐鈔本文選集註彙存』(全三冊)再版増補版(上海古籍出版社、二〇一一年)所収。

文選鈔《もんぜんしょう》　集注本に記載されている注釈の一つ「鈔」。『日本国見在書目録《にほんこくげんざいしょもくろく》』に見える無名氏の『文選抄』か、公孫羅《こうそんら》の『文選鈔』か、といわれる。

九条本《くじょうぼん》　九条家旧蔵の巻子本《かんすぼん》。書写年代は平安末から南北朝期の約二百四十余年間にわたる。無注本を伝写したもので、李善注本、五臣注本とも異なる貴重なもの。もと三十巻本で、そのうち二十一巻が現存する。現在は皇室御物。本書では昭和十三年撮影の写真版を使用。

経書関連

周易《しゅうえき》　五経の一。占いの書。陰陽二気をもとにして森羅万象の変化を考え、天意を知り人事を考究する。伝承によれば伏義《ふくき》氏が六十四卦を定め、周の文王が卦辞《かじ》を、その子の周公旦《しゅうこうたん》が爻辞《こうじ》を作り、以上の「経」に孔子が「彖伝《たんでん》」「象伝《しょうでん》」「繫辞伝《けいじでん》」などの「伝」(解説の意)を加えたと言われる。古くは単に『易』、宋代以降に『易経』と称される。

尚書《しょうしょ》　五経の一。堯《ぎょう》・舜《しゅん》・夏・殷・周の政道を記し、徳治を主張する儒家の政治理念を最もよく示すものとして尊ばれた。以前は孔子が編纂したと伝えられた。現存の五十八篇には、魏晋のころの偽作である二十五篇を含む。解釈には漢の孔安国《こうあんこく》の伝がある。古くは単に『書』と言われ、漢代に『尚書』、宋代以降に『書経』と称される。

詩経《しきょう》　五経の一。中国最古の詩集で、周から春秋時代中期の詩を集める。かつては孔子が編纂したと言われたが、それ以前に成立していたとおぼしい。現存する詩は三百五篇で、風(十五の諸国の歌謡)・雅(朝廷の歌、小雅と大雅がある)・頌(宗廟祭祀《そうびょうさいし》の歌)に分類される。古くは単に『詩』と言い、漢代に毛亨《もうこう》が伝えた『毛詩《もうし》』が毛萇《もうちょう》の「伝」(毛伝《もうでん》)と後漢の鄭玄《じょうげん》の「箋《せん》」(鄭箋《ていせん》)とともに伝存。宋代から『詩経』と称されるようになった。漢代には魯詩《ろし》・斉詩《せいし》・韓詩《かんし》もあり、韓詩は薛君《せつくん》の章句とともに李善注に引かれる。

礼記《らいき》　五経の一。儒家の礼に関する諸説を集めたもの。漢の戴聖《たいせい》の編。後漢の鄭玄《じょうげん》の注がある。四書の『大学』『中庸』は『礼記』の一部。戴聖の一族の年長者である戴徳《たいとく》に『大戴礼《だたいれい》』(『大戴礼記《だたいらいき》』)があり、それに対して『礼記』を『小戴礼《しょうたいれい》』という。

周礼《しゅらい》　伝周公旦《しゅうこうたん》の作。周代の官制を説明したもので、後漢の鄭玄《じょうげん》の注がある。上掲の『礼記』、冠婚葬祭などの礼儀作法を記した『儀礼《ぎらい》』とあわせて、「三礼《さんらい》」という。

左伝《さでん》　『春秋左氏伝《しゅんじゅうさしでん》』の略称。五経の一つ『春秋』(魯を中心とした春秋時代の歴史を編年体で記す)を、説話を交えて敷衍したもので物語性が高い。魯の左丘明《さきゅうめい》の撰と伝えられ、西晋の杜預《どよ》の注がある。同じく『春秋』解釈の書である『公羊伝《くようでん》』『穀梁伝《こくりょうでん》』とあわせて、「春秋三伝」という。

国語《こくご》　春秋時代の列国の事跡を国別にまとめたもの。『左伝』とともに伝左丘明《さきゅうめい》の撰。『左伝』を「春秋内伝《ないでん》」というのに対して、「春秋外伝《がいでん》」ともいう。後漢の賈逵《かき》と呉の韋昭《いしょう》の注がある。

爾雅《じが》　最古の字書。経書の字の解釈をするために、周公旦《しゅうこうたん》、あるいは孔子の門人が編集したといわれ、『詩経』の文字が多く取り上げられている。宋代に経書の一つとなる。

韓詩外伝《かんしがいでん》　漢の韓嬰《かんえい》の撰。漢代にあった『詩経』の一つ『韓詩』の注解で、先秦の故事を引いて詩句の説明とする。『韓詩』は途絶え、この外伝のみ現存する。

孔子家語《こうしけご》　孔子の言行、弟子との問答を集録したもの。漢代の原書は亡佚《ぼういつ》し、現行の書は、魏の王粛《おうしゅく》が漢の孔安国《こうあんこく》に仮託して編纂したものとする説が有力。

史書関連

史記《しき》　漢の司馬遷《しばせん》の撰。父司馬談《しばたん》の遺志を継ぎ、黄帝《こうてい》から漢の武帝までの歴史を記す。帝王の事跡の「本紀《ほんぎ》」、年表の「表」、文化制度の「書」、諸侯などの伝記の「世家《せいか》」、個人の伝記である「列伝」からなる。この紀伝体が『漢書』以下の正史に継承され、正史二十四史の筆頭に置かれる。李善注では、『史記』と『漢書』に同じ記載がある場合に『漢書』を引くことが多いが、本訳注では『史記』を挙げた。

漢書《かんじょ》　後漢の班固《はんこ》の撰。父班彪《はんぴゅう》の志を継ぎ、前漢の歴史を『史記』にならって紀伝体で記す。妹の班昭《はんしょう》が補訂して完成させた。体例、文体が整っていて歴史書の模範とされる。後漢から東晋までの諸家の注があり、それをまとめた唐の顔師古《がんしこ》注本が現在通行する。

後漢書《ごかんじょ》　南朝宋の范曄《はんよう》の撰。後漢の歴史を記した正史。先に呉の謝承《しゃしょう》などの『後漢書』があり、それらを取捨選択して一書にまとめたもの。范曄の書は「本紀」と「列伝」のみで、唐の章懐太子《しょうかい》(李賢《りけん》)の注がある。「志」は西晋の司馬彪《しばひゅう》の『続漢書』に梁の劉昭《りゅうしょう》が注を付したもの。宋代に両者が合刻され現行本の体裁となる。

三国志《さんごくし》　西晋の陳寿《ちんじゅ》の撰。魏・蜀・呉の三国の歴史を記した正史。「魏書」「蜀書」「呉書」からなり、「本紀」は「魏書」のみにある。南朝宋の裴松之《はいしょうし》が多くの書を引いて注を施す。

晋書《しんじょ》　唐の房玄齢《ぼうげんれい》らの編。唐の太宗の勅命を受けて、南斉の臧栄緒《ぞうえいしょ》の『晋書』などを参考に編纂された。西晋・東晋・五胡十六国の歴史を記した正史。この書の完成によって、唐初まで残存していた数多くの晋史を記した書(李善の引く臧栄緒の書をはじめ、東晋・王隠《おういん》の『晋書』、東晋・孫盛《そんせい》の『晋陽秋《しんようじゅう》』など)はすべて亡佚《ぼういつ》した。

宋書《そうじょ》　梁の沈約《しんやく》の撰。南朝宋の歴史を記した正史。勅命を受けて南朝宋の徐爰《じょえん》らの『宋書』などをもとに完成させた。

戦国策《せんごくさく》　漢の劉向《りゅうきょう》の編。戦国時代の遊説家の弁を国別に集めたもの。後漢の高誘《こうゆう》の注がある。現行本は北宋の曽鞏《そうきょう》が復元したものによる。

その他

山海経《せんがいきょう》　撰者未詳。古代の地理書で各地の山川や産物を記す。怪異な生物や神についての記述が多く、四庫全書《しこぜんしょ》では小説家に分類される。周代からの伝説に後人が加筆して成立したといわれ、東晋の郭璞《かくはく》の注がある。

荀子《じゅんし》　戦国時代の荀況《じゅんきょう》の撰。荀卿《じゅんけい》と尊称されたが、漢の宣帝《せんてい》（劉詢《りゅうじゅん》）の諱《いみな》を避けて、その書は『孫卿新書』『孫卿子』と称された。唐の楊倞《ようりょう》が再編して注を施し、書名を『荀子』と改めた。孔子の学を伝え、礼を重視し性悪説を唱える。

説苑《ぜいえん》　漢の劉向《りゅうきょう》の撰。春秋時代から漢初までの賢人の逸話を集める。現行本は北宋の曽《そう》鞏《きょう》が復元したもの。

老子《ろうし》　周の老聃《ろうたん》の撰と伝えられる。道家の祖とされる老子の思想を記す。上篇が道経、下篇が徳経で、『老子道徳経』ともいわれる。戦国時代以降に老聃に仮託してまとめられたと考えられている。老子の姓名は李耳《りじ》、字《あざな》は聃（一説に字は伯陽《はくよう》、諡《おくりな》は聃）という。通行本には後漢のころのものという河上公《かじょうこう》注本と魏の王弼《おうひつ》注本の二系統がある。

荘子《そうじ》　戦国時代の荘周《そうしゅう》の撰。議論と寓話によって道家の思想を説く。もと五十二篇あったが、現在は西晋の郭象《かくしょう》が注をつけて再編した三十三篇本が伝わる。内篇七篇が荘周の自著で、外篇・雑篇二十六篇は後人の作といわれる。

列子《れっし》　戦国時代の列禦寇《れつぎょこう》の作というが、今本は魏晋のころの偽作と考えられている。多くの寓話によって道家思想を説く。東晋の張湛《ちょうたん》が注をつけたものが通行本となる。

韓非子《かんぴし》　戦国時代の韓非《かんぴ》の撰。原名は『韓子《かんし》』。唐の韓愈《かんゆ》と区別するため、宋代以降『韓非子』と称されるようになる。法家の代表的著作。

呂氏春秋《りょししゅんじゅう》　『呂覧《りょらん》』ともいう。戦国時代の秦の呂不韋《りょふい》の撰。呂不韋が多くの食客を集めて編纂させたもので、儒家・道家を中心に天文・音楽・農学など当時の学説や説話を幅広く採録する。後漢の高誘《こうゆう》の注がある。

淮南子《えなんじ》　原名は『淮南鴻烈《こうれつ》』。漢の淮南《わいなん》王劉安《りゅうあん》の撰。劉安が学者を集めて編纂させたもので、道家の考えを主として儒家の説なども交える。日本に早く伝来していたので、呉音で「えなんじ」と読みならわされている。後漢の高誘《こうゆう》の注が現存。

世説新語《せせつしんご》　南朝宋の劉義慶《りゅうぎけい》の撰。後漢末から東晋までの著名人の逸話を集めたもの。いわゆる志人小説。もとは単に『世説《せせつ》』と称し、のちに『世説新語』『世説新書』と呼ばれるようになる。梁の劉孝標《りゅうこうひょう》（劉峻《りゅうしゅん》）の注がある。

楚辞《そじ》　戦国時代の楚の屈原《くつげん》の作品と、後人が屈原にならって作った作品を集めたもの。

『詩経』が北方の文学であるのに対して、南方の文学を代表する。漢の劉向《りゅうきょう》が『楚辞』として編集した。現行本は後漢の王逸《おういつ》が自らの作品も加えて注釈を施したものによる。

玉台新詠《ぎょくだいしんえい》　梁の簡文帝《かんぶんてい》の命により徐陵《じょりょう》が編纂。漢から梁までの詩歌を集めたもの。男女の情愛をうたった艶詩《えんし》を中心とする。

楽府詩集《がふししゅう》　北宋の郭茂倩《かくもせん》の撰。上古から五代までの楽府詩約五千三百首を集めたもの。楽府題(曲調)ごとに解題をつけ、作品を時代順に配列する。

詩品《しひん》　梁の鍾嶸《しょうこう》の撰。漢から梁までの古詩と百二十二人の詩人を、上中下の三品に分けて論評したもの。五言詩に対する評論の先駆。

文心雕龍《ぶんしんちょうりゅう》　梁の劉勰《りゅうきょう》の撰。文学の原理から文体・修辞などを論じた最古の文学理論の書。劉勰は本書を完成させた後、『文選』の編者である昭明太子蕭統《しょうとう》に仕えていて、『文選』の採録作品選択に影響を与えた可能性も考えられる。

『文選』の翻訳書

『国訳文選』　岡田正之・佐久節、国訳漢文大成・文学部一、国民文庫刊行会、一九三九年

『文選』　斯波六郎・花房英樹、世界文学大系七〇、筑摩書房、一九六三年

『文選(詩篇)』(上・下)　内田泉之助・網祐次、新釈漢文大系一四・一五、明治書院、一九六三、六四年
『文選(文章篇)』(一・二、五―七)　小尾郊一、全釈漢文大系二六・二七・三〇―三二、集英社、一九七四―七六年
『文選(詩騒篇)』(三・四)　花房英樹、全釈漢文大系二八・二九、集英社、一九七四年
『文選(賦篇)』(上)　中島千秋、新釈漢文大系七九、明治書院、一九七七年
『文選』(上)　高橋忠彦、中国の古典二三、学習研究社、一九八五年
『文選』(下)　神塚淑子、中国の古典二四、学習研究社、一九八五年
『文選』　興膳宏・川合康三、鑑賞中国の古典一二、角川書店、一九八八年
『文選(文章篇)』(上)　原田種成、新釈漢文大系八二、明治書院、一九九四年
『文選(賦篇)』(中・下)　高橋忠彦、新釈漢文大系八〇・八一、明治書院、一九九四、二〇〇一年
『文選(文章篇)』(中・下)　竹田晃、新釈漢文大系八三・九三、明治書院、一九九八、二〇〇一年

系図

・丸数字は皇帝の即位順。
・皇帝は諡号《しごう》、宗室の王は王爵で示す。
・（　）内は別称、あるいは追贈の諡号・王爵。
・〔　〕内は『文選 詩篇』にあらわれる王爵。
・太字は『文選 詩篇』の作者。
・┈┈┈は養父子、══は婚姻関係。

魏王朝・曹氏系図

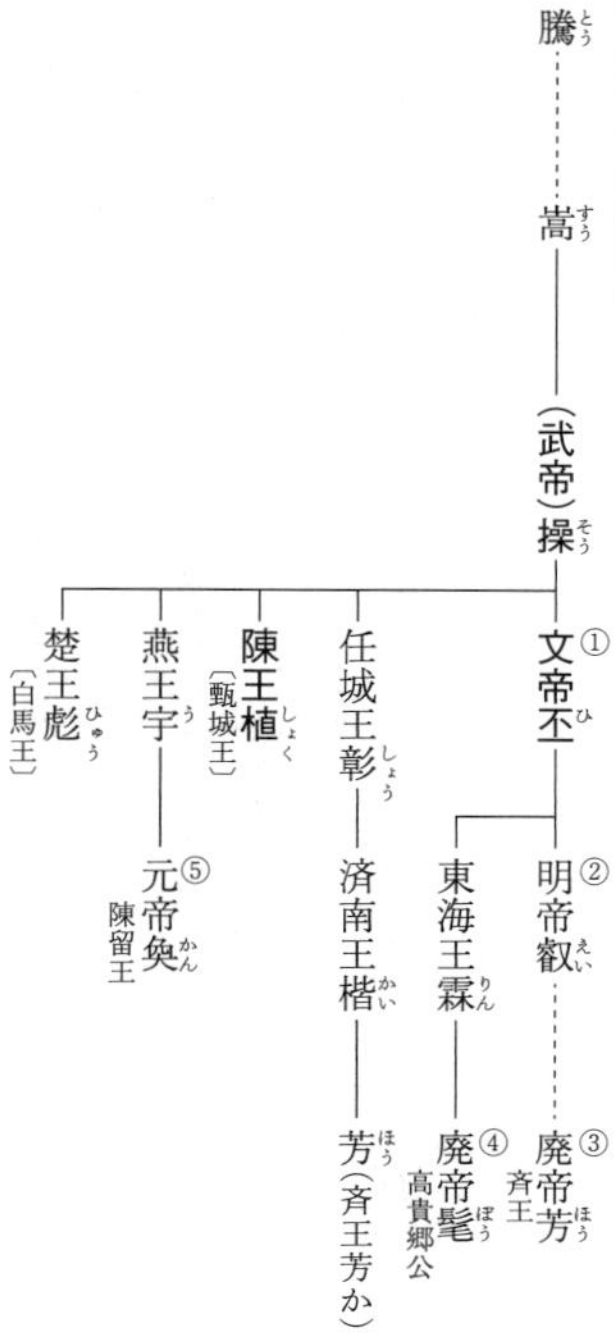

晋王朝・司馬氏系図

＊は八王を指す。

【西晋】

- (宣帝)懿《い》
  - (景帝)師《し》
  - (文帝)昭《しょう》
    - ①武帝炎《えん》
      - ②恵帝衷《ちゅう》＝賈后(南風《なんぷう》)（賈充《かじゅう》—賈后）
        - 愍懐太子遹《いつ》
      - ＊楚王瑋《い》
      - ＊長沙王乂《がい》
      - ＊成都王穎《えい》
      - 呉王晏《あん》
        - ④愍帝鄴《ぎょう》
      - ③懐帝熾《し》
    - 斉王攸《ゆう》
      - ＊斉王冏《けい》
  - ＊汝南王亮《りょう》
  - 琅邪王伷《ちゅう》
    - 琅邪王覲《きん》
      - ①元帝睿《えい》（【東晋】）
  - 梁王肜《ゆう》
  - ＊趙王倫《りん》
- 安平王孚《ふ》
  - 太原王瓌《かい》
    - ＊河間王顒《ぎょう》
- 馗《き》
  - 高密王泰《たい》
    - ＊東海王越《えつ》

【東晋】

- ①元帝睿《えい》
  - ②明帝紹《しょう》
    - ③成帝衍《えん》
      - ⑥哀帝丕《ひ》
      - ⑦廃帝奕《えき》(海西公)
    - ④康帝岳《がく》
      - ⑤穆帝聃《たん》
  - ⑧簡文帝昱《いく》
    - ⑨孝武帝曜《よう》
      - ⑩安帝徳宗《とくそう》
      - ⑪恭帝徳文《とくぶん》
    - 会稽王道子《どうし》

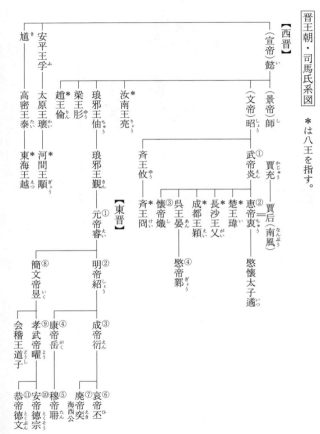

南朝宋・劉氏系図

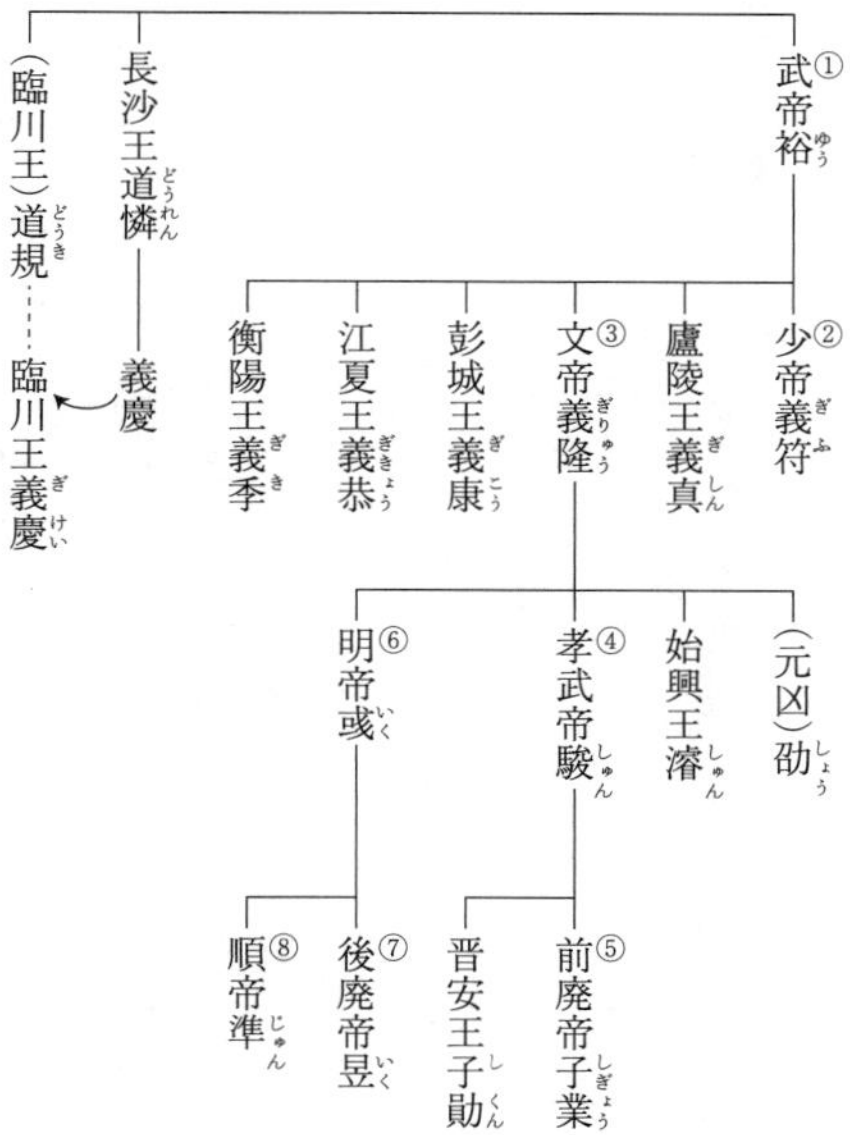
①武帝裕《ゆう》
②少帝義符《ぎふ》
廬陵王義真《ぎしん》
③文帝義隆《ぎりゅう》
彭城王義康《ぎこう》
江夏王義恭《ぎきょう》
衡陽王義季《ぎき》
長沙王道憐《どうれん》
義慶
（臨川王）道規《どうき》
臨川王義慶《ぎけい》
（元凶）劭《しょう》
始興王濬《しゅん》
④孝武帝駿《しゅん》
⑥明帝彧《いく》
⑤前廃帝子業《しぎょう》
晋安王子勛《しくん》
⑦後廃帝昱《いく》
⑧順帝準《じゅん》

南斉王朝・蕭氏系図

- （始安王）道生《どうせい》
  - 始安王鳳《ほう》
    - 始安王遥光《ようこう》
  - 明帝鸞《らん》⑤
    - 晋安王宝義《ほうぎ》
    - 廃帝宝巻《ほうかん》⑥ 東昏侯
    - 和帝宝融《ほうゆう》⑦
- 高帝道成《どうせい》①
  - 武帝賾《さく》②
    - 文恵太子長懋《ちょうぼう》
      - 廃帝昭業《しょうぎょう》③ 鬱林王
      - 廃帝昭文《しょうぶん》④ 海陵王〔新安王〕
      - 巴陵王昭秀《しょうしゅう》 臨海王
    - 竟陵王子良《しりょう》
    - 随郡王子隆《しりゅう》
  - 予章王嶷《ぎょく》
    - 子廉《しれん》

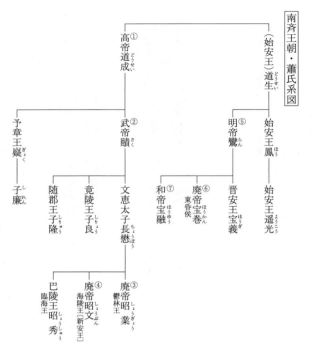

梁王朝・蕭氏系図

- (長沙王)懿《い》
  - ⑤淵明《えんめい》（貞陽侯）
- ①武帝衍《えん》
  - 昭明太子統《とう》
    - 予章王歓《かん》
      - ③廃帝棟《とう》（予章王）
  - ②簡文帝綱《こう》
  - ④元帝繹《えき》
    - ⑥敬帝方智《ほうち》

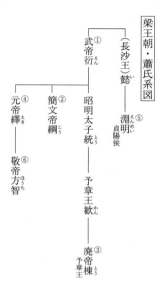

陳郡陽夏・謝氏系図

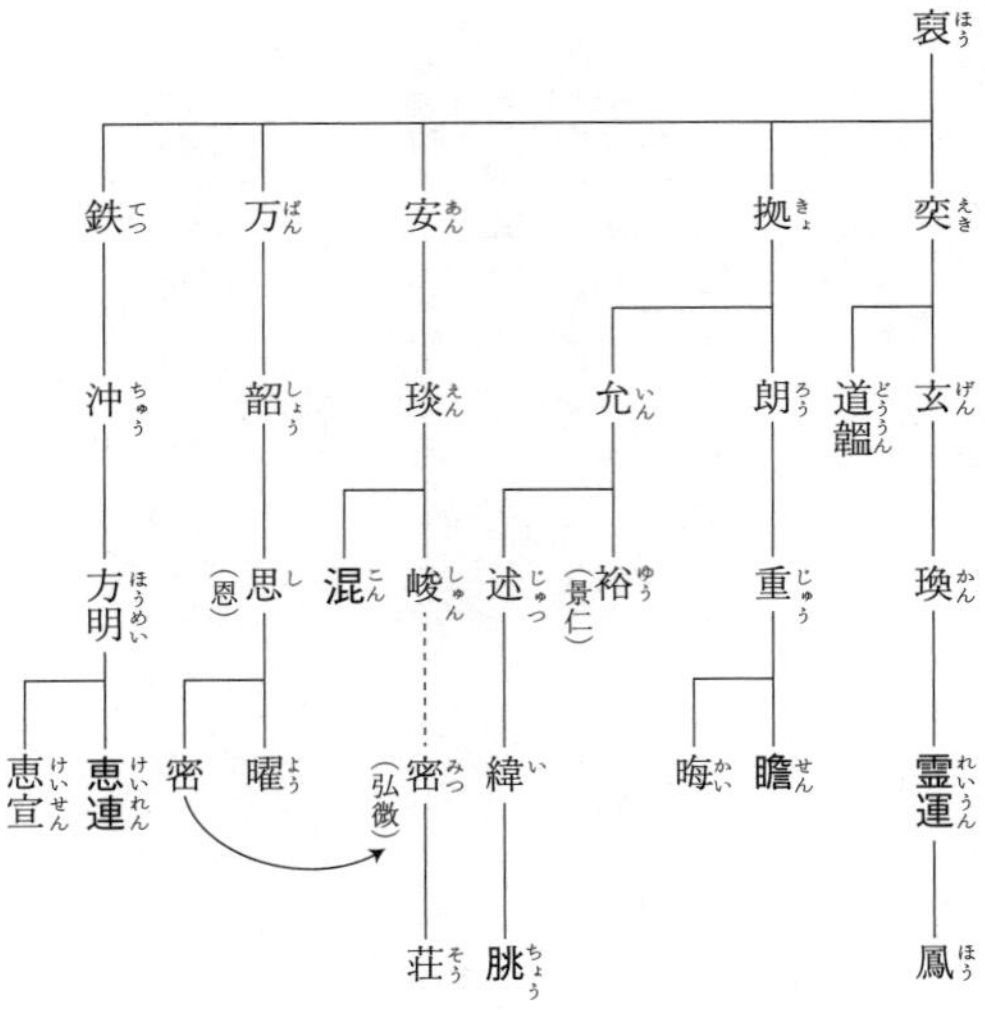

裒《ほう》
奕《えき》
拠《きょ》
安《あん》
万《ばん》
鉄《てつ》
玄《げん》
道韞《どううん》
朗《ろう》
允《いん》
琰《えん》
韶《しょう》
沖《ちゅう》
瑍《かん》
重《じゅう》
裕《ゆう》(景仁)
述《じゅつ》
峻《しゅん》
混《こん》
思《し》(恩)
方明《ほうめい》
霊運《れいうん》
瞻《せん》
晦《かい》
緯《い》
密《みつ》(弘微)
曜《よう》
密
恵連《けいれん》
恵宣《けいせん》
鳳《ほう》
朓《ちょう》
荘《そう》

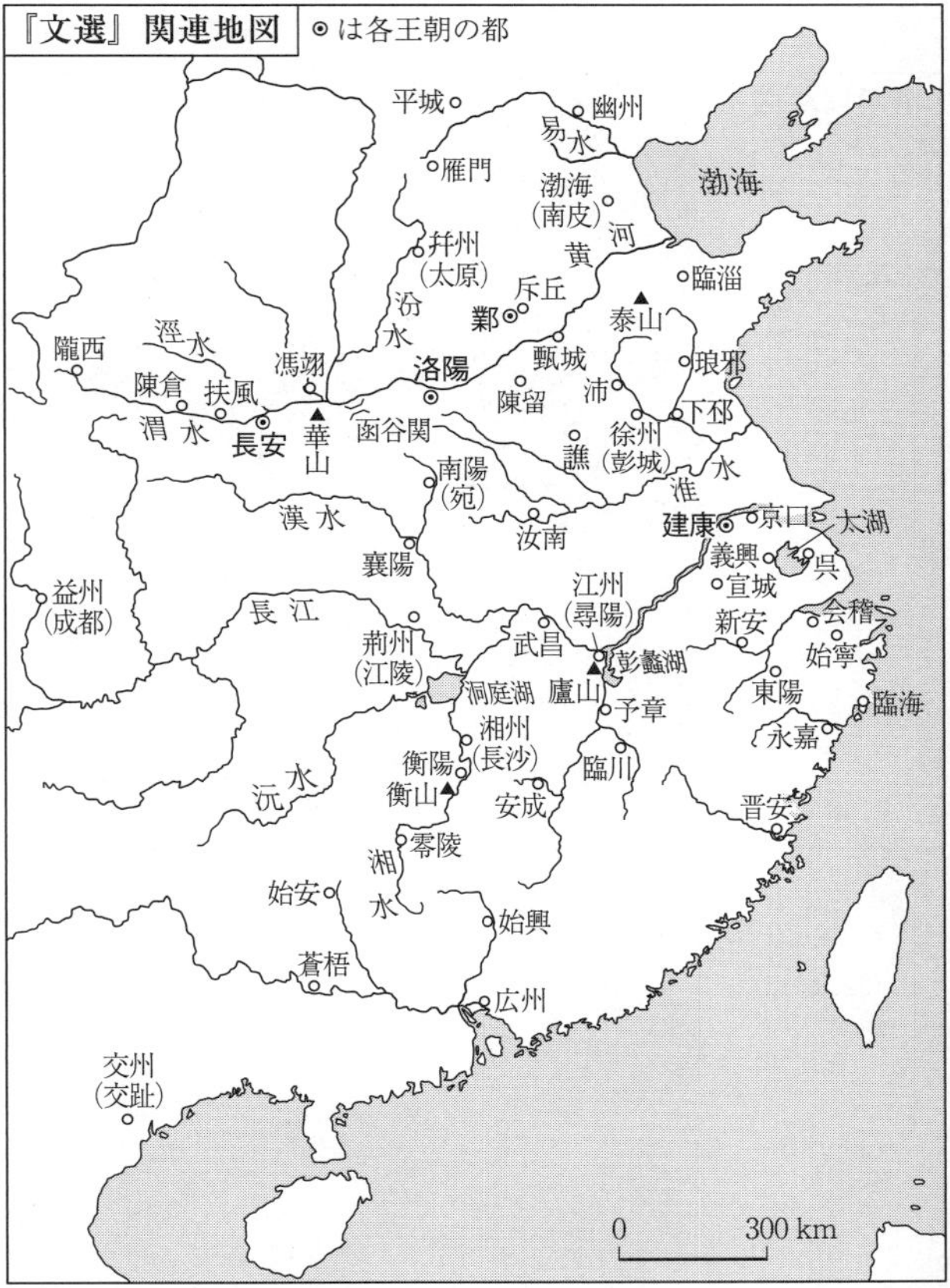
『文選』関連地図
◉は各王朝の都
平城
幽州
易水
雁門
渤海
渤海
(南皮)
河
黄
并州
(太原)
臨淄
汾
水
斥丘
鄴
泰山
涇水
隴西
馮翊
洛陽
甄城
琅邪
陳倉
扶風
陳留
沛
渭水
長安
華山
函谷関
下邳
徐州
(彭城)
譙
水
南陽
(宛)
淮
漢水
汝南
建康
京口
太湖
襄陽
義興
呉
宣城
益州
(成都)
江州
(尋陽)
長江
新安
会稽
荊州
(江陵)
武昌
彭蠡湖
始寧
廬山
洞庭湖
東陽
臨海
予章
湘州
(長沙)
永嘉
衡陽
臨川
沅水
衡山
安成
晋安
零陵
湘
水
始安
始興
蒼梧
広州
交州
(交趾)
0
300 km

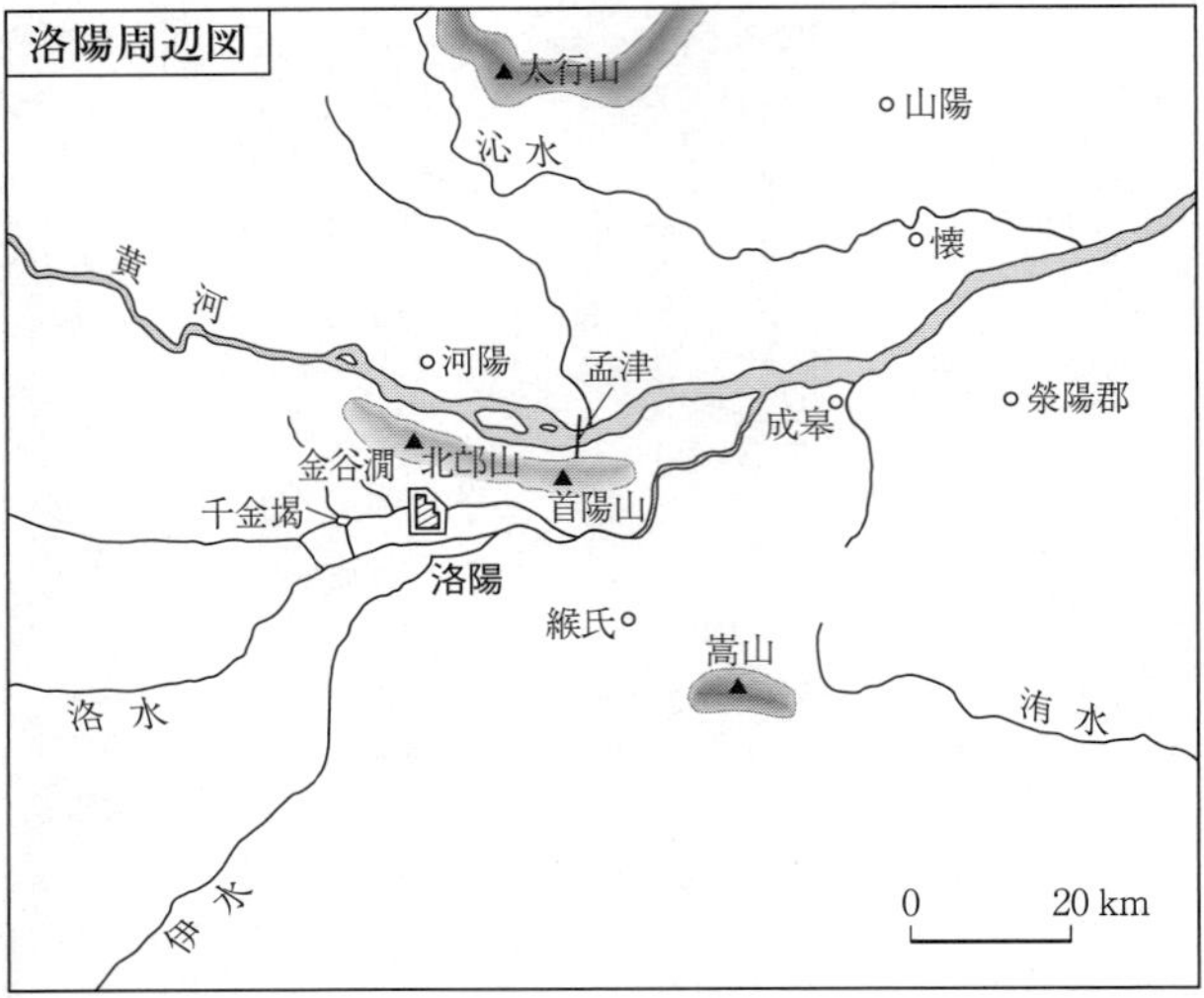
洛陽周辺図
太行山
山陽
沁水
懐
黄河
河陽
孟津
滎陽郡
成皋
金谷澗
北邙山
首陽山
千金堨
洛陽
緱氏
嵩山
洧水
洛水
伊水
0
20 km

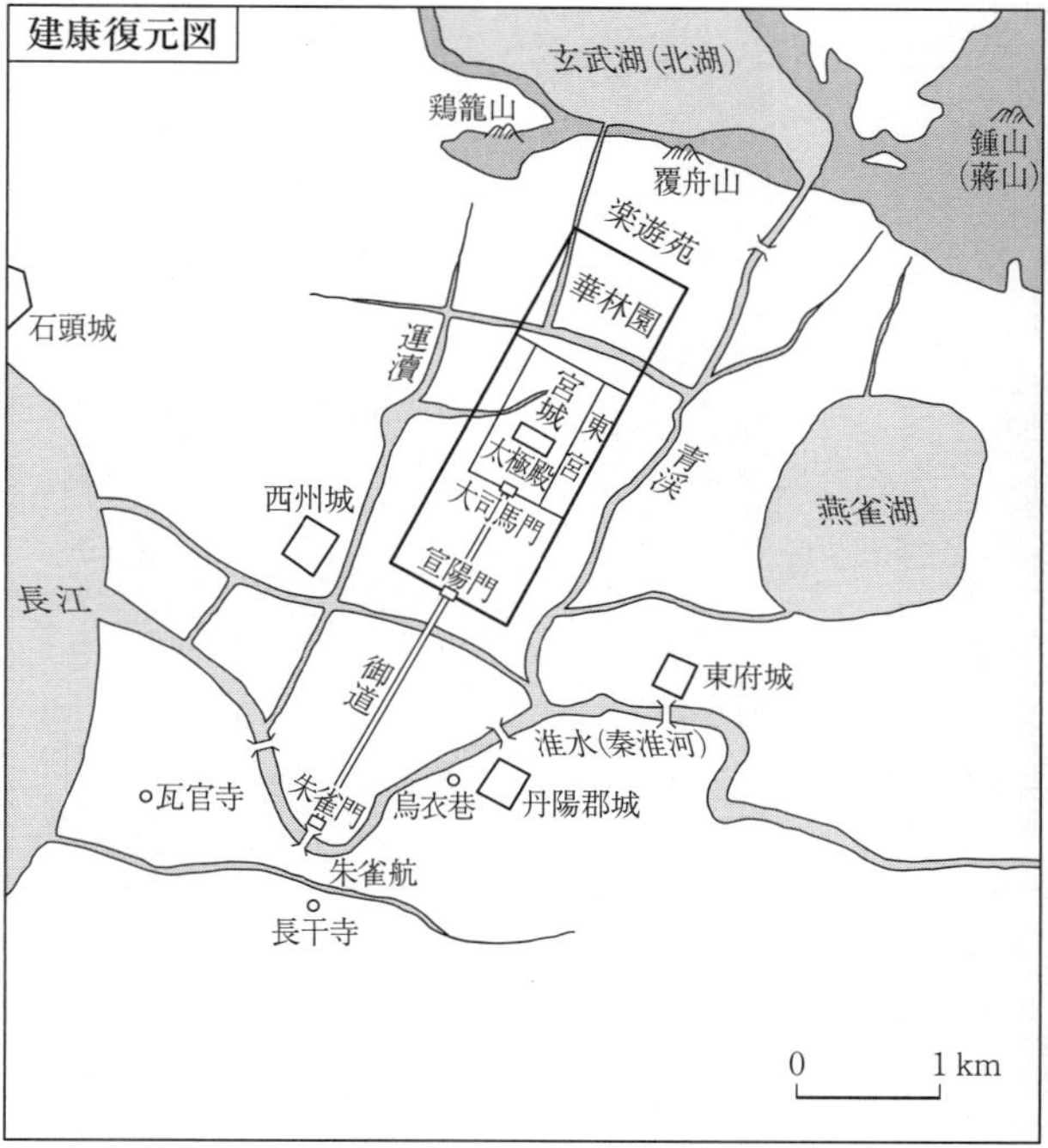

張学鋒「所謂“中世紀都城”——以東晋南朝建康城為中心」(『社会科学戦線』2015年第8期)を参照．宮城の規模は東晋のもの．

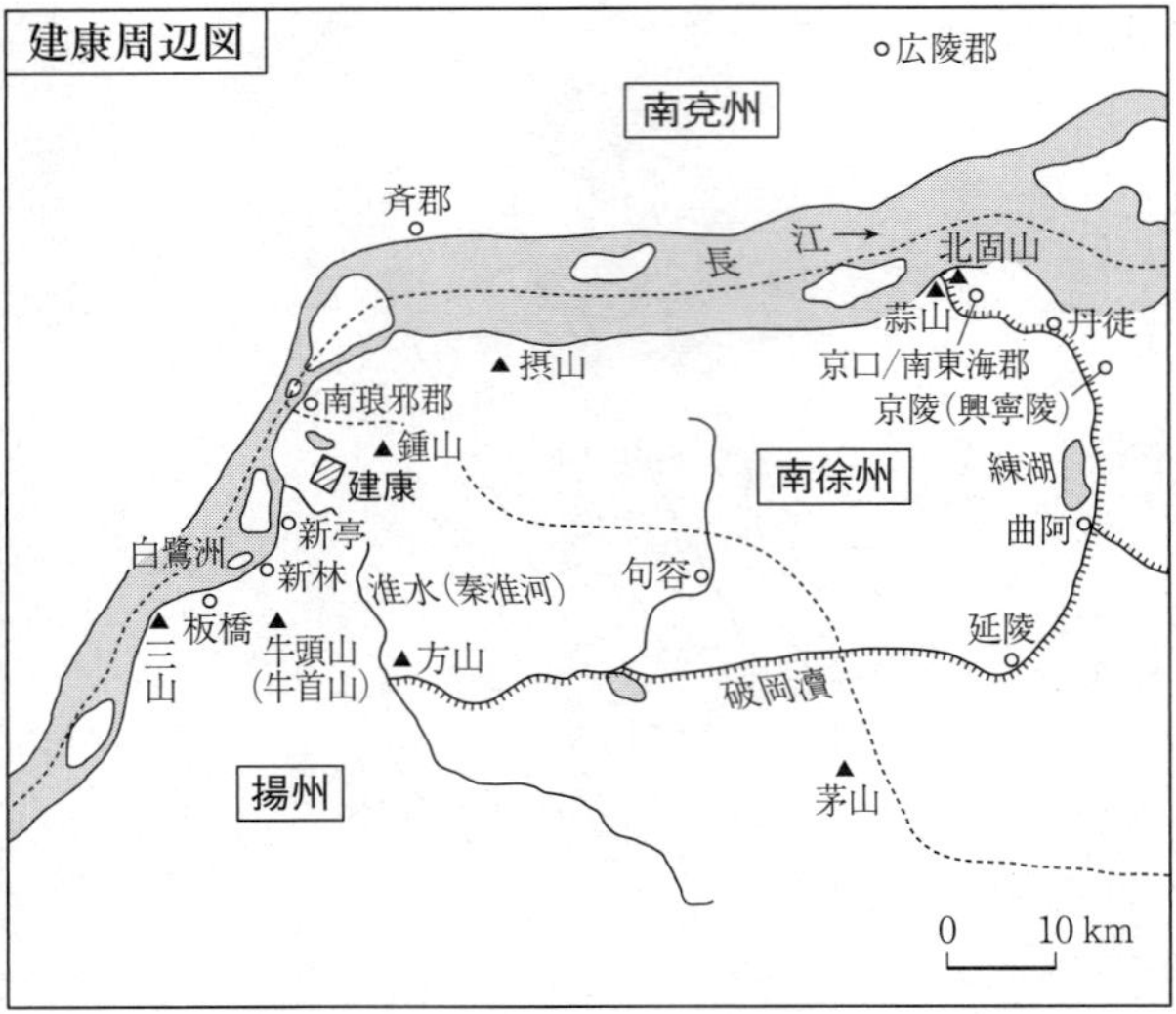
建康周辺図
広陵郡
南兗州
斉郡
長　江→
北固山
蒜山
丹徒
京口/南東海郡
京陵(興寧陵)
摂山
南琅邪郡
鍾山
建康
南徐州
練湖
曲阿
新亭
白鷺洲
新林
淮水(秦淮河)
句容
板橋
三山
牛頭山
(牛首山)
方山
延陵
破岡瀆
揚州
茅山
0　10 km

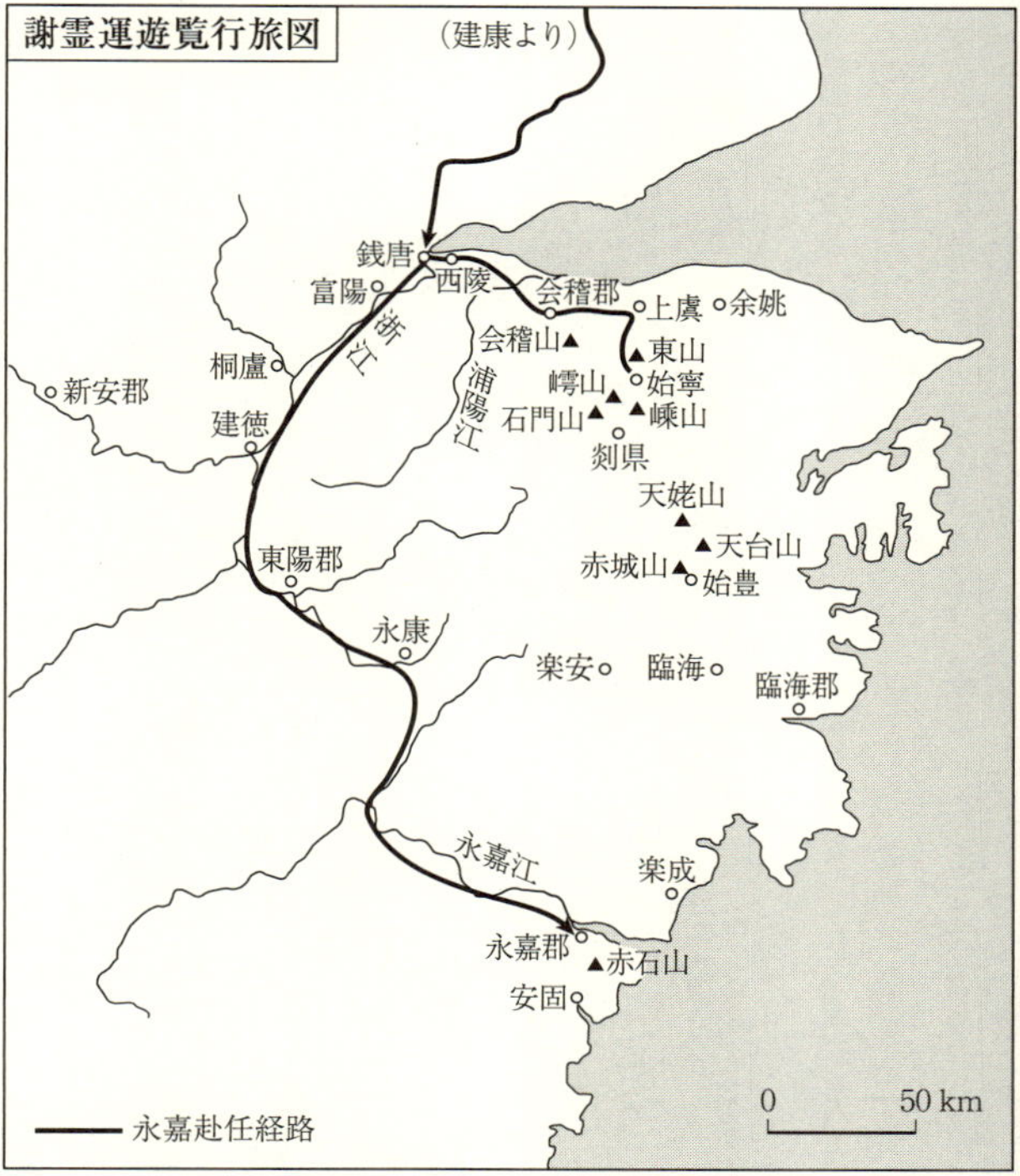
謝霊運遊覧行旅図
（建康より）
銭唐
西陵
富陽
会稽郡
上虞
余姚
会稽山
東山
浙江
桐廬
浦陽江
嶀山
始寧
新安郡
石門山
嵊山
建徳
剡県
天姥山
天台山
東陽郡
赤城山
始豊
永康
楽安
臨海
臨海郡
永嘉江
楽成
永嘉郡
赤石山
安固
0
50 km
永嘉赴任経路

解説

川合康三

1　『文選』という書物

中国の書物は伝統的に「経部《けいぶ》」「史部《しぶ》」「子部《しぶ》」「集部《しゅうぶ》」の四つに分類される。儒家の経典とその注釈を収める「経部」、歴史書を収める「史部」、諸子百家など思想書を収める「子部」、文学に属する書物を収める「集部」である。集部は「別集」と「総集」とに大別される。「別集」が個人別の文集であるのに対して、複数の作者の作品を収めた文集は「総集」と呼ばれる。そして『文選《もんぜん》』は今日まで伝えられたなかでは最も早く編まれた総集であり、かつ歴代の総集のなかで最も重要なものとみなされてきた。『文選』が収める先秦から南朝・梁の時代に至る文学作品は、その後の文学の骨格を成し、終始して文学の規範として重んじられてきたのである。

『文選』が編まれたのは六世紀の前半、南朝・梁の時代であった。当時の総集は生きている人の作は収めないことから、作者のなかで最も没年の遅い陸倕《りくすい》(四七〇―五二六)の死より後、編者として名が掲げられる昭明太子蕭統《しょうとう》(五〇一―五三一)の死より前、すなわち五二六年から五三一年までの数年間に、編纂の時期は絞られる。(1)五〇二年に南斉《なんせい》から梁に王朝が代わってから二十数年を経たその時期、創業の勢いはまだ保たれ、徐々に守成へと移行する、比較的安定していた時期であったことだろう。

それまでに総集が編纂されることがないわけではなかった。唐初に編まれた『隋書』経籍志《けいせきし》には『文選』より前に編まれた総集として、西晋・摯虞《しぐ》の『文章流別集』をはじめとして十二種が著録されている。ところが『隋書』が書かれてから数十年のちの唐・開元年間における宮中図書館の蔵書目録を記録した『旧唐書《くとうじょ》』経籍志には、『文選』以前の総集は四種が載せられるに過ぎない。一方、『文選』については、昭明太子『文選』に加えて、李善注『文選』、公孫羅《こうそんら》注『文選』、蕭該《しょうがい》『文選音』、公孫羅『文選音』、釈道淹《しゃくどうえん》『文選音義』が列挙されている。つまり『文選』に先立つ総集は極端に減り、逆に『文選』に関する書物が一気に増えるのである。

『隋書』経籍志と『旧唐書』経籍志の間に見られるこの違いは、六朝《りくちょう》期に編まれた総集の多くが初唐から盛唐にかけての時期に隠滅してしまったこと、それに代わって

『文選』が総集の代表としての地位を獲得したことを語っている。一般に中国の書籍は、ひとたび支配的な本があらわれると、それ以外の本はたちまち消えてしまうという傾向がある。日本では中国から将来された書物を珍重したために、彼の地で佚《いっ》した書物が此の地にのみのこるということが往々にしてある。六朝期の総集の多くが唐に入ったのちに散逸したことは、『文選』の受容が徐々に定着したことを語るだろう。

ではなぜ『文選』だけが総集として受け継がれていったのだろうか。何よりもまずその内容が当を得ていたことによるであろうが、興膳宏氏は先行する総集と大きな違いはなかったであろうと推測する。(2) 今、確かにわかるのは佚書の巻数だけであるから、仮にそれを手がかりに違いを見るならば、『文選』の三十巻という巻数は散逸した他の総集に比べて多からず少なからず、分量が総集として適度であったと言えるのではないだろうか。(3) もともと総集が編纂される契機は、別集の数が増えたので閲覧の便宜のために作品をより抜いた書物が作られたのだと言われる(『隋書』経籍志集部の序)。昭明太子蕭統の『文選』序にも、それまでの作品の蓄積が膨大に過ぎることを嘆き、凡作を捨て精華を集める必要があると、選別したゆえんを説いている。先行する総集の巻数が、たとえば劉義慶《りゅうぎけい》『集林』百八十一巻、孔逭《こうかん》『文苑《ぶんえん》』百巻などの大冊、あるいはまた沈約《しんやく》『集鈔』十巻、撰者未詳『集略』二十巻などの小冊、両極端に分かれるのを見ると、分量の多寡が当を得ていたことも、『文選』がのこった理由の少なくとも一つとして考えうることではある。そしてまた唐の初めに李善の注というすぐれた注釈が作られたことが、『文選』が他を圧して広まる契機になったのではないだろうか。

2　総集編纂の典範

『文選』が唐代に入って総集の中心を占める地位を確立したであろうことは、『文選』の注釈が陸続とあらわれたことから知られるばかりではない。以後の総集が『文選』を手本として編まれたことも、『文選』が総集の典範として受け止められたことを示している。たとえば中唐の裴潾《はいりん》という人は文宗の大和八年(八三四)、「梁の昭明太子『文選』に続け」て『太和通選』三十巻を編んだ(『旧唐書』文宗紀下、また裴潾伝)。ただし『旧唐書』裴潾伝によれば、その選択に偏りがあり、裴潾と親交のない者の作品は採らなかったために世評はかんばしくなかったという。そうしてみると、『通選』は同時代の人の作を集めた総集であったようだ。

裴潾『太和通選』はすでに隠滅しているが、今見ることのできるいわゆる「唐人選《とうじんせん》唐詩《とうし》」(唐の人が編んだ唐代の詩集)、その一つである『河岳英霊集《かがくえいれいしゅう》』の編者殷璠《いんばん》の序には、「梁の昭明太子は文選を撰す。後に相い效《なら》いて著述する者十余家」という。『文選』への追随は裴潾一人に限らなかったのである。

『文選』をふまえて編まれた総集の最たるものは、宋初における国家規模の文化事業の一つに数えられる『文苑英華《ぶんえんえいが》』一千巻である。これは『四庫全書総目提要《しこぜんしょそうもくていよう》』がいうように、梁初までの作品を収めた『文選』のあとを受けて、梁末以後の作品を『文選』の分類に従って収めたものであった。収録する作品をほぼ『文選』の終わったところから始めていること、またその分類方法が『文選』を踏襲していること、それを見れば『文苑英華』が『文選』を継ぐ総集たらんと意図して編まれたことは明らかである。とはいえ、一千巻という膨大な分量は、作品を精選した『文選』と対照的に、梁以後の文学の全体を網羅しようとした、全集としての役割を帯びているもので、性格はずいぶん異なる。

3 『文選』の尊重と浸透

総集を編纂するに際して『文選』が規準とされたに留まらず、書物としての『文選』そのものが重んじられた記述は、唐書のなかにもあちこちに見える。能書家であった裴行倹《はいこうけん》は高宗《こうそう》から「絹素《けんそ》(白い絹布)百巻」を賜り、それに『文選』を草書で書き写して呈したという(『旧唐書』裴行倹伝)。あるいはまた玄宗の開元十九年(七三一)、吐《と》蕃《ばん》の公主(王のむすめ)が「『毛詩《もうし》』(『詩経』)『礼記《らいき》』『左伝《さでん》』『文選』各一部」を求めたのに応じて、秘書省が書写して贈ったことがあった(『旧唐書』吐蕃伝上。『唐会要』巻三六)。経書のなかでもとりわけよく読まれる三種とともに、『文選』が異域の国からも求められたのである。『文選』が基本的な典籍としての地位を確立していたことがわかる。

右の二例はいずれも朝廷が関わっている。つまり『文選』は唐王朝が重要な書物として公的に認めたものであった。朝廷を離れて広く士人の間にも浸透していたことを示す逸話もある。盛唐の李華《りか》が「含元殿《がんげんでん》の賦」を書いた時、友人の蕭穎士《しょうえいし》はそれを読んで「景福の上、霊光の下」と評したという(『国史補』巻上、『唐摭言』巻七など)。宮殿の賦として『文選』巻一一には後漢・王延寿《おうえんじゅ》の「魯の霊光殿の賦」と魏・何晏《かあん》の

「景福殿の賦」がその順でならぶが、蕭穎士は李華の宮殿の賦を両者の間に位置づけたのである。『文選』に収録された賦を規準として評価を下すということは、『文選』が文学作品の基準となっていたことを示している。「含元殿の賦」を書いた李華も、それを評価した蕭穎士も、唐代における古文家の先駆けに数えられる。六朝よりさらに前の、形式にとらわれない自由な散文である古文、その復興を唱える人たちは、概して六朝文学には批判的であったが、彼らの間でも『文選』が作品の基準として意識されていたことがわかる。

『文選』が士大夫の間に広く浸透していったことは、科挙に詩の制作が課せられたこととも連動している。初唐の時に進士科の試験には詩と賦が加えられ、それによって作詩人口は一気に拡大する。試に応ずる者がお手本としたのが『文選』であった。簡便ではあるがいかにも安直な「五臣《ごしん》注」が、盛唐初期の開元六年(七一八)に生まれたことは、詩に携わる層の広がりがもたらしたものだ。『文苑英華』の巻一八〇から巻一八九に及ぶ十巻には「省試」(礼部主催の試験)、「州府試」(地方主催の試験)の答案として書かれた詩篇がならぶが、『文選』所収の詩のなかの句をそのまま詩題としたものが少なくない。『文選』と科挙との密接な関係がうかがわれるのみならず、『文選』

が唐王朝公認の文学テキストとして定着したことも物語る。

4　編纂の時期と同時期の書物

上述したように『文選』の編纂時期は五二六年から五三一年までの数年間に絞られる。その前後には、文学関係の書物で今日までのこる重要な本が次々と生まれている。体系的な文学理論の書である劉勰《りゅうきょう》『文心雕龍《ぶんしんちょうりゅう》』が四九九年から五〇一年にかけての時期、個々の詩の批評の書である鍾嶸《しょうこう》『詩品《しひん》』が五一三年から五一八年の間、そして『文選』と同じく総集に属する『玉台新詠《ぎょくだいしんえい》』が五三四年ころ。[4] つまり六世紀前半の三十年あまりの時期に、『文心雕龍』『詩品』『文選』『玉台新詠』の四書が集中しているのだ。

	文学論	総　集
文学全体	『文心雕龍』	『文　選』
詩のみ	『詩　品』	『玉台新詠』

この四書はそれぞれが対比的な関係にある。『文心雕龍』と『詩品』が文学論であるのに対して、『文選』と『玉台新詠』は文学作品の総集。文学論のなかでも『文心雕龍』が文学全体を対象とするのに対して、『詩品』は詩、それも五言詩のみ。総集

のなかでは『文選』が文学の総体を対象とするのに対して、『玉台新詠』は詩のみ。文学論である二書の間にも対比がある。『文心雕龍』は文学はいかにあるべきか、儒家の立場から文学を意義づけることをめざした、いわば文学理論の書であるのに対して、『詩品』は本来の書名が『詩評』であったように、漢代から梁に及ぶ詩人を論評し、ランクづけした文学批評の書である。

総集の二書も対照的な性格を帯びている。『玉台新詠』は綺靡婉麗な、いわゆる艶《えん》詩《し》を中心にした詩集であって、当時のポピュラーな好尚を反映しているが、それに対して『文選』のほうは、『詩品』に対する『文心雕龍』のありかたと同じように、文学はいかにあるべきか、という規範的な性格が強い。四書が互いに対照的であるのは、あるいはそれぞれの撰述において他者を意識したことを反映しているかも知れない。

その後も重要な書として伝えられる四書が三十年そこそこの短期間に集中して作られたことは、六世紀前半に至って文学のかたちがかなりの程度固まり、その成熟した文学観をもとにそれぞれの方向性をもった書物が一気に生まれたことを示している。『文選』の成立は、他の三書と同じく、この時期の文学の成熟が生み出した必然の結果だったのである。

5　編者昭明太子

編者として名が記される昭明太子蕭統は、梁の初代皇帝である武帝蕭衍《しょうえん》の長子として中興《ちゅうこう》元年(五〇一)に生まれた。皇太子に立てられたものの即位に至らず、三十一歳の若さで中大通《ちゅうだいつう》三年(五三一)に没した。昭明太子とはその諡号《しごう》(おくりな)である。梁の皇族はいずれも文学と仏教を愛好したことで知られるが、昭明太子自身も詩文をものし、『昭明太子集』二十巻(現存は五巻)があった。また陶淵明を好んだ早い時期の人としても知られ、今わかる限りでは最も早い陶淵明の文集を編んでその序文(「陶淵明文集の序」)を書いたほか、彼の手になる「陶淵明伝」は陶淵明の事迹を記したものとして、南朝宋・顔延之《がんえんし》の「陶徴士《とうちょうし》の誄《るい》」(「徴士」は無官有徳の人の意。「誄」は死者を讃える文。巻五七所収)、梁・沈約『宋書』陶潜《とうせん》伝(陶淵明は名が潜、字《あざな》が淵明ともいわれる)に続く、早い時期に属する伝記である。

父の蕭衍も文学好きで知られ、即位する前には沈約や謝朓《しゃちょう》とともに、南斉の竟陵《きょうりょう》王蕭子良《しょうしりょう》を中心とする文学集団「竟陵八友」の一員であった。即位ののちも竟陵王のもとでの詩友、さらに新たな文人も加えて、文学集団はいっそうふくらんでいった。

こうした環境のなかで、皇太子であった昭明太子は当時を代表する文学者たちに囲まれて文学に親しんだことだろう。『梁書』昭明太子伝から浮かび上がるのは、武よりも文を好む、繊細で感性豊かな人となりである。

　近年ことに日本において、『文選』の編纂には昭明太子の側近であった劉孝綽《りゅうこうしゃく》の関与が強調されている。[5] この問題については、編者というものの性質および本が生まれる経緯が、今日のそれにそのまま重ねられないことが考慮されなければならない。『文選』に十年と遅れずに編まれた『玉台新詠』のほうは、徐陵《じょりょう》の編とされるが、昭明太子の弟である蕭綱《しょうこう》(簡文帝《かんぶんてい》)が徐陵に編纂を命じたといわれ、その背後には蕭綱を中心として、徐摛《じょち》(徐陵の父)、庾肩吾《ゆけんご》(庾信《ゆしん》の父)ら、やはりここにも文人の集まりがあったのである。徐陵がそうした集団から離れたところで単独で編纂したものではなかった。昭明太子の場合も、父の蕭衍以来の文人の集まりのなかにいたのであり、劉孝綽もその有力な一人であった。『文選』も『玉台新詠』も当時の文学者たちの集団的な場のなかから生まれたものなのだ。とはいえ、『文選』には昭明太子という皇族の名が、『玉台新詠』には徐陵という臣下の名が冠せられている。それは典雅な文学と艶冶《えんや》な文学という両書の性格の違いが作用したものであろうか。

6 『文選』の体裁

昭明太子の「序」が述べているように、『文選』は作品をまず文体によって分け、それぞれの分類のなかでは作者の時代順にならべている。文体は有韻、無韻を含めて以下の三十七に分けられる。

賦《ふ》　詩　騒《そう》　七　詔　冊《さく》　令　教　策文　表　上書　啓　弾事　牋《せん》　奏記　書
檄《げき》　対問　設論　辞　序　頌《しょう》　賛　符命　史論　史述賛　論　連珠《れんじゅ》　箴《しん》　銘　誄
哀　碑文　墓誌　行状　弔文　祭文

これは『文選』の「目録」に見える分類であって、実際には「書」と「檄」の間に「移」(まわしぶみ)という文体が収められているので、ジャンルの数は三十八に数えられることもある。

『文心雕龍』ではジャンルを三十三に分けていて、『文選』とは細かな区分の違いはあるものの、総体として大きな差異はない。これがこの時期ふつうに考えられた「文学」の範囲であったと思われ、以後も大きな枠としてはこのジャンルが踏襲される。『文選』や『文心雕龍』が収める文学の範囲は、今日考えられるところの「文学」よりもずいぶん広い。これは西欧においても近代以前の「文学」が、思想書や歴史書など、広範な領域を含んでいたのと似ている。ただ『文選』では後述するように思想書、歴史書は除外されている。顕著なのは、公的な言辞、実用的な文書のたぐいが多いことである。皇帝や皇族が下す命令書、臣下が上呈する意見書などが、それぞれの文体の名とともに文学作品として収められている。それは中国では実用的な用途をもった文章にも文彩を凝らすものであったからであり、また文学を担う人びとが政治の場でも枢要な地位にあったこととも関わる。

多様な文体を収めながらも、『文選』のなかで最も多いのは「賦」と「詩」である。「賦」は巻一から巻一九の途中まで、「詩」は巻一九の途中から巻三一まで、つまり全六十巻の半分以上を「賦」と「詩」が占める。これは「賦」と「詩」こそが文学のなかでも最も中心となるジャンルとみなされていたからだろう。漢代の書物の全体を分類整理した『漢書』芸文志《げいもんし》は、書物を「六芸略《りくげいりゃく》」「諸子略」など六つの分類に分け、狭義の文学に相当する分野として「詩賦略」を立てているが、「詩賦略」の名にあらわされるように、「詩」と「賦」が文学を代表するものであった。ちなみに「文学」という言葉は明治の初めにliteratureの訳語として採用されるまでは、孔門の四科《しか》に「徳行・言語・政事・文学」として挙げられるように、古典の素養、学問を意味するものであった。今言う所の「文学」を意味する語はなかったにしても、『漢書』が「詩賦略」を立てたことから、文学に当たる概念はすでにあったと考えられる。また「詩賦略」に「詩」を挙げていても、それは広い意味における詩であり、実際には「歌」であった。

「詩」とならんで文学の中心とされる「賦」は、押韻はするものの「詩」と違って一句の字数、一篇の句数に定めがない。漢代の文学を代表するものが「賦」であった。賦は魏晋以後も叙事性から抒情性へと性格を変えながら作られていくが、文学の中心は「賦」から「詩」に移った。とはいえ、賦は早い時期の文学ジャンルの代表であったために、格式の高い文体として、のちのちまで別集、総集は賦から始められることが多い。

7 「文学」の範囲

昭明太子は当時の文学を三十七、あるいは三十八のジャンルに分けて配列したわけだが、それはどのような範囲の言説を採ったものか、言い換えれば何を文学ととらえていたのか、それは『文選』の「序」のなかに記されている。

まず儒家の経典である経書、これは聖賢の書であるから別格として除外する。次に諸子の書、すなわち思想・哲学を語る書物。これは議論の内容が重要であって、表現に意を用いたものでないから除外する。続いて史書、これは歴史事実を記録するものであるから除外する。以上を要するに、後世に言うところの経・史・子に属する言説(『文選』序では経・子・史の順にならべている)は採らず、結局のところ集部に属するものだけがのこる。

ただし、歴史に関わる文章でも歴史を論評した史論については「事は沈思《ちんし》より出で、義は翰藻《かんそう》に帰す(深い思索から生まれ、美しい言葉によって書かれた)」ものであるから採録する、という。史論について言われたこの言葉だけが、「序」のなかで「文学とは何か」を直接語ったものであり、経・子・史を除外してのこった文学に当たる分野については、「篇章」「篇翰」「篇什」の語で言われるのみである。「篇章」「篇翰」「篇什」はいずれも詩篇そのものを指す語である。つまり poem の意味であって、poetry

に当たる言葉ではない。詩こそが文学の中心であると考えていたことはわかるが、それ以上の定義づけはない。

「事は沈思より出で、義は翰藻に帰す」、思索と修辞を兼ね備えた言語表現、これだけが「序」のなかにうかがうことのできる文学の定義である。その内容は深い思索を経ていなければならず、その表現は美しい修辞を凝らしていなければならない。言い換えれば、表現を磨き上げようとする配慮がないもの、あるいは書かれた内容に価値があっても、いかに書くかに心しないものは文学としてみなさない。表現のありかたを尊重するこの姿勢を六朝文学に顕著な修辞主義に帰してしまうよりも、文学の本質を指摘したものとして重く受け止めたい。「何を書くか」とならんで「いかに書くか」、それこそが文学をして文学たらしめる条件だと主張しているのである。思想・哲学に属する書物を文学として取らない理由として述べた「意を立つるを以て宗《むね》と為《な》し、文を能《よ》くするを以て本《もと》と為さず(何を言うかが中心であって、いかに書くかに意を用いない)」、そこにも書き方へのこだわりを重視する昭明太子の姿勢がうかがわれる。今日の文学批評においても、作品の内容を云々することに終始しがちであるけれども、表現のありかたそのものへの傾注を文学の重要な要件とすることは、昭明太子の卓見と言わねばならない。

8　作品選択の基準

「文学」の領域が如上のものであるとして、ではその文学のなかからどんな作品を選び出したのか。選択の基準についても、「序」は語っていない。実際に採録された作品から推し量るほかないが、おそらくそれは各ジャンルにおいて模範とすべき作を取ったのではないだろうか。だとしたら、『文選』は一種の模範作例集ということにもなる。

宋の蘇軾《そしょく》は『文選』に対する批判の言葉を数々のこしているが、そのなかに作品の取捨選択が当を得ていないことを挙げている。その一例は陶淵明の作が少ないことである。「淵明の集を観るに、喜ぶべき者甚だ多し。而《しか》るに独《た》だ数首を取るのみ」(『東坡志林』巻二)。先に触れたように昭明太子は陶淵明の熱心な愛好者であった。にもかかわらず、陸機《りくき》五十二篇、謝霊運《しゃれいうん》四十篇、顔延之二十一篇などと比べて、陶淵明の八篇はあまりにも少ない。しかしそこに『文選』の選択基準をうかがうことができるのではないだろうか。昭明太子個人としては高く評価する陶淵明ではあっても、文学としては当時の規格から逸脱している。標準的な、典型となる作品を選ぶ方針のなかで、破格の陶淵明から精いっぱいたくさん取った数が八篇だった、そのように理解したい。

『文選』の採択が不十分だとして、後世、それを補おうとする本があらわれた。宋・陳仁子《ちんじんし》の『文選補遺』、元・劉履《りゅうり》の『選詩補遺』などである。個人の好尚や時代の変化によって、取捨に対する異論は当然起こることだろう。しかし多少の異論が生じながらも、『文選』の総集としての位置は一般の士大夫の間では揺らぐことはなかった。結局、先秦から南朝までの総集としては『文選』が唯一のものとして継承されたのである。

唐の早い時期、高宗の顕慶三年(六五八)といえば、『文選』がしだいに重視されていった時期に当たるが、高宗の勅命を受けて宮廷文人の許敬宗《きょけいそう》が『文館詞林《ぶんかんしりん》』と称する一千巻の詩文集を編んだ。漢から始まり唐初に及ぶその範囲は、梁までに関しては『文選』と重なるけれども、しかしその本は中国では亡佚《ぼういつ》し、日本にわずかに数十巻がのこるに過ぎない。『文選』とは別系統のテキストとして貴重なものに違いないが、中国でのこらなかったことは偶然ではなく、『文選』という圧倒的な存在に及ばなかったためであろう。

『文館詞林』のほかには、『文選』と収録範囲が重なる総集が以後の中国で編まれたことはなかったようだ。時代を後代のある一時期に限定したり、ジャンルを絞ったりした総集は次々と生まれたが、『文選』と同じ時期を対象としてその総体のなかから精粋を選び取った総集はついに生まれなかったのである。そのことからも『文選』が唐以前の総集として他の追随を許さない地位を占めていたことがわかる。

『文選』がそれぞれのジャンルにおいて規範となる作品を選び取ったにしても、その規範は画一的な、あるいは教条主義的な思考にしばられてはいない。それは昭明太子『文選』序からうかがうことができる。「序」の全体から汲み取ることができる彼の主張、その一つは上述した、言語表現を彫琢することの重視であるが、もう一つは文学は時代とともに変化する多様なものだ、という考えである。昭明太子は車輪を例に挙げて、古代の車輪はスポークのない素朴な物であったが、今はその跡形もない。そのように事物は時代に応じて変化するものであって、文学も「時に随《したが》いて変わり改まる」のだと言う。古代の質朴さだけが価値なのではない。質から文へと変化するのは当然であり、複雑で多様な総体を文学としてとらえるべきだ、と主張する。『文選』が文学の広い範囲を取り上げ、長い時期にわたる作品をならべるのも、多彩な文学の様々に展開するありさまを提示しようとしたものであった。

9 『文選』の詩の分類

『文選』の大半を占める「賦」と「詩」のジャンルのなかでは、内容によって分類され、各分類のなかでは作者の時代順に並べられている。「詩」の内容分類は以下の通りである。

補亡《ほぼう》　述徳　勧励　献詩　公讌《こうえん》　祖餞《そせん》　詠史　百一《ひゃくいち》　遊仙　招隠　反招隠　遊覧
詠懐　哀傷　贈答(一—四)　行旅(上下)　軍戎《ぐんじゅう》　郊廟《こうびょう》　楽府《がふ》(上下)　挽歌　雑歌《ざっか》
雑詩《ざっし》(上下)　雑擬《ざつぎ》(上下)

この分類は、『文選』の詩が、ひいては漢魏晋南朝期の詩が、どのような題材を取り上げて書かれたかを示す目録でもある。中国の詩は西洋のそれがおおむね虚構であるのと違って、現実に即して作られると言われるけれども、現実世界、日常生活の何もかもが詩の対象となったわけではなく、暗黙のうちに一種の内容目録に従って現実の場面が切り取られ、それをもとに詩作が行われたのである。

冒頭に置かれている「補亡」は、『詩経』の亡佚した詩篇を補作した作である。これを詩の最初に置くのは、詩というジャンルが『詩経』に連なることを示そうとしたものである。そうすることによって、「詩」を経書に連続する、重い意義を有するものとして価値づける。続いて置かれる「述徳」は祖先の美徳を称揚するもので、これも『詩経』大雅《たいが》の一部の詩篇が先祖をたたえるのを引き継いでいる。さらにそれに続く「勧励」も、『詩経』の詩篇が美刺《びし》(出来事や人物に対する賞賛と批判)をこめたものとされるのに連なると言えよう。しかし『詩経』に連続するこれら分類に属する詩は、『文選』以後には影を潜めてゆく。このことが示すように、『文選』が掲げた詩の分類にも時代による消長があり、そのまますべてが後世に引き継がれるわけではない。

「献詩」は君王に奉った詩、「公讌」は君王主催の宴会でうたわれた詩、いずれも君臣関係のなかで書かれたものである。他の分類に収められる作品のなかにも、詩題に「応詔」と記されるものは、皇帝の命を受けて作られたことを示す。散文も含めた『文選』全体のなかに公的な場で書かれる言説が多いことは先に記したが、そのことは「詩」についても当てはまり、公の儀式や行事に際して書かれたものが少なくない。

皇帝を中心とした公的な場において、詩は儀礼としての役割を担っていたのである。古代社会においては呪術的な働きをもっていた詩が、やがて王朝の儀式、公的な行事において欠くべからざるものとして用いられ、この時期の詩にはまだそうした役割が色濃くのこっていた。もちろん後代の詩のように個人の心情の表白としての詩も生まれてはいた。謝霊運の「祖徳を述ぶる詩」二首(巻一九)〔一〕などは、伝統的な形式に沿いながらその裏に個人の切迫した思いを秘めた、いわば詩の公的な性格と私的な性格をあわせ持った作である。

私的な場においても、詩は社交の具としてさかんにやりとりされた。「祖餞」は送別の席でうたわれた詩であり、「贈答」は文人どうしの間で応酬された詩であった。「贈答」は四部に分かたれるほど多いし、送別の詩は「祖餞」のほかに「贈答」や「雑詩」のなかにも収められている。贈答詩と送別詩は『文選』以後の詩のなかでも、はなはだ多くを占め、中国古典詩の特徴を示す作品群である。

詩がこのように他者と関係性をもつ開かれた場で書かれ、社会性をもっていたことは、中国古典文学全体に見られる顕著な特質といってよい。近代以降の、作者が独り閉ざされた部屋にこもってペンを走らせ、印刷されたそれを不特定の読者が読むといった形態とは、およそ違うかたちで文学が営まれていたのである。近代の詩と同様、あたかも詩人の独白であるかのように思われる作品として、阮籍《げんせき》の「詠懐詩」十七首(巻二三)[三]があるが、それもどのようにして外部に伝えられ、作品としてのこされるに至ったかのプロセスが今日ではわからないからであって、密室における私的な述懐と決めつけることはできない。

「詠史」は文字通り、歴史上の人物や事件をテーマとする詩であるが、過去の人物を詠じながらそこに作者自身の境遇や生き方をこめることが多い。ここにも中国ならではの特質を見ることができる。すなわち自分という人間を過去の歴史のなかに生きた人びとと重ね合わせるかたちで認識するのである。歴史は切り離された過去ではなく、伝統文化の一貫性によって現在と地続きのものであった。

「遊仙」「招隠」「反招隠」は仙界への願望、それに隣接する隠逸への願望がこめられる。そこには不老長生の願いよりもむしろ汚濁にまみれた俗界から離脱したいという思いが詩に托してうたわれ、のちの時代には隠逸詩として引き継がれていく。

「遊覧」は自然のなかの風景を探勝した詩群である。謝霊運の詩が多くを占めるように、山水詩はここに集められている。これは後世に叙景の詩として展開されてゆく。

「行旅」は「遊覧」と重なるところもあるが、たとえば陸機の「行旅」に収められた詩などはもっぱら孤独な旅の憂愁をうたうことに終始して、旅行く地の描出は少ない。そのことは「賦」における「紀行」の分類に属する作品が旅のなかでの感懐よりも、周囲の物を描くことをもっぱらにするのと好対照をなす。旅の愁いはのちの詩にも引き継がれていくもので、中国古典詩の抒情性の主要な部分となる。

「哀傷」には人の死に関わる詩が収められる。そのなかの「悼亡《とうぼう》」は妻の死を悲しむ詩であり、後世にも妻を亡くした詩人の作が「悼亡」の詩題を冠して悲しみを綴る。「挽歌」も死の悲哀を主題とするが、個別の人の死を悼むのではなく、人にとって免れない死そのものをうたう。『文選』が録する挽歌は、のちに宋・郭茂倩《かくもせん》の『楽府詩集』に収められたように、楽府に属するものである。

「楽府」はもともとは楽曲に合わせてうたわれた民間の歌の歌詞であるが、文人もその形式・内容に沿って作り始めた。本来が歌謡であったから、詩人は歌い手の立場でうたうものであり、発話者と作者は明確に切り離されている。中国の詩のなかでは虚構性が顕著なジャンルとして受け継がれてゆく。

こうした分類に収まりきらない詩群が、『文選』では「雑詩」のなかに置かれている。他の分類がそれぞれに内容を示すのと違って、「雑詩」は多様な題材の詩を含んでいる。

最後に置かれた「雑擬」は先行する詩を模擬した作品。模擬が一つのジャンルとして立てられていることは、近代文学が独自の表現・内容を価値とする立場から見たらいぶかしくはあるが、そこに古典文学と近代文学の差異がある。古典文学においてはすでにある型に寄り添い、それにかなうことで文学たりえたのである。したがって模擬は決して二次的営為としておとしめられるものではなかった。『詩経』の佚詩を模擬した「補亡」から始まった『文選』の詩が、最後に「模擬」によって結ばれることも、『文選』の時代の詩のありかたを示唆しているかのようだ。

10　『文選』詩の作者たち

『文選』全体のなかで最も早い作者は誰かと言えば、春秋時代、孔子の弟子の一人、卜商《ぼくしょう》(字《あざな》は子夏《しか》、紀元前五〇七?—前四二〇)ということになる。しかし彼の手に成るとされる「毛詩大序」(巻四五)は今日では卜商の作とは考えられていない。前漢の毛公《もうこう》(毛亨《もうこう》と毛萇《もうちょう》)、後漢の衛宏《えいこう》など、諸説あって定まっていないが、だれの撰であるにせよ漢代まで引き下げなければならないのは確かだ。以下、先秦の作者としては屈原、宋玉、荊軻の名が続くが、いずれも実際の作者といってよいのかどうか。作品が個有の作者をもつのはもっと遅れるのである。

『文選』の詩の部類では、右に挙げた戦国時代末期の荊軻から始まり、前漢では漢の高祖(劉邦《りゅうほう》)、韋孟《いもう》、李陵《りりょう》、蘇武《そぶ》、班婕妤《はんしょうよ》の作が収められる。しかし前漢の詩に関しては、これも作者と作品を直結することはできない。荊軻や漢の高祖劉邦の詩などは、劇的なシチュエーションの最も盛り上がった場面でうたわれたものであり、彼らをめぐって演じられた劇のなかで主人公がうたうアリアであったかのように見える。彼らは作者というより登場人物というべきだろう。李陵・蘇武の詩は五言詩の祖ともいわれるが、すでに『文心雕龍』明詩篇が「李陵・班婕妤は後代に疑わる」と記しているように、早くから偽作と考えられていた。別れの詩ではあっても、李陵・蘇武と関わることがらは含まれていない。おそらく李陵・蘇武の史実からふくらんだ物語がすでにあって、後漢の無名氏の送別詩が著名な二人の名と結びつけられたのだろう。韋孟に関しては、彼の子孫が韋孟の名を冠して作った作とみなしたほうがよい。班婕妤の「怨歌行」は寵愛を失いはしないかという不安、恐れをうたうものであって、皇帝の愛顧を失ってしまった班婕妤の事跡と直接には結びつかない。不幸な宮女の典型ともいうべき班婕妤、彼女の名に一般的な閨怨詩《けいえん》がつなげられたものだろう。

こうしてみてくると、作品が確かな作者をもつのは二世紀末の建安時代《けんあん》からということになる。建安というのは後漢最後の年号であるが、すでに実権は三国・魏の曹操《そうそう》のもとに移っていた。曹操とその子供である曹丕《そうひ》・曹植《そうしょく》のいわゆる「三曹」、そしてまわりに集められた王粲《おうさん》をはじめとする建安文人たち、彼らの文学集団から中国の詩ははじめて詩として歩みだしたといってよい。そこで交わされた「贈答詩」は、個別の作者から個別の読者へという具体的な関係性のなかで成立するもので、そこで詩は初めて代替不能な、特定の個人による表現となったのである。建安の「公讌詩」では宴席というハレの場における、古代の呪術的、祝祭的な気配をのこしつつも、同時に個人の経歴や感懐もそこに混じり合った、過渡的な様相を示している。中国の詩の流れを全体として見れば、集団的なものから個別的なものへという方向に展開してゆくのだが、そのなかに飛躍的に変化する大きな節目がいくつかあって、建安文学はその節目の一つに数えられよう。

建安文学の前には作者未詳の「楽府」と「古詩十九首」が『文選』に収められてい

る。「古詩十九首」は巻二九㊄、雑詩の冒頭に置かれ、紀元前一〇〇年前後に生きた李陵・蘇武の詩がそれに続くということは、『文選』では「古詩十九首」を前漢前半の作と考えていたのかも知れない。今日でも「古詩十九首」を前漢の作とする説があるが、同時期には成熟した五言詩はほかにないことから、建安からさほど隔たりのない後漢後半期(二世紀)の作と考えるのが妥当だろう。「楽府」と「古詩十九首」は語彙のうえでも内容のうえでも重なり合うことが多く、そこで成熟していった五言詩が建安の文人に引き継がれ、集団的な抒情を個人の抒情に高めた建安文学が生まれたものと思われる。

建安に至って一気にあらわれた数多《あまた》の詩人のなかでも、曹植は唐以前の最高の詩人と目された。天下すべての才を十斗とすると、八斗は曹植が独り占めしたとたたえられるが、兄曹丕との角逐のなかで悲運な生涯を余儀なくされ、それに抗して雄々しい精神を力強くうたった詩がのこる。曹丕は文学においては曹植の影に隠れがちであるが、建安文人を統率したこと、文学の広いジャンルを試みたことなど、文学史において逸すべからざる存在であった。

曹丕・曹植を中心に蝟集《いしゅう》した建安文人の集まりは、中国の文学史のなかで初めてあられた文学集団であった。そこには曹操という政治的求心力が働いていたにせよ、また曹丕・曹植の角逐をめぐる人間関係が潜んでいたにせよ、彼らの間に共有された一体感は、その多くが死去したのちに曹丕が「呉質《ごしつ》に与うる書」(巻四二)で懐かしんだように、さらにのちに謝霊運が彼らの集まりを偲んで「魏の太子の鄴中集《ぎょうちゅうしゅう》の詩に擬す」八首(巻三〇)[六]を書いたように、文人どうしの友愛の情が横溢していたものであった。

曹操の嫡子曹丕が建てた魏王朝の内部では、三世紀半ばに至ると、戦功を挙げた司《し》馬懿《ばい》がしだいに勢力を強めて曹氏一族との対立を深めた。その熾烈な政治状況のなかで曹氏側に属した阮籍や嵇康《けいこう》は、司馬氏の圧迫にさらされていた。建安の文学が集団の融和をもとに繰り広げられたのと異なり、阮籍・嵇康は過酷な外部から身を潜めて内向的な詩作に向かう。建安文学で顕著になった個人性は自閉し内向することによって、いっそう深まることになった。

二六五年、司馬炎《しばえん》は魏に代わって晋を建てる。晋(西晋)の文学では、陸機が突出する。もともと呉の名門の出身である陸機は母国を亡ぼした晋に仕えることになり、その複雑な立場のなかで保身と出世を求めて権力者の間を渡り歩いたものの、結局は刑死するに至る。陸機は『文選』のなかで最も多くの作品を収められ、そのジャンルも実に広くを掩《おお》う。文学のスケールの大きさでは魏晋南北朝期において随一といえよう。

　西晋は王朝内部の紛争、北方諸民族との抗争によって崩壊する。末期の混乱によって悲惨な事態に巻き込まれた劉琨《りゅうこん》、盧諶《ろしん》は、苛酷な状況のなかで保ち続けた人間の魂の声をのこしている。

　王朝は三一七年、江南の建康《けんこう》に都を移した東晋に代わる。この南渡は中国の伝統文化に大きな変動をもたらしたはずだ。それまで長安、洛陽《らくよう》といった中原の地が政治、文化の中心であったのが、風土の異なる南方の地へ移ったのである。四二〇年、王朝は東晋から南朝の宋に変わり、山水詩の祖といわれる謝霊運があらわれるが、自然を見る新しいまなざしが生まれたのは、北方の風土を基準とした伝統が断絶したという変化が作用したことであろう。謝霊運の山水詩が描く自然はだれにも知られている名所旧跡ではなく、名もない山や湖川を跋渉《ばっしょう》して自分の目で風景を発見しようとしたものであった。したがって対象と彼個人とが一対一で向き合うという、自然と詩人との新しい関係が生まれた。彼は山水に向き合ってそこに宗教的な啓示を見つけようとしたのであって、風景を純粋に美の対象として見る目が生まれるのはそれよりあとまで待たねばならない。山水に分け入ったのは、政界における不遇感の代償とする切実な動機から発していたもので、当時の政治状況と切り離すことはできない。

東晋から南朝宋にかけて生きた陶淵明は、『文選』のなかで、さらには魏晋南北朝文学の全体のなかで、はなはだ特異な存在である。そもそも魏晋南北朝の文学はおおむね、皇族、王族、そして朝廷内部の最上層に位置する貴人たちの手によって営まれたものであった。階層が限られたのみならず、文学の場も都を中心としたものであった。ところが陶淵明は何度か出仕と退任を繰り返しながらも、基本的には郷里の尋陽《じんよう》（江西省九江市）に居住し、顕官の地位に就くこともなく、中央の文壇と無縁のまま、独自の文学を紡いでいたのである。彼が時代を突出する文学を生み出したのは、こうした環境と切り離せない。辺鄙な地の孤高の詩人というべき陶淵明であったが、中央の名だたる文人のなかに、陶淵明の文学を愛好した人がいないではなかった。先に述べたように『文選』の編者昭明太子は、陶淵明に百年ほど遅れてあらわれた愛読者であった。陶淵明と同時代には顔延之が彼の文学を高く評価していた。謝霊運とともに宋代文学の双璧を成す顔延之、彼は公務の途上、陶淵明に会いに行ったり、陶淵明の死に際しては「陶徴士の誄」をものしてその文学を讃え、死を悼んでいる。しかしながら、陶淵明とじかに親交をもった顔延之にしても、百年後の愛読者であった昭明太子にしても、彼ら自身の文学のなかに陶淵明の影を見ることはできない。陶淵明の切り開いた斬新な文学が浸透していくのは、唐代、さらに顕著には唐に続く宋代を待たねばならない。時代を超えた文学は受容に時を要するものである。

四七九年、南朝宋に代わった南斉では、謝朓が同族の謝霊運を受け継ぐ風景描写で知られる。謝霊運が風景のなかに宗教的啓示を求めたのとは異なって、風景美そのものへと向かい、山水の姿をきめ細かく言葉に描きだそうとする。叙景詩人として知られるものの、そこにも謝霊運と同様、内面にわだかまる迷いが常に揺曳しているのであって、景と情は微妙にからみあう。

梁では沈約が文壇の雄として君臨する。沈約は宋・南斉・梁の三朝を通じて、官界においても高い地位にありつづけた。ジャンルも広きにわたるが、特筆すべきは「永《えい》明体《めいたい》」と称される新しい詩のスタイルを打ち出したことである。永明とは南斉の武帝の年号(四八三—四九三)であるが、武帝の次男の竟陵王蕭子良、そのもとに集まった「竟陵八友」の中心として、「四声八病説《しせいはっぺい》」を唱えた。声調を規則正しく配列することを目指したもので、そののち唐代に完成する近体詩の声律の規則を導くことになった。

『文選』の詩の部類は、江淹《こうえん》の「雑体詩」三十首(巻三一)㊅で閉じられる。これは先立つ詩人三十人を取り上げ(ただし「古離別」は無名氏の作)、それぞれの典型的な作品であるかに見える詩を江淹が作り出したものである。ほぼ時代順にならべられた三十首はあたかも模擬詩による文学史とでもいった様相を呈する。それが末尾に置かれたのは、いかにも詩の全体の締めくくりとするにふさわしい。三十首は「古詩十九首」に模した「古離別」に始まり、魏晋から梁に至る主要な作者を取り上げている。模擬された詩人たちは『文選』のなかでも重要な存在なのだが、許詢《きょじゅん》と恵休《えきゅう》の二人だけは『文選』には採られていない。そこに江淹にとっての詩史と『文選』編纂の基準との差異を見ることができる。許詢は東晋における玄言詩《げんげんし》の詩人であった。老荘の思想を述べる玄言詩は、『文心雕龍』明詩篇に「老荘退くを告げて、山水方《まさ》に滋《しげ》し」といわれるように一時期に盛行したものの、山水詩の勃興とともに消滅したものだった。今日ではほとんど見ることができない玄言詩は、『文選』編纂の時点にはもはや過去の文学となっていたのであろう。しかし江淹が三十首のなかに玄言詩の詩人許詢を取り上げているのは、彼にとっては六朝の詩人として欠くべからざる存在であったことを示している。もう一人の恵休はもっぱら艶詩詩人として南朝宋で流行した人であった。

艶詩の総集である『玉台新詠』の一本には五首が収められているものの、『文選』では一首も採らない。江淹が模擬したなかで『文選』ではこの二人を欠くところに、『文選』の基準がいかなるものであったかをうかがうことができる。

11 受容の変化

『文選』は漢魏南北朝文学の精粋を集めたものとして、基本的には終始して重要な総集であり続けたが、しかしその受容は常に一定していたわけではない。前述のように初唐に入ると『文選』はすぐれた注釈とともに一気に重きを増し、盛唐に至って簡便な五臣注が作られたことは、享受層が広がり、広い範囲にまで浸透したことを物語っている。しかし北宋になると『文選』に対する批判の言葉があらわれる。蘇軾は「劉沔都曹《りゅうべんとそう》に答うる書」のなかで言う、

真実を洞察する者が希にしかいないのは、昔から困ったことである。梁の蕭統は『文選』を編集し、世間では評価が高いが、わたしの見るところ、文学に暗く見識に劣るのは、蕭統ほどのものはない。

その一例として李陵と蘇武の詩(巻二九、李陵「蘇武に与う」三首、蘇武「詩」四首㊄)を偽作と知らずに収めている杜撰さを非難する。二人の詩については、蘇軾が挙げている唐・劉知幾《りゅうちき》『史通』の指摘を俟《ま》つまでもなく、『文心雕龍』が偽作かと疑っているように(前述)、当時広く疑念を持たれていたことだろう。昭明太子がそれを知らなかったとは思われない。『漢書』芸文志では「贋作」の書物はそれが仮託された時代に置いたと言われるように(『四庫全書総目提要』経部)、『文選』でもとりあえず李陵・蘇武の作としてその時代に置いたのではなかろうか。にもかかわらず蘇軾は、「児童の見《けん》と何ぞ異ならん(子供の見方と同じだ)」と激しい言葉で昭明太子を指弾する。

この書翰のほかに断片のなかでも、蘇軾はたびたび『文選』を批判している。「舟の中で『文選』を読んだが、その配列は無秩序で、取捨選択は当を得ていない。斉梁の文学は衰微したものだが、そのなかでも蕭統は最も浅薄なものだ」(『東坡志林』巻一)など、はなはだ厳しい。蘇軾の『文選』批判は、たとえば『詩経』の解釈学が宋に入ると、唐までの「毛伝」「鄭箋《ていせん》」をひたすら祖述していたことから離れて、蘇軾の師である欧陽修《おうようしゅう》の『詩本義』、蘇軾の弟である蘇轍《そてつ》の『詩集伝』など、新しい解釈を切り開いていく学風が生まれるが、そんな宋代の気運と軌を一にするものであった。『文選』がいかに浸透していたかを伝える言葉としてよく引かれるのが、「『文選』爛《らん》にして、秀才半ばなり(『文選』に習熟すれば、進士も半分受かったようなもの)」という俚語《りご》である。しかしそれを引いている南宋・陸游《りくゆう》『老学庵筆記《ろうがくあんひっき》』巻八の一段全体を見ると、陸游の言いたいことは、それとは別のところにある。

宋の初めには『文選』が尊ばれ、当時の文人はもっぱらこの本を読んだものであった。そのため「草」を言うのには必ず「王孫《おうそん》」と言い(巻三三、漢・劉安《りゅうあん》「招隠士」に「王孫遊びて帰らず、春草生じて萋萋《せいせい》たり」を用いる)、「梅」を言うのには必ず「駅使《えきし》」と言い(江南にいた陸凱《りくがい》が長安の范曄《はんよう》に梅の一枝とともに、「花を折りて駅使に逢う、寄せて隴頭《ろうとう》の人に与《あた》う。江南　有る所無し、聊《いささ》か一枝の春を贈らん」という詩を贈ったことを指す。これは『文選』には見られず、『太平御覧』などの類書が引く盛弘之『荊州記』に記される有名な故事)、「月」を言うのには必ず「望舒《ぼうじょ》」と言い(「望舒」はもともと月を牽引する神。それに借りて月をあらわす例は『文選』に頻見)、「山水」を言うのには必ず「清暉《せいき》」と言う(巻二二、謝霊運「石壁の精舎より湖中に還るの作」

[三]に「山水　清暉を含む」と言うなど)。慶暦年間(一〇四一―四八)よりあとになると、その陳腐を嫌い、詩を作る人たちによって一掃されたのである。『文選』が盛んであった頃には、士人たちは「『文選』爛にして、秀才半ばなり」とまで言ったものだった。建炎年間(南宋の最初の年号。一一二七―三〇)以後は、蘇軾の文学が尊ばれ、学ぶ人たちはみな一斉に追随して、蜀(蘇軾の出身地)の人たちの間でとりわけ盛んであった。そこでまた「蘇文に熟さば、羊肉を喫《きっ》す。蘇文に生《せい》ならば、菜羹《さいこう》を喫す(蘇軾の文学に習熟すれば、肉にありつける。蘇軾の文学に通じていなければ、野菜の吸い物だけ)」という言葉が生まれた。

陸游は宋代において一般的な文学の好みが変転する様子を語っているのである。北宋の『文選』流行、それもやがて下火となり、南宋では蘇軾に熱狂、という変化。そして時代ごとの好尚に追随すれば、「秀才半ばなり」とか「羊肉を喫す」とか、実利をもたらすと考えられた風潮。「『文選』爛にして、秀才半ばなり」が従来受け取られてきたように、登科のためには『文選』に習熟することが欠かせなかったことは、確かにそのとおりであっただろう。しかしそれは仕官のために科挙を目指す、実利のために詩をものする一般の士大夫層の間で言い交わされた言葉であり、非凡な表現者であった陸游はそれから距離を置いて、一つの社会現象として、記している。陸游が列挙している「草は必ず王孫と称す」などの例は、『文選』のなかの語彙を用いれば、それだけで文学らしい装いができるという安易さを揶揄しているのである。常套化された文学言語は当然「陳腐」に至る。このことは、『文選』が詩文に手を染める者の間で習用化されるまでに浸透していたこと、そしてまた非凡な表現者にとってはそれから抜け出さなければ真の文学とならなかったことを物語っている。つまり『文選』は一見さも文学らしい詩文を作るために必要な素材であったとともに、独自の文学を創ろうとする者にとっては克服すべき対象であったのだ。

さかのぼって唐代でも、杜甫が『文選』をいかに重んじていたか、その例として「婢《ひ》を呼びて酒壺《しゅこ》を取らしめ、児に続けて文選を誦す」、「熟精せよ　文選の理、覓《もと》むるを休《や》めよ　綵衣《さいい》の軽きを」の句がよく引かれる。しかしこれも二句だけ取り出すのでなく、詩篇の全体のなかで『文選』がどのようにとらえられているかを見なければならない。前の句は大暦元年、雲安《うんあん》に滞在していた時の、「水閣《すいかく》　朝霽《は》れ、雲安の厳《げん》明府《めいふ》に簡《かん》し奉《たてまつ》る」と題する詩の一部。下女に酒を運ばせたり、子供と声をあわせて

『文選』を暗誦したりといった、日常生活の一齣を描く。後の句はこれも大暦元年か、「宗武《そうぶ》の生日」、すなわち次男宗武の誕生日と題する詩に見える。老莱子《ろうらいし》が赤子にもどって色あざやかな衣をまとって舞ってみせたと伝えられる親孝行のまねなどしなくてよい。それよりも『文選』の奥底まで習熟することだ、と宗武に言い聞かせる。つまりは杜甫の詩に見える二例の「文選」は、どちらも子供を教育するための教材なのである。宋・葛立方《かつりっぽう》『韻語陽秋《いんごようじゅう》』が「杜子美(子美は杜甫の字《あざな》)は喜んで『文選』の語を用う」というように、確かに杜甫の詩に『文選』に出る語が多いにしても、陸游が揶揄した「草は必ず王孫と称す」――「草」という語を避けて『文選』に見える「王孫」の語で言い換えて文学らしく見せる、そういった陳腐で安易な使い方とは異なるはずだ。杜甫はいかに『文選』の語を多用したかよりも、『文選』の語をいかに輝かせたかが問題なのだ。そもそも言葉はすべて既製のものである。どこにでも転がっている土塊に魔法の杖を当てて黄金と化せしむる、そこに非凡な表現者の力量が示されるる。

『文選』が文学言語の規範であるとしても、概して規範なるものは規範に過ぎず、創造的な言語表現は規範を基盤としながら、いかに規範と格闘したか、いかに規範を乗り越えたか、そこに開けてくるものである。真正の詩人たちの工夫や苦労のあとを見るためにも、基盤となった『文選』は重要な書物であるに違いない。

中国古典文学の何より顕著な特質は、その文学的伝統が途方もなく長い時間にわたって均質のまま揺るぎなく続いたことである。伝統の一貫性は文学に限られたことではなく、文化全体、さらには社会体制も、次々と代わる王朝を貫いて持続したことと連動している。その文学的伝統の一貫性を支えた一つが、『文選』という総集であった。士大夫たるものだれでも詩文に手を染めるものであったから、彼らにとって『文選』は不可欠のお手本でありつづけたし、一方で規範性の強い古典文学の世界では卓越した表現者にとっても『文選』は彼らの拠って立つ基軸でありつづけた。つまりは古典詩文にたずさわる者すべてにとって、『文選』は枢要な書として享受されてきたのである。

さいごに

本書は訳注者として名を記す六人に加えて、岩波書店文庫編集部の清水愛理氏、村松真理氏もともに、ほぼ毎月一回集まり、順番に決めた担当者が用意した訳注を全体で議論、それをもとに担当者がさらに修訂するという作業に数年をかけた。討議の場では全員が意見を呈し、その意見を取り込んで修訂稿が作られたので、各篇の執筆者はいちいち名を記さない。一堂に会する討議を終えたあとも、全員が見直し、修正を加える作業を繰り返した。こうして出来上がった試稿は膨大な量になったために、川合が斧鑿《ふさく》を施して分量を整え、補釈を書き加えた。最後に富永が全体を通して字体や体裁を統一すべく精査した。多様で複雑な字体・組み方は校正の藤井由紀氏に整えていただいた。さらに宇佐美文理氏、好川聡氏には校正刷りを見て意見をいただいた。

詩の解釈にはなお不十分な箇所をのこすものの、今日の時点では精いっぱいここまで明らかにした、というほかない。本書を通して中国古典文学の根幹ともいうべき『文選』が、より身近なものとなることを願うばかりである。

注

(1)　興膳宏「『文選』総説」(興膳宏・川合康三『文選』、角川書店、一九八八。興膳宏『中国文学理論の展開』(清文堂、二〇〇八)所収)。

（2）興膳宏「六朝期における文学観の展開——ジャンル論を中心に」（『新版 中国の文学理論』清文堂、二〇〇八）に「蕭統の編集方針は既存の総集のありかたとさほど異なってはいなかったようである」という。

（3）『文選』はもともと三十巻であったが、李善が六十巻に分けて以後、六十巻本が通行する。

（4）ここに挙げた書物の成立時期については、興膳宏氏の以下の論考による。「『玉台新詠』成立考」（『東方学』第六十三輯、一九八二）、「『詩品』について」（荒井健・興膳宏『文学論集』「解題」、朝日新聞社、一九七二）。以上は前掲『新版 中国の文学理論』所収。「（『文心雕龍』）解説」（一海知義・興膳宏『陶淵明・文心雕龍』筑摩書房、一九六八）。

（5）岡村繁『文選の研究』（岩波書店、一九九九）、清水凱夫『新文選学——『文選』の新研究』（研文出版、一九九九）。

文選《もんぜん》 詩篇《しへん》（一）〔全6冊〕

2018年1月16日　第1刷発行
2023年5月15日　第6刷発行

訳注者　川合康三《かわいこうぞう》　富永一登《とみながかずと》　釜谷武志《かまたにたけし》
和田英信《わだひでのぶ》　浅見洋二《あさみようじ》　緑川英樹《みどりかわひでき》

発行者　坂本政謙

発行所　株式会社 岩波書店
〒101-8002 東京都千代田区一ツ橋 2-5-5

案内 03-5210-4000　営業部 03-5210-4111
文庫編集部 03-5210-4051
https://www.iwanami.co.jp/

印刷・精興社　製本・中永製本

ISBN 978-4-00-320451-1　Printed in Japan

読書子に寄す

——岩波文庫発刊に際して——

岩波茂雄

真理は万人によって求められることを自ら欲し、芸術は万人によって愛されることを自ら望む。かつては民を愚昧ならしめるために学芸が最も狭き堂宇に閉鎖されたことがあった。今や知識と美とを特権階級の独占より奪い返すことはつねに進取的なる民衆の切実なる要求である。岩波文庫はこの要求に応じそれに励まされて生まれた。それは生命ある不朽の書を少数者の書斎と研究室とより解放して街頭にくまなく立たしめ民衆に伍せしめるであろう。近時大量生産予約出版の流行を見る。その広告宣伝の狂態はしばらくおくも、後代にのこすと誇称する全集がその編集に万全の用意をなしたるか。千古の典籍の翻訳企図に敬虔の態度を欠かざりしか。さらに分売を許さず読者を繋縛して数十冊を強うるがごとき、はたしてその揚言する学芸解放のゆえんなりや。吾人は天下の名士の声に和してこれを推挙するに躊躇するものである。このときにあたって、岩波書店は自己の責務のいよいよ重大なるを思い、従来の方針の徹底を期するため、すでに十数年以前より志して来た計画を慎重審議この際断然実行することにした。吾人は範をかのレクラム文庫にとり、古今東西にわたって文芸・哲学・社会科学・自然科学等種類のいかんを問わず、いやしくも万人の必読すべき真に古典的価値ある書をきわめて簡易なる形式において逐次刊行し、あらゆる人間に須要なる生活向上の資料、生活批判の原理を提供せんと欲する。この文庫は予約出版の方法を排したるがゆえに、読者は自己の欲する時に自己の欲する書物を各個に自由に選択することができる。携帯に便にして価格の低きを最主とするがゆえに、外観を顧みざるも内容に至っては厳選最も力を尽くし、従来の岩波出版物の特色をますます発揮せしめようとする。この計画たるや世間の一時の投機的なるものと異なり、永遠の事業として吾人は微力を傾倒し、あらゆる犠牲を忍んで今後永久に継続発展せしめ、もって文庫の使命を遺憾なく果たさしめることを期する。芸術を愛し知識を求むる士の自ら進んでこの挙に参加し、希望と忠言とを寄せられることは吾人の熱望するところである。その性質上経済的には最も困難多きこの事業にあえて当たらんとする吾人の志を諒として、その達成のため世の読書子とのうるわしき共同を期待する。

昭和二年七月